漫娱文化
悬疑小说系列

少年夜不语系列

第6部·下

梦幻黑晶

MAGICAL MORION

夜不语 著

YEBUYU WORKS

梦幻黑晶

气味

河神

长江出版社

漫娱文化

终于，夜不语的第六部也完结了。或许大家也能从这本的结尾感受到，第七部将会是另一种不同的风格。希望大家喜欢！然后，请继续支持夜不语系列。

目录

603 梦幻黑晶

气味 604

605 河神

梦幻黑晶
MAGICAL MORION
603
梦幻黑晶
寄生是什么？对万物之灵的人类而言，通常都是作为宿主
存在的。但也有一些思想超前的非主流认为，人类其实也
是一种寄生虫，寄生在地球的体表，靠吮吸地球的养分而
生存。一旦地球的资源消耗完，谁知道人类会找另一个星
球祸害，还是就此毁灭呢？

寄生，从古至今都是令人类感到恐怖的元素之一。什么是寄生呢？翻开词典，能够查到清晰的定义。

两种生物在一起生活，一方受益，另一方受害，后者给前者提供营养物质和居住场所，这种生物的关系称为寄生。

主要寄生物有细菌、病毒、真菌和原生动物。动物中，寄生蠕虫特别重要，而昆虫是植物的主要大寄生物。专性寄生必须以宿主为营养来源，但兼性寄生却能独立生存。拟寄生物包含一大类昆虫大寄生物，它们在昆虫宿主身上或体内产卵，通常导致寄主死亡。

很可惜，对万物之灵的人类而言，通常都是作为宿主存在的。当然，也有一些思想超前的非主流认为，人类其实也是一种寄生虫，寄生在地球的体表，靠吮吸地球的养分而生存。

一旦地球的资源消耗完，谁知道人类会找另一个星球祸害，还是就此毁灭呢？

我不知道，我贫乏的知识不足以令自己判断出结果。扯远了，就让我，夜不语，这次为你讲述一个特别的，关于寄生的故事吧……

引子
1

夏天到了，园岭郊外的云雀开始发出难听的求偶叫唤。这里虽然离城市只有三十多公里远，但是远离喧嚣，也没有太多人往来，甚至附近的居民也搬走了，只剩下一群群低矮的废弃建筑以及空无一人的老旧村庄。

作为群居生物的人类就是这么奇怪，按理说眼前的村子应该是极好的地段，位于上风上水的位置，离城市又近。可它却偏偏没来由地被抛弃了。茁壮的桦树林在风中摇曳着枝叶，暗淡无光。

直到一串脚步声打破了这个荒凉村庄的平静。

“东明，那里真的有一条小溪吗？你可别骗我。”一群开着车的人将车停在了树林深处，接着从车上下来四女一男。他们穿着园岭一中高三的校服，其中一个女孩抓住开车男孩的胳膊，追问道。

“当然有，我爷爷从前就住在这里，小时候经常来玩。”叫东明的男孩肯定地点头，“还记得百多年前的园岭闹血吸虫闹得很厉害吗？据说源头就是这个村子。”

“当然记得，现在图书馆里还能找到一些关于百年前那次血吸虫灾的书籍。我还特地查阅过。”走在队伍最后边的女孩叫夏琳，她戴着眼镜，浑身都带着知性的光辉。漂亮的长睫毛在镜片下扑扇着，眼镜不但遮掩不住她的美丽，还给她增添了一些神秘感。

“哇，没想到你都做功课了。果然不愧是资优生！”周燕拍着手感叹道。

“这是我的习惯，从小就这样，改不掉了。”夏琳被表扬，一副不好意思的模样。

“我就搞不懂了，你怎么就突然变得漂漂亮亮的了，简直是让人羡慕嫉妒恨啊。”张敏掏出梳子梳了梳油滑的长发。

“我也说过了，当时那个东西是在网上买来的，我只是抱着试一试的想法，没想到真的有用。我问过卖家，最近风声紧，真没货了。不过，他说他就是在这里捕捞到的！”夏琳局促不安地眨巴着眼，可怜兮兮地问，“不会是又想把我扔出社团了吧？”

“安啦，安啦，不会的。”最先说话的李清安慰着瞪了张敏一眼，“你看你把琳琳给吓的，明知道她很胆小。”

张敏尴尬地笑了两声，眼角却闪烁着一丝不屑。

往前走了没多久，就听到了溪流碰撞岩石的哗啦啦声。从树林里转过去就是一条芦苇荡，大片的芦苇抽了枝叶，努力向着天空伸展。满眼的芦苇看起来很漂亮，可是也断绝了靠近河边的路。

“没路了！”周燕瞪向东明，“你说的那条河呢？”

东明试探着用脚踩了踩芦苇荡的泥地，摇摇头：“看来只有绕路了，这地方没办法下去。”

“算了，绕就绕吧，毕竟小东也很久没回来过了。村庄荒废了那么久，河边上长点芦苇也很正常。”张敏撇撇嘴，她拍了拍东明的肩膀，“你给我好好回忆一下，如果我们这次的目的没达到，你就等着被学校开除吧。”

东明脸上的肌肉抽了抽，低下头赔笑道：“张美女，瞧您这话说的。小的马上就去找，马上就去。”说完便一副冥思苦想的模样沿着河边带着众人绕路。这一走就是半个小时，除了夏琳外，其余三个女孩都叫苦不迭。

“还没到河边啊，累死了。”周燕蹲下身毫无淑女形象地脱下鞋揉了揉脚板。

“小琳，看不出你瘦瘦弱弱的，没想到体质那么好。”李清佩服道，“你瞧你，汗都没出一滴。”

“其实我早就累死了，不过我这人天生就不太爱流汗。”夏琳摸了摸额头，做出一副很累的模样，却丝毫没有露出疲惫的表情。她好奇地瞧着周围的景色，突然耳朵一动，惊讶道：“你们有没有听到什么怪声音？”

“怪声音？”东明四人相互对视，摇头道，“没有啊。”

“肯定有。我耳朵灵得很。”夏琳判断着，“那声音像是水烧开了，又像是什么东西不断在水中扑腾上下翻滚。很怪异！在那个方向。”

女孩说着，就带着众人朝东边跑去。

没多久，芦苇荡开出了一道缺口，溪流总算展露在了众人面前。五人凑过去，视线接触到水面，全部都惊呆了。

只见水面上，浮着许多尸体，鱼的尸体。可空气里，却没有丝毫的腐臭味。

“这是怎么回事？上游的水被污染了！”张敏回过神来，哆嗦了下身体。

“应该不是，我没听说上游有企业。这条河里的水都是远处山上流下来的山泉，可口宜人，当初村子没荒废前，全村的用水都是来自这条小溪。”东明摇摇头，从地上捡起一根树枝，找了块踏脚的地方，用树枝使劲地朝最近的一条鱼够去。树枝勾住死鱼的身体，将其缓缓勾到了岸边。

满脸知性的夏琳打量着周围的环境。这条小溪只有三米宽，水道也不深，从清澈的河底判断，最深处应该只到人的胸部位置。阳光照射下，水面反射着波光粼粼的干净色泽。只是这干净宁静的水面，此时此刻却被大量死鱼给斥满，流露出一丝不和谐的味道。

“好恶心！”周燕等人见到东明将鱼尸从水里捞起来，顿时恶心地向后退了几步。

张敏甚至道：“混蛋东明，你没把脏手洗干净前，给老娘滚远点。”

“这鱼死得有些古怪。”东明把死鱼扔到岸上，鱼尸在地面弹了几下，留下了一些湿润黏糊的液体。

“哪里古怪了？”夏琳好奇地看了看鱼尸。这是一条常见的黄颡，有的地方也叫刀刺鱼。鱼身足有二十厘米长，本来通体黄润的身体现在已经变得灰败，充满死气。太阳照在鱼身上，女孩隐隐觉得鱼身周围仿佛产生了一个薄薄的黑洞。那黑洞在拼命地吸收着阳光。

她揉了揉眼睛，鱼尸又变回了正常的鱼尸，似乎与市场宰杀死掉的并没有什么区别。难道是错觉？

夏琳摸了摸头发，没有在意。

“这什么鱼，我好像从来没吃过。”李清撇了几眼地上的鱼尸，问道。

“这叫黄颡，味道其实挺不错的。不过，我总觉得哪里有问题。”夏琳突然想起了什么，漂亮的眉头微微一皱。

“什么问题？”周燕看到见多识广的夏琳都在疑惑，不由得也好奇起来。

“你看黄颡，它们一般喜欢水比较深的江河和湖泊，这么窄的小溪是根本不可能出现的，除非到黄颡产卵的时候，它们才会游入比较安全的地方。但我们城市附近的黄颡因为气候原因产卵较晚，繁殖期通常是在七月。更何况，这条小溪太干净，没有太多淤泥，跟黄颡产卵需要的条件不符。”夏琳用树枝挑了挑鱼尸体，又朝着水面望去。

猛的，女孩推了推东明：“小明，你去把那条鱼给我弄上来。”

东明不明就里，但是漂亮女孩的吩咐，他还是很乐意做的。于是费了不少工夫将夏琳指明要的鱼尸给捞了上来。

这是一条身体没有鳞、却有扁平的头和大口的鱼。长约三十厘米，口器周围有数条长须。李清举着手雀跃地喊道：“这条鱼我认识，是鲶鱼对不对？我还是第一次见到野生鲶鱼。小时候吃鲶鱼火锅，还以为鲶鱼只生长在火锅料理里呢。呵呵。”

“这是鲶鱼。”夏琳点点头，眼神变得更加复杂了，又看向湖面别的鱼类，表情也不安起来，“我发现溪水里死掉的鱼，统统不是应该生长在这条小溪的鱼类。鲶鱼的生长环境需要有厚厚的淤泥，这条小溪虽然有芦苇荡，淤泥却很浅，根本不具备孕育三十多厘米长鲶鱼的环境。何况，死掉的鱼种类繁多，都是成年体型较大的鱼类，一条幼鱼都没有。太难以解释了！”

“真的，完全没有一条小鱼呢。”周燕等人抢过挂在东明脖子上的望远镜仔细打量了一番，居然真的发现溪水上漂浮的大量死鱼各种各样，全是属于各自物种中正值壮年、活力最强的阶段。

这些鱼尸只有一个唯一的共同点，就是从尸体上判断不出死因。夏琳略微检查了一下，觉得也不像是中毒。怪了，这么多的鱼究竟是怎么死的？本来不该出现在这条溪水中的鱼，又是怎么跑来的？

“东明，这条溪是园岭河的支流，最后会汇入园岭水库，对吧？”夏琳微微思索后，问道。

“不错。”东明点点头，“我小时候听爷爷说下游会修建一个什么水库来着，村里人都跑去抗议。那应该就是园岭水库。据说修水库时，死了不少人。”

“这就更怪了。”夏琳不语了半晌。

“哪里怪了，有水库就有不少鱼类，你说不应该出现的鱼，应该是从水库逆流而上游过来的。”张敏俨然一副著名侦探的嘴脸，为自己的推理非常得意。

“理论上没错，实际上，我想如此数量众多的鱼，也只能从水库位置游过来。”夏琳感觉自己很难向这些知识匮乏的女孩们解释清楚，“可是，为什么？”

“什么为什么啊，琳琳，你自从看到鱼尸后就越来越怪了。”周燕摸了摸她的额头，“没发烧啊。”

东明不愧是男生，理解能力稍微强一些，他试探着问：“夏琳，你的意思是不是说，这些鱼为什么要逆流而上，跑到小溪里来？”

“对，就是这个意思！”夏琳用力点头，“我就搞不明白了，本来在水库里活得好好的鱼，到底为什么要跑进小溪里？你看满河的鱼尸体，我们看到的都只是顺水飘下来的，还不知道上游有多少正拼命向上游呢。你们不觉得很诡异吗？它们干吗要拼命朝山上游？”

“难道上游有什么东西在吸引它们？”张敏眼睛一亮，“难道光天化日之下，有宝物出世了？得到的人会得道成仙？”

“白痴，你修真小说看多了，都走火入魔了。”李清对朋友的白痴想法表示无可奈何。

“我也就说说而已嘛，干吗当真？我又不是真的脑残了的说。”张敏咕哝着撇撇嘴。

“小敏说的没错，上游肯定有什么！”夏琳的大眼睛不停地眨啊眨，似乎在努力思考上游到底有什么。

五个人同时陷入了冷场，各自怀着自己的心思。

“要不，我们到上游去看看？”东明小声问。

“不好吧，万一有危险怎么办？”夏琳反对。

“可万一真有宝物呢？事出反常必有妖，或许我们能一夜暴富呢。”张敏眼眸精亮，这个有宅属性的高中女孩到现在还在幻想修真小说中的奇遇。

五个人只有夏琳一人反对，但作为唯一的反对者，她只有暗暗叹了口气。就这样，一个男生在前胆战心惊地探路，四个女孩跟在后边，气势磅礴地往上游探险而去。

然而，他们根本不知道，上游等待他们的是怎样一个结果。

当晚，鱼尸随着溪水漂入了水库。密密麻麻的尸体将水库的水面覆盖了一层，这在园岭市里掀起了轩然大波。

而怪事，也是从这一天开始的。

引子 2

园岭市最近不太平，自从周燕等人回到家后，大家都觉得生活变得有些古怪了。因为他们五个人，没有谁真正记得上次去那个荒废村落的溪流上游探险后，究竟发生了什么。

记忆，仿佛被某种力量剥离，就连细碎的片段也没办法回忆起来。这让所有人都惶恐不安。

未知，永远是最令人类恐惧的。

五个人经过商量后，决定对那日的事情绝口不提。而去郊区的真正目的，自然也被他们丢到了脑后。

周燕的家位于园岭市郊区，她一回到家，就叫佣人替她准备午饭。

家里的佣人王姐是个大概五十多岁的矮胖女人，人虽然很难看，但是做的菜非常不错。

“王姐，我饿了，今晚给我做你拿手的宫保鸡丁。”周燕慵懒地躺在沙发上，打开电视，挑了个本地台。画面上仍旧是关于园岭水库死鱼的新闻，都多少天了，仍然有死鱼从上游冲下来，严重污染了城里自来水的水源。

王姐看了她一眼，反常地没有搭话。

“我跟你说话呢，王姐。”周燕撑起身体，看着正准备上楼的佣人，吼道。

王姐转过头，冷冰冰地丢下一句话：“要做饭自己做，我忙着呢。”说完就回了自己房间。周燕气得险些抽过去，急促地呼吸着，大骂："什么态度，老娘要让爸妈把你给辞了，顺便投诉你，有你哭的时候。"

她将手里的遥控板一扔，穿着拖鞋"啪啪啪"地上楼，跑进父母房间哭诉："妈，王姐态度太恶劣了，我们别请她了，让她滚蛋吧。"

妈妈抬起头，满脸惊愕："燕子，你是不是生病了？"

"我没生病啊。我看病得不轻的是王姐才对。她简直脑袋有问题！"周燕气愤道。

"奇怪了，你没有发烧嘛。"妈妈摸了摸她的额头，满脸奇怪地反问道："你嘴里的王姐是谁？"

"就是我们家的佣人啊，王姐。妈，你连佣人的名字都记不清楚了？她可在我们家待了好几年了。"周燕拨开母亲的手，郁闷地说。

"燕子，可我们家根本就没有请佣人啊，哪来的王姐！"妈妈又伸手拍了拍她的脑袋。

"怎，怎么可能？妈，你又在开玩笑了。"周燕眼皮抽了抽，"这玩笑一点都不好笑。"

"我们家真没有佣人。不信你自己去找找！"妈妈转头继续玩自己的电脑，没再理会疑似脑袋抽筋的女儿。

周燕跑出去，推开了王姐房间的门，顿时整个人都惊呆了。只见原本是保姆房的屋子里装满了层层叠叠的杂物，箱子互相重叠，垒得很高，表面上还落满了灰尘，不知道有多久没人进来过了。房里，完全没有床和柜子，更没有人类生活的痕迹。

王姐就这样消失得无影无踪了。

周燕实在想不通，她连忙跑进书房，冲着爸爸喊道："老爸，老妈说我们家根本没有保姆。就是那个叫王姐的，她在我们家工作了三年，怎么可能说不见就不见了？太不可思议了！"

听到她的话，背对着她的父亲突然肩膀一抖。爸爸缓缓地转过身体，脸上的表情异常严肃。他看着女儿，眼神里全是悲伤："燕儿，你又想你妈了，对吧？"

"没想啊。"周燕摇头，暗自腹诽，每天都能见到妈妈，怎么可能莫名其妙地想妈妈！老爸的话还真古怪。

"你一定很想她，你说这种傻话已经很久了。"爸爸摸着女儿的脑袋。

"都说了不想。我刚才才见到她，怎么可能想她。"周燕将父亲的手拍开。

父亲愣了："怎么会！难道你不记得，你妈三年前就因为一场车祸去世了？"

周燕猛地再次睁大眼睛："老爸，你也在跟我开完全不好笑的玩笑。当心我告诉老妈你咒她死掉了！"

"你妈真的死了。"爸爸悲伤得说不出话，他重新背过身，不愿让女儿看到自己颓废的模样。

"你们都想耍我，我才不上当！"周燕一边喊一边跑出去，冲进父母的卧室，大声说，"妈，爸爸说你死了，你晚上一定要罚他跪键盘啊。"

卧室里根本没有人回应她，周燕愣愣地看着卧室的偌大空间。里边空荡荡的，刚才还坐在窗户下边玩电脑的妈妈已不知所踪。整个卧室没有一张妈妈的照片，也没有妈妈的衣服首饰，甚至没有梳妆台。老爸的工作文件和衣服乱糟糟地丢在地上，显得十分凄凉。

"不可能吧。"周燕退后几步，有些怕了，颤抖着跑进妹妹的房间寻求安慰。

妹妹正在听音乐，听到姐姐在嚷嚷，不耐烦地摘下耳机问："姐，你在闹什么啊，吵死了。"

"老妹，爸爸说妈妈早死了，可我刚刚还明明见过她，还跟她说过话。咱妈还说我们家根本就没请佣人，但是佣人王姐，我记得清清楚楚啊。太诡异了，我完全不知道是他们在开我玩笑，还是……"周燕一边胡乱用手比划，一边不清不楚地阐述着这十多分钟里匪夷所思的经历，还没等她说完，就被妹妹打断了。

"老姐，你在瞎说什么？"妹妹皱着眉头，"我们现在哪里还有父母？早在三年前，父母就因为车祸一起死了，现在只剩下我跟你靠着老爸老妈从前的积蓄相依为命，艰难度日啊。"

周燕完全愣住了，她吓得声音都在哆嗦："老妹，你在说什么，怎么连你也在开我玩笑？当心我不理你了。"

"姐，我看你才在真心耍我呢。"妹妹没好气地瞪她一眼，重新戴上耳塞听起音乐，不再理会明显脑袋有问题的姐姐。

周燕吓得不轻，等她回过神走出妹妹房门时，觉得整个世界都变得压抑起来，本来明亮、整洁、宽敞的房子每一寸都充满着恐惧。她不知道该怎么办，于是拿起手机，给自己最好的朋友张敏打了电话。

在附近的咖啡厅，她坐在位子上低着头，一直发抖。就连端咖啡的手也不断哆嗦着，许久没有开口说话。

张敏坐到她对面，喝了口咖啡，奇怪地问："燕子，你怎么了？一脸吓坏的模样，遇到鬼了？”

“比见鬼还可怕。”五月的天气已经很热了，阳光从左侧的落地玻璃照射进来，却丝毫没带给她温暖，她只是觉得很冷。

“出什么事了，你脸色难看得很，可别吓我啊。”张敏这人虽然没心没肺，可对朋友还是挺不错的。

一口将杯子里的咖啡喝光，暖流从喉咙进入了胃部，周燕的精神稍微缓和了一点，这才艰难说道：“今天简直是糟糕透了。先是我家佣人王姐造反，我去找老妈投诉，老妈却说我们家根本没佣人。再找爸爸，老爸却说我妈早就因为车祸死了。我又不甘心地找到妹妹，妹妹说三年前老爸老妈出车祸一起死掉了。你说，我该相信谁？”

张敏听完后，皱起了眉头。她看着自己的好友，好不容易才说：“燕子，你是不是生病了？”

“小敏，你看我哪里像有病的样子？我只想你这个外人评评理，究竟是我疯了，还是我家人都人格分裂了！”周燕惶恐地大声说。

“我看，是你脑袋有问题了。”张敏想了想，还是决定实话实说，“你哪里有父母妹妹？从我认识你开始，你就是个孤儿。据说家人早就死干净了！”

“怎么，怎么可能！”周燕彻底崩溃了，她尖叫一声，抱着头跑了出去。推开家门，眼前的景象变得比出门前更加陌生。

自己的家变成了狭小的单间，不足十个平方米。属于自己的衣物乱七八糟地胡乱挂在房间里。这里，只有她一个人生活的痕迹。

“不，不对。肯定有哪里不对！”周燕大喊大叫着，倒在地上口吐白沫地颤抖，“是梦，一定是梦，对不对？闭上眼，睁开后就会回到从前的生活了。一定是这样。”

她喃喃说着，使劲把眼睛闭上。等她再次睁开眼睛，瞳孔猛地放大。

她变得更加绝望起来……

可她却没有发现，自己睁大的眼球上，有几只白色的东西，悄然游过！

第一章

被打破的休假

最近的生活总是忙忙碌碌的，好不容易才从繁忙的论文以及各种事件中脱身，抽了个时间度了个小假。我关了手机，带着跑过来找自己玩的守护女李梦月和黎诺依两人，到了奥地利。

对于欧洲中部而言，五月的天气还是挺干爽清凉的。唯一有点不爽的便是总会突然下雨，然后落下米粒大小的冰雹。冰雹打在地上，反弹着跳动，在典型的红色地砖上铺了厚厚的一层，让人浮躁不堪的心顿时就宁静了下来。

黎诺依和李梦月一路上都在我身旁忙着互相斗嘴。沉默寡言的三无女每每说不过伶牙俐齿的黎诺依时，就会伸出纤细的小手，比划着企图用武力威胁。黎诺依似乎吃定了守护女无法使用暴力，嘴上也没饶人。

所以最终的结果就是，由我来焦头烂额地收拾破烂不堪的残局。

即使如此，我感觉生活还是挺好的。人有时候需要一种恬静来平复自己的心情，身旁围绕着两个我无法选择的女孩，走在安静的小镇上，如果再有一条半米高的大狗跟在身后，替我捡拾扔出去的棒子，生活恐怕就更加完美了。

我掐断了所有对外的联络，本以为没人能找到我。于是当一个只有六岁大小的欧洲男孩站在我面前，将一封信递给我，抄着奥地利口音很重的英语，清脆地对我说着“先生，有一位姐姐让我把信交给你”时，我愣了很久。等我顺着男孩手指的方向望去，街尾却空荡荡的，什么也没看到。

李梦月停止了跟黎诺依落尽下风的争吵，微微皱眉，将男孩手里的信拿了过来。我抽出皮夹，掏出一张零钞塞给他，努力微笑着问：“小帅哥，能不能告诉我，让你交信给我的姐姐究竟长什么模样？”

“挺漂亮的大姐姐，妈妈说你们亚洲人都长得差不多，分不清楚长相和年龄。”男孩摸了摸额头，一副冥思苦想的可爱表情，“总之，虽然比这位姐姐差一点，但是肯定有那位姐姐一般漂亮的。”

他先是指了指李梦月，又指着黎诺依说道。

黎诺依顿时郁闷了，她确实没有守护女漂亮，这个心结怎么都抹除不了。漂亮女人永远都不愿和比自己漂亮的女人和谐相处，或许这也是深深埋藏在人类基因里的某种深层次的优胜劣汰竞争关系。她俩的关系实在很难描述，是不是也可以用此缘由来解释呢?

我一边暗自吐槽，一边猜测着找我的那个所谓的大姐姐究竟会是谁，毕竟男孩的嘴里实在套不出话来。我没有急着打开信封，而是打量了两眼。

信封在守护女白皙的手掌间显得稍微有些泛黄，样式很普通，也不厚。信封上面只写了寥寥五个字：夜不语亲启。

字迹很秀美，应该是出自于一个女人之手。我能看出这五个字一气呵成的笔画以及稳定的指力。写字的女人，绝对不简单。

“没想到我们跑到这个深山中的哈尔斯塔特小镇，也能被人揪出来。你还真是受女性欢迎呢。”黎诺依撇撇嘴，将右侧乌黑的长发拨到耳后，说道，“你说，会不会是死女人林芷颜在故弄玄虚？”

不错，我计划的度假应该在十天以上，可是从德国出发，刚到达隔壁奥地利这个被教科文组织评为世界文化遗产的山中小镇哈尔斯塔特，还没有享受够湖光山色，居然就被生生打断，实在有够扫兴的。

“应该不是，这字迹我很陌生。”我眨了眨眼，眉头不由得皱了起来，“不对，多看几眼，又觉得有些眼熟。字迹的主人，我应该认识才对。”

“眉头，皱，会变老。”守护女李梦月见我皱眉，将信封放在了桌子上，伸出手又替我理起眉间来。真不知道她是从哪个无聊的电视节目中学来的。

“不是林芷颜那家伙的话，这选项就有些多了。跟你相熟的女性，怕是整个哈尔斯塔特的居民房也住不下。”黎诺依揶揄道。

我瞪了她一眼，这叫什么话，要知道哈尔斯塔特足足有九百多常住人口！可稍微掰指头算了算，嗯，或许还真被她给说对了。要从比较熟悉的身手又不错的年轻女人中筛选出这封信的主人，的确不是件容易的事情。就算我的脑袋再好用，再过目不忘，也是个大工程。

最终我还是放弃了，看着面前清澈平静的湖面以及远处的山峦起伏，微微叹了口气，示意李梦月将信封拆开。

守护女大咧咧地扯开封口，展开。信封里只有三张A4大小的纸，上边写满了间隔很大的字。文字不是电脑打印的，倒是很传统地用了手写的方式。字迹跟信封上的吻合，应该是出自同一个女性的手笔。

我快速将信看完，竟然倒抽了口冷气。

信件通篇没有提及写信人，也没有落款。但是字迹越看越熟悉，可以肯定的是，她一定是个故人，而且非常熟悉我本人。

“看来，这件事真的有些令我纠结呢。”我苦恼地敲了敲额头。

“信上说了什么？”黎诺依问。守护女虽然照例没有开口，但是困惑的眼神还是落在了我身上。

“也没什么，就是提及最近园岭市的一所高中里，突然流行起了一种奇怪的打招呼方式。”我整理着信件中的主要内容，缓缓道。

“奇怪的打招呼方式？”黎诺依一愣，好奇道，“有多奇怪？”

“奇怪到匪夷所思，甚至有些恐怖。”我比划着，“他们那些高中生见到对方后，不再说‘Hi’或者‘Yo’，甚至也不勾肩搭背、举手示意了，而是换了一种非常极端的恶心方法。”

“别吊人胃口了，快点说。”黎诺依将果盘里的水果插了一块，温柔地塞进了我嘴里。

我嚼了嚼吞进了肚子里：“他们开始互相舔别人的眼珠，以此代替了传统的打招呼方法。”

“不会吧，恶心死了。”黎诺依急忙捂住嘴，一副难受的模样。她实在想象不出舔眼珠的画面。

“说起来，在美国和日本，也有一些地方的学生有这种行为，那些学生曾经声称，自己之所以喜欢让别人舔自己的眼珠，是因为那种刺痒的快感就像在被舔脚趾头一样，很爽。”我思索了一下，又道，“可是信中所讲述的舔眼珠的原因，似乎跟日本和美国的不太一样。真是令人难以理解啊！”

黎诺依看着我的脸：“阿夜，看起来你似乎心动了。难道你要结束这次我已经期待了很久的旅行吗？”

我沉默了一下：“信上说，或许在园岭市正在发生某种了不得的大事件。而且，恐怕还有我正在找的东西。那个写信给我的女性，她努力隐藏着自己的身份，无非也是想引我过去。”

“看来你真的打算结束旅行了。”黎诺依幽幽地叹了口气。

三人陷入了沉默中。一阵风吹过，将镜子般的哈尔斯塔特湖掀起了一阵阵波澜，美得一塌糊涂。

我们就这样在美景中无言，过了好一会儿，黎诺依才轻声道：“男人还是以事业为主比较好，阿夜，我从来不愿意干涉你的决定。不过这一次的旅行，可远远没有结束喔。你要去园岭市，没问题，但必须带上我。”

守护女李梦月没开口，只是用小手揉着我的肩膀：“还有，我。”

在温柔与暴力的双重威胁下，在两个女孩一个可怜巴巴一个不容拒绝的眼神里，我终究还是屈服了。

第二天一早，我们驱车到了奥地利首都维也纳，从机场坐最近的一架飞机飞往了园岭市，一个名不见经传的小城市。

我拿起信件看了看，又皱起了眉头。

信笺背后用铅笔写着两串数字，N6° 12与E137° 22。我冥思苦想了许久，自从拿到信件后，我就一直试图解读这两串数字的意义。

“这明显是经纬度啊。”黎诺依见我眉头不展，凑过头来看了看，她故意靠我很近，高耸的胸部已经挤压在了我的胳膊上。李梦月生气地拉着她的肩膀，拎小鸡似的将她从我身旁拉开。

“白痴，你，难道比，主人，聪明？”她对黎诺依的自作聪明很不屑一顾。

黎诺依没介意，只是撇撇嘴：“我就是发表一下自己的观点，你看，这两串数字实在太像经纬度了。”

“不是经纬度。”我摇摇头，“第一时间我就在网络上查过，若是经纬度的话，这两串数字显示的结果却是在远离内斯岛的公海上，离园岭市足足有几千公里的距离。很明显，这封信的主人实在考验我们的智商。又或者，这就是个恶作剧！”

“谁会这么无聊？”黎诺依瞪大了眼睛。

“我分析了一天多，心里大概有了个雏形。有这种恶趣味而又熟悉我的人，怕是我认识的也没几个。”我微微笑道，嘴角露出一丝嘲讽，“总之，她的意思很简单，前一串数字，代表着时间。也就是说今晚6点12分之前，在后边那串E137° 22的地方等我，过时不候。”

“那个女人，果然也是个怪人。不会是你的其中一个老相好吧？”黎诺依挠了挠瀑布般乌黑的长发，充满酸味地问，“漂不漂亮？”

“我现在连人都没办法确认，你问我漂不漂亮？呃，我能不回答这种蠢问题吗？”我满额黑线，为什么女人总是这样，老是不去抓关键，而是介意些细枝末节的东西。

“你不是说已经圈定人选了吗，还是复数的。我挺感兴趣，作为半个女友，自己总有权知道男友对女性的嗜好嘛。”黎诺依眨巴着眼，满眼都是八卦。

本来和她不对付的守护女终究也是个内心有着闷骚八卦情结的女人，她白色衣衫一摆，用窈窕的身躯将黎诺依遮盖住，黑漆漆的大眼睛一眨不眨地看着我，漂亮的嘴巴轻轻吐出不容置疑的几个字："作为，未婚妻。有权，知道。"

这两个女孩，大有一副已形成统一战线、如果我试图隐瞒就动用暴力逼供的模样。

自己能怎样，只能岔开话题转移注意力，干脆一脸迷茫地望向远处，指着天际大喊："快看，有飞碟。"

两个女孩叉着纤细的腰肢，头都没转一下。只是那鄙视的眼神浓烈得快将我的厚脸皮都刺得发红了。

说时迟那时快，就在我话音刚落下时，一个女孩从我身旁走过去，她精神很差，整个人摇摇晃晃的，似乎根本没看周围的环境。她从我和黎诺依之间穿过，守护女警觉地一把拽住我，妙目冰冷地望着她。

女孩的目标并不是我，她穿过我们后，继续行尸走肉般往前走。

我们三人面面相觑，以为遇到了神经病。

"小心！"我眼看着她走出斑马线，闯着红灯逆着车流而上。还没等自己反应过来伸手去抓她，一辆行驶的大货车已经迎面扑来，长长的刹车声带着"轰隆隆"的巨响，将女孩整个身体都掀上了天空。

血从女孩身上喷洒下来，喷入空中，又飘散到地上。守护女将我向后扯了扯，没顾上黎诺依。所以黎诺依惨了，从天空洒下来的血落了她一身，殷红的血迹如同梅花般，斑驳地晕散在她刚买的淡黄连衣裙上，弄得她整个人都呆了。

"李梦月！你够狠。"恬静的女孩回过神后，转头冲着守护女吼道。守护女一脸无辜地挽着我的胳膊，远眺城市的天际线。

"哼，你明明有手也不拉我一把，哼哼。"女孩迅速平复了心情，从行李中找来换洗的衣服，迈着小步跑进了附近的洗手间里。

我责怪地看了李梦月一眼，这位三无属性严重的美少女看着黎诺依的背影，脸上居然露出无良的淡淡笑容。唉，果然是近朱者赤近墨者黑，以前多单纯的一个女孩，最近和老女人林芷颜走太近，已经被高度污染出了腹黑属性。

和守护女讲道理是根本不可能的，两个女孩最近的争吵有向上爬天梯的趋势，我作为风暴的风眼，随时都会晚节不保，还是明哲保身，远离她俩的战斗比较好。所以我也没多话，只是缓缓地朝着被撞的女孩走去，看能不能帮帮忙。

女孩的身体掉在不远处，货车司机已经从驾驶室爬了下来，整个人吓得发抖。看着几米外的女孩仍旧不断流血，他的大脑已经完全混乱了。好不容易才从兜里掏出一根劣质烟，狠狠抽了几下。

车祸现场，事发后一分钟，已经里三层外三层，围满了看热闹的市民。

我蹲下身，摸了摸女孩的脖子。肌肉硬邦邦的，已经没了脉搏。

女孩应该是死了。可有几个地方却引起了我的注意。

为什么她的脖子上的一圈肉竟然是硬邦邦的？明明刚死亡两分钟不到，又是失血过多，身体还受到过猛烈撞击，脖子应该全碎了，呈软塌塌的状态才对。

是什么使她的脖子变硬了？

突然，我看到那女孩的身体动了动。

用力揉揉眼睛，女孩动弹得更剧烈了！

第二章
尸变

如果硬要说一个死掉的人还能活动，无非只有两种灵异的说法。一是如西方恐怖小说那样，尸体变成了丧尸。二是东方的说法，尸变了！

“她还有救，你看，那被车撞倒的女孩动了。”在前排围观的几个腰身肥胖的阿姨大声惊叫道，指着尸体啧啧称奇。

本来已经出了一头冷汗，不知所措的货车司机顿时来了精神。他打了个激灵，连忙跑上来准备扶起女孩。

我没来得及提醒他，反而陷入了沉思中。女孩确实在颤动，之所以用颤动这个词，是因为眼前的事情实在是太有些超出我的常识了。我确定女孩已经死亡，她动弹的模样也有些怪异。

因为她的身体是被皮下组织带动的。女孩的皮肤底下，似乎有什么在涌动着，从喉咙流窜到脚底，又从脚底爬到肚皮下，最终聚集在肚脐眼的位置，仿佛想要逃出来。

我向后退了几步。

“她，死了？”守护女疑惑地看着那具动弹的尸体，也在奇怪死人为什么会动。

“应该是死了。”我苦笑，“可是她体内貌似有什么东西。”

“什么东西？”李梦月偏过头来望我。

“鬼知道。”我摇头。

卡车司机的手已经扶住了女孩的身体，我好心地提醒他：“帅哥，被车撞的人不能乱动。”

“对，对哈。太慌张了，我都忘了。”他连忙将女孩重新放下，用发抖的手递了一根烟给我，“兄弟，刚才你都看到了，不是我的主要责任，你可要替我作证啊，是这个女孩自己闯红灯跑出来的。”

我摆摆手拒绝，然后指了指街口的监控：“那里都录下来了，交警肯定会调用的。你别慌张，先报警叫救护车吧。”

“对，对，你看我这急的。”他深吸了几口气，掏出电话开始报警。

聚集在女孩肚脐眼的东西只在那儿停留了几秒钟，便重新平复了下去。我瞥了她几眼，打量着她身上肮脏不堪沾满血迹的衣服，看起来像是校服，白底蓝色横杠，估计她就在附近的学校就读。

“危险！”守护女突然大叫一声，抱着我向后跳去。

就在我们后退的瞬间，女孩的肚子顿时鼓了起来，就如同有鼓风机在使劲朝她的身体里吹气。尸体越胀越大，附近的人都惊魂不定地惊呼着四散退后。

可是那具已经变成气球的尸体终究没有爆炸，她在胀大到极限后，猛地蔫了下去。一丝淡黄的气体从嘴里溢出，一股浓烈的臭鸡蛋味随着一声长长的闷响声后散播出去，我急忙示意守护女用衣服捂住鼻子。

淡黄气体在微风中聚而不散，缓缓而坚定地向外扩散着，很快就将奔走的人群淹没了。每个闻到味道的人都被臭得挤眉弄眼。看热闹的也再没有看热闹的心情，大家如临大敌，吃奶的力气都用上了，试图加快速度逃逸。

有守护女替我加速，我俩早已经跑出了黄色气体的笼罩范围。那气体扩散了二十多米后，终于逐渐消失在了空气中，完全没了踪迹。

我连忙低头往马路望去，原本留在柏油路上的尸体已经干瘪，风化似的斑驳不堪。女孩的皮肤皱巴巴的，脂肪层已经燃烧殆尽，仿佛皮下仅仅剩下了骨头和不容易消化的肌肉组织。

如果不是套着那层校服，我几乎会怀疑她不是同一个人。究竟是什么东西，能在一分钟不到的时间里，将女孩的全身脂肪都转化为了能量，化为淡黄气体从嘴里向外散播？

那淡黄气体，到底是什么物质？

我疑惑不已，心里有股不妙的预感。貌似潜伏在园岭市里的暗流，比想象中更加复杂。

警车和救护车终于来了，交警队看到尸体后，惊悚不已，连忙又叫来了防疫部门。医院手忙脚乱地将尸体用塑料薄膜牢牢地密封起来，搬上了救护车。防疫部与警察联手展开调查，对附近的居民和行人做笔录。

而我对着女孩尸体照了几张相，又偷偷地取下几块组织后，就已经溜掉了，没跟警察碰面。不过，还没从那女孩身上发生的怪异事件中缓过来，我又遇到了一件麻烦事，一件非常棘手的麻烦事。

黎诺依，居然失踪了！

从闹哄哄的街口挤到距离事发地点大约三百米外的公共卫生间，一路上都没有看到黎诺依的身影。打她的电话，却是关机状态。我心里“咯噔”一下，急忙吩咐守护女进女洗手间找找。

很快李梦月便出来了，眉间隐约有一丝喜色。我的心顿时沉入了谷底。能让守护女高兴的事情，对黎诺依而言肯定不是好事。

“她没在里边？”我不死心地问。

守护女不假思索地点头：“没在！”

“怪了，她跑哪去了？诺依从来不会无缘无故关掉手机。”我皱起眉头。

“怄气？”李梦月试探着帮我纾解情绪。

“其他女孩有可能，不过她肯定不会。你也了解她的性格。”我摇头。

守护女随之也认同道：“有我在，她再怄气，也会，留下。”

“所以我才觉得奇怪，她怎么会无缘无故消失的？”我的视线落在了人群中，视线一凝，急忙将那封信掏了出来，“E137° 22，难道这串数字代表的不是地址，而是某种其他含义？”

我死死地看着“E137° 22”这个代码，喃喃道：“E137，在希伯来文中，是‘失踪’的谐音。黎诺依碰巧失踪了，或许她的消失和这封信的主人有联系？那么22，究竟表示什么呢？”

“找不到，黎，会死？”守护女听着我的分析，满眼充满愉悦的小星星。她幻想着只有三流电影才会有的剧情。

“当然不会。信的主人如果真在我圈定的范围，那就只是一场恶作剧罢了。很久没有遇到有这种恶趣味的家伙了。”我撇撇嘴，再次环顾四周。按理说只要是谜题，就会有线索。黎诺依在附近失踪，那么线索就一定在周围不远处。

突然，我身体一颤，竟然真找到了某些东西。我急忙拉上守护女，朝锁定的位置跑去。

街道的正东方，有一栋高楼。园岭市是个很小的城市，高楼不多，估计我看到的那栋楼，就是园岭最高的楼房。我数了一下，正好是二十二层。这栋楼叫关岭大厦，位于市区的正中心，楼下就是市内最繁华的商业街。

我看了看手上的表，时间已经悄悄地爬到了六点。我和守护女走进大厦，登上电梯，直接按下了二十二楼的按钮。电梯很快平稳地到达了目的地，金属门朝左右两边滑开，露出了装修典雅豪华的门厅。

这栋楼的最顶层，跟国内的大多数格局差不多，是一家高档的餐厅。

看了看手表，离信上的时间只差几分钟了。一个身着红色旗袍、长相甜美的迎宾员走上前，礼貌问道："先生，小姐，请问两位有预定吗？"

"大概有吧。"我迟疑了一下，"你们这里有一百一十五号位置吗？"

"有的先生，一百一十五号位置已经被订下了。请问您能告诉我预约人的姓名和时间吗？"迎宾小姐职业性地笑着问。高档餐厅按规定通常不能透露客户信息，所以迎宾问得很有技巧。

"时间是下午6点12分，预约人是……"我又迟疑了一下，"姓夜。"

"对的，先生，请您跟我来。"迎宾小姐看了看手中平板电脑的订座信息，点点头，随即带着我们朝餐厅深处走去。

这家餐厅的生意不错，上座率挺高。整层都是透明亮堂的落地玻璃，能够俯瞰整个园岭市，让人心旷神怡。迎宾小姐将我们带到一处靠窗的位置，轻轻拉开座位示意我俩坐下，然后准备离开。

我看了一眼能容下四人的桌椅，不经意地问："我们这里还有两个人没到，他们有提过什么时候才来吗？"

"没有先生，但是预定时，用餐标准和费用已经提前预付好了。"迎宾小姐嫣然一笑，"如果您没有其他问题的话，我就要去为您准备晚餐了。"

"没有了。"见什么信息也没套出来，我不耐烦地摆摆手。

"那祝您用餐愉快。"迎宾小姐离开了。

守护女当仁不让地跟我挤在一张沙发上，饶有兴致地看着窗外，然后又看着我。见我眉头不展，她轻轻地替我捶了捶肩膀："舒服？"

"挺舒服的。"我敷衍道。信上的谜题已经全部解开了，我之所以知道座位是一百一十五号，道理很简单。只需要将谜题做个减法，本以为立刻就能在约定的地点看到对方，可时间已经无限接近6点12分，来人却影子都没有出现。

这简直是在挑战我的耐心。只是最近的我跟“耐性”这个中性词实在没缘分，我不断地看表，指针轻巧地越过了谜题上的时间，还是没人出现。

我终于皱起眉头，准备起身离开。

就在这时，迎宾小姐已经推车走了过来，将精美的食物一样一样地摆在桌子上，然后又抽出一封信，轻轻放在我眼前。

“先生，这封信件是刚才一位女士要我送过来给您的。”迎宾小姐解释后，推车离开了。

又是一封信，信上的笔迹跟前一封一模一样，绝对是同一人所写。这家伙究竟想搞什么，越来越神秘兮兮了。

我微微一思考，叹口气，重新坐了回去，示意身旁的守护女将信拆开。里边是几张打印纸，纸上图文并茂地印着好几页文字。李梦月见没有异常后才递给我。

快速将信件看完，我更加疑惑了。

信上描述了一种园岭市逐渐开始传播开的传染病，至今官方都没有证明它的存在，更没有公布。这种传染病一开始是潜伏在人类的身体里许久都没动静，可一旦达到某种条件后，便会在人体内发芽成长，被感染的人类会变得精神萎缩、食欲大增。

这种传染病会让寄主怎么吃都吃不胖，所以传播前期很受女孩子的喜爱，甚至有高中女生特意去感染它。但是最近疾病开始变得不可控制起来，具体危害还没有进一步展现，但已经初现端倪，信的主人一直在调查疾病的成因以及对人体的影响。

调查的结果是，传染病毒极为挑食，它会将一部分自己喜欢的宿主掏空，令其死亡。

信上附带了一些女孩死亡的例子，我看着照片，愣了半晌。

“这人，跟我们，刚刚看到的，很像。”守护女偏过头看我手上的信，指着照片发表自己的意见。

照片上有一个女孩，她身体发胀，嘴里正隐约吐出淡黄色的气体。不过女孩显然没有死，眼神中还流露出惊恐绝望的神色。女孩的状态实在很像我们刚才遇到的那个被车撞死，然后浑身胀大、最后爆开的女生。就连身上的校服都很像！

“这是园岭一中的校服。”我在网上查了查资料，园岭市只有三所中学，其中园岭一中是最好的学校。园岭稍微有钱有势的人的儿女都在那里就读，它的夏季校服仿了日本特色，曾经在网络上火过一段时间。

信的最后，留下了一行小字，说是园岭会给我一个惊喜，让我找到自己一直想找到的东西。

我冷哼了一声。自己一直想找到的东西？怪了，我自己都不太清楚是什么。这东西真的有吗？

我将信件重新读了一遍，两封信连在一起，居然又有了个惊奇的发现。信纸平铺开，刚巧能排成两行。每一页上根据排列，最中间的字都会因为视觉原因而变大，估计写信人采用了暗影密码的特点。

暗影密码最早在二战时期用过，只能根据文章的正确排序才会呈现出正确的文字线索。虽然不复杂，可是方法却失传了几十年了。那个隐藏在背后折腾我的家伙，还真是够无聊的。

李梦月看着信上凸出来变大的文字，念道："园岭一中，高三五班，再见。"

"果然是想耍我。"我郁闷了。信件的主人神神秘秘地不出现，只给出一个又一个的线索引诱我进入园岭一中，就像撒饵一般，让我不断朝她预定的方向爬过去。

自己又不是没脑的原生动物，吊人胃口也该有个限度吧。

守护女用手撑着头，看着我："黎，不在，信里。"

女孩想表达黎诺依似乎没和写信人在一起。

"不，信里已经提到她了。"我摇摇头，表明写信人将黎诺依绑架的事实，"信里在隐晦的地方，用暗语写着因为某种原因，黎诺依需要跟她在一起，让我不用担心。"

"人质？"守护女偏头问。

"不太像。"我又摇头，"或许她有什么理由吧。安心吧，我们先去找个地方住！"

"我，没，担心。"李梦月绝丽的容颜倒映在落地玻璃上，窗外夜色已经渐沉，黑色笼罩了可视范围内的一切。二十二楼的脚下，街灯一盏一盏依次亮起，将城市点燃。

我望着窗外的世界，陷入了沉默。园岭市肯定陷入了某种困境里，而信的主人之所以邀请我过来，自然是因为靠她一个人的力量，无法解决事件。她一直不出现，而是用老套的信件作为通信工具，真的是因为她有恶趣味吗？

还是说，她有什么难言的苦衷？

黎诺依只是到卫生间换了一套衣服罢了，可信中却隐隐透露出她有些情况不妙。说不担心是假的。那个坚强执著的女孩身上，究竟发生了什么？以至于跟我们分开几分钟的时间，就再也无法联系？

第三章
潜入

高中校园，本以为离我已经非常遥远，可是真的踏进去的那一瞬间，熟悉的感觉反而扑面而来，就如同我原本就在这里，从来不曾离开过。

我穿着校服，身旁站着同样穿着校服、美艳得无法直视的李梦月。在走入大门的一刻，我微微停顿了一下脚步。

用力呼吸了几口气，我才继续往前走。

身旁全是惊叹的人，惊叹的对象不是我，而是我身旁的守护女。穿上校服的守护女比她穿一成不变的白色衣衫更加富有诱惑力。漆黑的长发轻轻披散在肩膀上，黛眉如烟，玲珑小巧的鼻子以及不施粉黛都白皙到几乎看不出毛孔的脸，让靠近的人全都陷入了一种癫狂状态。

守护女的美是男女通杀的，特别是她冰冷得能将人冻结的气质以及完全严肃的脸，让我这个自认为帅哥的家伙，走着走着都有些压力山大。我在李梦月身旁成了陪衬，来往同学的视线哪怕一丁点都没有落在我身上。

在无数视线的观摩下，守护女成为了所有人的焦点。男男女女在视线接触到这极有魅力的人形杀器后，通通不由自主地停下了脚步，看得如痴如醉。

我摸了摸鼻翼，不无酸味地调侃："梦月大美女，看来你的到来，令世界都颤抖了。"

李梦月轻轻地看了我一眼，学着我撇撇嘴，根本没理会那些目光。

我已经托老男人杨俊飞帮我弄来了身份证明和入学手续。毫不意外的，我俩都被分配到了高三五班。不过在正式入学之前，还需要到校长室报到。

园岭一中比我想象中大许多，鬼知道学校的办公楼在哪，于是我随便抓了一个家伙问路。被我抓住的是个小巧的女孩，长相很秀气，在接触到她的一瞬间，女孩轻轻颤抖了一下，发出可爱的"啊"的声音。

"您，您好。"女孩转过头，声音发抖，明显是吓得不轻。奇怪了，只是轻轻地拍了拍她的肩膀，用得着吓这么大一跳吗？

“你好。这位同学，请问一下行政楼在哪里？”我大大咧咧地问。

“朝，朝这边直走，左转。最高的那栋就、就是了。”女孩害羞的模样挺可爱，她小心翼翼地看了我一眼，然后满脸通红地偏开了视线。真巧偏开视线的地方与李梦月站立的位置重合了，猛地看到一个绝丽女子，女孩又发出一声惊讶的叫唤，还闭上了眼睛。

穿着校服的女高中生羞得满脸通红的模样，果然是人类最大的武器啊。她的害羞弄得连我也不好意思起来，挠挠头道谢后，连忙走开了。

园岭一中的行政楼修得挺豪华，有八层高。我在楼下的消防地图中找到了校长室的位置，搭乘电梯到了最顶层后，敲了敲八楼最里层的大门。

“进来。”一个中年男子的声音传来。

我再次用眼神示意守护女不要做多余的事情。我一直都很担心李梦月会露馅，因为她的气质太特殊了。这种只有日本漫画中才会出现的三无女，还是那种沉鱼落雁、闭月羞花般美貌的三无女，杀伤力对普通人而言可想而知。

毕竟她从前一直白衣打扮时，冷峻的气势会将周围的人震慑到忽略她的美貌。可一旦换上了校服，就连我都有股压抑不住的冲动，想要变身成宅男或是怪叔叔。

守护女对我的再三叮嘱丝毫没有不耐烦，她从来都很听我的话。或许这便是她作为夜家守护女从小就被灌输洗脑的结果。又或者，是作为未婚妻自认为听未来丈夫的话是理所当然的事。

有时候我真的会感慨，有这么一位武力值飚到赛亚人的程度，又漂亮又聪明又听话的未婚妻是一种福气。可不知为何，我心里却又矛盾得想要抵触。

人类，真是一种矛盾的生物。

扯远了。我一边纠结着乱七八糟的东西，一边推开了门。

“有什么事？”校长坐在宽大的办公桌后，正低着头处理文件。他大约四十多岁，认真地在文件上批注，连抬头看我们的时间都没有。留着八字胡的校长，眉头皱紧了，仿佛遇到了为难的事情。

“校长好。”我礼貌地打了招呼后，将入学证明递了过去。

“你们俩就是新转入的学生？”校长抽空翻了翻，这才抬起头。

我眯了眯眼睛，才四十多岁的人，脸就憔悴成这样，估计是最近都没有睡好的原因。头上的发丝都间或着白了许多。看来这园岭一中，真的不太平。否则校长也不会焦急成这样，神色、眉眼，都能看出他的疲惫不堪。

“对，我俩因为父母的原因，刚从春城转过来。”我提前就叮嘱过李梦月不要随便开口，她本来也不是喜欢说话的人。能不张嘴，绝对不会轻启唇舌。

“你们两个是兄妹？”校长打量了我们几眼，视线停留在守护女脸上，明显是被她惊艳到了，啧啧道，“不太像啊。”

“我家是离异家庭，两人都是现在的父母婚后带过来的，没有血缘关系，所以不像很正常。”我打着哈哈乱扯，赶紧示意守护女叫我一声哥哥以示证明。

“……哥。”李梦月横了我一眼，不情不愿地喊道。

校长揉了揉太阳穴，有些为难：“你们是学校其中一位很有分量的股东介绍来的，但是，怎么会在这段时间转过来？还是去五班。唉！”

看他焦虑的模样，我心里一动：“校长，五班有什么问题吗？”

“没有，当然没什么问题，大家都是品学兼优的好孩子。”校长回过神，立刻矢口否认了。

“那我们就去教室了哦，要上课了。高三生，每时每刻都在备战高考呢，一分钟我都不想耽误。”我见他什么都不愿透露的模样，也没兴趣再问下去。

“行，我叫教导主任带你们过去。”校长摆摆手，用内部电话叫来教导主任，带我们去了教室。

园岭一中高中部在学校的最后边，离操场很近。

我抬头看了看，这是栋比较老的六层建筑，楼表面黑漆漆的，像是被烟熏过，就连外壳都有些脱离了建筑表面，危楼似的。看来这建筑至少也有三十多年历史了，在这儿读书，真的不用担心楼会塌掉，真的能安心考出好成绩吗？

摸了摸头上的汗水，我暗自吐槽。也许教导主任看出了我的诧异，笑道：“别担心，这栋楼比你想得要结实。楼里出过许多高分学生了。一楼到二楼是高一部，三楼四楼高二部，五楼六楼高三部，很好认。”

跟着教导主任，我们顺着楼梯爬到了六楼。楼梯的左侧就是高三五班。教导主任先走进去，稍微向班里的同学介绍了我俩，就叫名字让我们进去，自己倒是一刻也不愿意多待似的离开了。

不出意外，进门后，班上所有同学都倒抽了一口气，用呆滞的目光看着我俩，不，准确地说这些男男女女全都看着守护女，几乎没有任何人看我。我摸了摸鼻子，有些尴尬。守护女面对无数视线，根本没在意，仍旧冷峻地站在黑板旁，脸上没有丝毫表情。

“美女啊。天哪，转校生居然是绝世美女。谁来救救我，这简直就是漫画里的剧情。没想到我人生最大的梦想居然实现了！”不知是哪个宅男先叫出声，如同平静的水面被丢入了一颗石子，在短暂的死寂过后，班里突然沸腾起来。每个人都在交头接耳，甚至有男生眼冒精光，哈喇子都快流出来了。

“安静，安静。”五班的班主任也慑于李梦月的美丽，愣了半天才想到要阻止班上同学的喧哗，努力用教鞭拍打黑板，喊道，“先让两位新同学介绍自己，下课后你们再自我介绍拉关系。”

班主任最后的一句话起了作用，也许是想听听转校生美女的名字，喧哗声戛然而止。我咳嗽了一声，在黑板上写了自己的名字，介绍道：“大家好，我叫夜不语。虽然名字有些古怪，但我可是个不可多得的好男人哦。真的！”

班里一片沉默，仍旧没人理我。

我挠了挠头，又咳嗽了一声：“这位是我妹妹，李梦月。”

守护女冲所有人点点头，完全没有开口的意思。

讲台下所有人都在等她说话，教室里从死寂变成了死沉沉的，可仍旧没有等到她开口。五班班主任眨巴着眼，试探地看向我：“介绍完了？”

我撇撇嘴：“介绍完了，我妹妹小时候受到过惊吓，所以至今都不爱说话。而且因为那件事情，从小就缺乏安全感。就因为缺乏安全感，所以爆发了小宇宙，成了武术天才，现在刚被授予空手道黑带九段的绶带，所以为了自己的生命安全，请大家不要招惹她。”

“很精彩的自我介绍，既然新同学是兄妹，那就坐在一起吧。教室最后排刚好空了两个位置！”班主任笑呵呵地说道。

众人对听不到李梦月的声音很不满，而且大多数狼性沸腾的雄性生物们明显将我最后那段警告的话当作了耳旁风，大家眼睛一眨不眨地跟着李梦月的身影，一直目视她坐下，这才依依不舍地转回头。

班主任继续上语文课，而我则迅速地打量起班里的所有人。

既然信的主人约我到高三五班见面，那她必然也潜伏进了这个班级。可是我将所有人都观察了一遍，并没有发现熟人。难道那家伙易了容？

下课铃声对除了我外的所有人来说，是极其漫长的等待。刺耳的铃声刚一响起，班主任还没离开，全班同学都涌到了后排。男男女女都拥挤着，扑到守护女身旁问东问西。

“你好，美女，我是班长，有什么不熟悉的可以找我。”一个身材高大长相帅气的男生率先挤进来，腆着脸自我介绍。

“我是学校百事通，园岭一中没有我不清楚的。要想了解咱们学校，找我准没错。李美女，要不要我放学后带你游览一下？”另一个男生笑面佛似的，眼冒星星。

“别管那些臭男生，小梦月，走，我们出去玩。”女生们也在拼命往里边挤，李梦月的美从来都是男女通吃的。

守护女丝毫不为周围的杂音所动，懒得理会，仍旧一言不发。她的身旁像是围绕了一百只鸭子，乱糟糟的声音几乎将教室里所有的响声都遮盖住了。

只是梦月的魅力，并不局限于高三五班。我抬头后才猛然发现，教室一整排明亮整洁的窗户外，已经围满了别班的人。园岭一中新转来了一位绝世美女的消息不胫而走，满学校的男男女女都在打听相关消息。

所以下课后，就出现了壮观的一幕。窗外被人围得水泄不通，看热闹看稀奇看美女，各种各样的学生脸上都带着各自不同的表情，弄得五班的人出门都困难。

我挠挠头，表示非常无奈。从前潜入学校当转校生，焦点一直都是自己的说，怎么说我还自认为算得上有些小帅，唉，果然还是守护女比较有魅力啊。

哪怕是自己，看到现在的场面，心里都有些发酸。

“那个，同学，你叫夜不语吧？”一个怯怯的声音传了过来。正低着头无聊的我听到后，猛地抬头，顿时脑袋和重物重重碰到了一起。

“哎！痛，呜呜。”好听的女声响了起来，只见一个短发女生蹲下身，捂着额头发出可爱的“呜呜”声。

“那个，不好意思，我不知道你靠我那么近。所以，哈哈，呵呵……”我笑着掩饰这场意外，耸了耸肩膀。

“没，没关系，我不痛。”女孩努力站起身，露出了脸。晶莹的泪珠还挂在眼角上，看起来楚楚可怜。

我微微打量了一下这位主动跟我搭讪的同班同学。她大约十八岁，身材小巧，精致的脸蛋配合不长不短的齐下颚的黑发，显得娇小玲珑，秀气逼人。而且配上那腼腆的表情，活脱脱又是个从漫画中走出来的容易被欺负的人物。

“咦，怪了，我们似乎在哪里见过。”我挠挠头，感觉自己这话像是怪叔叔在引诱小萝莉。

“当然见过。”似乎感觉到我的神色变得怪怪的，女孩“扑哧”一声笑起来，“门口你还逮住我，问我行政楼在哪里呢。”

“对，想起来了。抱歉啊，我这人记性一直都不好，可能是娘胎里就营养不良。”我乱哈拉着。我当然记得她是谁，不过自从进入五班后，身体和大脑就一直处于警戒状态。那两封神秘信件的主人还没出现，而眼前女孩又碰巧在校门口被我问路，更巧的是居然在同一个班上，这怎么令自己不产生怀疑呢？

“呵呵，你真有意思。”女孩伸出手，“我，我叫赵雅雅。能，能跟你做朋友吗？”

“赵雅雅？你姓赵？”我顿时眯起了眼睛。

“嗯，怎么了？”她眨巴着眼睛问。

“没什么，想起了一个故人而已，她也姓赵，也是个很有意思的女人。”我摇头说，语气里充满了调侃和说不清道不明的情绪。

“女人？”赵雅雅捕捉到了我话里的这个词，下意识地摸了摸头发，“你那个朋友比你大？”

“不清楚，女人的年龄不都是秘密吗？她的三围和她的年龄一样，都很神秘，至今我都没猜出来。”我继续摇头，用很难察觉的隐晦视线将赵雅雅从里到外扫描了好几遍，却一无所获。眼前女孩无论性格、身高和模样，都和我记忆中那个故人相差太大，甚至没有任何共同点。

“这样啊，那，我，我……”女孩吞吞吐吐的，小心翼翼地看着四周，这才压低声音，神秘兮兮地说，“你为什么那么想不开，转到五班来？”

“怎么，五班有什么特别吗？”我微皱眉头。这个女孩的话很有意思，我来五班前，曾经做过一些调查，可是并没有查出任何端倪。但看园岭一中校长、教导主任的表情，他们似乎都有些嫌弃、甚至是忌讳高三五班。现在赵雅雅又说出了这么一番话，那就有些意味深长了。

难道高三五班，真的有某些连我都调查不出来的问题？

“看来你什么都不清楚。”赵雅雅轻轻摇了摇头，声音更低了，“总之，你快转校离开吧。五班太危险了，如果不是大家都没办法离开的话……”

她的话还没有说完，只感到一股刺入脊髓的冷意以极快的速度传递过来。只听冰寒彻骨的一声暴喝，不知为何守护女李梦月发飙了。

“吵，吵死了！”守护女的声音清亮，比南极极点更加寒意十足的气息卷席向每个围拢她的人。在她的气势笼罩下，所有人都不由自主地全身发抖，吓得犹如受惊的兔子似的猛退了几步。

“哇，怎么回事！怎么回事！李梦月大美女的声音跟她的人一样有魅力，就连身体都抵抗不住。”有句话说“色心比命强”，那个自称园岭高中小灵通的同学尖叫着，声音充满兴奋。这货肯定是个受。

“这货是谁？”我一头黑线，见过不要命的，还真没见过这么不要命的。要是真的弄得守护女发飙了，恐怕他连全尸都保不住，明天就会成为永远不可能被找到的失踪人口，变成都市怪谈的牺牲品。

“他叫李余，学校赫赫有名的情报贩子。什么消息都能从他手里买到，只要你的价钱合理。”赵雅雅小心地朝李余瞥了一眼，似乎不太愿意跟这个怪人沾上关系。

“那你们的班长呢，似乎也不是个普通人？”我再次眯起眼睛。离李梦月最近的班长大人，那位高个子帅哥，居然是唯一没有后退的人。没有慑于守护女的气势，他绝对不简单。

“他叫东明，其实从前为人很猥琐的。不知为何，突然有一天他整个人就来了个大变样，高帅富起来了。”仿佛赵雅雅对班长的转变很苦恼，有种不知道该怎么解释的感觉，“总之，现在的他令人很难想象从前是什么样子。变化太大了。”

“嗯，嗯，有意思。”我点点头，对这个五班能出如此多的能人异士感兴趣起来。视线转了一圈，又重新回到了赵雅雅身上。我目光直直地注视着她，将她吓了一跳：“那么，你呢？赵雅雅同学，你是怎么样的一个人？”

“我？咦，我？”赵雅雅没明白过来，她不知所措的表情流露在脸上，看起来柔弱没有依靠。

我丝毫没在乎她楚楚可怜的神色，挑开了天窗：“是谁命令你靠近我的？”

“我，没有啊。”赵雅雅语无伦次，眼神拼命闪躲着。这令我更加肯定了自己的猜测。

我一声不吭地望着她。

赵雅雅慌乱了一阵子，这才低下头，喃喃道：“很明显吗？”

“非常明显。”我肯定地说，“你不是玩角色扮演的好料子。”

“我就说自己干不好的嘛。”赵雅雅说着说着就哭了起来，她抽泣着，“可是那个人，那个人一定要我这么做。”

“那个人是谁？”我问，“她让你接近我，是想给我传递什么讯息吗？”

“我也不清楚，那人只是告诉我，接近你有好处。”赵雅雅弱弱地回答。

“屁的好处，接近我的人，大多数都已经死了。”我冷哼了一声。

这句话完全把女孩吓住了，她缩了缩脖子：“死，死了？哇，呜呜，不要杀我灭口，我什么都不知道。”

我被她突如其来的哭声弄得头痛起来，自己也就随口说一句，谁知道女孩的心灵那么脆弱。

我手忙脚乱地安慰起她来，正闹腾腾的时候，突然一股恶寒从脊椎上爬了起来。只见李梦月不知何时走到了我俩身后，正一眨不眨地看着赵雅雅。

她明显把这腼腆的女孩当作了一种威胁，冰冷的视线在她身上扫过，几乎将赵雅雅胆小的心脏彻底摧毁。

我连忙横插在两人的视线之间。就在这时，意外再次发生了。

操场上传来了一阵惊慌失措的大叫。

第四章
舔眼球事件

从操场上发出的尖叫，无论是小说中、电影里，还是凭着我多年的经验判断，肯定是没有什么好事。上次我也假冒高中生混进过校园，没想到这次刚上完一节课，屁股都还没坐热，就有事发生了。

难道自己的命真的就那么贱?

我和李梦月对视一眼，连忙隔着六楼的窗户朝操场看去。塑胶铺就的操场上，篮球架下边，围了一堆人。女生们捂着嘴巴大叫大嚷，男生们也恶心不止，有的掏出手机报警，有的朝教务处跑去。

“下去看看。”此刻，五班的同学也将注意力稍微从守护女身上转移到了操场，我低声冲李梦月说了一句，便率先往楼下跑。

园岭一中的操场和任何城市里的塑胶操场一样普通，没什么特别。阳光下，地上覆盖的硬塑胶散发着若有若无的臭味，操场上没有树木，更不可能有草。光秃秃的操场看起来很不舒服，而篮球架下围拢人的位置，却传递着一股说不清道不明的怪异气息。

我和守护女拨开人群，努力挤了进去。

只见人墙的中间倒着一个女生，这个女孩已经面目全非了。身体各处不断地漏着气，破布般的校服挂在身体上，无声地证明着她曾经突然变庞大过。死去的女孩嘴角，一丝淡黄色的气体往外冒，扩散了没多远，就在阳光下被驱散得一干二净。

这女孩跟被车撞到，还有那封匿名信中资料上的受害者的情况基本一模一样。我思忖着，将衣服拉起来掩住口鼻，没管众人诧异的视线，蹲下了身子，用空闲的右手掏出一只塑料手套，让守护女帮我戴上。

我轻轻地翻了翻女孩的身体。

被破烂衣服遮盖住的肌肤，已经发硬了。大腿与肚子上的皮下脂肪消失殆尽，稍微用力按下去，只是觉得很硬而已。我的手往上摸，发现女孩尸体所有的肌肉组织都消耗光了，很难解释她身上究竟发生了什么事。

“喂，这位同学，你究竟在干吗？”一旁有个男同学见我若无其事地翻看女孩身体，有些忍不住责备道。

“你没看见吗，我在想办法救她。”我满口胡话，手摸到了尸体的喉咙处。皮下血液和体液已经没有了，能摸到的全是骨头。可是不知为何，我的两根指头老是感觉到一种律动从尸体的心脏位置朝大脑的方向爬。

这股律动很古怪，也很有规律。绝对不是脉搏。

“有你这么救人的吗？看起来不像是急救方法啊。”男孩疑惑道。

“你，说，我们，撒谎？”李梦月顿时生气了，她冷峻的脸转过去，看着男孩，那冰冷的视线让他不由得后退了几步。美女的视线虽然会让人心旷神怡，但是绝色美女的眼神里带着杀意又会怎样？从备受冰火两重天煎熬的男孩脸上，就能找到答案。

他满头冷汗，不敢多说什么，悄悄向后走，躲进了人群里。这少年，明显是被吓得不轻。

周围的人也被守护女的气势给震慑住了，没人再多嘴。于是我轻松起来，摸索完女孩全尸后，又掏出手机照相。折腾了好几分钟，突然，尸体微微动弹了一下。

我脸色大变，大叫一声：“快躲开。尸体有些不对劲儿！”

说时迟那时快，躺在地上的女孩尸体剧烈抽搐起来，幅度越来越大。整个人仿佛在弹簧床上，挣扎着不断弹起，又落下。就这样重复了接近十秒，所有的动能都从脚部、大腿、身体、脖子、最终在大脑处聚拢。

只听“啪”的一声，女孩大脑猛地爆炸开，围成人墙的同学尖叫不断，一些来不及躲闪的男男女女身上都沾上了体液，他们哪里见过这么可怕的场景，顿时弯着腰大吐不止。

一时间方圆几十米内，上百的人乱窜乱吐，混乱无比。

守护女搂着我的腰躲得飞快，等场面从混乱趋于平静后，才跟我缓缓靠近过去。操场上留下的学生这次总算学聪明了，离头颅爆炸的尸体远远的，见我俩居然还敢大胆地靠拢，都有些诧异不解。

看着地上红红白白的脑组织；我突然“咦”了一声。

女孩爆开的脑袋，恶心异常。

还没等我仔细观察，周围的人也察觉到了，惊讶的声音不绝于耳。

“怪了，她脑袋里究竟是什么东西，怎么有黑乎乎的物质？”有男生惊叫道。

“不会是沾了地上的土吧？”另一人猜测。

立刻便有人反驳：“怎么可能，塑胶操场哪来黑乎乎的土？你看脑组织里一坨一坨黑色的东西，足足有米粒大小，怎么可能是土！”

不错，女孩的脑组织里，密密麻麻地布满了黑色的点点异物，那些异物通通都有泰国米那么大，别说密集恐惧症患者了，就连我看了都想吐。黑色异物明显是女孩生前就有的，一直到死为止，都在她的脑袋里滋长。不过，这并不是她的死因。

黑色异物周围残留着脑组织，只是现在却呈现出浓痰般的焦黄色。女孩的大脑，在死前就已经变质并腐坏了，亏她居然能活到现在！

“那些小黑点，呃，恶心死了。是寄生虫的卵还是什么腐烂的玩意，搞得人脑花的味道都臭臭的？”学校中有小灵通之称的李余不知什么时候跑过来了，他用手扇了扇鼻尖前的空气，一边腆着脸朝守护女献殷勤。

“女神，您这么冰清玉洁，怎么能让如此污秽的东西肮脏了您的视线呢？”李余说着，从兜里掏出两张票，“我最近搞到了两张知名男歌星的演唱会门票，明晚要不要一起去看？前排哦！”

守护女瞪了他一眼，没理会。

“不喜欢？没关系，我手里的票多着呢。”李余将票往兜里一塞，变魔术似的又掏了一大把门票，“您随便挑，总有喜欢的。”

“滚。”李梦月被这没脸皮的家伙烦得险些要发飙了，好不容易想起我的叮嘱，硬生生按下怒火，只是云淡风轻地吐出了一个“滚”字。

但明显她的情绪并没有传递给李余，这脸皮比我还厚的家伙嬉皮笑脸地还想继续搭讪。我挥了挥手，示意守护女跟我回教室。

我俩走后，李余屁颠屁颠地跟了上来，还将脸贴到我身旁，大叫：“哥，你是我亲哥啊。大舅哥！”

说着，递了一个口袋给我：“大舅哥，我看您对那女孩脑袋里的东西感兴趣。小的我最近收集了一些资料，要不要看看？”

我没理会他那不要脸的称呼，毫不客气地将资料袋拿了过来。

学校因为操场上死了人，其后的课都乱糟糟的。五班明显陷入了死寂中，不知为何，我甚至看不出班上同学的情绪波动。

用了一整节课，我才将李余上贡的资料看完。

摸着额头，心里更加纠结，我完全看不懂园岭一中这所学校，以及园岭市究竟在发酵着什么了。很明显，四周的风都在吹送着一个讯息，有可怕的大灾难正在传递，朝着整个城市所有人笼罩过来。

如果灾难坐实，没有人能逃得掉。

或许写匿名信给我的人，也是预先发现了端倪，才会联络上我。可是她为什么会派赵雅雅接近我，自己却特意不跟我接触？

轻轻拍着手里的资料，我倒是稍微有一些佩服起那个犯花痴一直盯着守护女看的小灵通李余了。他对资料的收集非常有一套，而且思路清晰，档案的先后顺序也分得清清楚楚。我看完资料后，不需要在大脑中进行梳理就能明白前因后果。

当然，资料中也插入了他自己的想法和猜测，我将其剔除掉，心里却玩味起来。这个李余，看来不光只是想接近守护女。他借机给我如此详尽的资料，简直有些莫名其妙。说不定，这家伙也是匿名信主人的探子。

下课后就是午饭时间，我跟李梦月在学校食堂随便吃了一些。当然，绝丽的守护女又造成了严重的交通堵塞，围观的笨蛋们前仆后继。费了好大一番工夫，我俩才从人群里挤出来，找到个偏僻的位置默默地吃着。

食堂里的学生们，有的在聊着早晨死掉的女同学的事情，但更多的是在聊守护女的惊艳。果然激素分泌旺盛的学生时代，美女要比死人案件更具有诱惑力。

吃完饭，我将李余给自己的资料递给李梦月："有兴趣看看吗？"

守护女摇头，她的兴趣只限于我的安危，以及我身旁会不会萦绕新的雌性苍蝇。

"那我就简单给你讲讲，唉，园岭市果然不太平，这次估计我们麻烦大了。"我微微叹口气，按先后顺序将资料上的讯息口述出来。

李余说，大约是从一个月前开始，不知为什么，在园岭一中里面，有越来越多的学生开始戴起眼罩。

当时他还没有在意这个事件背后有着怎样骇人听闻的真相，也没太在意。作为学校里的消息商人，他正在卖着另一个消息——如何迅速减肥。那段时间，有太多不太胖的女孩突然就想减肥了，于是李余趁机卖了许多从网上找到的，真真假假的减肥方法，令他大赚了一笔，。

直到有一天放学后，李余照例在学校寻找小道消息，走到体育馆后边，突然发现器材室里似乎有些响动。作为情报贩子，热爱八卦是必备的精神。所以他偷偷摸摸地朝那边靠拢，将特意买的，就连暗处都能迅速抓拍的卡片相机调成静音，并关掉闪光灯。

器材室的门有一扇半开着，两个人的对话轻轻地传递过来。

李余竖起耳朵，居然听到了意想不到的内容。

“好痒啊，我的那里。”一声清脆的令人浮想翩翩的女孩声音。

“我帮你舔舔，你别动。”有男孩的声音传了出来。

“快点，痒死了。”女孩说。

然后就是一阵更加诱惑的舔舐声。李余的八卦之魂完全燃到了极点，他以为自己终于发掘到了千载难逢的好机会，以后不用当信息商人了，如果拍到这对淫乱的男女照片卖给电视台或者报纸，完全能赚得找不到北。

他抬起偷拍利器，缓缓地将脑袋小心翼翼地伸出去，想要看个究竟。只见阴影里，从体育馆顶上散发出来的光线勉强漏了一些进去，所以大概还能看到些轮廓。

一男一女两个人躲在阴影深处，从模样搭配声音，记性不错的李余终究还是判断出两人的身份。他吃了一惊，这两人居然是同班的班长大人东明，以及三班的班花张敏。

这两个狗男女的脸紧紧地凑在一起，像是在摸索着什么玩意儿。东明有些失望，没有光着身子，也没自己想象的那么不堪。他拍了几张照片后，不死心地继续看了下去。仔细观察后，他竟然发现，两个人的姿势越来越奇怪了。

东明双手的拇指和食指用力撑开张敏的眼睛，他伸出舌头，使劲舔在了张敏的眼球上。张敏顿时一阵抽搐，舒服地呻吟了一声。

就在这时，张敏扭动着身子，头也微微动了动，刚巧有一束光芒射了过去。这令李余看得更加清楚了。

张敏的眼球几乎都凸了出来，上面湿嗒嗒的，满是东明的口水。甚至有些唾液还“嘀嗒”地连着长长的恶心的丝，一直往下垂。

这诡异的一幕，看得李余头皮发麻。他一边无声地按下卡片相机的快门，一边反胃。

东明刚舔舐完张敏的左边眼球，她就更加不舒服了，她揉着右眼，央求着他再替自己舔一舔。东明嘴角流露出一丝戏谑的笑，移动着指头，将她的右眼眼眶也拨开，像是吃着美食似的，一点一点地舔起来。

李余已经恶心到再也看不下去了，他不明白张敏被舔了后为什么不会痛。俗话说眼里容不下一粒沙子，可是张敏的眼球被如此用力地舔来舔去，还一副享受的模样，实在是让他太难以理解了。

照片也照够了，李余打起了退堂鼓。虽然没有看到激情戏，但是能拍到这么劲爆的东西，他还是非常满足的。这家伙甚至已经在心里描绘出了头条的标题："高三某班班长与别班校花，不得不说的恶心嗜好。"

这个标题不错，低调又不落俗套。

正往后撤退时，终于还是被人发现了。本来背对着他的东明看到门口一道阴影闪过，立刻警觉起来，大叫一声："是谁？"

李余毫不犹豫，拔腿就逃。

东明迈开大步以飞快的速度追了上来，没多久，竟然将李余扑倒在地！

"混蛋，居然是你。"东明看清楚了李余的脸，他当然知道这家伙究竟是干吗的，眼睛迅速扫视着，最后视线凝固在了他右手的卡片相机上。

"把相机给我，给我！"东明伸手就去抢夺相机。李余肯定不愿意自己吃饭的东西被抢，拼命挣扎着。

他一边挣扎，一边还大叫："别以为我不知道你俩在干吗，哼哼，我全都看到了。你俩还真是够恶心的，那嗜好，想到都想吐。"

从器材室刚走出来的张敏，全身一抖，眼泪一下子就流了下来。东明则变得面红耳赤，肩膀颤抖个不停。

"你知道什么，你知道什么。"东明喃喃道，满脸的愤怒。

"别害臊了，我知道现在日本和美国一些学校也有流行舔眼珠，我可是吃这碗饭的。"李余见两人情绪不对，直觉地嗅出了里边似乎还有内情，于是挣扎着站起来，套话道，"还有记者跑去采访，那些被舔眼球的学生声称，他们喜欢让别人舔自己的眼珠，是因为这种刺痒的快感就像在被舔脚趾头一样，很爽呢。"

"我们不是，我们俩是因为……"三班的班花平时飞扬跋扈、不可一世，现在自己的隐私被撞破了，心理防线明显降低了。

"别跟他说话，这家伙不是什么好鸟。"她刚要将理由说出来，就被东明硬生生打断。东明趁着李余不注意，抢过相机，抽出内存卡折成两半，然后两人扬长而去。

剩下发傻的李余呆呆站着，看着扔在地上的卡片相机与损毁的内存卡心痛不已。

其后的一个星期，情况急转直下。本来李余还认为舔眼球的变态行为是张敏和东明的隐私，可这隐私似乎会传染，他在收集学校八卦时，居然又看到了好几对或是男女、或是男男，还有女孩和女孩互相舔着对方的眼球。

而且这种行为逐渐蔓延开，甚至在学校中变成了半公开的嗜好。园岭一中的高三生是重灾区，李余稍微调查了一下，居然震惊地发现，起码有三分之一高三学生舔过别人的眼珠。

那些人全是被自己要好的朋友要求的，原因不明。要求舔眼珠的同学，也坚决不说出缘由。甚至这种怪癖，到现在已经确确实实已经成为了学校里暗地里，比握手还流行的打招呼方式。

我将李余这本标题为“舔眼球时间”的档案合拢，看了看守护女：“你怎么想？”

本来没指望她给我什么答案，但李梦月却出乎意料地说道：“东明，见事情，败露。将，嗜好，传染，给，其他班，女同学。舔眼球，会传染，是，病？”

我惊讶了一下，用力拍着桌子：“不错，你说到点子上了。”

“这项无节操程度超越法式舌吻的亲密动作其实会带来严重后果，它会导致结膜炎，而结膜炎是一种眼睛的传染病。而且，眼珠被舔其实根本就不舒服。东明究竟是怎么将这项嗜好传播开的呢？”我沉思着，“还是说，这项嗜好本身就有问题？”

“不是嗜好，是瘾。”守护女再次开口，言简意赅地又一次切中重点。

我顿时点头道：“这个猜测很好。如果被东明舔过眼睛的男男女女们之后就被传染了某种瘾，导致眼睛一天不被舔，就会浑身不舒服。这才能符合迅速传播的条件！”

说着，我正准备翻开第二个档案与李梦月讨论，身材小巧的赵雅雅突然走了过来。守护女迫人的眼神落在她的身上，令这可爱女孩吓得不轻，甚至犹豫着还要不要继续朝我靠拢。

看她犹豫的模样与娃娃脸上慌乱的表情，十足一个手足无措的小萝莉。根本就不像是个下半年就要踏入大学校园的高三生嘛。

我冲她挥挥手，示意李梦月收敛一些。守护女没好气地转过头，低着头看自己眼前的食物。

赵雅雅这才小心翼翼地坐到我身旁，李梦月猛地抬头，女孩立刻惊讶得跳了起来。

我哭笑不得地看着这两个家伙耍宝，敲了敲桌子，自来熟地用昵称问：“雅雅，你找我有什么事？”

“那个，那个，啊，有人叫我把这封信，交，交给你。”赵雅雅在守护女的目光下坐立不安，她抽出一封信放在桌子上，然后惊慌失措地溜掉了。

信很小，很薄，封面用熟悉的娟秀字体写着我的名字。

又是一封匿名信。

第五章

黑色米粒

园岭一中和这个世界的一切，就像是两条平行线。你也许永远也接触不到另外一边的世界。可是，平行线也不过是一种假设罢了，世上从来没有绝对平行的两根线。所以我总有种预感，自己是不是好巧不巧的，与自己从没想过的方向，全面撞击了。

或许，这根本就不是一种巧合。眼前匿名信的主人以各种渠道传递给我的匿名信，就是一份又一份，通往园岭市未知世界的门票和纽带。

我打量着这封信，匿名信和之前的两封没什么不同。没有任何标识的信封，在食堂灯光下反射着微微光泽。“To 夜不语”这几个字是用黑色签字笔写的，写信人应该小心翼翼地戴着手套，我甚至怀疑上边根本采集不到指纹。

如此谨慎，如果单纯是恶作剧或者想要引起我的好奇心，已经做得太过了。

照例是李梦月将信件拆开，这次信封里有两样东西。第一样是大拇指指节一般大小的透明保鲜袋，袋子里装着一粒黑漆漆的物体，泰国米大小，我用手捏了捏，很硬。

“这，是，那女孩，脑袋里，异物。”眼尖的守护女识别能力超强，还没等我反应过来，她已经判断出了这玩意儿究竟是什么，并一把从我手里抢了过去，“小心，危险。”

“应该没有危险，你看，黑颗粒上有水渍，这东西应该事先被煮过，消了毒。”我摸了摸反应过度的守护女的脑袋，将信件里为什么要夹带人类大脑中变异出的黑色物质这一疑问放下，认真看起了信中第二样东西——那张便签纸上的内容来。

今晚12点，园岭一中，地下室。

看完后，我顿时无语了。园岭一中居然有地下室，一个学校而已，建地下室来干吗？再说了，就算真有，鬼知道地下室在哪！

我抬头看了李梦月一眼，眨巴着眼睛："梦月，将李余勾搭过来。"

守护女听到我的吩咐，居然犹豫了一下，可见对那个厚脸皮的情报贩子是多么反感。

"那人，讨厌。"李梦月说，"蟑螂，臭虫。"

我虽然意识到了她是多么讨厌李余，但没想到守护女已经将其划入了非人类的爬虫的范畴。

我挠了挠头，也没强求。毕竟好不容易梦月才有一次自己的思想流露。美人计这条路行不通，我开始想别的办法。

没想太久，我已经带着守护女趁着午休时间到处闲逛起来。

操场上死人的地方还围着警戒带，红白相间的带子飘扬在风里，在偌大的操场上显得特别刺眼。来来往往的学生指指点点，但是大多都很平静，这是一种很可怕的平静，同学们脸上流露出来的表情，有股司空见惯的感情色彩，也就意味着，这种事并不是头一次发生。

以前，园岭一中也发生过类似的事件。

当然，李余讨好般塞给我的资料中，也大略地提到，在一个多月时间里，一中的女生暴毙过好几人。

这让我不得不在意，如果将园岭市比作宇宙的话，园岭一中就是黑洞，悄无声息地吞噬着宇宙中所有的物质，散播出去的死亡气息，会将一切都搅乱，然后让人尸骨无存。

带着守护女闲逛，就是在吸引注意力，很快全校就传出美女转校生的流言，当然，这也是我有意为之。既然神秘的匿名信主人想努力保持低调，那么我高调一些，倒是能吸引来更多有用的资源。甚至，能够令信件主人更安全。

事情发展到现在，我已经能判断出匿名信主人跟我应该是同一战线，她究竟是谁，也呼之欲出了。如果真是她的话，黎诺依现在的状况绝对不妙。我不明白她为什么上一次厕所就失踪，但是，她一定跟匿名信主人在一起。而且她俩，都有麻烦了。

一个小小的园岭市，在大地图上仅仅是范围都不清不楚的红色小点罢了，居然能令我焦头烂额，真是麻烦。

闲逛了一个小时，好不容易才逮到李余。他正拿着相机偷偷摸摸地躲在体育馆后边的角落中偷窥什么。正当他鬼鬼祟祟地举起相机准备拍照时，我蹑手蹑脚地走过去，一巴掌拍在了他的肩膀上。

“哇！我的妈！”李余被吓得不轻，整个人都跳了起来。体育馆后边同样也传来惊讶的呼声，只听到窸窸窣窣穿衣服的响动，隐隐看到两个人影从相反的方向逃窜着离开了。

“又在找八卦了？”我撇撇嘴。

“呃，老大，夜哥，原来是你啊！”李余正想发飙，见到来人是我，而且守护女还在不远处妙目瞅着远方，他郁闷地挠挠头。

“在忙什么呢？”好嘛，对我的称呼又变了。这家伙脸皮还真不是一般的厚。我看了一眼体育馆后边的空间，这里属于墙壁和围墙的夹角，只有一米半宽。地上乱七八糟地扔满了垃圾。阳光照射不进来，所以也没长草。湿润的地方冒了几缕青苔，显得很阴郁。

但是，这儿绝对隐蔽，是偷鸡摸狗的极好地方。

“老大，好事情都被你给打乱了。我收到一个女孩的委托，据说她的男友疑似跟自己最好的朋友偷情。”李余泄气地说，“结果你猜怎么着？根据调查，委托人的男友跟她的好友是清白的，两人只比普通朋友亲密那么一丁点。但是男方，确实在偷情，对象简直令人震惊。”

“你不光卖信息，还接受委托？啧啧，生意做得有够大的！”我饶有兴致地问。

“当然，最近生意不好做，想要弄钱，只能扩大经营范围了。”李余不无得意地说。

我看着他：“话又说回来，你要那么多钱干吗？你在学校里卖消息，一个月赚的钱大概两个普通白领都没你多吧？”

李余脸色一凝，老练地转移了话题：“这个，我这人就爱钱，生下来百日宴抓东西的时候，什么也没抓，就把百元大钞给牢牢拽手里了。天性啊！不说这个了，老大，夜哥，你就不好奇我委托人男友的姘头究竟是谁吗？”

“怎么，我一定要感兴趣吗？”我反驳道。

“当然，真的很有趣，太八卦了。说出去一定会吓所有人一跳。”李余眼冒金星，“是我们的班长东明哦。这家伙居然男女通吃，太有意思了！”

“东明？”我的脑子里浮现出今天只见过一面的五班班长，他也算高大帅气，就是骨子里隐藏着一种猥琐。可我总觉得这个人有些神秘，没看起来那么简单，现在被李余一提，顿时觉得他更有问题了。

在李余的资料里，东明出现过无数次。貌似他什么都要插上一脚。舔三班班花的眼球，疑似在学校里传播舔眼球的恶习，现在又跟一个男人勾搭在了一起。够古怪的！

“你委托人的男友是谁？”我想了想，问。

李余不假思索地回答道：“叫杨庆，是我们学校最耀眼的明星。当然，嘿嘿，李梦月小亲亲来了后，他肯定是要靠边站了。梦月大美女，有人已经成立了你的后援会。全校大半的男生都加入了，你的人气旺盛得堪比中午的太阳呢。”

“白痴。”守护女偏过头，恶心地说道，“臭虫。”

“杨庆？具体是干吗的？”我又问。

“他是学校篮球队的，一米八五高，长相阳光帅气，是学校所有女生的梦中情人。”李余八卦得停不住嘴，“我的委托人确实配不上他。不过人家家里有钱，杨庆父母离异，只有母亲在艰难地抚养他。委托人常常借钱给他，杨庆还不起，只好委屈地当了她的男友。”

“难怪你这么热心。那女委托人没少给你好处吧？”我淡淡笑着。

“当然，谁会跟钱过不去？为了钱，我可是有决心将灵魂卖给恶魔的。”李余不以为耻地说着实在话，“谁想到居然碰到了这么恶心的八卦，太值了！”

我点点头，眼神变得怪异起来。他见我在死死地盯着他，有些怕了，警戒地向后退了好几步：“老大，你干吗这么看我？我性取向正常得很。”

“没什么，就是突然有些好奇罢了。”我一把抓住了他的脖子，将他抵在墙壁上，“一个为钱可以将灵魂卖给魔鬼的人，干吗接近我和梦月，还莫名其妙地给了我那么多有用的资料？你怎么知道那是我需要的东西呢？说实话，我真的很好奇。”

“这个，反对暴力。我这人是卡迪的崇拜者，崇尚非暴力不合作运动。”李余被我毫无预兆的翻脸给吓了一跳，连忙摆手，用手在嘴边做出关上拉链的姿势，表示自己面对暴力不会合作。

“白痴，是甘地，不是卡迪。你历史课不及格好不好？卡迪是意大利的国际专业电器制造商的名字！”我冷哼一声，抽出他给我的那厚厚一摞资料，用眼神逼视他，“是不是有人花钱，让你将东西给我？”

“没有！”李余一口否定。

“是不是有人花钱，让你尽量帮我？”我又问。

“没有！”李余再次否认。

“给你钱的人，是不是一个女孩？”我再次问。

“不是。”李余死硬地摇头。

“那个女孩，是不是三十多岁模样，长相奇丑，重达两百斤，走起路来地都在摇晃？”我继续问。

李余“扑哧”一声笑了：“怎么可能有那种奇葩的少女，人家明明才十八岁上下，漂亮得很，就比梦月大妹子差那么一丁点儿……”

这家伙猛地反应过来自己说漏了嘴，后悔得想要扇自己耳光，脸色都吓得发白了：“惨了，完了，我会被大姐头杀掉的。”

“看来，你倒是个老实人。”我拍拍他的脸，松开了手，“既然该泄露的都已经泄露了，干脆开诚布公地说个明白吧。你应该清楚，我是站在你们这边的。”

李余用力摇头：“没有大姐头的吩咐，我什么都不会说的。”说着瞥了守护女一眼：“就算你用美人计，我也不会招的。我虽然爱钱，但是嘴比爱钱之心更硬。就算李梦月大美女使劲亲我几下，我也什么都不招！”

“想，得，美。”守护女哪里受过如此待遇，她忍耐力一降再降，伸出手倒提着李余的脑袋扔进了巷子里，转身对我说：“主人，等，我，一下。血腥，勿看。”

说完就揉着拳头，走进了巷子中。

只听到附近的建筑都在震动，过了好一会儿，李梦月提着满脸伤痕、已经看不出人形的李余走了出来。

“他，准备，招了。”守护女将双手抱在高耸的胸口，美目高傲地仰望天空，一脸清爽。

“老大，你妹妹系恶魔，呜呜。”李余被打得口齿不清，结结巴巴地说。

“可以说了吧？”我淡淡问。李梦月低头，看了他一眼。

这家伙浑身一抖，屁滚尿流地点头：“招，无论是人格还是节操，我全招！”

“去死，我才不要你的节操，你一身节操早就掉地上被万人踩踏过无数次，都扁了。”我拍了拍他的脑袋，“还是告诉我，园岭一中的地下室究竟在哪吧？”

“我知道，我知道，用说的真的不好说，但是我能带你去。”李余豁着嘴，举手表忠诚。

“也行，今晚11点，我们教室前集合。”我哼了两声，“如果你耍什么花招的话，知道这是什么吗？”说着，我从信封里掏出那黑漆漆的米粒大小、如同虫卵的东西：“我就把这两颗卵塞进你嘴巴里去。”

“啊，这是卵？”李余吓了一跳，连滚带爬地朝后仰，生怕我真的塞到他嘴里。

这家伙，果然知道这些黑色米粒的存在。而且，还有些东西没给我。我没有点破，挥手让他离开。

“白痴、蟑螂。”看着李余离开的身影，守护女如此冷冰冰地评价道。

我笑起来：“梦月美女，我还是第一次听到你主动评论一个人，这家伙挺有趣吧？”

“恨不得，一脚，踩死。”李梦月横了我一眼，侧过头，抱住了我的胳膊。她高耸的酥胸压迫着我的手臂，软绵绵的，很舒服。这小妮子不知从死女人林芷颜那儿又学到了什么不太好的乱七八糟的知识，努力装出妩媚的模样：“今晚，一起，睡？没人，打扰。”

我伸手挠了挠她的下巴，无语了。林芷颜那混蛋，回去看我不骂死她。

整个下午，我都心不在焉地偷偷在课堂上用平板电脑查资料，登陆园岭市里的各大论坛寻找小道消息。一般而言，有怪异事情发生的地方，官方新闻的反应是最慢的。坊间的流言其实更加准确一些，而且能看出事件的发展轨迹以及现状。

乱翻着论坛帖子，很快，我就发现了好几个有趣的东西。

第一个，是关于各大学校最近流传出的某种灵异游戏。这种游戏很简单，名字也很直白，叫做死亡之旅。具体的方法是和任意人数的朋友一起互相照应着玩。先是深呼吸三口气，然后死死地憋住最后一口，憋气后快速做下蹲运动10次。做完之后，再将双手高高举起。这时你身前的朋友用胳膊在你胸口上方勒一下，大多数时候游戏做到现在，你就会突然晕过去。据论坛许多体验者说，晕倒后感觉时间过了好久，能看到好多东西在眼前晃来晃去，犹如走马灯。

可是当游戏者醒来后，才发现自己居然还在往地上倒，直到倒入身后朋友早早伸出的胳膊里。前后，也不过花了几秒钟罢了，却有一种经历了一辈子的错觉。

我皱了皱眉，这种游戏算是利用了窒息性休克的原理。人在短暂休克后，看到的东西基本上是潜意识中演化出来胡乱拼凑的记忆，就跟做梦一样。也就是说，玩那种游戏，休克后，不过是做了一场梦。

但是其后的相关帖子，就变得有些不太正常起来。

我从帖子中段看起，关于那个窒息休克游戏“死亡之旅”后面，突然有人摘录了一则新闻：“园岭市一女童眼中挑出9条活虫，医生说或因与宠物接触有关。”

新闻摘录很全，我只看了一眼，就再也没移开目光。

心里思绪翻飞，本来我对园岭市中发生的事情已经有了个猜测，但是却被那些帖子中的内容硬生生打得支离破碎。

这，究竟是怎么回事？

第六章
死亡之旅

这个世界，的确有许多很难解释的事情。人在青少年时期，通常都是好奇的。他们好奇于世界上的一切，更加对鬼神充满着非敬畏的探究心。他们不相信鬼神的存在，却通过各种方式传播据说能接近鬼神的方法。

“死亡之旅”的游戏，就是巧妙借用人体生理结构的bug，创造出来的伪灵异游戏。

我默默看着那个论坛里的帖子，细细读了几遍，将其中的信息牢牢记在脑子里。

帖子里面摘录了本地的一则新闻——

园岭市儿童医院上周接诊一名6岁女童，家长和医生先后从她左眼取出9条虫，取出时虫子还在蠕动！专家说这叫“结膜吸吮线虫”，也叫“东方线虫”，一种人畜共患的寄生虫病。其主要传播途径是冈田氏绕眼蝇。当冈田氏绕眼蝇停留在人或动物眼睛周围时，会放出幼虫寄生于人畜眼部。人体寄生的东方线虫主要是从猫狗身上感染，其中以狗最为多见。

据女童家长介绍，虽然自己家里未养宠物，但所居住小区内有猫狗，孩子外婆家也饲养了一条小狗，所以不排除被宠物感染的可能性。当然也有可能是被果蝇直接叮咬所致。

据悉，这种吸吮线虫寄生于眼睛的病例，国内也曾有多例报道，专家回忆，2008年他也曾接诊过一个小患者，从其眼中取了7条线虫。专家提醒，养宠物的家庭一定要注意个人和宠物的卫生，定期为宠物洗澡，抱宠物后要用肥皂洗手，定期为猫狗驱虫。有孩子的家庭更要注意讲究卫生，婴儿洗脸的毛巾要与洗澡毛巾分开，洗脸的盆子要专用；避免让孩子用手或不洁净的物品直接接触眼睛。

帖子摘录完这则新闻后，接着写道——

有没有大人眼睛里也会长虫的？我妹妹最近有些不太对劲儿，肚子有些发肿。她读高三，是园岭一中的学生。开始时老师以为她怀孕了，非常紧张地叫来了家长。家人也很紧张，把妹妹大骂了一顿。妹妹很委屈，说自己是清白的。

我父母连忙将我妹妹拉到医院去检查，结果确定妹妹没有怀孕。至于她肚子为什么会鼓起来，医生也说不出个所以然。因为做了体检，妹妹的身体比正常人都健康。虽然大家都在担心她的肚子，怕是什么病的病变，可是没过几天，妹妹肚子就小下去了，恢复了正常。

但是，事情并没有结束，更可怕的事情发生了。

一次和朋友玩游戏，玩的就是“死亡之旅”，妹妹也参加了。开始时大家都玩得很嗨，我妹妹是最后一个。她深吸一口气，原地下蹲十次后，我轻轻地戳了戳她的腹部，妹妹立刻休克了，身体也往后边倒去。

就在这时，诡异的事出现了。

我妹妹就算晕过去，也睁着眼睛。不知是不是因为旋转的原因，她有些反胃的状况，一边往下倒，一边从喉咙里发出干呕的声音。她的肚子在灯光下显得稍微胀大了一些。等她倒在朋友手臂上时，接住她的朋友猛地尖叫一声，吓得立刻往后退了几步。

妹妹直接倒在了地上，脑袋碰到地面后，发出了难听的撞击声。可就算如此，她也没有醒过来。

我责备地看了朋友一眼，正准备跑过去将妹妹扶起来。朋友却大声叫着：“别过去，你妹妹眼睛里有东西！”

“能有什么东西，你要把她摔坏了，我非抽你不可。”我气恼地说。其实当时我是有些奇怪的，一般死亡之旅游戏，参与者的休克时间非常短暂，甚至休克的几率根本不高，不是所有人都能顺利昏迷。可是我妹妹倒地后，已经过了足足二十多秒，却丝毫没有醒来的迹象。

她仍旧保持着最初休克的模样，瞪大眼睛，死死地看向天花板。

等我过去伸手去摸妹妹的肩膀时，突然看到了不可思议的一幕。她眼睛里真的有东西，有一些黑漆漆的细细的物体正在她的眼白和眸子之间悠然游动着，看得人头皮发麻，鸡皮疙瘩直冒。

我整个人都呆住了。那些黑漆漆的细丝仿佛能感觉到别人的视线，它们在我的注视下顿了顿，然后猛地从妹妹眼睛里跳跃了出来。这些玩意儿明明只有几厘米长，可是跳跃的速度极快，距离也很远。

我吓了一跳，拼命躲开。可我身后的朋友却没有那么幸运，黑色细丝蹿入了朋友张开的大嘴中，瞬间就消失不见了。

朋友使劲地抠着喉咙口，想要将黑丝吐出来。但究竟吐出来没有我们不知道，呕吐物里什么也没找到。

妹妹眼睛里的黑丝很快就散去了，她也醒了过来，说自己做了个很长很长的梦。我很担心，也不敢跟她说，只能在网上和图书馆里偷偷地查资料。

写到这里，帖子的主人附了一张非常不清楚，明显是手忙脚乱时用手机拍下的照片。照片里有一个女孩倒在地上，脸已经被PS掉了，只能看到一双明亮的眼睛。

女孩眼睛里，确实能隐隐看到些黑色的丝线，不像是视觉神经和血管，倒有些像电影里某种酷刑，将黑色墨水注入受刑者眼珠中，墨水顺着血管流动留下的痕迹。连久经诡异事件考验的我，都看得不寒而栗。

继续看下去，帖子主人又写道：

我有两个猜测，一是我妹妹患上了一种现在医学还查不出的病。她被某种寄生虫感染了，所以在玩死亡之旅时，因为旋转的离心力以及暂时休克，引起了体内寄生虫的反应。

二是死亡之旅这个游戏本身就有问题。这个游戏的目的是什么？是为了休克吗？不是，有朋友说死亡之旅游戏是让自己无限接近死亡，从而进入人死亡后的世界。

或许妹妹的体质太过特殊，她不但顺利休克了，还真的进入了冥界。灵魂带回了一些这个世界本不该有的东西？

究竟是哪个猜测比较接近真相，我不知道。最近被我妹妹眼珠里的黑丝蹿入的朋友已经失去了联系。而我家人，还有我，都感觉身体有些不太对劲儿。

或许，我们也被妹妹感染了。

谁来救救我们？

帖子主人写到这里，就断更了。我数了数帖子的发布时间，应该是一个月前。

楼主陆续写了五天左右，这个帖子亦真亦假，而且很诡异，引起了论坛众多网友的热议。许多人不相信，要楼主出来澄清帖子的内容到底是真是假，还有人直接骂楼主是骗子，骗点击率和回复。

可是任众人怎么骂，楼主始终没有再出现过，像真的失踪了似的。直到现在，那帖子仍然在园岭市一家主流地方论坛占据着置顶位置，许多网友仍旧在讨论着。

有的人信，有的人不信。但是根据我手上掌握的情况，我是相信的。帖子的主人如果真的如他所说那样，恐怕现在已经凶多吉少了。

他妹妹是园岭一中的高三生，这很重要。我用手敲着桌子，暗暗做了个决定。让老男人杨俊飞以最快的速度查查发帖人的ip，找找发帖人究竟是谁，住在哪里。

说不定，这是了解园岭市正在发生的诡异事件的关键所在。虽然至今为止，我都还不清楚，这个城市，究竟潜伏着什么可怕的存在。

给侦探社发了信，下课铃声终于响了。下午课结束后，我带着守护女出去吃饭，在城市里到处溜达。熬完晚自习，我俩没有出校门，而是躲在体育馆的器材室。等到接近晚上十一点时，才躲着保安，溜达到了教室门口。

李余，早已经到了，正无聊地打着哈欠。

他见我俩慢悠悠地走过来，正准备腆着脸抱怨，见守护女眼睛一瞪，立刻就将喉咙口的话硬生生咽了下去。

“走吧，你带路。”我示意他带我俩去所谓的学校地下室。

李余没啰唆，在前边带路。守护女依旧云淡风轻地跟在我身后，她的眼神比月光更清冷，看似很放松，但一有危险就会如同疾驰的猎豹，将危险消弭在萌芽中。

“大哥，你妹妹太危险了。在家里也这么有型？”走了一段路，李余偷偷慢下脚步问。

“对，没人敢惹她。就连我都不敢。”我点头。

“这么可怕？”这家伙估计是有受虐倾向，眼睛里冒出了无数小星星，“太有意思了。我要追她！”

我愣了愣，顿时笑着警告道：“劝你死了这条心，免得命都没了，还不知道怎么回事。”

追守护女？简直是在开玩笑，我这辈子见过胆大的，还真没见过胆大到命都不要的。

“大哥，你给我搭个线呗，我把你当亲哥了。”李余悄悄瞥了一眼不远处月光投影下，李梦月的影子，口水都快流了下来。

话音刚落，我感觉四周的空气冷凝下来。我肩膀一抖，连忙往前快速走了几步。李余没察觉到危险，只是裹了裹外套，嘀咕着："明明都要到初夏了，怎么晚上还那么冷？早知道多带一件衣服了。"

随着他的话落地，我不由得又加快了脚步，心里在默默哀悼这混蛋的悲哀命运。

只听李梦月冷哼一声，漂亮的身姿瞬移到李余身旁，冷漠没有感情的声音轻轻响起："你，在，说，什么？"

李余果然不愧厚脸皮帝王，他嬉皮笑脸地转头，对着守护女害羞地道："你都听到啦，美女，嘿嘿。我这辈子没一见钟情过，就见你顺眼。要不，我俩……"

"找死！"还没等他说完，守护女已经被气到爆炸了。从小在夜家，李梦月就因为身份原因，受到所有人尊敬。跟我离开生她养她的地方，进入外面的世界后，也少有人对她说这么过分的话。对于守护女而言，她的一生早就注定了跟着主人。李余的话，对她而言，已经是一种亵渎了。

气得快要疯掉的守护女伸出纤柔的手，一把抓住李余的脖子，将他提了起来。李余的脸上全是惊骇的表情。他实在无法想象，这个胳膊比寿司卷粗不了多少的女孩，力气究竟大到了什么程度。

正当李余瞠目结舌时，守护女一声不吭，用冰冷的目光盯住了他。李余觉得自己仿佛被掠食动物锁定，他在那比北极更寒冷的眼神里，脆弱得犹如原生动物。

"我，我……"李余想说些什么，可是突然发现自己已没办法发声了。他全身都在颤抖，抖得厉害。

"要糟！"事情的发展似乎已经超出了我的预料，从空气里嗅出了守护女的杀意，我连忙喊道，"梦月，快住手！"

"哼。"说时迟那时快，以迅雷不及掩耳的速度，李梦月手一扬，将李余从走廊一扇打开的窗户里扔了出去。

这可是六楼啊，只听到李余"啊"的一声尖叫，随后传来"扑通"一声，以及水花四处溅落的声音。

"手，抖了，一下。"梦月扭了扭右手手腕，很是惋惜。

"你啊！唉，算了，算了，总之你还是有分寸的。"我没舍得责怪她，毕竟守护女有自我感情流露的机会实在是少之又少。我几步跑过去，探头往窗外瞅了瞅。只见六楼下面，距离教学楼十多米的距离外，有一个不小的荷花池。李余正晕头转向地在池子里游着，好不容易才摸到池塘的边缘，拼命向上爬。

闹了那么大的动静，学校的保安也没有打着电筒出现，这倒令我有些奇怪。

“看起来他还活着。”我挠了挠头。

“嘁。”守护女傲娇地扬了扬下巴，一副不爽的神情。喂喂，这家伙，不会是故意想要摔死他，结果巧合地落入荷花池的吧？

我带着李梦月下了楼，午夜的学园，安静得犹如死域。园岭一中的所有路灯都关掉了，只能远远看到住宿楼的走廊还有几盏楼道灯。

一见到我俩的身影，李余就像受惊的老鼠，“哗”地蹿到树林里，指着守护女的方向，哆嗦着说：“那暴力女想要谋杀我。”

“你不是好好的没事吗？谋杀的控诉无法成立。”我掏出手机看了看，折腾了这么久，都快要12点了，于是不耐烦说道：“别闹了，快点带路。”

“可是，可是。”李余声泪俱下，还想继续指控守护女的暴行。李梦月也不耐烦起来，抬起手，仰望天空的那轮明月，顺便揉了揉右手五根手指。

李余顿时抖了抖，如同落败的公鸡，一边嘀咕着“知道了，知道了，你们这些吃人不吐骨头的大爷。小的我惹不起”，一边垂头丧气地带我们朝校园的操场东边走去。

园岭一中，还真的有一个地下室。就在我完全想象不到的地方。

说实话，亲眼看到入口后，我完全愣住了。

第七章

匿名信的主人

有人说，表达友谊的方式就是赠送名牌，爱情的纯度也视乎礼物的昂贵程度，一个人能否立足于社会、能否拥有尊重，也要看他或她过着什么样的物质生活。每个人身上都有条形码，可以标价。

这是李余给我的感觉。他似乎为了某种目的，嗜钱如命。为了赚钱，可以不顾一切，甚至能将学校里的同学分类、贴上标签，然后用大脑扫描，看他们身上究竟谁更有价值，能给自己带来利益。

这种病态的财迷，我一直都觉得很有趣。病态的人，往往比正常人更加有价值。例如乔布斯，他就是偏执狂，就因为他的偏执，苹果公司才能从负债累累，变成全球最有价值的公司。

所以当李余指着眼前的所在，说是学校地下室入口时，我一丁点都没有生气。真的，一丁点都没有，只是用冷漠的眼神看着他，吩咐守护女将他的脑袋塞进马桶里去。

“不要啊，这真的是入口。大哥，我的亲哥，我真没骗您。借给我六个胆子，我也不敢啊。”李余举着双手大喊冤枉。

“你说女厕所，就是入口？”我指着女厕所的门，瞅着衣服湿透、不断打喷嚏的这家伙。

不错，李余带我们来的地方就是操场尽头的学校厕所。这个厕所很老旧，或许是建校前就有了，期间翻新过无数次，可经历了长久的岁月摧残，无论如何翻新，都无法掩饰这足足五十米宽度的长方形厕所的残破不堪。

而我们三人，正站在女厕所前。守护女不禁愠怒，很配合地抬手，准备抓住他的脖子。

“我的消息来源绝对真实。”李余慌了，东躲西藏，眼泪都快流了出来。

“别忙，这么老的厕所，在国内越来越少见了。”我看他说得真诚，也微微思考了一下，阻止了李梦月进一步的行动，摸着下巴，喃喃道，“说起来从前国内到处都是防空洞，政府为了保护学生，学校中的标准设施就有防空洞。看这厕所周周正正的模样，或许就是防空洞改的。”

“老大英明，这都能猜出来。”李余一脸佩服，点头哈腰地躲到我身旁，隔着我冲李梦月做鬼脸，“我的资料中也有记载，七十多年前，这里还真就是防空洞的位置。只是五十年前没用了，所以填埋后用作厕所了。”

“以五十年前的建筑材料缺乏程度，估计填埋也只是做做样子，封了最上边一层罢了。防空洞下边肯定是空的，怎么，入口真的在女厕所？”我看向他。

“真的假不了。”李余急忙点头，“我先进去探路，老大，您和大姐大慢慢跟我来。”

这家伙吃了亏后，已经堂堂正正地称呼李梦月大姐大了。够油滑，守护女的评价果然对了，李余就是个打不死的蟑螂命。

入夜后学生晚自习回家，学校的电源都会关掉，操场的大厕所也不例外。我们掏出手机照明，缓缓往前走。这个卫生间打扫得并不干净，隐隐有一丝不好闻的臭味。厕所通道笔直，我俩跟着李余一直往前走。

李余一边走，一边介绍：“每个学校里都有类似的七大不可思议传说，园岭一中也不例外。学校的第七个传说，正好是操场女厕所最后一个蹲位的门，无法打开。嘿嘿，您瞧。”

我们走到厕所的尽头，李余掏出一把钥匙，将牢牢锁住的厕所蹲位打开。门被他一拉，传来难听的摩擦声。只见三个手机的光芒照耀下，一个厕所正中间露出了一个雪白的马桶。

我微微眯了眯眼睛，厕所几十个蹲位，都是蹲便器，只有这一个是马桶。看来这马桶本身就有问题。

李余没有开口，麻利地将马桶推开，地上露出了一个黑漆漆的只能勉强容瘦子通过的洞。

“这本来是我的基地，可是上个大姐头来了后，就归她了。”李余率先往下钻。

我和守护女对视一眼，说道：“小心点。”

见李梦月微微一点头后，这才慢吞吞地也钻了下去。

脚底下很空，吊在大洞边缘的手放开后，过了几秒，脚底才有触地的感觉。就在我蹲身缓解下坠力时，一束光照了过来，然后便响起一个清冷得犹如从记忆深处涌出的熟悉声音。

“哟，夜帅哥，欢迎大驾光临寒舍。”

果然是女孩的声音，音调中有调侃，也有隐隐藏不住的焦虑。我微微笑起来，果然是她。然后迎着灯光，望了过去。

耳畔传来风声，穿着校服的守护女也落到了地上。离心力让她瀑布般的长发飘在空中，复又落下，美得一塌糊涂。还没等我往前靠近，落地后的李梦月突然肩膀一抖，掠食动物般的眼神死死地望向不远处的女孩，一把将我拉到了背后。

“危险。”守护女一边说着，一边盯着那女孩，本来已经恢复平静的黑色发丝在她的气势下无风自动，俊俏的脸极有威慑力。

李余因为最接近守护女的气场圈，吓得屁滚尿流，直接晕了过去。

我撇撇嘴，一脸看好戏的模样，没有解释，也没有阻止守护女的行为。

“哟，你就是李梦月大美女吧，人如其名，果然漂亮，就连我都只能甘拜下风了。”眼前女孩拨动着头发，丝毫没受到守护女气势的干扰，轻描淡写道：“我叫赵韵含，你主人的老朋友了。”

“赵，韵含？”李梦月摇头，“没，听说，过。你，有杀气！”

“怎么可能？我不过是个柔弱的小女子罢了。”赵韵含失笑道，“大美女，你有错觉吧？”

“哼，杀气！”守护女将我轻轻往后一推，整个人闪电般向前位移，想要以迅雷不及掩耳的速度消除威胁。

赵韵含脚步一动，轻巧地躲过了。她嘴角含笑，裙角飞扬，速度快得难以用肉眼捕捉。守护女又是一声冷哼，手上的速度更加快了，昏暗的灯光下，只见两道穿着同样校服的人影在不断纠缠，不断缩小范围，速度越来越快。

我看得眼都花了，便慢吞吞地找了一把钢管椅坐下，拿起赵韵含积存的零食吃了起来。虽然赵韵含这家伙确实是我的老朋友，不过我也已经将近四年没见过她了。记忆中，她从来都是神秘兮兮的，貌似还会些我无法理解的类似法术的技能。让李梦月试探她一下也好。

守护女在不断地攻击，而赵韵含似乎顾忌着什么，一直在躲闪而没有还手。不过李梦月的攻击力本来就强，没多久她便已经束手束脚，有些无法应付了。

两个女孩身旁不断刮出劲风，吹得防空洞里的家具犹如积木般，好像随时都会散架。又过了一会儿，赵韵含已经明显落了下风，急忙大喊道："好啦，本小姐认输了。大美女，我们一起停手，怎么样？"

李梦月根本没理会她，反而攻击得更加激烈。

赵韵含不由得急了起来："夜不语，再不叫你未婚妻住手，我可就要没命了。到时候，你永远都别想知道这里究竟发生了什么。"

我听到她的话，顿时笑起来。多少年了，我终于在这家伙面前占了一次上风，感觉真是无与伦比的爽啊。

"梦月，停手吧。"故意顿了顿，见她真的难于招架，我才慢慢开口道。守护女一如既往地听话，她的手已经险之又险地放在了赵韵含的脖子上，再差一毫米，就会洞穿她的颈部动脉。

我的声音落下后，一切都归于沉寂。两个女孩同时陷入相对静止状态，保持着最终的姿势。一滴冷汗，从赵韵含的额头滑下，穿过眉间，顺着美貌如花的脸颊，一直滴落在地，摔得粉碎。

我轻轻拍了拍自己身旁的椅子，示意李梦月坐过来。

守护女迟疑道："主人，她，危险。"

"放心，她不会伤害我。毕竟是老朋友了，对吧。"我撇撇嘴，看着一副高中生打扮的赵韵含，"赵美女，这么多年了，你的恶趣味还是没改，就连模样也没变，流连在各大高校装高中生，你就那么喜欢角色扮演啊？"

"哼，你也好不到哪里去。"解除了危机，赵韵含郁闷道，"哪有人一见到老朋友，就指使人攻击的？可怜我这把沉鱼落雁的骨头，差点就散架了。"

“废话别说了。”我打量了她几眼。这个女人真的如同四年前那样，发型也没变过。我就搞不懂了，怎么说四年过去，我的模样也变了许多。可她，岁月似乎完全无法在她身上刻下痕迹，除了衣服不同外，似乎跟我上次见她时一模一样。这个女人隐藏的秘密，恐怕比我想象中更多。

我跷起二郎腿，顺手理了理守护女因为剧烈运动而没有归位的刘海：“你引诱我来园岭市，究竟有什么目的？”

听到我的话，赵韵含顿时瞪大了眼睛：“什么叫我引诱你来园岭市？明明是你自己来的，我发现了你后，好心好意地让李余送资料给你。”

“别开玩笑了。明明是你用手段把我弄过来的，不然你真以为我是工作狂？要知道我还带着两个美女在休假呢。”我不满地瞥了她一眼，“说实话吧，你究竟有什么目的？”

“我还真没有，记得刚才吧，梦月大美女说我有杀气。”赵韵含满脸无辜，“废话，有人突然闯入了我的领地，我不戒备才怪。幸好想起你来园岭市了，猜想来人大概是你，没想到你还真神通广大，刚来一两天，就把我从隐蔽的地方给揪了出来。”

听完她的话，我整个人都愣住了，隔了许久，感到口干舌燥，“刷”地站起身，颤抖着问道：“你真的没有开玩笑？”

“我用玉皇大帝的名义发誓。”赵韵含举起双手。

“你也没给我写过匿名信？”我又问。

“绝对没有！”她诧异地看着我，“什么匿名信？”

我心里顿时涌上了不祥的感觉，急忙将身上的三封匿名信扔在了对面的桌子上。赵韵含好奇地拿起来看了几眼，脸色瞬间沉了下去。

我俩对视了几眼，不约而同地长叹一口气。

“看来，我们是被人设局了。”我冷冷说道。

“奇了怪了，这信封和内文上的文字，确实是我的笔迹。不过我从来没有写过这种信，我也在奇怪呢，怎么你会跑到这个名不见经传的园岭市？原来如此，原来如此。”赵韵含喃喃说，“看来，设局的人不但了解你，也很了解我。”

“你有什么眉目吗？”我问。

“没有，我不认为有谁会同时熟悉我俩。”赵韵含不假思索地摇头。

我也随之点头：“不错，你太神秘了，直到现在，我都不清楚你究竟是谁。”

“这个倒不劳您费心，本姑娘也没兴趣给你解释，你慢慢猜吧。现在的当务之急是，找出究竟是谁暗地里以我的名义引诱你过来，还让你跟我碰头。”赵韵含拿起最后一封匿名信，闻了闻，“前边两封信味道很杂，无法分辨。但这封信上除了你和梦月大美女外，只有一个陌生人的味道。如果我猜得不错的话，应该是高三五班的自闭女赵雅雅。”

“不错，信确实是她交给我的。”我吃惊地点头，“你是狗鼻子啊，这都闻得出来。赵雅雅说，有个大姐头让她故意接近我。这个大姐头真的不是你？”

“不是，我只见过她一次，没有接触过。”赵韵含摇头。

我皱了皱眉头：“我再跟你确认一件事，黎诺依，有没有在你这儿？”

“黎诺依？你是说跟你一起来园岭市的另一个普通女孩？”赵韵含缓缓摇头，“没有！说起来我也奇怪，怎么潜入校园的只剩你们两个人。难道她出事了？”

“出口在哪？”我顿时脸色铁青，准备直接离开。心里涌起了惊涛骇浪般的思绪，黎诺依消失了。本来一直以为她因为某种原因被赵韵含所救，但看情况，她竟然是被匿名信的主人劫持了。那个写匿名信的人究竟想怎样？她利用我和赵韵含的关系引诱我来此，又劫持黎诺依，到底有什么不可告人的目的？

还有最重要的一点，这个人是敌是友我根本不清楚，更无法揣测。必须尽快将黎诺依找出来，否则，不可测因素会越来越多。

正要出门，赵韵含伸手拦住了我：“小夜，你这么聪明一个人，怎么会想不明白了？我看你是关心则乱吧。那个人既然故意将我们凑对，肯定是有目的的。现在最着急的，应该是她才对。我们只需等着，按部就班地做自己的事情。你的小情人，在她没有达到目的前，肯定不会有事。”

我向前走了几步，终究还是停了下来。赵韵含说得没错，自己真的是关心则乱了。我重新坐下，开口问道：“说说看吧，你在园岭市，究竟在干什么，发现了什么？”

第八章
猜测

赵韵含坐在地下室的沙发上，深吸了口气，却没有回答我的问题，只是道：“几年没见了，过得还好吧？”

我瞪了她一眼：“废话，似乎我的一举一动你都很清楚，就连守护女的事都知道。还在这假惺惺地问。”

“也就是问问罢了，你，夜不语，谁人不知谁人不晓，业内人都清楚，有名的大灾星！”赵韵含笑嘻嘻地说。

“业内？你所谓的业内是什么东西？”我眯起眼睛。虽然略知这世界上有许多古古怪怪的团体，甚至有些团体还在针对我。不过，我还真没有统一归纳过。有时候我总觉得自己的脚下，埋藏着一个庞大的体系，只是这个体系的门槛，我只迈入了一条腿。

“很复杂，也解释不清楚。或许以后你会明白。”似乎赵韵含也觉得很难解释，于是摇摇头，略过了。

“我被匿名信引诱，那信的真正主人，是不是你口中的业内人士？”我换了个方式又问。

赵韵含依旧摇头：“我也不知道。总之，既然你来了，估计那家伙肯定想借着你我二人站在前台，而她隐藏在黑暗处等着捡便宜。”

我表示赞同，却也疑惑重重：“那家伙将黎诺依绑架走干吗？当作筹码？”

“不像。”赵韵含漂亮的脸蛋上也划过一丝疑惑，“总之，她有自己的目的。我们拭目以待吧。先来解决手上的问题，夜帅哥，你知道这个小城市，正在发生什么可怕的事吗？”

“略微猜到了一点。”我走到地下室的酒柜前，为守护女倒了一杯柠檬水，又为自己倒了一杯红酒，没喝，只是看着杯子里的暗红液体流动，轻声道，“园岭市，似乎许多人都患了病。我猜高三五班的班长东明就是传染源之一。他借用舔眼球的方式，传播疾病。”

“猜对了其中一点。”赵韵含抢过杯子，将红酒一口喝掉，“东明身上确实有疑点。不过所有的一切，都要从四十三天前说起。话说那天，园岭水库上游一条河道冲下来大量的死鱼尸体，将河道都堆满了。恶臭熏天，恶心得很。没人知道发生了什么，鱼尸被河道管理局和卫生局联合运走，可是一连三天，每天都有大量鱼尸再次冲下。”

“第四天，所有钓友都奇怪地发现，整个园岭水库都钓不到一条鱼，仿佛鱼类都死绝了。”赵韵含用性感的红舌舔舔嘴唇，“我来的时候，惊讶地发现，园岭市有许多人都感染了一种疾病。那种病很古怪，会让人身体发胀，最后爆炸开。虽然现在案例还很少，可是已经引起了市里许多人的注意。”

“例如呢？什么人在注意？”我问。

“警察局、政府部门，以及家里有人被传染的亲戚。”赵韵含淡淡说，“现在卫生部已经将一些病人秘密抓起来，隔离开，希望查清他们体内到底发生了什么。”

“有研究结果了吗？”我又问。

赵韵含缓缓摇头：“暂时还没有。我猜，用现有的科技，恐怕是研究不出来的。能用显微镜看到的东西，只有现有的科学体系。而非科学体系的物体，显微镜是看不到的。”

“你究竟在说什么，科学就是科学。无论现在的科学有多白痴，可是总有一天能够将我这辈子遇到的事情都解释清楚。”我撇撇嘴，不以为然。但她的话却在我心里掀起了惊涛骇浪。赵韵含似乎知道些什么。听她言语中对世界的认知，似乎已经超出了人类当前科技的范畴。

这个神秘女人，每多接触一次，就会感慨不已。她究竟是什么人？

“喊，我差点都忘了，你这家伙是科学死忠。不论看到什么听到什么，都会很搞笑地视而不见，妄图用现代科学去解释，真不知道该说你什么好。如果世上真有神神鬼鬼，或者出现了修真者和天使的话，你不会也要认真地探究它们科不科学吧？”赵韵含被我弄笑了，一脸“不知道该怎么评价你”的模样。

“天使和修真者都是不可能出现的。”我冷哼一声，“如果有多维宇宙，至少在我身处的维度，不可能有。”

“你还真够顽固。”赵韵含指着守护女，“那么，你的小未婚妻，她那可怕的怪力和莫名其妙好到没法形容的身手又该如何解释？她已经是非人类的存在了吧？”

“我正在找她的合理性，不过存在就是合理。”我看着李梦月，轻声道，“别扯远了，还是讲讲眼下园岭市的事情吧。我最好奇的是，你为什么在这里？”

“好啦，你这个人真没意思。虽然天使、恶魔和修真者，确实不存在就是了。”赵韵含冲我吐舌头，表示自己很不满。她顿了顿，将话题拉了回来，“我也是被一封匿名信给吸引过来的。”

“又是匿名信？”我眯起了眼睛。

“不错，笔迹和给你的匿名信一模一样。”赵韵含苦笑，“当时我就惊讶了。居然有人能将我找出来，并且能模仿出我的笔迹。我险些以为自己大白天的在梦游，在信封上乱写了。”

“你对送匿名信给你的人也没头绪？”我问。

“没有，匿名信就那么唐突地出现在我的书桌上，一点端倪都没有。至今我都搞不清楚信的主人究竟是怎么找到我，又是怎么将信放上去的。”赵韵含无奈地说着，显然很困惑。

“这样的话，事情就越来越有意思了。”我望向地下室的天花板，脑子也混乱起来。匿名信的主人完全是有选择地将我和赵韵含凑到了一起，听赵韵含话中的意思，想要找出她绝对不是一件容易的事。

这一点我深有体会。我大一时候曾经委托老男人杨俊飞帮我查过赵韵含的底细，可是他凭借庞大的消息和关系网，足足从我大一查到大四，四年时间都一无所获。可见赵韵含这女人究竟有多神秘。

可匿名信主人，居然轻松地便找到了她，这就很值得探究了。

那家伙将我俩凑到一起，只证明了一件事。那人认为只有我俩，才能解决得了园岭市的问题。又或者，只有我俩凑对后，才能带给她需要的利益。

我不认为园岭市里有公益组织会做这种吃力不讨好的事情，只有利益，才能让隐藏在世界黑暗处的组织闻到腥味，露出爪牙。

那么，园岭市正在发生的传染病的起源，究竟是什么？值得匿名信的主人花如此大的人力物力将我和赵韵含挖出来，集合在一起？

园岭市，到底隐藏了些什么？

“你知道匿名信里给我写了什么吗？”赵韵含轻声问。

我摊摊手。女孩将信件取出来，放在桌前。我摊开白纸。上面的字迹清晰熟悉，确实和赵韵含的字迹如出一辙。

信中亲笔摘录了两则园岭市的本地新闻，第一则很离奇。标题是：

指头冒出串串水泡，女学生奇痒想剁手。

全文如下：

昨日，在园岭市附二院皮肤科门诊，园岭一中高三的一位女同学周燕向医生求助，最近几天，她的双手10个手指都冒出大量水疱。

“有时发恶痒，恨不得把手指砍掉。”周燕声称，水疱奇痒无比，有时抓得皮破血流，还是无法完全遏制。当初用针刺破了一些，周围又冒出十多颗来，刺破部位也很快发炎，又痒又痛。

园岭市附二院皮肤科主任刘教授介绍，医学上称这种皮肤病为汗疱疹，是湿热引起的夏季湿疹类皮炎，一般在汗腺发达的手掌、手指反复起粟粒大小的丘疹和水疱，周围没有明显炎症，最大的特点就是瘙痒、灼痛。

刘教授说，在潮热的夏季，越是天气炎热，这种皮肤病越是高发，分布各个年龄段，以女性和儿童多见。目前该病预防和治疗没有特效方法，患者一旦出现水疱不要用针挑破，更不要撕皮，否则会导致水疱蔓延，出现感染发炎，加重病情。

“发现手上长水疱后，一定要管好嘴。”刘教授又说，临床已证明，这种湿疹类皮炎除了与炎热环境有关外，还与饮食有直接关系，少吃火锅、麻辣串等辛辣食物，更不要喝烈性酒、咖啡等刺激性食物。同时，还要少接触碱性肥皂、洗衣粉、洗涤剂等物品。

教授还建议，患者可吃有健脾除湿功效的蔬菜水果，如山药、甘薯、冬瓜、西瓜、赤小豆、南瓜、薏仁等。

同时提醒大家，市面上很多皮炎类药膏含有激素，短时间擦拭有效，用时过长反而会加重病情，如患者自行涂擦超过四五天没有效果，应立即就医。

新闻中，周燕这个名字引起了我的注意。在潜入园岭一中时，自己对高三五班曾经做过一些调查。周燕正是五班的同学，可是转入学校后，我并没有见过她。准确说来，五班其实有许多空位置，许多天前空位上都还坐着学生。可如今，同班同学却因为种种原因不来学校了。

而周燕，就是其中一个。我翻开信笺纸第二页，看起第二则新闻来。这则新闻，很是古怪。

如下：

前段时间本报曾经报道过女学生手臂发生瘙痒，指头冒出串串水疱的事情。现在，这件事又有了新发展，从第一个例子发生后，陆续又有人患上了此类被称为汗疱疹的疾病。

本报记者立刻赶往园岭市附二院皮肤科时，惊讶地发现，就在候诊人群中，有十四五名患者也是因手指长出难以忍受的水疱而求诊，有些人的水疱还蔓延到手掌上。

不久前治疗过女学生的刘教授眉头不展，认为众人指头上的汗疱疹有病变的趋势，很难治疗。刘教授声称，自己从医四十多年，还是第一次遇到这种情况。

而之后几个小时，陆续又有相同的病人来到皮肤科。很快候诊室就被病人塞满。记者看到，这些病人患病情况有的非常严重，甚至其中一位病人的水疱已经长满了整个手臂和脖子。有的患者水疱还爬上了半边脸，异常可怕。

黑压压的患者不断使劲地挠着身上的水泡，刘教授让几个护士告诫大家千万不要挠。可是长水疱的位置奇痒无比，很多人都忍不住。水疱被挠破后，有白色的液体流出，还伴随着浓烈的腥臭，非常难闻。

记者在候诊室待了不短的时间，刘教授给患者们开了止痒药和祛湿药，然后告诉记者，病变的汗疱疹难以根治，还需要对每位患者进行进一步检查。

别看病患的水疱触目惊心非常可怕，但是汗疱疹并不会传染，所以请大家放心。也请各位读者多多保重身体。

我将信件读完后，把信纸放回了桌上，沉声说："你就因为这两篇报道，屁颠屁颠地来了园岭市？"

"当然不止这些。"赵韵含说话含糊得很，显然没有将实情告诉我的意思。

我"哼"了一声："匿名信里曾经提及，园岭市有我一直在寻找的东西。我就奇怪了，那所谓我一直在寻找的东西，到底是什么？我自己都还不知道，匿名信的主人凭什么就知道？现在看你犯贱的模样，反而有些明了了。"

"这个园岭市，果然藏了好东西，就连你这个神秘兮兮的家伙都行动了。"我直视着她的眼睛。

赵韵含不置可否，她将视线转移开，看了守护女一眼："你女人漂亮得不像人间的货色，她有哥哥吗？介绍给我认识认识？本小姐至今还待字闺中呢，恨嫁得很！"

"别转移话题。我早就受够你这一套了，说半截话比我还厉害。"从来都是我说半截话折腾别人，现在报应来了，遇到了半截话神赵韵含，令我恨得牙痒痒。

赵韵含见转移话题的功力被我挡了回去，不在意地笑道："该告诉你的时候，我肯定不会推辞，将一切都说给你听。不过现在，你多知道一些，就会多一份危险。你老板杨俊飞，我就不信他将什么都告诉你了。"

"你的意思是，很多事情他都瞒着我？"我面无表情。杨俊飞对我有隐瞒，这我是清楚的。但是被赵韵含这么一挑拨，总觉得自己趟的浑水还太浅，都没有打湿膝盖。而老男人杨俊飞、死女人林芷颜以及眼前这万年稚嫩脸的犯贱女赵韵含，显然是已经脖子没入脏水中的三个家伙。

他们的共同点，都是以保护我的名义，将大量我本应该知道的事情瞒着我。不久前，《时光包裹》事件时，老男人就知道夜家传家宝的踪迹。而我这个即将上任的当代家主，居然什么都不清楚。（详见夜不语601《时光包裹》）

说不在意是假的，可是直觉告诉我，就算我威逼利诱，这个看起来没有原则的赵韵含，恐怕仍旧什么都不会说。于是我也没有浪费口舌，只是问：“下一步我们怎么做？这个园岭市的水越来越深了。将我俩凑到一起的匿名信主人，那个据说我很想得到的东西，还有可怕的传染病，真是令人激情澎湃啊。”

“趁着晚上，我想先去东明家瞅瞅。现在许多线索都指向这个家伙，无论他有没有问题，总之，调查他准没错。”赵韵含说。

我微微皱眉：“你来这里多久了？”“半个多月。”她回答。

“既然来了这么久，干吗一直躲着？”我又问。

“废话，当然是躲着匿名信的主人，谁知道她是男是女还是什么东西，想干吗。万一对本小姐感兴趣呢？”赵韵含抱着纤瘦的肩膀，故作柔弱状，“小女子还纯洁得很，还想有一天找个好男人嫁了呢。”

我差点吐出来。这个女流氓漂亮是漂亮，就是性格太糟糕了。“看来你躲得也不成功，至少那封匿名信就出卖了你。”我揉了揉心口，表示自己对她很反胃。

“没办法，我已经很小心了。只能怪那混蛋神通广大，不过也让我越来越感兴趣了。匿名信到底是谁写的？谁那么了解我？”赵韵含摸了摸眉头。

我也觉得这四份匿名信包含的信息量实在太大，想来想去也想不出个所以然来，只好说：“我们该抽时间去问问赵雅雅，匿名信的主人肯定跟她接触过。从她的话中判断，那家伙应该就在园岭一中里。”

“我也有过大概的猜测，如果想要得到最大的利益，当然会和阴谋对象保持最小的距离。同一个学校的可能性最大。”赵韵含认同地点头。

说完，她收拾了一下，准备带我出门。我一动，守护女便影子似的走到了我身旁，将我与赵韵含隔开。梦月仍旧觉得眼前的神秘女人很危险，有必要戒备。

我动了动嘴唇，最后什么都没有说。赵韵含差开李余后，跟我一起上车，在午夜的街头朝东明的家驶去。

第九章
猫事件

意外的发生，通常都是在人无法预料的时候。守护女坐在副驾驶，透过后视镜不断监视赵韵含。赵韵含苦笑连连，打趣道：“梦月大美女，我的性取向正常着呢，就算你这么真诚地看着我，我也是不会从了你的。”

李梦月没有吭声，依旧一言不发地看着她。一直到目的地后，也没有移开过视线。

令人意外的是，午夜的街道上，似乎隐隐流淌着一丝不安。空无一人的公路，两侧的街灯努力地刺破黑暗。可是，我总觉得有谁在暗地里观察着我们的一举一动。

很快，李梦月和赵韵含也发现了。

“谁！”守护女清亮的声音在空间中爆开。

回声激荡，络绎不绝，可是窥探者依旧窥探着，丝毫没有畏惧。赵韵含皱起眉头，拍了拍我的肩膀：“夜老兄，那家伙似乎一直在盯着你。”

我将车停在了目的地的街边，守护女先是用警告的眼神看了赵韵含一眼，然后才推门跑出去，身影几个起落间就已经消失在了视线中。

“我们现在怎么做？”赵韵含摊开手问，“等你未婚妻回来？”

“不用了，先去东明家探一探。一到他家附近就被监视，如果和他没关系，实在有点说不过去。”我摆摆头，推开车门下了车。

“你就不怕有危险？”女孩笑嘻嘻地问。

“不是还有你吗？”我淡然道。

“嘁，我可是个柔弱的小女孩，自己都还需要宽阔的肩膀来保护呢。”赵韵含吐槽道。

“你废话怎么那么多？”我不满地瞪了她一眼，率先往前走。

东明的家并不难找，就在学校不远处的富人区。没想到他居然是这个城市有名的东家快餐连锁的公子，果然是典型的高帅富。

赵韵含这女人果然不简单，她悄无声息地使手段弄晕了别墅保安以及屋子里的东明父母，又在我的指示下谨慎地掐断了电源以防止有监视器存在，这才偷偷摸摸溜入东明的房间。

“他不在？”赵韵含轻轻推开门，里面的床上空无一人。

“看来，恐怕东明在家里和学校完全不同，他估计都快人格分裂了！在家里，他就是个患有社会关系障碍症的宅男嘛。”我观察了房间后，评价道。

只见，房间足足有五十多平方米大，四面墙除了门外，就全是书架。架子上满满地摆放着漫画与动画光碟，甚至还有大量从日本淘回来的手办。

刚进门的时候，我甚至被一个真人高的手办给吓了一跳。只是这家伙的口味有些特别，我啧啧称奇地随手翻了几本漫画，调侃道：“我的这位班长大人，看来是个严重的猫控。所有漫画、轻小说和动画，这些手办，全是有关喵喵的。喵星人的魅力可真大呢。”

赵韵含的眼睛在四周绕了一圈，皱眉道：“靠，变态！居然喜欢猫！”

“你不喜欢猫？”我看了她一眼。

女孩毫不犹豫地摇头：“不喜欢，准确地说，也不讨厌，就是觉得猫看人的模样，幽幽的，看来有些恐怖，像是自己背后有什么看不见的东西似的，慎人得很。”

“你也有怕的东西？”我耻笑道。

“废话，我可是如假包换的柔弱女生。”赵韵含举起拳头抗议，说完后，视线猛地定在了房间书桌上。

“这是什么？”我注意到她的诧异眼神后，几步走过去将桌子上的一叠剪报拿了起来。新闻剪报全是有关猫的。这对猫控东明来说，并没什么奇怪。可是赵韵含的神色，明显不太对劲。

“你怎么了？这些简报有问题？”我问。

“没，就是突然想起了最近园岭市中流传出的另一件恐怖事情。”赵韵含轻声道。

“什么事？”我追问道。看她的表情，这件事似乎不小。

“事情很复杂，至今我也没有调查出结果，但是估计跟最近人类的传染病有关联。”赵韵含将剪报从我手中拿过去，坐到床边的沙发上，“其说起来也简单，便是最近这个城市的流浪猫，莫名其妙地有了充足的食物来源。”

“这不挺好的吗，有吃有喝也算问题？”我接嘴道，“要知道，每个城市的流浪猫都是城市的灾难。”

“那是因为你不知道，我说的所谓充足的食物来源，指的是什么！”赵韵含舔了舔嘴唇，神色越发凝重起来。

见她那么认真，我也收敛起不在乎的神情：“说来听听。”

“活物。全都是活物。”赵韵含讲述道，“你应该清楚，流浪猫们通常都会根据食物充沛的酒店饭店的垃圾桶划分势力范围，可最近，园岭市的猫都离开了那些平时争得死去活来的地盘，分散到了城市的各处。

“许多爱猫人士在自己定点喂猫区喂流浪猫的时候，发现平时一拥而上的猫，全都不见了。就算偶尔有几只猫过来，都一副吃饱了懒洋洋的模样，找舒服的地方晒太阳，看都不看以往喜欢得不得了的猫食一眼。

“可是，我有充足的信息源显示，那些流浪猫也没有自己去寻找食物。”

“这就奇怪了。难道流浪猫有了新的食物来源？”我眨了眨眼，觉得很新奇。

“当然，新的食物来源确实有。比如说，食物会自己送上门来。”赵韵含叹了口气。

“什么意思？”我被这句话弄迷惑了，居然有这等好事？

“顾名思义，就是守株待兔，只是守株待兔中的‘兔子’变得不再是偶然罢了。”赵韵含抬起头，望向天花板，“似乎是从一个月前开始的。最初还只是城市里的老鼠，变得不怕猫了。并不是说它们会群体攻击猫，而是不怕死似的，从下水道以及隐藏的各个角落中窜出来，主动跑到猫面前，等待它们吃掉自己。”

“这确实有些反常。”我点点头。猫和老鼠是天敌，可作为食物链底层的老鼠会主动跑到掠食者面前当作储备粮，怎么想都不正常。

“而且，最近事态在恶化。”赵韵含叹了口气，“老鼠之后，是流浪猫的死敌流浪狗。它们从前见到猫就咬，跑得慢的猫甚至会变成流浪狗的食物。可仿佛一夜之间，那些流浪狗就像变了天性一样，大量流浪狗主动跑到猫跟前，趴在地上毫不反抗地等待流浪猫吃掉它们。”

“这，怎么可能？！”我惊呆了。这个园岭市，发生的怪事令自己越来越无法理解了。

可是，赵韵含接下来的一句话，将我本就晕乎乎的大脑震得完全失去了思考能力。

她淡淡道：“一种又一种生物小范围地来到流浪猫面前，等待它们将其吃掉。最近几日，趋势竟然蔓延到了人类身上。”

“不可能，绝对不可能。”好半天，我才憋出这句话，“身为万物之灵的人类，怎么会凑上去等自己的昔日宠物将自己吃掉！”

“万物之灵？”赵韵含鄙视地笑起来，“也只有人类才好意思大言不惭地这样称呼自己。可事实，确实有人类，趴在地上等猫来吃他。”

“不可能！”我仍旧不敢相信。

“如果单纯只是有充足的食物来源，偶尔有些个别人类被吃掉，也没什么了不起。”赵韵含轻颤了一下，“可，假如，吃掉了那些自己送上门的食物的猫们，在不断地神秘死亡呢？”

我没有再问下去，大脑一团糟，拼命消化着如此大量的信息。园岭市中，一边是人类感染了传染病，一边是流浪猫吃自己送上门来的老鼠、狗甚至人类。而另一边，流浪猫也在不断地死掉。

信息量太大了，我的大脑已经无法处理，呈现出当机的状态。

过了许久，我才抬起头，缓缓道："看起来零散的事件，说不定最终只有一个源头。如果找到这个源头，说不定能够弄清楚园岭市究竟发生了什么！"

"不错，我也是这么觉得。先解决人的问题，再探究猫的问题。终其来源，或许殊途同归。"赵韵含点点头，赞同道。

"而且，有一个很奇怪的地方。就算人类主动凑上去让猫吃，猫就真的下得了嘴吗？"我疑惑重重地道，"只听说过野狗吃人，没听说过猫也吃人的。更何况，流浪猫最近不是不缺少食物吗？它们吃人干吗？"

"这确实很奇怪！"赵韵含想了想，"猫被人类驯化了三千五百多年，可其实从来也没有被真正驯服过。不过，它们确实也不会吃人。"

"所以，这里面肯定有其它原因。"我断言道。

就在这时，窗外有一些响动传了过来。赵韵含突然抬头，目光直视窗外："谁？给本小姐滚出来！"

说时迟那时快，外面树影摩挲的地方一道灰暗的身影一闪而逝。赵韵含冷哼一声，跑到窗前迅速跳了下去。

"靠，这里可是二楼，你让我情何以堪。"我骂骂咧咧地跟在后面跃下，只能根据这家伙消失的方向找过去。

从正门跑出来，一追一逃的身影已经远远隐在右侧的街道深处，越来越小，我根本无法跟上，便驾驶着开来的车，一路将油门踩到底。车轰鸣着，在笔直的街道上疾驰。没过多久，我就看到人影从一道围墙翻了进去。

围墙旁挂着一个牌子，我定睛一看，居然惊讶地发现自己兜了一个圈后，又回到了园岭一中。急忙下车走近，此时赵韵含正抬头看向高达三米的围墙，见我刚好来了，大喊一声："低头。"

我还没搞清楚她想要干吗，下意识地将头压低。只听耳畔传来一阵风声，赵韵含已经踩着我的肩膀跳起，如风般向上飞蹿。

"你说一声会死啊？这动作太危险了！"我抬头。

女孩娇喝道："别抬头。"

不过已经晚了，我的眼睛已捕捉到某个不良女飞扬的裙角下那一抹黑色蕾丝边的小内裤，这要感谢身旁的路灯带来的光源。

赵韵含手足无措地从空中落下，横了我一眼，捂住裙子："看到了？"

“别傲娇了，都不知道比我大多少岁的万年童颜女，帅哥我看你还是便宜你了呢。”我撇嘴。

“喊，你这人这么不解风情，让我严重怀疑你的性取向。”赵韵含恨得牙痒痒，不过也没再纠结，指着围墙问，“你翻得过去吗？”

“白痴才会翻围墙，没见到学校大门的警卫一个都不在吗？”我拉着她绕到大门口，从侧门进去了。没走多远，就看到刚才准备翻的围墙位置，有几个手电筒正落在地上，电筒向前直射着刺眼光线，那光线照在围墙上，显得极为无助。

手电筒旁，学校的警卫倒在了墙角下，身体软软的。我上前打量了一番，他们瞪大眼睛，瞳孔扩散。脸上的表情非常难以描述，像是欲仙欲死，又像是受到了极大的惊吓。

“死了？”赵韵含问。

我点点头。手摸到警卫的脖子，已经没有了脉搏。

“该死，死了有多久？”她脸色非常不好看。

“从尸体温度判断，最多几分钟。”我观察着，这些警卫身上有非常明显的啃食痕迹，但啃食行为是人死后才进行的。从墙这边绕行过来，也不过三分钟时间。究竟是谁杀了警卫，还啃了他们的尸体？

“这边。”赵韵含抬起头在空气里闻了闻，这家伙的鼻子异常灵敏，我都不知道该怎么评价才好。她领着我在学校里转圈，走到操场时，终于停下了脚步。

“味道就是从这里消失的！”她蹲下身体，拍了拍地面的塑胶跑道。清冷的月光下，女孩指的位置有着一片殷红的血迹，夜色中，这团血迹显得特别妖异。

我顿时惊讶起来：“今天早晨，学校里有一个同学就死在了附近！”

“我接到的线索中也有提及。”赵韵含抬手指了指篮球架附近，警戒带已经被扯破，犹自在风中飘舞着，“不过她死在那个位置，这里还死过另一个人。”

“怎么死的？”我问。

“不太清楚，李余的报告上说昨天一大早住校生晨练时，偶然发现了一具尸体。据说那人死得很惨，尸体上有无数抓痕，身上的肉也被吃了一大半，脊椎和肋骨都裸露了出来，就连内脏也没放过，最后只剩下个空壳。”

我微微眯了一下眼：“那个死掉的人，是谁？”

“他叫张宁，是个比影子更不起眼的存在，从来不跟别人交流，也很少说话。除了他的名字外，我对他的一切都知之甚少。”赵韵含说。

我绕着那团血迹走了半晌，才说：“奇怪，真是古怪。怎么园岭一中会在几天之内发生好几起死亡事件？这里和园岭市发生的怪事，有必然联系吗？”

“联系肯定是有的，而且最近死掉的人不止一两个。我总觉得园岭一中才是整个古怪事件发生的起源地。”赵韵含说，“至于证据，我还在不断地收集中。”

女孩想了想，又道：“说起来关于那个昨天死掉的张宁，倒是有个挺有趣的小道消息。虽然这人很自闭，而且也不跟别人交流，但是，据说他还有个女朋友哦。”

我有些惊讶：“这种屌丝也有女友，让学校其他雄性生物情何以堪啊！”

“而且那女友还非常不一般。”赵韵含八卦地道，“你根本猜不到她是谁。”

说到这里，她故意停顿了一下，见确实吸引了我的注意后才揭开答案：“是三班的班花，张敏！意想不到吧？”

“简直难以置信，一个屌丝自闭男，居然和班花混在了一起。这真的是小道消息？”我更为惊讶了。

“李余给我的信息，真假我也没探究过，现在看来，倒是值得调查一番。一个人总归不会无缘无故地死掉。”赵韵含摸了摸额头。

我也认同道：“据说张敏跟我们的第一号嫌疑人东明走得很近，而且舔眼球的事情，最先发生在他们俩身上。这点非常可疑。”

我想了想，伸手道：“你有张宁死时的尸体照片吗？给我看看。”

“当然有。早给你准备好了，就等你问呢！”赵韵含从怀里将一叠照片掏了出来，递给我。我接过去后，借着手电的光芒翻看起来。

没看多久，一股恶寒就从脚底蹿上了头顶，我只觉后脑勺一阵阵发凉。张宁身上的啃食痕迹，和墙角死掉的几个保安一模一样，应该是同样的凶手所为。而且，凶手显然不止一个，为数还不少，而且，应该不是人类。

杀了他们又吃掉他们的究竟是什么？

突然，一个念头蹿入了脑海。我猛然抬头：“你知道他真正的死因是什么吗？”

赵韵含摇头：“还没来得及调查。”

“刚才你提到园岭市的流浪猫最近有些反常。”我的声音在发抖，“我猜，张宁，是被猫吃掉了！”

第十章

险恶

猫吃人的故事，从来只有在小说中才能看到。在园岭市出现，也不过是道听途说而已。现在有了真实的证据，令我俩都不好受。

赵韵含沉默了许久，才憋出几个字：“水，真是深啊。这园岭市，不简单，不简单。我对那个匿名信主人，越来越好奇了。”

“同感。”我不由得担忧起黎诺依来，她神秘失踪后，安全根本无法保障。而园岭市内，明显暗流涌动。沉于地底的黑暗面，已经有浮向光明处的迹象。

如果真有那么一天，园岭市，又将变成怎样呢？用膝盖想，都不会是好事。会不会身上浮肿，长满水疱，然后走着走着就爆开的人会变得越来越多？所有哺乳类动物都会凑到懒洋洋的猫面前等待被食用？而晒足太阳的猫，蜂拥着啃食自己的主人，然后突然也死了？

越想越觉得这个循环像是个古怪的食物链。只是链条的受益者，到底是什么？我根本不得而知。

“你刚才追的人，追到了没？”我绕开这个问题，没敢继续想下去。

“明显没有。”赵韵含摇头，“他跑得很快，还不知是不是人类。我觉得这是个陷阱，那些家伙故意将最有威胁的李梦月大美女引开，然后一步一步地将我们引诱到这里来。”

“我也是这么想。”我点头，“梦月现在还没回来，肯定是被缠住了。不过，我看你倒是很安于走进陷阱。”

“废话，既然有陷阱，也就意味着陷阱的主人会露面。我早就迫不及待想要揭开谜底了，调查了那么久，什么实质性的东西都没有调查到，心里难受得很。”赵韵含苦笑道。

就在这时，操场北边，有个影子闪了一闪。我跟她同时捕捉到了，我俩对视一眼后，露出了会心的笑。

那个诱饵见我俩在操场中央无聊地打屁，总算忍不住，又露出了踪影。

“过去看看，见识见识是什么东西想要引我们过去。”我率先向那个影子追去，“希望不要让我失望。”

“最重要的是，本小姐的耐心已经完全用光了。”赵韵含后发先至，越过我，只给我留下了一道姣好的背影。我看着她追着灰影，一直拐入了体育馆后边的巷子。

当我也进去后，对于巷子里的场景实在惊讶到难以理解。

赵韵含正如临大敌地跟一只灰猫对峙着，一人一猫，显得极为怪异。我甚至能感觉到周围的气氛变得十分压抑，原本清凉的月色透过头顶的缝隙投射进来，在无形的对峙中变得殷红，仿佛随时会滴出血来。

体育馆后面的巷子本就极为偏僻，又是午夜，地上流淌着恶臭肮脏的阴沟水。塑料袋和垃圾四处可见。灰猫似乎感觉不到我们的存在，也没看赵韵含，只是默默等待着什么。

“小心，这只猫有问题。”赵韵含让我到她身后去。

“什么问题？”我左瞅又看，只是觉得这只灰猫特别肮脏，身上还残留着血迹，但是怎么看，都是只普通的猫而已。

还没等我回过味来，突然，陆陆续续又蹿出来一大群猫，将整个小巷子挤得水泄不通。

我和赵韵含被围在中间，已经没了退路。

“这是怎么回事？”我满脸疑惑。所有的猫都不太正常，身体僵硬，一声不吭。上百只猫就这么安安静静地仰头等待着什么，没有一只看向我跟赵韵含，仿佛我们只是一团空气。

赵韵含用特别的音调学了几声猫叫，试图吸引它们的注意，不过没有任何回应。她抬起腿，尝试着将其中一只踢飞。被踢中的猫飞了出去，撞到对面的墙上，弹了几下，挣扎着从地上爬起来，仍旧保持着刚才的姿势。

“怪了，这些猫太古怪了。”赵韵含眯着眼，焦躁不安。

“看样子它们是被什么东西给控制住了。”我向后退了好几步，直觉告诉自己，最好离这诡异的地方越远越好。

“同感。”女孩十分不解，“控制它们的究竟是什么玩意儿？我根本就察觉不出它们身上有什么异样。”

突然，我看到了一些事物，猛地口干舌燥起来：“虽然我不清楚是怎么回事，可这些猫的目的，恐怕就是为了那些人！”

巷子另一头，影影绰绰走来了十多个人——的的确确是人类。作为食物链最顶端的人类仿佛僵尸似的，走路摇摇摆摆。黑暗的巷子只有外界偶然射入的隐约灯光，我居然能清楚看到那些人的脸。他们没有表情，没有睁眼，貌似也没有思维，恍如梦游。

猫群主动让出了一条路，那些人慢慢走到最中央，然后用手抱着头，轻轻地躺到地上。

刚躺下，猫群就像沸腾的水般波动起来。它们纷纷怪叫着，露出尖锐的牙齿扑过去。猫吃人的场景，就要在我的眼皮子底下上演了。

我手脚发冷，不知道该如何阻止。最先出现的灰猫速度最快，它跳起，咬向了其中一人的脖子。它身上散发出的气息将身旁的猫排斥开，也将周围的猫死死压住，无法动弹。

“不行，我们必须马上去阻止它们！”我斩钉截铁地说，从衣兜里掏出了侦探社配发的手枪，瞄准其中一只，准备扣动扳机。

赵韵含阻止了我：“枪现在估计没用，把子弹留着，保护好自己，让我先来。”说完就朝那只那只灰猫扑了上去。她腿鞭一甩，露出一大截白花花的大腿。

灰猫被打扰了进食，不满地转过头来。它闭着眼睛，身体呈现出不正常的姿势。在它身上，似乎有什么看不到的东西在自发地往外飘散。

“这只猫也被控制了，而且，似乎比一般的猫厉害得多。”我警告道。

“废话，恐怕情况比我们想得更糟糕。”赵韵含一字一句地说，“控制这些猫和人的东西应该就隐藏在它们身上，我尽力阻止这些猫，你想办法观察它们身上有没有异物！”

“没问……题。”还没等我说完，一人和一群猫已经动了。数百只猫围攻赵韵含一人，无数短小的身影如同电流，以人眼根本无法捕捉的速度纠缠、互相攻击。一瞬间我连骂人的心都有了，这么快的动作，我要怎么观察啊？

我只是人类，善良普通的正常人类，不是内裤外穿的超人！

电光火石间，数百条猫尾孔雀开屏似的全都投影在我的眼中，纠结如麻。猫们没有意识，所以赵韵含虽然强悍，却也只能勉强打个平手。可是随着时间推移，她开始渐渐落入下风。数量之多，不是意志能够战胜的。况且，这些猫或许因为被控制的原因，速度和力量已经远远超出了正常的范畴。

哪怕只有一只，我恐怕都没办法阻拦，会被瞬间撕成碎片吧。不过这些猫仿佛对我并不感兴趣，它们只将阻挠自己进食的生物当作攻击对象。

又等了一分多钟，赵韵含的身体已经多处受伤。漂亮的校服被扯破，没有布匹保护，裸露的皮肤上也留下了大量殷红的血痕。

而猫群显然不知疲倦，数百只猫一拥而上，群起而攻之，毫无力竭的模样。

我焦急地看着这些乱七八糟明显超出了我能力的影子，眼睛看得发痛，可仍旧什么也看不到。

“喂，老赵，别指望我了。”我无奈道，“干脆等它们吃人的时候再偷袭吧。这些家伙根本没有理智。”

“我都忘了你这家伙的德行了。”赵韵含骂道，“没出息，你就这么对自己的同类吗？”

“你以为我愿意，但我能做什么？”我郁闷地走过去，准备将躺在地上的十多人全部拉出小巷子，“我把他们弄走，你再撑一下。然后我俩干脆先逃了，再揪一队人过来灭了它们？”

“来不及了，我已经快撑不住了！”赵韵含尖锐地惨叫着，身上又染了一层血红。

我挠挠头：“这样啊，那我先逃了喔！”

“滚回来，老娘死了，你也活不了。这些猫可不会让你逃走。”赵韵含气得破口大骂。

“这样也不行，那样也不行，你说，我这个普通人该怎么做？”我也恼了，回骂道。

突然，脖子上冒出了一丝冷意。我顿时松了口气，轻轻地笑起来。

“你还笑，想气死我啊？”赵韵含百忙之中抽空看了我一眼，见我在笑，险些喷出血来。她憋屈极了，被一百多只超级猫围攻，一只没解决掉，混蛋夜不语居然还在旁边没心没肺地瞎开心。

“喂，老赵，尽量跟那些猫分开！”我吩咐道。

“你有办法了？”赵韵含一愣，听话地尽量和猫群拉开了距离。

“办法是没有。”我语气顿了顿，“但救星来了。”

赵韵含眨巴着眼，几个跳跃，跑到了我身旁。那些怪猫失去目标，一个个将头转向我们，不依不饶地扬着爪子想要继续攻击。这一次，攻击的范围将我也笼罩了进去。

不过此刻，我却丝毫不觉恐惧。

一袭寒冷又强大的气息从巷子外飞速袭来。转眼间，穿着校服的曼妙身影来到了我身边。

那身影的视线在我身上微微一停顿，见我没受伤，发出了一声冷哼：“妄图伤害，主人。都，去，死！”

说完就扑入了猫群当中。

“要我去帮忙不，你家守护女一个人能解决吗？”见到帮手来了，赵韵含也松了口气，揉着受伤的地方问。

“应该不用。”我对自己这位强塞过来的未婚妻十分有信心，很多时候，对她的信任甚至超过自己。

“真不用？那么多只超级怪猫，我都应付不……”话音还没落下，赵韵含已经瞠目结舌起来，满脸不可思议。

只见李梦月冲入猫群后，毫不在乎地扬起手，将狠狠朝她扑过来的十多只猫如打地鼠般扔到了墙壁上。力量之大，简直让人无法相信。怪猫整个身体都陷入了墙壁里，好不容易才挣扎出来，不过骨头和内脏也严重受损了。

超级强悍的她三下五除二，将一只只怪猫打了回去。手法干净利落，没有一只猫的速度能快过她，守护女无比敏捷，居然连躲都懒得躲避。数百只猫在她身旁形成了一道影墙，密不透风，可始终连她的衣角也无法碰到。

赵韵含张大了嘴，惊讶得好久没回过神，最后才艰难道：“知道你家女人很厉害，可没想到居然那么厉害。她究竟是吃什么长大的？后怕啊，后怕，刚见面那时如果惹急了她，估计我现在早没命了！”

“知道就好，以后对我尊重点。”我得意道。

“喊，厉害的又不是你，那么得意干吗。”赵韵含不屑地嘀咕着。

战场那边，已经有要结束的趋势。守护女不断挥动双手，似乎不愿弄脏校服，随手抓了一只猫当作武器。那只猫好巧不巧，正是刚刚和赵韵含对峙的灰猫。这只猫的身子骨很坚硬，将大部分怪猫都打落地上后，仍旧保持着完整的体型。

李梦月手中的怪猫挣扎着，不停地想挣脱。可是女孩牢牢握着它的腿，根本不容它反抗。

我和赵韵含围观着守护女的神勇，李梦月身旁萦绕着强烈的气势，光是凭着那气息，也能将猫群压趴下。没等多久，数百只怪猫已经死的死残的残，没有一只能完好地站起来。

她将手上奄奄一息的灰色怪猫轻松地扔在地上，看也没看，径直转身朝我走来。

赵韵含腆着脸，一脸崇拜：“李大姐头，你太厉害了。要不哪天也教我几招？”

守护女懒得理她，来到我身旁，将我细细打量了一番，见我真的没受伤，这才乖巧地伸手将我弄乱的头发理了理。

我也打量了她几眼，做了如此剧烈的活动，她的衣衫却没有凌乱，就连瀑布般乌黑的发丝也保持着原本的模样。她一脸云淡风轻，俏脸白净，没有一丝灰尘，就仿佛做了个微不足道的热身运动。

这就是差距啊。

我瞥了狼狈不堪的赵韵含一眼，笑得很开怀。

赵韵含明显感到了我眼神里的意思，狠狠回瞪我，冷哼着嘟嘴。

突然，身旁的守护女皱了皱眉，疑惑地看向地上的怪猫们。没等我反应，就抱着我朝后急退。赵韵含见我俩跑了，也急着退后。

说时迟那时快，灰色怪猫咽气的瞬间，周围晕倒甚至死掉的怪猫身上，响起了络绎不绝的爆炸声。每只猫的肚子都裂开了，模糊的血液与内脏流了一地，甚至有一些喷洒到了我们三人的脸上。这诡异的现象十分恶心。

我用袖子擦掉脸上的血肉，心里却全是迷惑。这些怪猫究竟是怎么回事？是什么令它们得到了超强的力量和速度？而且流浪猫真的有在吃人，为什么那些人却犹如催眠似的，根本不反抗？

流浪猫，也没有了意识，如同行尸走肉。

今晚经历的一切，让我无法思考，只得认同赵韵含的那句话，园岭市隐藏在阴影中的秘密，越来越难以理解了。

所有谜题的答案，真的能在东明身上找到线索吗？如果他真的有问题，不能再等了，用强硬的手段更适合。我没了耐心，也不愿意再拖时间。

“明天一早，找到东明，把他绑架到你的地下室去！”我看了赵韵含一眼。

这女人显然明白了我的用意，也点头道：“不错，我也懒得再等了，就这么做吧，再等下去，园岭市还不知道会出现多少匪夷所思的怪事。”

我们三人出了校门。别过后，我俩回了酒店，一夜无话。等第二天早晨一起来，我叫上守护女随便在外面吃了些早饭，继续苦逼地上学去了。

坐在教室，台上老师究竟在讲什么，我根本没听进去。园岭一中发生了那么多事情，师生们全都心不在焉。唯一例外的是，班上的男同学一到下课时间，仍旧不停地涌到李梦月的座位前问东问西，热情地邀请她去看电影、去游乐园……

我完全无语了。喂，你们可是高三生，就快要高考了，真的不怕考不上大学，变成loser吗？喂喂，泡妞真的比当人生赢家更重要吗？

我的视线在班上绕了一圈，却没有看到班长东明的影子。这家伙昨晚就不好好在家里待着，今天又无故旷课，难道是出了什么事？

眼角不小心瞥到脑袋秀逗的赵雅雅，我尾随着她走了出去。到走廊上，我快步追上她，用蹩脚的借口搭话道："哟，真巧，上厕所啊？"

"嗯。"这个明显有些害羞的女孩脸顿时红得如同苹果，轻轻地低下头，点了点。

"一起去？"我得寸进尺地说。

"唔。"赵雅雅没奈何，虽然觉得这句话哪里好像不太对劲儿，但也找不到拒绝的理由，只好又点了点头。

教室到卫生间的走廊很长，要越过三个班级。我俩一路沉默。过了好半天，我才试探道："雅雅，让你接近我，给我匿名信的女孩，是谁？"

"是大姐头。"赵雅雅回答。

"大姐头叫什么？"我又问。

"好像也是姓赵吧，跟我一样。"她有些疑惑，"赵姐姐一直让我叫她大姐头，她很漂亮，人也聪明，帮我解决了一直以来的困扰，是我崇拜的对象。"

"这样啊，她长什么模样？"我继续问。

"长头发，瓜子脸，五官很漂亮，嘴角总是露出玩味的笑，似乎什么都难不倒她。"女孩想了想，"虽然比不上你的妹妹，但也差不了多少。"

我心里一动，掏出手机将赵韵含的照片调了出来，拿给她看。

赵雅雅有些吃惊："你怎么有大姐头的照片？她让我跟你搭话，又给你信，难道你俩有什么……"

"没有，你想多了。"我斩钉截铁地打断了她，心里思潮涌动。不光字迹一模一样，就连样子都相似，这个匿名信的主人，费尽心思装扮成赵韵含的模样，究竟是想要干吗？混淆视听？不像！

曾经对匿名信主人有过诸多猜测，可是这一刻，我却将自己的猜测全都给推翻了。她根本就没必要花那么大的精力来搞这些门道，只需要设计环环相扣的圈套，等我和赵韵含自己上钩就好，这样无论干吗都安全轻松得多，自己也不用暴露。

可她，却偏偏扮成了赵韵含。这令我无论如何都想不通。从她设计的许多圈套看，这家伙明显智商很高。但是，为什么要走这一步臭棋？

扮成赵韵含一定有必然的理由，可是那理由，又是什么呢？

"你知道赵大姐头住在哪儿？"我不自信地问，根本没抱任何希望。

没想到赵雅雅却说："知道，我到她家去过一次。她就住在附近的高崖酒店，

405号房。”

“怎么可能！”我顿时瞪大了眼睛。

高崖酒店，405号房间。那不正是我下榻的酒店的隔壁吗？没想到那家伙竟然一直都待在离我近在咫尺的地方。

我深深地感觉自己被那匿名信的主人耍了！

第十一章
两个赵韵含

我是个聪明人，一直以来别人都这么形容我，所以直到现在，连我自己都相信了。可是今天我才发现，原来要被人愚弄，其实也很简单，不需要费太多手段。

来不及等上完上午的课程，我带着守护女偷偷潜回了酒店。用刷卡器将酒店的电子锁弄开后，进入了405号房间。

一进门我就惊呆了。房间里的摆设很凌乱，密密麻麻的电子器材摆在靠墙角的位置，还有一台精密的窃听器架设在墙壁上，而墙壁的另一头，正是我和李梦月的房间。

靠近床头柜的地方，贴着打印出来的五张照片。每张照片上还都有班级和姓名，似乎这五个人非常重要。

我看了两眼，顿时愣了。五个人中，有两个我认识。一个是五班的班长东明，另一个，却是他的姘头张敏。别的三人，照片下标明了身份，分别是高三一班的周燕，高三二班的李清。当我看到最后一张照片时，不由得整个人都呆住了。

照片上的人无比熟悉，虽然带着眼镜，却并不妨碍我认出她来。她，根本就是赵韵含的模样。可是照片下面却标注着，高三七班，夏琳。

从照片来看，我根本分不出她和赵韵含有什么不同。同样的衣服，同样的发型，高矮也差不多。这到底是赵韵含在园岭一中的假身份，还是匿名信主人冒充的？恐怕，只有问过本人才清楚了。

我伸手将夏琳的照片拿下来，没想到从照片背后与墙壁夹角的地方，掉下了几张纸。守护女眼疾手快地没等它落地就抄入手中。我将其展开，却发现这是一篇用赵韵含的笔迹手写的，和眼下的状况八竿子都打不着的文章。

出人意料的是，这居然是一桩九十多年前的著名案件，而且这个案子我也有所耳闻。

1928年，一具已经入土5年的意大利裔美国女孩的尸骨，被开棺验尸。死者名叫艾米丽·马基亚，去世时，她才刚满25岁。

艾米丽生前在美国镭公司工作了四年，一丝不苟地给手表表盘和指针涂上夜光颜料，为了在细小的零件上涂准位置，她总是习惯性地用舌头把毛笔尖舔锐。1921年，也就是她在镭公司的最后一年，她突然体重下降，关节疼痛，她告诉医生，自己好像变得老态龙钟。

第二年，艾米丽的牙医发现她的下巴几乎脱落。接着是严重的贫血和不断地吐血。1923年9月，艾米丽停止了呼吸。她的死亡报告上写着：胃溃疡。

新泽西州，埃塞克斯郡的法医哈里森·S·马特兰，注意到艾米丽是一名表盘画工。他认为医生对艾米丽的诊断是完全错误的，他更深入地调查了化学元素"镭"，认为这可能是致死的真正元凶，因为艾米丽的症状和教科书上镭中毒的症状一模一样。但他并没有责怪主治医师，同时，他被这种元素对人体所能造成的伤害震惊了。他的第一份报告的标题很简单：《使用放射性物质的未知危害》。

此前，当居里夫人发现镭以后，关于这放射性种物质的谣言开始兴起，当医生发现接触镭能消灭肿瘤以后，镭更成了大明星，就和前两年国内开始流行戴"钛链"求正能量一样，人们开始把它当宝。从鸡尾酒到化妆品，无论什么东西，只要加点镭就好卖。其中，滋补品和夜光表盘是最大的消费渠道。那时候医生都给病人开镭药（奎宁水）才能让病人觉得满意，第一次世界大战，士兵们的夜光表能让他们在夜里安全看时间而不用在战场点灯，让自己变成活靶，于是战后夜光表大卖。美国镭公司雇了很多女工来画夜光表盘，人们把她们称为：镭姑娘。

那时候的含镭化妆品广告是一种时尚。

但镭所造成的伤害到底能有多严重？为了证明他对艾米丽死于镭的说法，法医马特兰决定开棺验尸，为了更好地检测镭的致命性，他向纽约法医办公室的毒物学家亚历山大·塞梅尔寻求帮助，测量死者骨头发出的阿尔法射线，并在1925年发布了一份报告，向公众发出了危险警告。

之前，镭姑娘们一直相信她们操作的是一种绝对安全的化工原料。淘气的年轻姑娘还把含镭的涂料抹在头发上，并用来做美甲。虽然这让她们更加暴露在镭的辐射下，但她们还不至于因为这些而送命，真正害死她们的是她们手里的画笔，因为笔尖必须保持聚拢，只有笔尖锐利才能画好表盘，她们便用嘴唇嘬笔头，每一次舔笔头，她们就多咽下了一点镭。

在美国镭公司画表盘的镭姑娘们通通都受到了辐射。

1925年，镭姑娘们集体起诉，把美国镭公司告上法庭，其中一个姑娘的头发在黑暗中还闪着幽光。但因为害怕失去工作，大部分人选择了和解，只有5位姑娘坚持诉讼，但看上去她们的法律行动必败无疑。

镭，被称作“蚀骨者”，化学性质上和钙很相似。所以镭一旦被摄入人体，它们就和钙一样，进入了骨骼。和其他物质不同的是，被骨骼吸收的镭，会一直留在人体内。只要它一直留存在人体内，它就会在体内衰减，随着镭的衰减，会产生两种放射：阿尔法粒子和伽马射线。阿尔法由两个中子和两个质子组成，如果它们在体外，不会有什么危险，但是如果在体内的话，它们会把镭姑娘的骨头打成马蜂窝。

本来就危险的伽马射线就不用多说了，伽马射线杀死骨髓，于是镭姑娘体内没法产生新的红细胞，造成贫血和虚弱。随着镭的衰减，镭变成了氡，一种气体。镭姑娘因为摄入了太多的镭，以至于呼吸里都带有氡气。

由于下颚骨的骨细胞更新换代很快，所以这里吸收了最多的镭。镭姑娘的牙齿开始掉落，进而掉光，连下巴都摇摇欲坠。一些人只能截除下巴，剩下的骨头也变得脆弱无比。关节开始疼痛，而且会感到越来越疲倦，才20多岁花一般的年纪，却开始一个一个死去。

由于这些姑娘都是将死之人，美国镭公司不会轻易屈服，双方律师喷了三年才在1928年获得宣判日期。但是在宣判前，法医马特兰开棺验尸，把艾米丽的尸骨送去纽约法医鉴定的决定，彻底断送了公司的如意算盘。

纽约的法医详细地解释了如何从朽化的尸骨上，凭借那时对镭的有限知识获得证据。法医将骨骼上的残留组织刮干净，将遗骨灼烧成灰。他们采集了头骨、五块脊柱、五块肋骨、双脚、股骨、右胫骨、右腓骨，用苏打水冲洗了4个小时，擦洗风干。大块的骨骼被锯成2英寸的小块。

准备好的骨灰被放到一间暗房，里层用黑纸包裹，外层再用X感光底片裹住。为了进行比较，另外一组正常人的骨骸也被做了相同的处理，一同在封闭的暗房里静置了10天。理论上来讲，如果艾米丽的骨灰具有放射性，那么伽马和阿尔法射线就会穿透黑纸，让底片感光。

随后公布的照片显示，艾米丽的骨灰让相片上布满了星星白点，事实就如浩瀚夜空中的星辰一般明显。相反，正常人的骨灰则没有让底片发生任何变化，漆黑一片。如果连死人的骨头都具有放射性，那么毫无疑问，还在世的镭姑娘们的骨头一样具有放射性。

随着官司的拖延，镭姑娘们的病情每况愈下。但更坏的消息传到了公司这边：一位百万富翁因为疲劳，医生给他开了奎宁水提神，他没有意识到水里还有镭，在医生的热心推荐下，他在数年里喝下了上千瓶镭药水，在他断气时体重只有90磅。他的遗骨也被做了同样的测试，呈现了大量的亮点，把其中一块脊椎骨的轮廓清晰地勾勒了出来。

镭姑娘的遭遇为大众带来了警醒，医生和劳工权益组织开始向大公司复仇。最终美国镭公司同意和解，同意了补偿方案，包括保证支付镭姑娘们的所有医疗费用。

镭事件就此结束。

手写摘抄的后几页，居然是一些机打数据，显示着园林水库最近一个月的辐射变化。数据上有一串高高扬起的辐射值，表示从一个半月前开始，水库中的水就呈现高辐射状态。其中最高的辐射，是一种代号为“B”的物质。

B物质是什么？代表着什么？数据表上没有提及。我也完全猜不到，但应该不是镭。但是表格里却有解释，说B物质不会在自然界中生成，也不会存在，只会受到饱含B物质的东西污染。而B物质会对一切生物产生反应，让其变异。

我看得一头雾水，将这些资料统统收起来，又在房间里找了找，看能否找到更加有用的线索。我没有刻意去掩饰入侵痕迹，也没想过去掩饰。我要给房间的主人一个明确的信号，让她知道我来过。

或许她是故意将信息留给赵雅雅，原本就是想我进来。这，也是她棋局中的一部分。

“看来我就在她的棋盘上，像是个被操纵的棋子。”见再也搜刮不出什么信息，我苦笑着对身后的守护女说，“不过我这颗棋子，并不是那么好操控的。我会费劲一切心机，将这盘棋搅乱。哼，那个鬼鬼祟祟故弄玄虚的家伙，慢慢等着瞧吧！”说完，就带着李梦月离开了。

我没有再去上课，找了个咖啡厅一直收集着园岭市的各种数据。我也给老男人写了封信，询问他是否知道B物质究竟是什么。

还没等到他回信，下午三点，那性格别扭的女人赵韵含已经发来了短信。

短信上只有八个字：搞定了，速来地下室。

我带着守护女连忙朝地下室赶。还好是上课时间，入口又是操场的厕所，所以再次潜入女厕所并没有费什么周折。

一到目的地，就看到地上五花大绑着一个男性。而赵韵含正跷着二郎腿，无聊地吃着杯面等我们。

“来了？”她抬头看了我俩一眼，努了努嘴，“喏，目标在这儿。我大体问了一下，你再将你想问的问题问一遍，我俩再将资料整合。这家伙油滑得很，交给你处理了。”

我点点头，将在酒店找到的东西朝她一扔，然后毫不客气地拨开东明嘴上的布套，贱兮兮地笑道：“班长大人，好久不见了！”

“是你！你们干吗绑架我？”东明有些惊恐。

我没回答他，而是转头问赵韵含：“你在哪里逮到他的？”

“我让李余在他家守株待兔，结果他下午两点才回来。这期间他去了哪，你肯定想不到。”她撇撇嘴，“居然一个早上找了十多个男男女女，深刻讲解舔眼球的好处，然后不管对方愿不愿意，直接就用自己脏兮兮的舌头舔别人的眼睛。”

我眯起眼，开始打量他：“班长大人，你现在是不是应该开诚布公地告诉我，你为什么要将舔眼球的行为流传出去呢？”

“没什么，只是好玩罢了。”东明故作镇定。

“好吧，就当是好玩。据说你挺喜欢猫，对吧？”我盯着他的眼睛。

“你是怎么知道的？”东明吃了一惊。

“你家里，有很多见不得人的禁制级猫控片哦，口味正重呢。”我笑起来。

“你，你们居然偷偷溜进过我的房间。”东明咬牙切齿地说，“这是赤裸裸的私闯民宅，我可以告你！”

我扑哧一声笑出了声：“班长大人，我觉得你似乎还没弄清楚现状。现在你可是被绑架了哦，我们连绑架都不怕，还害怕私闯民宅吗？”

东明苦着脸：“你究竟要我告诉你什么？”

“一切。”我语气顿了顿，“把你知道的一切都告诉我。”

“什么一切啊，我完全不知道你们想干吗！”东明摇头道。

“看来班长大人的记性似乎不太好，没关系，我们待会儿再谈。”我没再理他，也不在乎他是真懂还是假懂。有些人喜欢耍小聪明，所以需要好好敲打一下。我示意守护女将他拖走，好好关照一下，然后走到了赵韵含身旁。

李梦月将东明拉到了阴暗的角落，很快就传来了刺耳的连续惨叫。而赵韵含拿着我扔过去的资料，已经完全惊呆了。

“这是，我？”她眼角抽搐了几下，一副难以置信的模样，“从三围到发型，就连脖子上的红痣都完全一样。这怎么可能？！”

“这不是你在园岭一中的身份？”我问。

她摇了摇头：“不是，我根本就没有转入过园岭一中。我只是花钱买通了李余，让他给我提供消息。”

赵韵含将照片翻过来：“她是高三七班的夏琳？哼，有意思！”说完，她掏出手机，拨通了李余的电话，询问了几句关于夏琳的事，脸色更加惊疑不定。

“李余怎么说？”我问。

“他说高三七班确实有个夏琳，但是跟我长得并不一样，差很多！夏琳有些胖，为人怯懦胆小，经常被人欺负。可是，有然后喔。”

“有然后？”我总觉得有内情。

“然后突然有一天就变漂亮了，一天比一天漂亮，也不知通过何种方法减肥了。”赵韵含复述道，“作为学校的情报贩子，李余自然对夏琳的减肥方法以及变漂亮的途径很感兴趣，因此特别研究过她。夏琳漂亮得很阶段性，每过一段时间没见，就像变了个人似的，可是漂亮程度一直在增加。”

“那她，究竟是不是匿名信的主人？”我迟疑着问。

“不清楚，或许也没办法搞清楚了。”赵韵含一字一句地说，“因为，她已经在一个礼拜前失踪了。”

我愣了愣，将写有夏琳名字、长相却和赵韵含差不多的照片拿过来仔细打量。推测了片刻，我才道：“既然她的漂亮是阶段性的，你认为有没有可能，她最终变成了你的模样？”

“或许，有可能！”赵韵含不敢确定地点了点头，“可是为什么，她会变成我的样子？”

“我也不清楚，所以这要问问东明班长大人了。”我沉着脸，指着其余四张照片里的女孩，又道，“那篇手抄的文献，看完没有？”

“看完了，很费解，为什么是关于镭辐射的？”赵韵含也没明白那篇文献的用意。

“背后提及的B物质，你知道是什么吗？”我直愣愣地看着她，突然问。

赵韵含轻轻地摇摇头，可她的神色里，分明隐藏着一丝惶恐。这家伙，肯定知道些什么，就是不愿告诉我。

我在心里冷哼了一声，也没追问。

“这个女孩，你认识吗？”我从照片里挑出了李清，淡淡说。

“是高三二班的李清。”赵韵含回答。

“前些日子，有一位哥哥在论坛上发帖，说自己妹妹身上发生了诡异的事情。在玩死亡之旅游戏时，妹妹昏迷后，满眼珠子游动着虫子，有的虫子还从眼珠里跳出来，蹿入了他的朋友嘴里。”我轻声道，光是说着都觉得有些恶心，“而且他哥哥在帖子的最后说，全家人的身体都有些不对劲了。所以我委托别人帮我查了查帖子的IP。”

我舔了舔嘴唇：“你猜怎么着，IP地址显示的位置，正是李清一家。而且他们家四口人，全都死了，被某种动物吃得一点不剩，只残留骨架和证件。根据昨晚的经历，我猜他们应该是被流浪猫吃掉的。”

“而且，这五个人的照片被凑在一起，肯定有原因。那个匿名信的主人，不会无缘无故这么做。”我判断道。

赵韵含立刻又给李余打了电话，问了情况后，说：“根据李余的消息，东明、周燕、夏琳、张敏和李清，并不算十分要好。但是她们有个共同点，高一时曾经在同一个班，高二分班后才分开，平时交情很一般。”

“具体情况，再问问东明吧。梦月也将他收拾得差不多了。”我叫了守护女一声。三无女仍旧面无表情，倒提着东明，将他扔在了地上。

东明被收拾得很惨，整个人都瘫软在地，脸上只剩恐惧。

“我说，我什么都说。银行密码都告诉你们，我家很有钱，要多少，我都叫我老爸给你。求您不要让那位女侠打我了，我快受不了了。”一见到我，东明就如同看到了亲人，苦苦哀求。

我默默将五张照片放在他面前：“你们是什么关系？”

“一般同学关系。”东明不假思索地回答。

“看来你还欠收拾。”我挥挥手，准备让守护女再将他拖回去收拾一番。

东明吓得快失禁了：“我招，我全招。我跟张敏有一腿，夏琳变漂亮后，我想跟她有一腿，她没理我。周燕我是真没跟她有一腿。李清太丑，我没兴趣跟她有一腿。”

我和赵韵含同时摸着额头，无语了。都说男人是用下半身思考的生物，可眼前的家伙也太过了吧，平时看他还挺聪明的样子，其实他根本就没脑子吗？

“一个多月前，园岭水库有大量的死鱼尸体从上游冲击下来，那时的你们在干吗？”我整理了一下思路，将问题范围缩小了一些。

听到这个问题，东明全身颤抖，满脸恐惧。

看来，总算是问到点子上了！我心里一喜，示意李梦月捏捏手指示威。

“不要，我说，我说。”眼前的恐惧明显占据了上风，他连忙开口道，“半个多月前，我们五人确实一起出去过一次，原因是夏琳突然变漂亮了。一个奇丑无比的胖妞变漂亮了，简直是引起了轰动。由于我们曾经是同班同学，张敏就逼着她告诉自己诀窍。”

“夏琳就算变漂亮了，为人却仍很怯懦，说是自己用了一种方法，很有效的方法，不但能很快变瘦，还能变得更加美丽。”东明讲述着，“变漂亮对女性有致命的吸引力。所以张敏集结了周燕、李清两人，打着共享的名义，实则是想让这两个家伙平摊风险，先尝试一下。”

“夏琳变漂亮的秘诀到底是什么？你一个大老爷们，干吗跟她们一起行动？”我问。

“夏琳说，那个方法很简单，就是去园岭市郊区一座山头找一种寄生虫，吞下去就行了。”东明顿了顿，“那个山头有个无人村，我爷爷曾经在那里住过。因为张敏跟我有一腿，她抓住了我嗜好喵星人的把柄，就挟持我带路。没想到，我们刚到河的上游，就看到无数死鱼尸体。而后面的鱼，还莫名其妙地从水库向上使劲拼命游，就像上游有什么东西在吸引它们一样。”

“上游，有什么？”我心脏不由得剧烈跳动起来。原来一切的起因都在那座山头，那条河的上游。真是完全没想到，好在，谜题就要解开了。

俗话说好事多磨，只见东明一边讲，一边抬起头，在黑暗中，他第一次看到了绑架自己的人。猛地，他指着赵韵含，惊恐地大声道：“夏琳，你怎么可能在这里？我们明明已经杀死你了！”

赵韵含眯着眼睛，没有开口。

东明吓得用力向后爬，想要离她远一些。突然，他不停地咳嗽起来，肚子也变得异常鼓胀，脸在几秒钟内，长出了大大小小的白色水疱，看起来非常可怕。

“不好！”我大叫一声，急忙向后退。

说时迟那时快，东明整个人已经爆开了。

淡黄色的雾气弥漫在空气里，最终被地下室的抽气机抽掉，一丝不剩。我急忙走过去，摸了摸他的喉咙。

一颗心，顿时陷入了谷底。

东明，带着自己还未说出口的秘密，彻底死了。

第十二章

鱼死之城

东明死了，可一大堆谜题还没有解开。我和赵韵含走出地下室，很是无奈。

东明曾经提及，夏琳减肥变漂亮的方法是寻找寄生虫吃下去。其实这种方式，在许多国家和地区的年轻人之间早就很流行了。

国内吃蛔虫卵的情况也不在少数。前段时间新闻里就曾报道过一个案例，说厦门某大学的毕业班女生最近就一直在尝试购买蛔虫卵，据说这位减肥狂人“为了瘦不择手段”。吃下虫卵，等身体里有了蛔虫，就会变瘦。她还轻松地说：“先吃几粒试试，要是没什么效果，或者副作用太大，我就再吃药把蛔虫打出来。”

通过网上搜索发现，除了蛔虫卵外，许多网络商家还将这些蛔虫卵制成胶囊或口服液，售价几十元到一两百元不等。

虽然许多医生和美容技师常常对此诟病，专家也呼吁这些减肥法大都没有科学依据，有的还会对身体造成伤害，比如吃蛔虫卵就是饮鸩止渴，体内蛔虫会引起肠道、胆管及胰脏管道阻塞，蛔虫更可入侵肺部，严重的会引起并发症死亡；而抠吐的方式则会引发食道炎或贲门癌，有的还可能会发展为厌食症。

可是吃寄生虫减肥，已经成为了都市传说，让许多肥胖到绝望的年轻人深陷进去，屡禁不止。每个人都觉得，存在就是合理，如果不试试，谁知道有没有效果呢?

但是东明提及的寄生虫，从他的话中透露出，是一定要到园岭市某个山头去寻找。那种寄生虫不但能令人减肥，还能使其变漂亮。

我俩从李余手里得到了夏琳两个月前的照片，简直是吓了一跳。这，根本是八竿子也打不到一起的两个人。

从前的夏琳几乎重达一百八十斤，粗手粗脚，个子也不高。脸上充斥着肥肉，圆乎乎的，谈不上可爱，也谈不上可憎。但是那副尊荣，会让同学敬而远之。

难怪张敏要逼她说出减肥变漂亮的方法，这已经算不上减肥，干脆称之为整容得了。但是李余提供的资料证明，若进行如此大面积的整容，夏琳根本就没有那个时间。她每天都在上学，变化也是一天一天的，没有间断，别人看在眼里，非常有震撼力。

东明临死前曾惊讶地指着赵韵含，说自己杀了她。这倒是能够说明为什么夏琳失踪了。五张照片中，死了四人。东明死在我们眼皮子底下；李清和她的家人，疑似一起被猫吃掉了；夏琳有可能被谋杀；至于一直没出现过的周燕，据说死于精神分裂，因为她总觉得自己有问题，最后自杀了。

现在活着的，只剩下张敏一个。

至少还剩了一个。

我和赵韵含连忙赶往三班，想将这最后一个关键性人物控制保护起来。可是一走到教学楼下，就看到学生们在老师的带领下，一窝蜂地朝外面跑。

“出了什么事情？”我急忙拉住一个女同学问。

那同学慌慌张张喊道：“园岭水库决堤了，洪水正朝这边涌过来，老师让我们赶紧跑出学校，到地势高的地方躲躲。”

“干吗不躲进教学楼？”我疑惑道。有跑出去的时间，还不如逃到教学楼上更安全些。

“前段时间园岭市地震过，教学楼震裂了，许多缺口还没有补上，被水一冲恐怕更危险，楼会倒塌的。”女学生匆匆忙忙丢下一句话跑开了，“同学，你也快点逃吧。”

“园岭水库决堤了，这么巧？”赵韵含狐疑不已。

“不管那么多了，跟着跑就是。一边跑一边寻张敏的下落！”我吩咐道，努力冲入了人群里。守护女紧紧跟在我身后，大有一副事情不对就夹着我离开的紧迫感。

逃跑的路上，我听到了更多的讯息，总算明白了是怎么回事：前些日子园岭市强降雨，致使园岭水库存水过多，水位压力严重，而后一大堆死鱼黑压压地流下来，又增加了水库的压力。再加上前些日子的地震，不稳定的地方还没有填补好，河里鱼尸最近又有增多的趋势，最后一根稻草压倒了骆驼，水库终于不堪重负，决堤了。

滚滚洪水顺着河流直冲而下，经过十多公里，直冲市区。而园岭一中，就修建在河边上。

“快看啊，这里好多人在公路上捡鱼。”突然听身旁一个学生喊道。我透过缝隙瞧过去，只见人潮涌动，河岸边上黑压压的一群人蹲着身体，每个人都提着篮子和袋子。

他们围拢在堰坝处的公路上，身前有大片积水，不少鱼从河里被冲到了公路路面。那些鱼挣扎着，仿佛碰见了莫大的危险，一个接一个使劲地往外跳。

密密麻麻，不知道有多少鱼，多少个品种。它们拼命地跳到岸上，又被乐呵呵的市民捡起来。

“你们不要命啦，快逃，水库决堤了。”好心的学生们大声冲那些捡便宜的市民喊着。

可那些市民充耳不闻，仍捡得不亦乐乎。偶尔有人朝这边看一眼，又淡定地低头继续将不断在路面挣扎的鱼捡入袋子中。

“世上哪里都有这种要钱不要命的家伙。园岭市，这种人还真不少。”赵韵含看着那群捡鱼的市民，很是无语。洪水一来，这百来人非死光不可。

我盯着那些个市民，沉默了片刻，才道：“你不觉得那些人有问题吗？”

“有问题，什么问题？”赵韵含诧异地问。

“你看他们的眼睛。”我跑在人潮的边缘，有一个捡鱼市民离我只有几米远，所以我能清楚看到他的眸子。这个男人大约四十多岁，眼珠子有些发红。

“除了眼球发红外，没什么异样啊。”赵韵含撇撇嘴。

“再仔细看！”我沉声道，“单独一个人眼睛红不算什么，可是上百人眼睛都发红，就怪异了。”

见我说得严肃，赵韵含仔细观察了身旁一个妇女，总算看到了什么，惊讶地捂住了嘴巴：“他们眼珠子里，似乎有什么在游动。”

“我觉得他们被什么东西给寄生了，寄生的状态呈现多样化。其中一种我们昨晚还见过，被控制着来到猫面前，让流浪猫吃掉！”我冷哼一声。刚好一条鱼跳到我脚边，我用鞋尖一挑，又道：“这些鱼也有问题。”

“鱼也有问题？”赵韵含完全惊讶了。

“鱼，早就已经死了！”我用脚踩了踩鱼，先是感觉到一摊腐烂的软肉，可是鱼身内部似乎有什么在涌动着。

“可它们明明还在跳动。”赵韵含想要反驳。

“里边有东西。”我脚上一用力，鱼立刻爆竹似的炸开，内脏喷出来，散落一地。一股难闻的腐烂味道立刻散播到空气中，催人欲呕。

内脏中一条条长约五厘米，根本分辨不出究竟是什么物种的白色线状虫子在恶心地摇晃着肥硕的身体。接触到空气没几秒钟，就彻底不动了。

“这些是什么玩意儿？”赵韵含后退了几步。

“不清楚。但是匿名信的主人，引诱我俩来，不就是为了找到答案，顺便做做渔翁吗？”我一边说，一边催促她往前跑，“别浪费时间了，找到张敏要紧。”

整个园岭市都在一个大漩涡中。这个漩涡犹如火药，只需要一丁点火星就会爆炸。园岭市，包括我们，或许都无法逃脱。

只有找到张敏，去寻找源头，问出那日他们究竟发现了什么，或许只有这样，才能挣扎出一丝生机来！

除了被感染的市民，园岭市清醒的人很快就融入了人潮里，朝着远离河岸的东城区跑。刚跑向高处，就听到轰隆隆震耳欲聋的声音。我转头望去，只见巨大的浪涛铺天盖地朝着城市西南冲刷，不但将园岭主河道充满，还溢出河道。

随着大家的惊呼，地上不断挣扎的死鱼和捡鱼的百来个市民全都被洪水卷席一空，再也不见踪迹。

河水不断蚕食着每一条位于低洼处的街道和桥梁，直到水平面不再上涨。位于高处的东城区也被淹没了一小块，不过大多数人都逃离及时，所幸没有受到太大伤亡。

泛滥的河水流动着，逐渐变得缓慢。水位最终保持在离我只剩下一百米的距离。大量汽车和建筑材料漂浮在水中，伴随着无数散发恶臭的鱼尸，显得极为惊心动魄。

惊魂未定的人们逃脱后一屁股坐在地上，到处都是哭泣声。有的因找不到亲人在惊呼，有人因为房子车子被淹没而沮丧，还有人幸灾乐祸地笑，但更多的是对劫后余生的欣喜。

这个社会很浮躁，安稳的时候大多数人唯恐天下不乱想要出些大事。但真的出了大事，每个人最终还是会充满恐惧与怨气。

“找到张敏没有？”赵韵含跑到我身旁。

我摇摇头：“太混乱了，根本不好找。全市几万人都集中在了一起，我都快分不清园岭一中的学生是哪些了。”

“张敏的家就在东城区，没有被水淹。一个人受到惊吓，大多会回家寻求安慰。”赵韵含从兜里掏出手机，用手拨了几下，调出张敏的资料，“我们挤过去，到她家找找。”

我赞同了她的建议，带着守护女，在赵韵含的带领下，一路朝东边挤过去。

周围的人实在太多了，每走一步都是煎熬。幸好张敏家离这儿只有几条街，可就算如此，也花了大约一个多小时才到达。

张家住在佳丽大厦的二十三楼，市内电已经停了，我们爬楼梯上去。张敏家的防盗门紧闭，我伸手敲了敲，没有人应门。

突然，嗅觉灵敏的赵韵含抬头闻了闻周围的空气，脸色一变道："怪了，这里边怎么有一股古怪的臭味，像是刚刚的死鱼散发出的味儿？"

我顿时紧张起来，掏出万能钥匙，三下五除二将防盗门打开。开门的一瞬间，臭味扑面而来，臭得让人无法呼吸。

客厅里，倒着三个人。两个肥胖臃肿的人，他们俩的身体正不断地往室内排着黄色的气体，而身体还有进一步充气的迹象。据经验，再过半分钟，就会因为皮肉骨骼支撑不住而爆开。

另一个人虽然还没面目全非，可她也只剩下了脸。是张敏！张敏被开膛破肚，就连内脏都被吃干净了。我走上前摸了摸她的身体，还有体温，只是早已没有了脉搏。

这女孩，死了不到半分钟。

"凶手还在屋子里！"我斩钉截铁地抬头，朝守护女和赵韵含看了一眼，"这里是二十三楼，电梯停运，只能走楼梯。所以，他根本逃不掉，给我搜！"

话音刚落，主卧的位置就传来一阵异响。赵韵含立刻以闪电般的速度跑过去，一脚将门踹开。门内顿时跃出一道灰色人影。伴随着这个人影的，是大量眼睛猩红、行动敏捷的流浪猫。

猫，足足有数百只，流水般朝我们涌过来。赵韵含追赶的路线顿时被堵截，甚至陷入了危机。

"干掉它们！"我吩咐守护女。由于没有思维且经受过某种改造的流浪猫太危险，李梦月不敢离我太远，只是在我周围挥舞着手臂将一只一只猫全部打飞回去。

屋子里杀害了张敏三人的灰色影子知道坚持不了多久，他显然忌惮我们，干脆使劲撞在双层钢化玻璃上，整个人都随着破碎的玻璃从二十三楼掉了下去。

几秒钟后，守护女和赵韵含两人才合力将流浪猫收拾干净。再往下望时，楼下的地面上只残留着玻璃碎片，哪里还有人的踪迹?

同一时刻，客厅里两具疑似张敏父母的尸体，以及落在地上晕倒或死掉的怪猫们身上，响起了络绎不绝的爆炸声。每只猫的肚子都裂开了，模糊的血液与内脏流了一地。

我们三人连忙躲入身侧的房间里，总算侥幸逃过一劫。

“太恶心了，被感染的人和猫都会爆炸，简直就是肉体炸弹嘛，还不知道那些肉喷到身上会有什么可怕后果。”赵韵含郁闷地说，“知情的五个人全都死光了，这下完蛋了。”

“不一定！”我摇头，“东明临死前说，他之所以会被要挟带路，是因为他的爷爷曾经在那座山住过。而山下，有一个无人村。”

一边说，我一边抽出平板调出当地地图寻找起来：“只需要在网上查查园岭市周边有山的无人村，而且位于园岭水库上游，有河流连接水库的地方，你看，范围一下就缩小了。”

我将平板展示出来，目标只剩下一个：“这个村子早就已经荒废了，而且名字很奇怪，叫做骸骨村。”

“骸骨村？”赵韵含仍旧摇头，“可是光知道一个村子的名字，谁知道他们走的是哪条路线？你看地图，骸骨村周围足有五条河。”

我朝四周瞅了瞅：“这里是张敏的房间，对吧？”

“应该是。”看着粉刷成淡淡粉色，装饰非常女性化的小房间，赵韵含点头。

“许多女生都有记日记的习惯，我们找找看，说不定能在她的日记里找到线索。”我拉开书桌的抽屉，动手找起来。

赵韵含嘀咕着：“张敏人虽然漂亮，但是在学校的风评非常不好。何况看她的模样，也不像是会记日记的……”

“找到了！”还没等她说完，我已经抽出了一本粉红色的日记本。

“靠，这家伙究竟是有多喜欢粉红色，她完全是在打我的脸嘛！”赵韵含瞪了我一眼，“还不快翻开看看！这家伙的日记，估计也是每天欺男霸女的流水账吧。”

“看来，你又被打脸了。”我翻开日记看了几眼后，撇撇嘴。俗话说人不可貌相，老祖宗说的话总是很有道理的。张敏为人虽然不怎么样，可是骨子里居然是个小清新，而且，她是真的在和自闭男张宁交往。

他们俩交往了许多年，直到前些日子东明横插了一脚。在日记里张敏提到，她觉得自己很奇怪，说身体最近好像出了什么问题。明明很厌恶东明，厌恶到看到他就想吐，可是身体却不由自主地像被磁铁吸住一样，没办法挣脱。

于是张宁和她非常痛苦。张宁显然不相信张敏出轨是出于她自己的意愿，说要挖掘出背后的真相。可是几天后，他就死了，在学校的操场被什么东西吃得一干二净。

张敏一直怀疑是东明干的，却没有证据。

看到这儿，我跟赵韵含同时明白过来。都说自闭的人一定会在某一方面非常出色，张宁估计也不例外。他应该是寻找到了某些线索，却被杀了灭口。

这说明在园岭市，有人或势力在暗地里操纵着。那群人，不希望我俩得到线索，所以杀了张宁，在东明身上做下手脚，在最关键的时候，他爆炸了。而刚才，又在我们寻到唯一的幸存者张敏前，弄死了她全家。

可那暗中的势力，究竟是哪一个？我看着满屋子的碎肉，心里默默思索着。

还好来得及时，有些资料并没有被抹杀。

我们从张敏的日记里，顺利找到了他们五人的郊游路线。关于那场减肥变漂亮之旅，张敏并没有描述太多，甚至没有在日记里提及他们最终看到了什么。但，她却在其后的日子里，用红笔在那篇记录下写了四个字：

死亡之旅。

第十三章
时间晶体

园岭市是一个小小的地级市，上游的园岭水库存水也并不多。所以一天之后，洪水就被排尽了。被淹没的街道和房屋也显露出来，水位回到了原来的位置，只是地上的死鱼，一堆接一堆地堆积在路面，环卫工轮班不停地将鱼尸体铲入清洁车，拉去掩埋。

整个城市，都笼罩在死鱼的恶臭中。

水退后的第二天，我、守护女、赵韵含三人，背着行李，标着路线，找了一个当地的导游出发了，准备越过骸骨村，追溯张敏五人当初的目的地。

而导游，正是园岭市的信息商、自称为钱可以去死的李余。

关于那些人死后大脑里出现的米粒大小的黑色坚硬物质，研究结果也出来了，老男人杨俊飞发来的信息说，这黑色物质并不是虫卵，甚至不是什么有机物。同时，他还一并发来了一篇摘抄的文章。

原文如下：

最近，有一位杰出的物理学家刚刚发表声明，称自己找到了传说中的“时间晶体”存在的证据，而这一切都归功于“时间对称性的裂缝”。

所谓“时间晶体”，指的是一种处在思维空间，即时间中的周期性重复运行结构，这种结构类似于永动机，它处于永动状态，但并不违背能量守恒定律。这位杰出的物理学家随即向世人证明了他的发现。

在著名的基础物理研究协会Simons Foundation的网站上，这个名为Natalie Wolchover的科学家如此叙述自己发现时间晶体的故事。

在2012年2月，诺贝尔物理学奖得主Frank Wilczek决定向公众公布一个有些奇怪、令人担心并很有可能会让自己出丑的点子。永动机的计划听上去本身已经很不靠谱，而Frank竟然还声称自己发现了“时间晶体”的决定性证据——这种处于周期性重复运行的物理特征，就像时钟里的分针一样，只是它并不消耗能量，也不会减速。但与时钟或任何我们已知的物件不同，时间晶体的永动状态并不是从什么被储存起的巨大能量中来，而是从“时间对称性的裂缝”中来，是这个“裂缝”让这种特殊的永动状态有了可能。

“在此之前，所有的物理学研究都是对已知事物认知的延续。”Wilczek称。他目前供职于麻省理工学院，是一位物理学教授。而他自己关于“时间晶体”的研究则被形容为“跳出了盒子”的研究。

Wilczek的点子在物理学界并没有引起太多的争论，学界的意见也相对温和。Wilczek本人曾长期从事一些新型实验性的理论研究，这些研究成果最终进入了主流物理学中，包括亚原子粒子轴子的存在和任意子的研究，以及发现了核能里的一种性质：渐进自由，这也是2004年Wilczek赢得诺奖的成果。但是说到永动机，它在基础物理法则部分就被断定为不可能实现。面对现在的研究结果，大家显得有些不知所措。那么他的这次研究到底是产生了重大的突破还是一次逻辑错误呢？来自波兰压盖沃大学的光学与原子学物理教授针对这项研究写了一篇评论文章，但对研究结果本身的正确性仍不确定。

现在，一项技术进步给予了物理学家们验证这个想法的机会。他们计划制造一个“时间晶体”，并不是说这次尝试一定能够得到不需要任何动力，并能够无限输出能量的机器，但是我们或许能从尝试中得出更多关于时间的真相。

李余在前边开车，我将载有资料的平板电脑扔给了后排的赵韵含。看完后，她皱了皱眉："你的调查和我的调查倒是有些相似。我刚拿到那些米粒大小的黑色物质时，也检验出了它没有任何生命反应与特征。可是很显然，正是这些黑色米粒物质在人脑中搞鬼。"

"还有，这篇摘抄究竟是怎么回事？怎么有些词不达意？"赵韵含看完关于时间晶体的报告，很是疑惑不解。

"我也稍微明白一点时间晶体的原理，既然老男人将这篇摘抄发了过来，也就意味着这些黑色米粒正应该是一种晶体，而且和时间晶体的某些性质相同。"我再次仔细地将信看了一次，"或许这些黑色米粒物体，里面蕴含了大量的能量，能够作用于生物体内，让生物永动。也就是说，它是一种变相的永动机。"

"这样一来，倒是能解释为什么鱼死了还能不断挣扎了。而人类与流浪猫的变异，也是这些东西的缘故？"赵韵含问。

"现在的信息太少了，但我觉得鱼和猫的变异是两回事。而人类身上的问题也有两种。"我整理着脑袋里的线索，分析着。

"你的意思是说，有两种变异？"赵韵含迟疑了一下。

"不，我觉得，鱼和那些被感染了会全身胀大最后爆炸的人属于同一种性质的变异。这种类型的感染体在脑子里都会出现米粒状的黑色物质，或许是和园岭水库上游发生了某些事情有关。"我归纳了一下，缓缓道，"而流浪猫和被流浪猫吃掉的人与生物的变异，更像是人为的，并且被某种势力操纵着。流浪猫是主体，而自己送上门来的各种食物是附属体。"

"你的意思是，操纵流浪猫的势力正在阻挠我们获得资料，甚至不愿意让我们跑到上游去找到答案？"赵韵含总算明白了我话中的意思。

"不错！"我脸色铁青地点头道，"而且那股势力，我多多少少猜到了一点。"

"你知道？"女孩大吃一惊，瞪大了眼睛。

"它的名字我不清楚，但是特点在流浪猫身上已经暴露无遗。"我捏紧双手，冷哼了一声，"那个组织专门驱使特定生物，在全世界收集有奇异能力的物品。有个叫雅心的混账女人，跟我交手过几次，我跟她的仇恨不共戴天。"

"第一次，那组织驱使德国小蠊袭击了我的老家；第二次，让蜜蜂发狂，造成了极大的灾难，也害死了我最重要的人；第三次……"我咬牙切齿地说着，身后的守护女突然站起身，伸出手，将我的脖子死死抱住。

她将脸贴紧我，紧紧地贴着，黑色的发丝流淌在我的身上，我感受着那一丝温暖和柔软，狂怒不已的心也随之平复了许多。

“好点，了吗？”李梦月轻声说。

我深呼吸了一口气，闻着她发丝间的馨香，点点头：“好多了，谢谢。”

守护女这才重新坐了回去。

“靠，真羡慕。谈别的女人的时候，身旁居然还有绝世美女主动投怀送抱给安慰。”赵韵含调侃道。

我瞪了她一眼，神色冰冷：“总之，现在的园岭市有两股势力。雅心的势力对骸骨村的某样东西志在必得，不惜将流浪猫变异来阻止我们。”

守护女点头道：“两次，灰色身影，同一个人。”

她的意思简洁明了，我跟赵韵含还是听明白了。李梦月说，上次在东明家引开她，然后又驱使猫袭击我们的人，和在张敏家跳楼的灰影，是同一个人。

“现在很明显的是，水库上游的那东西，才是引起鱼死后变异，也令园岭市出现许多怪异现象，令人膨胀爆炸的真凶。”我缓缓道，“而另一股势力，就是匿名信的主人。她或者他们不知出于什么理由，引诱我们出现，破坏雅心所在势力的好事。或许也藏着渔翁得利的想法，不过，对我俩明显没有敌意。”

“所以我们只需要注意雅心的势力？”赵韵含低头想了想，眼神闪烁。

“敌人的敌人未必是朋友，总之小心点为好。我猜网上卖给夏琳能减肥变漂亮的寄生虫的家伙，就是匿名信的主人，用意不明。”我转头看向李余，“你似乎听得很认真？我们的谈话有趣吗？”

李余连忙摇头：“没趣，我什么都没听懂，什么都没听见，千万别杀我灭口！”

我不置可否，从副驾驶伸出手拍了拍他的肩膀：“对骸骨村，你知道多少？”

“我爷爷住过那儿，我小时候经常去玩。挺宁静的一个地方，但是几十年前闹血吸虫，死了很多人，所以就废弃了，直到现在也一直没人住。”李余将车开向市郊，拐入一条破烂的小道。小道蜿蜒，路面时有杂草，因为年久失修，所以非常颠簸。

“那你跟东明很熟？”我又问。

“也不算很熟，小时候经常玩，长大了就生疏了！”他连忙回答。

“对这条河，你知道什么吗？”我指着iPad上用红线标出的小河道。

“不太记得了，那里似乎有一条小道通往山顶，河里只有些小鱼小虾。”李余说。没多久，车就开到了路的尽头。

下车后，我们四处打量了一番。这里有许多破旧的平房，房子大多数都塌了，四周安安静静，犹如鬼域。

“走吧，我带路。”李余利索地替赵韵含背起了行李。我们一行四人，就这么顺着河道往上走。本来修建堤坝时就空出了河道的位置，所以园岭市大洪水，对上游基本没影响。

河道边的芦苇非常深，看不到河里的动静，但是总是能闻到恶臭味，像是尸体浸泡太久后腐烂散发出来的气息。

当我们转过一个拐角后，令人震惊的一幕出现了。

河面宽广起来，芦苇也少了，露出河道的位置，密密麻麻地浮着大量鱼尸。每一条鱼都是同品种中身强力壮的。我随便数了数，就将园岭市附近常见的鱼类数了个遍。

“你不是说这条河里只有小鱼小虾吗？”赵韵含哼了一声。

李余一脸见鬼的模样：“一直都是只有小鱼小虾，真的。我也不清楚怎么会变成这样！”

“那些鱼从水库翻山越岭，逆流而上，说不定为的就是上游的东西。”我皱着眉头，让大家继续往前走，期间也没忘问李余一句，“据说最近发生过地震？”

“对，就是近两个月之前，有过一次五级地震。幸好震源很深，园岭市没有人伤亡，但有些建筑还是受损了。”李余点头。

“那有没有听说这条河的上游，出现过什么怪事？”见他确认，我心里暗自判断，发生在园岭的诡异事件，恐怕和上次的地震有关。

“好像还真有一件。”李余回忆了一下，连忙掏出自己的平板电脑，点开其中一个资料夹，递给了我。

是一份报纸，摘录了一则当地新闻。

标题是：**本地驴友路过，在园岭市一座山上，发现了古墓。**

新闻透露，在园岭市一废弃的小山村，驴友无意间发现一座古墓。据发现古墓的驴友介绍，3月初他徒步旅行时走进了这座山。发现古墓时，洞口几乎被草木及泥土遮挡。

“当时我吓了一跳，看到门口的门神以为是菩萨，仔细看才发现有个洞口，探进去才知是古墓。”驴友说，“曾经听老人们说过这片山有个古墓，但是一直不知道具体在哪个位置。”

据园岭市一些迁出的当地老人讲，他们很久以前就听说过古墓的事情，却无法得知其位。

意外发现古墓的驴友也没再继续了，也不敢多向外人透露，随即报告给了政府部门。他觉得这么古老的文物应该得到保护，避免被风雨腐蚀。

随后，记者在那位驴友的带领下，见到了这座还未判断出年代的古墓。该古墓背山面河，位于一斜山坡之上，周围长满了杂草。洞口的直径虽有1米多宽，但不仔细看很难被发现。

古墓门口外左右有两个石头雕刻的“门神”，虽然常年历经风雨，雕刻的纹理依然清晰可见。内部有少许沙石，没有其他物品，唯有墙上的浮雕令人叹为观止。

“看这个形状左边应该是‘青龙’，右边是‘白虎’，每个柱子周围都刻有乐女和侍从。”根据石壁上的浮雕，驴友和记者猜测。

古墓内左右两边的石壁上都刻满不同花纹，连门窗和窗棂也不例外。其中“青龙”“白虎”，还有侍从和乐女都还十分精致，没有一点腐蚀的痕迹。

虽然古墓里和门口都布满随风吹入的沙石和泥土，可这约8米长3米宽高的空间也能容纳10来人随意走动。

由于内部太深，还有一条暗河流过，记者和驴友也不敢太深入，继而折返。

相关人员看过记者带来的照片，声称此墓葬整体结构保持基本完整，其精美的浮雕具有重要的考古、文物、历史、艺术研究价值。同时，根据浮雕图案来看，该墓很有可能是秦朝或更早期的古墓。

截止本报出刊，文管部门承诺将对古墓进行精准测量，之后对其进行保护。

我默不作声地将平板还回去，想了想，问：“之后呢，事情发展得怎么样了？”

果不其然，李余回答道：“然后还能怎样，就再也没有然后了。过了一段时间，有小道消息说这篇报道的记者和文中提到的驴友全都莫名其妙地失踪了。而文物部门对古墓也没了兴趣，市内各种报纸偃旗息鼓，再也没有那个古墓的信息了。”

“你怎么会知道得这么清楚？”我转头，淡淡地看了他一眼。

李余顿时吓了一跳，摆手道：“那个记者刚好是我一个同学的老爸，我也是从他嘴里听来的。他老爸至今都还没被找到呢！现在联系着想一下，估计是和你们谈论的事件有关。”

“估计他和驴友带雅心的势力去了之后，已经凶多吉少了。雅心那群人丧心病狂，为了一丁点小利益，绝对不会手软，杀光一个城的人都无所谓。”我对赵韵含说。

“那古墓里的东西……”她担心道。

“既然他们还在拼命阻止我们，就证明东西还没有搬完。”我不由得加快了速度，“走快一点。”

山上的路尤其曲折，已经拼命加快速度了，李余累得像条死狗似的，我们也花了足足两个多小时才来到河道的尽头。淅淅沥沥的溪水声渐渐放缓，地面随处可见地震过后山顶落下来的大石头。

路早就已经没了。在草丛深处，仍旧能看到最近有人走过的痕迹。我们四人开始追着痕迹走，没过多久，便来到了一个峭壁前。

峭壁的表面被地震削掉了一大块，露出了古墓外层的建筑。墓口杂草丛生，非常隐蔽。入口处一条十多厘米宽的小溪流缓缓进出水，水一直因为地心引力的作用，在地上蜿蜒爬行，最后汇入半公里外的大溪中。

我将树枝插进小溪中，道：“从水床的柔软度判断，这条溪水应该是地震后才出现的。”

“果然是因为地震的原因，本来深深隐藏着的古墓才现了形？”赵韵含问。

“应该是如此。”看着黑洞洞的入口，我沉声道，“里边很可能有雅心的人，很危险。李余，你就没必要掺和了，回去吧。”

“那行，我先走了。”李余没反对，乐呵呵地问赵韵含要了带路的酬劳，屁颠屁颠往山下跑了。

“真是个有意思的人。”我看着他的背影，摇摇头。

“你说，他会不会是你提到的两个势力中的一个？”赵韵含问。

“他是你雇的，你居然问我？”我笑起来，“不过，我查过他的背景。他家庭环境很复杂，应该不是敌人，也不属于那两个势力。”

“我也查过，但是最近完全被你的话给弄怕了。”赵韵含郁闷地说。

我们三人一路哈拉着，走进了古墓口。

三个手电筒散发出的强光，将本来就不宽的墓道照得透亮。就如同报纸里提及的，墓道两壁刻着十分精美的花纹和浮雕。从雕刻法判断，确实属于秦朝或者之前，而且结构保持得异常完整。

没走多久，我们来到了一个墓室前。虽然不是主墓室，但墓室门已经被开启了。我用电筒一扫，内壁刻有不少浮雕人物、花卉、瑞兽图案，制作极为精美。

但是墓室中，空无一物。

“已经被洗劫一空了？”赵韵含倒抽一口凉气。

“不是。”我摇头，“这地方原本就没有放东西。恐怕整个古墓，除了主墓室，根本空无一物。”

“怎么回事？”赵韵含吃惊道。

“因为这里根本就不是古墓。”我咬着嘴唇，一字一字地说。

“不是古墓？怎么可能！”她再次被我的话给绕晕了。

“这里本来修建的确实是古墓，从浮雕上就能看出。可是修建了一半，用途改了。”我指着墓室里的雕刻，解释道，“虽然这里没有墓志，也没任何能够证明其年代的人，但是壁画上提及，大人物的墓葬出了问题，因为挖出了一样会带来恐怖灾难的物品。凡是接触到那物品的人，全都惨死了。没死的人也得了邪症，将瘟疫传播到村子里。不久后，整个国家的人死了一大半。”

“那大人物下令将带来灾难的物品重新封印。而那东西，应该就封印在这只修好了一半的古墓里。”我将壁画上的信息缓缓解读出来。

赵韵含摸了摸额头：“也就是说，这里有一样东西会带来瘟疫。”

“瘟疫是传染病的总称。我猜测，两个月前的地震，将墓葬震了出来。一条小溪流经了壁画记载中本应该封印的东西。水被污染了，汇入大溪，所以引起了鱼类的变异。而东明五人进入墓葬时，雅心的组织还没来园岭市，所以他们接触到了那东西，也被感染了。作为感染源，所有接触过他们的家伙，都被感染了，所以园岭市才会有那么多人出现了怪异状况。”我缓缓道。

“不错，也只有这么个理由，才能解释园岭出现的问题。”赵韵含看向壁画，却看不太懂，“你能看出那神秘的东西是什么吗？”

我摇头：“几千年前的人迷信得很，工匠根本不敢雕刻，害怕因为雕刻染上瘟疫。”

“那，雅心的组织，为什么想要得到它？”赵韵含又问。

“不管为什么，我们都必须阻止。”我没再耽搁，判断着主墓室的位置，快步跑去，“他们做事没有理智，也不害怕后果，越是危险的东西落入他们手中，世界就会越危险。”

可当我们一行三人走入主墓室后，彻底失望了。墓室中空荡荡的，什么也没有。只见这偌大的空间里，最中央的位置有一块直径五米宽的正方形白玉。白玉虽然不是整体雕成，但晶莹剔透，也足以算得上价值连城。

白玉上，明显有拖拽敲打的痕迹。墓室封印的东西，不久前还伫立在上方。可是现在，已经被挖走了。

我摸了摸白玉表面，断言："他们还没走远，梦月，快追上去！"

守护女担心地看了我一眼，我摇头，掏出枪，表示自己没问题，她这才飞快地向外冲出。

我跟赵韵含一屁股坐在地上，默默等待。

不久后，守护女空着手回来了。

我俩的心，顿时落入了谷底。

来不及见上一面的神秘物体，终究还是落入了敌人的手中。最可怕的是，我们连那是啥也没弄清。

尾声

随着神秘物体被雅心组织带走，园岭市闹得沸沸扬扬的传染病事件落下了帷幕。被直接和间接传染的人类终究还是难逃一死，但是他们死后，传染并没有进一步扩大，而是偃旗息鼓，没了踪迹。

给我们留下的，只剩下沮丧，和些许被感染的人类组织，还有那黑色的米粒状晶体。

通过研究，我倒是稍微弄明白了雅心组织究竟是如何控制流浪猫的。

我记得曾经读过一篇论文。论文讲的是为什么人类会喜欢猫。论文的论点十分标新立异，提到了一种寄生虫，一种名为"刚地弓形虫"的疯狂的原生动物。它们寄生在大部分的温血动物体内，对猫更是情有独钟，因为它们在猫体内能够进行有性繁殖。

为了回到猫科动物的体内，这种寄生虫控制老鼠以及其他被感染的动物的行为。它们能够使老鼠不怕猫，甚至会对它有性吸引。

为了完成弓形虫的生命周期，被感染的动物通通会被猫吃掉。没有人确切地知道它们是怎样进行这种精神控制的，但宿主的行为确实是寄生虫对其脑部某些区域的直接物理作用。

据估计，有三分之一的人类喜欢猫，所以当初有个理论说，经常接触猫的人其实已经被刚地弓形虫感染了，所以那些人才那么喜欢猫。

那么问题来了，是不是所有爱猫之人都是被寄生虫腐坏了的神经病？人类会不会最终想要被猫吃掉？

问题的答案显而易见。雅心的组织通过某种手段使刚地弓形虫变异，让流浪猫获取大量的食物来源，并将其强化。于是寄生在流浪猫体内的弓形虫母体，在人类和其余哺乳类生物上产下幼体。这就形成了一个循环，被寄生了幼体的人类会送上门给猫吃。而猫因为母体的缘由，会毫不犹豫吃掉自己的饲主。

至于那黑色的米粒状晶体，我通过欧洲的实验室做了一系列测试，证实其内部拥有强大的能量，如果能将能量导出来，一个人大脑中生产出的黑色晶体，能供应纽约大小的城市一整天的电量。

它确实和还处于理论中的时间晶体有异曲同工的结构。

最后，直到和赵韵含再次分手，我还是没弄清楚匿名信主人信中提及的B物质是什么。但是，反过来推测，那个被雅心组织夺走的神秘物体应该能产生所谓的B物质。

看着带回来的从鱼脑和人脑中发现的黑色米粒状晶体，我陷入了沉思。这些晶体，算不算是一种寄生物呢？生物的体内，真的拥有那么大的能量吗？这已经严重违反了物质守恒定律。

真相是什么，已经不得而知了。

可无论如何，雅心的势力在越来越频繁地行动着。他们甚至比陆平的势力更加危险。再不加以阻止的话，谁知道世界会成什么样？

我将那几封匿名信拿了出来。匿名信的主人似乎对雅心的势力有些了解，而且神通广大，否则不会将我和赵韵含引诱过去对付他们。至今，我也不知其是敌是友。

五月的阳光温暖怡人，天空湛蓝如洗。我却丝毫高兴不起来，越发觉得，自己踏入了一个越来越无法理解的世界。

赵韵含是那个世界的人，或许老男人杨俊飞和死女人林芷颜也是。守护女究竟是不是，我不知道。

总觉得，只有我一人被蒙在鼓里。

事件结束后，黎诺依突然出现在了我租住的酒店。她没有了失踪时候的记忆，身体也没大碍。

事情，真的结束了吗？或许，这只是另一个事件的开端罢了。

谁知道呢？

少年夜不语系列603梦幻黑晶 完

如果有一天你收到了一条蓝色5克拉钻石项链，或者突然闻到了别人闻不到的气味，不要慌张。首先，你务必要做以下两件事。

一，找条河把项链扔掉。

二，开始习惯那种怪异的味道。

否则，你有可能在九天之内死掉……

这个世界充斥着各种各样的气味，就如同光芒一样无处不在。有的味道闻不到，不代表它不存在。人的体味也是如此。

但是你知道吗，有一种体味，只有自己才能闻到。

那种味道，或许闻不到的人才算幸运吧！

引子

8月1日，河城。杨雪打算下班回家。她看了看手表，刚好下午7点15分。夕阳在这个西南小镇才刚刚冒头，可是离完全日落还有接近两个小时。她揉了揉肩膀，感觉有些累。

今天做文案做了很久，一不小心就过了下班时间。等回过神来，公司里的同事全都离开了。幸好，还不算太晚。踏着已经不算太热辣的阳光，走了半公里来到BRT的进站电梯底部，突然，一个迎面而来的陌生男子冲她笑了笑。

杨雪回笑了一下，有些莫名其妙。那个男子大约四十岁，其貌不扬，微微低着头，有点驼背，但仍旧掩饰不住鼻孔里一团黑漆漆往外伸的恶心鼻毛。

这个中年男子，挺猥琐的。杨雪一边想着，跟他擦肩而过。可是刚往前走了几步，已经越过她数米远的男子猛地停住了脚步。他转过身，冲着杨雪冲过来。

“你！就是你，给我站住！”那中年男子死死盯着杨雪，一边看一边还破口大骂。女孩被他骂得愣住了，呆立原地，一时没反应过来。

“我可逮着你了，不要脸的，我找了你一天，你偷了我的车还跑，走，跟我走！”这名猥琐男子大声喊着，拽起杨雪的胳膊就使劲地往BRT外走。

“你认错人了吧？我不认识你。”女孩使劲反抗，那陌生男子却一把掐住了她的脖子，大喊：“昨天咱俩还在一块乐呵着，我在你家坐了十分钟，车就丢了。把车还给我，不然我跟你没完。”

“你神经病啊！”杨雪大声尖叫，“我才二十一岁，跟你一起乐呵？你也不照照镜子！”

BRT不算太冷清，陆续有人来来往往。有些人为看热闹驻足了一会儿，不过都没有在意两人的打闹。

那男子似乎怕引人注意，连忙补充了一句："老子每个月给你的钱还不够多吗，不够包养你吗，还偷老子的车？"

围观的人纷纷交头接耳，有人甚至惋惜道："漂漂亮亮的一个女孩子，怎么不自食其力，居然被人包养了。"

"你们俩要吵架，有纠纷，不要在公众场合吵，影响市容环境。"一个围观者劝道。

中年男子立刻得意地点头："我这就把这贱女人给带走。"

见围观的人都无视男子的无礼行为，杨雪突然意识到男子是故意制造两人认识的假象。如果她真被拽出了地铁，没准就会遭遇绑架抢劫，甚至更可怕……前不久不是有人才在自己住的地方挖地道，囚禁了一个大学校花当性奴长达三个多月吗？

杨雪越想越害怕，她拼命地挣扎，一边挣扎一边朝周围的人呼救。

"救命，我根本不认识这个疯子。快报警！"她叫唤着，可一旁的人早就先入为主地认为两人认识了。一个被包养的情妇有什么好值得同情的，有人甚至一边笑嘻嘻地指指点点，一边掏出手机拍照。

男子见她挣扎呼救，立刻更加用力地拽着她的脖子，杨雪刚买的漂亮裙子都扯破了，整个肩膀都露在外面，甚至隐隐露出了半个文胸。

"我真不认识他，求求你们了，快报警。"女孩艰难地从喉咙里发出微弱的声音，可是仍旧没有人理会。她有些绝望了。

男子越发得意，可在杨雪的眼里，那种得意的笑容好像带着丝丝死亡气息，极为僵硬。一刹那间，她甚至觉得眼前的男子，不像是人类。

现在根本不是胡思乱想的时候，杨雪强迫自己冷静。男子掐住自己脖子的手越来越用力，就快要令她喘不过气了。几乎快要缺氧的杨雪终于想到了办法，去年学过女子防身术，第一招是什么来着？

没多想，杨雪飞起一脚，死命地朝男子的裆部踢去，又准又狠。掐住她的男子一愣，居然没有痛的表情。

杨雪心都凉了。教女子防身术的女教练明明说过只要踢中男人的裆部，就一定会令其痛得死去活来呀。可是为什么没效果？自己的钱完全白花了嘛！

不过还好，男子因为愣神的缘故，手放松了。杨雪连忙挣脱了他，跌跌撞撞地朝BRT的警卫室跑去。

男子见她逃了，连忙骂骂咧咧地追了上去。

杨雪吓得快要失禁，她跑到安检机旁，一把抱住一名安检人员，死死抱住，并连声哀求安检员报警。

“救命，我不认识他，他是骗子。”杨雪的眼泪不停地往下流，流入嘴里，又咸又涩。

“她是我情妇，昨天还偷了我的车。”猥琐的中年男子想用同样的借口将杨雪弄走，“这是我们的家务事，各位兄弟就不要管了。”

“谁跟你是家务事！”杨雪尖叫着反驳，疯了似的更加用力地抱着安检员的大腿，“快报警，快报警。”

中年男子大骂着伸手想要将她拉开。BRT的几个安检员觉得似乎有些不对劲，不像是简单的家庭问题，连忙把两个人分开。

杨雪连忙躲入不远处的售票室，大声喊：“快报警！警察来了我再出来。”

男子见事情有闹大的趋势，便匆匆离开了。

杨雪以为自己只是单纯地遇到了诈骗犯，可诡异的事情，似乎才刚刚开始……

当晚，惊魂未定的杨雪回到家，跟老妈发了一阵牢骚后，喝了牛奶、洗了澡，希望能将霉气洗掉。

临睡前，她望了一眼窗外。

夜色寂寥，充斥着一股说不清道不明的邪气。熄了灯，房间更是陷入了微妙的黑色中。

杨雪不由得打了个哆嗦，连忙将窗帘拉上，这才上床睡觉。

桌上的机械钟有规律地发出“咯哒咯哒”的噪音，对于早已习惯了这种声音的她而言，倒是起到了安神的作用。

咯哒。

咯哒咯哒。

午夜十二点多了。

咯哒。

咯哒。

咯哒。

还是没有丝毫的睡意。

杨雪突然睁开眼睛，从床上坐了起来，她耸了耸小巧可爱的鼻子四处闻着。接着，像是要判断什么似的，又按亮了卧室的灯。

似乎有一种什么味道，一股让自己很讨厌很烦躁的味道。

她走下床，在卧室里到处走动，希望能找出那股味道的来源。但是经过徒劳的十多分钟后，她便宣告放弃了。她犹豫了半分钟，然后出了房间，轻轻敲响了父母的房门。

“干吗？”过了许久，里面才传出疲倦沙哑的女人声音。

“老妈，你有没有闻到什么味道？”杨雪小心地问。

“怎么？难道着火了？”女人明显紧张起来。

“不是，不是烧焦的气味。是一种很奇怪的味道，就像，就像……”她努力想要找出什么来形容，可是想了半天也没想到。

“好了好了，既然不是着火，管它天大的事情都和我们家没关。”房内的女人不耐烦起来，“小雪，你也给我早点去睡觉。明天不是还要上班吗？你也老大不小了，赶紧找个男朋友带回来给我看看。”

“烦死人了，这种事情人家自己知道！”杨雪从鼻子里哼出一种类似撒娇的声音，急忙溜掉。老妈太烦人了，三句话不离找对象，好像自己真嫁不出去似的。

结果那种古怪气味的源头还是没找到。算了，不管了，还是睡觉吧。明天上班要是迟到，今年恐怕别想拿全额年终奖了。

她无奈地用被子将脸藏起来，试图把味道给屏蔽掉。

可是那该死的味道却越来越浓，萦绕盘旋在鼻腔里，像是怪异的液体通过嗅觉神经刺激着大脑，恶心得她想吐。

就这样不知过了多久，她猛地又坐了起来，全身发冷，身体因为恐惧而微微颤抖着。

那种无法形容的恶心味道，似乎是从自己的身体里散发出来的。

为什么，为什么自己会散发出这种味道？好恶心，恶心到想将自己全身的皮肤都抓下来。

杨雪冲进了洗澡间，放好水，将所有的香熏、温泉精一股脑地倒进浴盆里。

味道，依然没有消散的迹象……

“不够，还不够。”

她疯了似的，用香皂、沐浴乳洗了一次又一次的澡。到最后，只要是带有香味的东西，她便毫不犹豫地涂抹在身上。

“没用，怎么一点作用都没有？那么臭，我怎么可能那么臭！”她瘫倒在地板上，双手用力地抓扯着自己的长发。

“那种味道，果然是从皮肤里散发出来的。”她呆呆地望着自己白皙的细嫩手臂，许久后，居然傻笑起来，“好脏，好恶心，我要洗干净！”

她从洗衣间拿出一把洗鞋用的硬塑刷子，将整瓶香水倒了上去，拼命地在身上刷起来……

血，就着未干的水，缓缓流入下水道中。

她像是不知道疼痛似的，依然不停地刷着，不断刷着，直到将皮肤都刷了下来！

头脑因为失血过多，开始晕眩，她无力地坐到地上。可就算如此，她手上的动作却丝毫没有停止，继续用刷子刷着身体，清洁着那不断散发出的恶心气味。

那种气味，似乎自己也曾闻到过。多久以前？多少年以前？好像刚被埋入棺材里20多天的姥姥因为某些原因需要移棺时，打开棺材后散发出的味道。

尸臭……

第二天一早，杨雪的母亲发现自己的女儿已经死在了房间里。法医说是猝死的。在收拾女儿的遗物时，母亲从杨雪的包包中，发现了一串漂亮的蓝色钻石项链。

第一章
智商测试

河城在全国有名，是因为那个西南小城有一所著名的高中。

河城特高。

这所高校在本地非常有名，不是任何人都进得了的。河城特高属于私人注资，只有数百名学生，在国内以极大的广告投入进行招生。而招生的要求，只有一个，就是生源必须有高智商。

不过最近除了河城特高外，河城又发生了一系列更轰动的刑事案件，被当地人称为“五克拉蓝色项链连续死亡事件”！

这个事件很复杂，容我卖个关子，在后边再慢慢细说。

总之昨天，我刚刚搭乘飞机，抵达了河城。

好吧，好吧，照例做个很久没有做过的自我介绍，我叫夜不语，一个从小就会莫名其妙遇到怪异事件的倒霉男生。我的一辈子蹊跷又诡异，有时候回忆起来，连我自己也不清楚我究竟是怎么在如此多可怕的事件中活下来的。

可我，不知是幸或不幸，终究是活到了现在。现在我正在德国跟随导师念博物学，四年前参加了老男人的俊飞侦探事务所，该事务所的宗旨不清不楚，但是在各地收集稀奇古怪物件的目标还算和我的目的有些重合。

所以，我也算某种意义上的工读生吧。

这次冒充高三生潜入河城特殊中学，一归功于本人的娃娃脸；二，就是河城出了一件很不得了的事。

从前我一直以为，这个世界的万事万物都有自己的规律，可规律这种东西，谁又能真正掌握呢？总之，我现在之所以坐在入学考场里，跟同样一群据说智商都很高的高三生们一起考试，其实最终目的，是为了寻找河城五克拉蓝色项链连续死亡事件的真相，以及一个人！

这间考场很大，足足有两百多平方米，教室里只坐了六个人。我掏出手机仔细翻看着关于河城最近一段时间的资料，直到身旁的一个女孩打断了我的沉默。

“喂，同学，你叫什么名字？”女孩将身体朝我偏了偏，小声问。

我没回答，只是将课桌上的个人资料朝她微微抬起，资料上第一行就有姓名。

“夜不语？”女孩撇撇嘴，“好古怪的名字，和你人一样怪。”

我的嘴微微一抽，这家伙是从哪里推理出我性格古怪的？

女孩用手撑着头，似乎打算跟我认真聊下去：“你说那些准备考我们的老师怎么还没来？都快三个小时了，闷死了。”

“喂，你是哑巴吗？怎么不说话？”

“那个，夜不语对吧，我叫方悦哦，方圆的方，悦耳的悦。许多人都说我的名字和我人一样漂亮呢。”女孩对我自我介绍。她像个聒噪不安的小喇叭，啰唆个不停。

我终于被她烦得受不了了。头轻轻朝右侧一偏，女孩的脸落入了我的眼帘。挺清纯的女孩，十八岁上下。黑色的秀发被扎成了侧马尾，轻轻搭在左边的肩膀上。

女孩噘着嘴，表情十分无聊。如果不是将铅笔挂在嘟起的上嘴唇上显得有些滑稽的话，已经算是个美人了。

都说漂亮的女生智商都不高，可这个叫方悦的女孩倒是不一样。毕竟能参加河城特殊中学面试的学生，智商不可能低到哪儿去。

方悦见我终于注意到了她，顿时高兴起来。她嘴唇上的铅笔因为笑的原因，

"啪"的一声掉落在桌面上，发出的声音响彻整个平静的教室。

其余四人不满地抬起头，将眼睛从书本上移开，瞪了她一眼后，又埋头苦翻起厚厚的专业课本来。

"别吵到别人。"我抬手指了指对面的监控摄像头，"既然你都来考试了，就应该清楚。智商测试分为七个门类。观察力、注意力、记忆力、思维力、思维方式、想象力和分析判断能力。那些白痴老师正通过摄像头注视着我们的一举一动，考验我们的注意力呢。"

女孩吃了一惊："不会吧，这么变态？你怎么知道的？"

她看了其余四人一眼："他们也猜到了？"

"我不知道别人知不知道，但我一进门就发现了！"我淡淡说，"耐心等等吧，既然有人点破，相信这个测试也没有进行下去的必要了。老师很快就会来了。"

"真的？"方悦显然有些不信，她顿了顿，突然问，"夜不语，你为什么想进这个学校？"

"这个学校的学生不多，但是进入最高等学府的几率，几乎是百分之九十九。在华人圈里，父母对子女教育非常看重。每年数十万家庭挤破脑袋花费巨额学费，都希望在河城特殊学校里占到一个位置。"我轻声道。

"不错，我老爸老妈也是这么说的。"方悦有些黯然，"可是，我不想在这鬼地方读书。"

我有些诧异："为什么，如果注重升学率和个人成就的话，这个学校是所有人的梦想之地。从这所学校出去的学生无一不会成为了社会的中坚层乃至精英。"

"我不想当精英。"女孩轻轻摇了摇头，看了我一眼，"你呢，你还没有告诉我，你为什么想进这所学校。"

"因为我想成为精英。"我笑起来。

"撒谎。"方悦撇撇嘴。

我愣了愣："事实就是如此。"

"又在撒谎。"女孩用力盯着我的眼睛，"别看我一副好欺骗的老好人模样，就以为我真的很容易上当了。本小姐可是有特异功能的，我能看透人心哦。"

"看透人心？"我摇着头灿烂地笑了，"这里的人都有一技之长。你所谓的看透人心，估计是洞察力和下意识的分析判断能力比普通人出色罢了。"

方悦张张嘴，又将嘴噘了起来，明显是被我给说中了。

“你这人一点意思都没有。正常人都会好奇地问我‘现在我正在想什么’才对！”女孩瞪着我。

我将笑容收敛了起来：“这个教室里，恐怕没有正常人吧。”

“也对，毕竟都是来面试河城特殊中学的怪胎。”方悦咕哝着，“希望我被刷下来，就能回家找朋友玩了。”

“你确定你有朋友？”我看着她愤愤的脸。

“我，我怎么会没有朋友？”方悦气恼地反问。

“你的状态和你的性格，甚至你的第一句话就深深出卖了你。”我缓缓道，“很少会有人在新环境或者考试中找人搭话，而你两样都占齐了，说明你对现状很不安。找我说话，只是发泄不安的一种途径。而你的不安，是从很久前遗留下来的。”

“再者，高三临考前放弃原本的学校而进入新的学校，就算这所学校的升学率极高，也有许多不可测因素。每个人都有他进来的理由，我有，你也有。而你的理由，很明显就是你不安因素的由来。”

“第三……”我本来还想接着说下去，方悦却已经受不了了。

她尖叫了一声，双手抱着耳朵喊道：“够了，别说了，你绝对是个魔鬼！”

就在这时，六个老师抱着材料，推门走了进来。

老师们看了应考的六个学生一眼，在考室的进门处坐下来。坐在最中间的女老师很漂亮，长发披肩，圆润的下巴微微翘起，将三十岁女性那股成熟的韵味体现得淋漓尽致。

正式的智商测试每个地方都不同，但大同小异的是，主考官只有一个，剩下的全是辅助考官，也就是记录一下考生的表现情况，各自打分，最后汇总分数作为客观评价的一个评判标准。辅助考官只听只看，全程不会开口。

漂亮的女老师将手里的材料拍了拍，剩下的五名辅助考官纷纷面无表情地打开本子准备记录分数。除了我懒洋洋的，其余考生全都精神一振，就连方悦都扬起了脑袋，仔细打量起考官来。

我的眼睛微微一眯，觉得非常有趣。身旁的五人明显都接受过对应性的练习，否则动作不会如此一致。智商测试中，对考官的观察非常重要，能稍微窥视一点每个人独有的喜好和小动作。迎合考官的喜好能令其不自觉地为自己打高分。而考官的小动作更能用来判断自己分数的高低以及答题的正确率。

这个考场中不论考官还是考生，都真有意思啊。

“我叫莫菲，大叫可以叫我莫老师。”漂亮女老师微笑着，让人如沐春风，“当然，现在我还不是你们的老师。今天有六位同学来应考，我看过大家的资料，你们都很优秀喔。希望大家努力，都能够进入河城特中大家庭的怀抱。”

女老师的视线在每个人的脸上轻描淡写地扫过，然后拿起了第一张考卷。这是一幅图片，黑白色，图上有一个男人在开车。

莫菲老师笑眯眯地问：“你们有三十秒时间，说出图中有什么反常的地方。”

身旁的五人顿时将视线集中在了图片上，我只看了一眼就低下了头，打了个大大的哈欠。

“这位同学。”莫菲微微皱了皱眉头，顿了顿，“资料上提到，你叫夜不语吧。夜不语同学，你为什么不看图片呢？你看，大家都很努力呢。”

我在心里暗自吐槽，这家伙是幼教出身的吧。本帅哥客串的是高三生，现在的高三生哪里需要用这么幼稚的语气来交流？

我伸出手指了指脑袋，故意露出得意的表情：“我记性很好，看一眼就记住了。”

“喔？”莫菲稍微有些惊讶，方悦和其余四个考生也诧异地转过头来，有几人甚至露出促狭的笑，心想分辨和记住在智商测试中是两回事，这下可以刷一个白痴下来了。

女老师诧异道：“夜不语同学，你可能没有听清楚我的要求，我的意思是让你分辨图中有什么不合理的部分。”

“不错，这张图采用了抽象画法。看起来像是没有对比的找茬游戏，可是需要经过推理和丰富的常识，才能找出异常位置。”坐在考室最右边的男考生略带讽刺地说，“夜同学，你刚才开小差了吧？”

我依然笑着说：“这种白痴画只需要一秒钟就能看明白。给三十秒时间，完全是在侮辱高智商这个词。”

莫菲饶有兴趣地看着我，嘴角含笑：“那么夜不语同学，你就来说说图片里异常的地方到底有哪些？”

女老师说完，就将图片盖住了。

剩余的五个辅助考官和五个考生的目光都聚集在了我的脸上。有人幸灾乐祸，也有人期待。

女老师莫菲的神色始终不变，恰到好处的笑容和假面似的漂亮表情，看得我都觉得很累。

“异常一共有六处。”我用手指敲了敲桌子，将每个考官都看了一眼，这才缓缓道，“开车的人只有四根指头；车影反了；方向盘反了；汽车没有刹车踏板；镜子里的词应该反过来；当他看到日落的时候，手表不可能是十二点。”

考官们惊讶得张大了嘴，其中一人好不容易才想起要按下秒表。他看了表一眼，更加震惊了，颤抖着嘴，用干涩的语气说：“去掉说话的时间，夜同学只看了图片一秒钟，回答问题用了三秒，一共耗时间四秒。这创造了我们河城特中的最新记录。”

“上一个记录，考生也足足用了十五秒。”莫菲微微惊讶地看了我一眼。

方悦和身旁的考生下巴都快掉了下来，由于图片特殊处理过，三十秒时间他们也只能分析判断出图片其中几处异常，但是全部找完是不可能的。况且，智商测试的要求也不需要全部找到，只需要三十秒内找到一半就算合格。

莫菲将图片扔开，拿出了下边的资料，嘴里咕哝着：“下一题。”

话音落下，虽然考生们还在惊讶，可毕竟是高智商群体，他们很好地收敛起情绪，没有再看我。

女老师伸出手指，指了指剩下的五个考官：“你们面前一共有五个考官，你们可以问他们一个问题，然后猜测他们的性格或者最近一段时间的生活经历。”

我听完题，心里暗道，这是一道非常典型的测试题，考验观察力和分析判断能力。高智商人群分很多种，面面俱到什么都强悍的毕竟是少数，更多的人最擅长的始终是观察力、注意力、记忆力、思维力、想象力和分析判断能力六个门类的其中一个。

而这道题的范围很大，能够很好地覆盖考生的能力。

我身旁的考生面面相觑。特别是方悦，埋着头没开口，而是偷偷地观察着我的表情。

这女孩还真是令人看不懂。

莫菲似乎看出了考生们的顾虑，开口道：“同学们别担心，可以畅所欲言，就算你说考官性功能不正常，性取向有问题，我们都不会秋后算账的。”

大家不为所动，没有一个人开口。我摸了摸脑袋，头痛地看着不远处直勾勾看着我的女老师。喂喂，这么说真的可以吗？姑且不论我这个假货，其余五个可是货真价实的高三生呢。

这番令人发指的可以当作性骚扰的言论，对自己未来的学生说出来真的可以吗？

见没人愿意先发问，女老师干脆点名了：“夜不语同学，还是你先来吧。”

我咳嗽了一声：“真的什么都可以问，可以说？不会秋后算账？”

“老师呢，不会对自己的学生撒谎的。”莫菲笑眯眯地点头，“不过只准问一个问题哦。”

我揉了揉鼻翼，冲着最左边一个五十岁左右的男性考官问：“这位老师，如果您要为我选一杯饮料，您会选择什么？”

“给你的饮料？”男性考官上上下下打量我几眼，显得有些意外，他教学二十多年，第一次被问这种问题，“脱咖啡因的豆浆拿铁吧。”

男老师选择了一个非常偏门，在东南地区完全不流行、甚至许多人都不知道的饮料。

我思考了几秒钟，说道：“从选择上可以看出，你是一位感情上缺失、看起来很独断，其实内心没有主见的类型。你在家里得不到重视，妻子儿女都忽略你的存在，所以你将注意力全都投入了工作中，希望借着工作寻求心灵满足。”

本来还有些得意自己的偏门选择，准备看好戏的考官顿时脸色铁青起来，忍了好几次，终究还是没有反驳。

其他考官用资料掩盖着脸偷笑，只有莫菲毫不遮拦地大笑不已，笑得眼泪都出来了：“夜同学，你太有意思了。全说中了，嘻嘻，真的是全说中了。虽然有点嘴贱伤人！”

我用礼貌的眼神看向了左数第二个考官，本来还偷笑的考官顿时浑身一僵。我笑着问：“老师，如果我送你一个小丑木偶的话，你第一时间的反应是什么？

被问到的老师仔细思考一番，正准备回答，左数第三个老师站了起来，凑过去对莫菲悄声说了几句话。

本来还准备看好戏的女老师一脸失望，无精打采地扬扬手：“夜同学，你已经通过考试了。真是令人高兴，你还是河城特中五十多年历史中，第一位七道题只回答了一道半就能通过考试的考生。好啦，你先出去吧。”

在别的考生羡慕嫉妒恨的眼神里，我淡定地收拾好东西，背着书包走出了考室。坐在考室前的走廊凳子上，透过玻璃看着河城特中富有特色的建筑以及学校风貌，一时间我走了神。

其实，五克拉蓝色项链连续死亡事件，河城的怪事，这些通通都只是我来的理由之一。最重要的缘由，还要从一周前说起……

第二章

周岩的经历

一周前，我照例打开微博看了几眼，每次微博上总会收到读者发来的奇奇怪怪的东西。突然，一封私信正好发了过来，下意识地点开看完后，我愣住了。

私信里讲述的是一个叫做周岩的十八岁高三生的故事。信件里提及了一件极为怪异的事情。

周岩说，在2001年，他随同家里人去给一个远房亲戚奔丧，那时候周岩还小，只有6岁，隐隐约约记得那件事。

远房亲戚家在西南的一个小城市，因为三面临河，所以叫做河城。那个地方很闭塞，很流行“三六九”。就是要把死人的尸体留下三天或六天才能出殡。

周岩一家赶到河城后，亲戚已经死了三天了。当地人很忌讳，生老病死都会请阴阳先生。

6岁的周岩站在堂屋前，捏着爸爸的手。堂屋不小，正中央的位置用两张长板凳拼起来，摆着一具尸体。那具尸体身材娇小，但尸体上的白布被请来的阴阳先生揭开后，他吓了一大跳。

“这是你的姑婆，你生下来的时候，她还特意来看过你，抱过你。”爸爸说。

只见那娇小的身体赫然是个八十多岁的老女人，这就是自己的姑婆？在周岩的记忆里，似乎从来没见过这位姑婆。她的身体已经萎缩了，脖子和手上裸露出来的皮肤有着密密麻麻的褐色斑点。

姑婆瞪大眼睛，直愣愣地望着天花板。干枯的手爪子似的，紧紧抓着自己的胃部。

“老人家一辈子很苦，生养了5个儿女，最后得了胃癌，死得很痛苦。”爸爸叹了口气，“等下阴阳先生做了法事，你可要去多烧些纸钱，多点些香蜡。你小时候姑婆最疼你的。”说完又咕哝了一句：“周家有个奇怪的规矩，只要是姓周的，不论嫁到哪里，死后的丧事必须要回周家院子办，真不知道这规矩有什么该死的意义。”

周岩认真地点头，两只小眼睛一眨不眨好奇地看着阴阳先生做法事。

阴阳先生是个四十岁左右的中年人，带着个二十多岁的年轻徒弟。他俩围着尸体不停地转着，看得周岩头都快晕了。不过有趣的是，阴阳先生师徒很像是在跳东北二人转，太搞笑了。

爸爸也笑眯眯地看着阴阳先生跳大神："你老爹我小时候就在这里出生的，那时候的河城封闭愚昧，不过最近几年周围被勘探出蕴藏着大量煤矿，发展就快起来了。那个阴阳先生……"

老爸努了努嘴："他的老爹也是阴阳先生，记得小时候，总觉得他爹懂很多东西，似乎真的能看到人类看不到的玩意儿，怪可怕的。"

周岩被爸爸说得也有些怕起来："人类看不见的东西，像是探索频道里的负面能量体吗？"

"负面能量……呃，你的意思是鬼？你这小子，小小年纪，老是喜欢说些新潮词汇。"老爸嘿嘿笑着，"谁知道有没有鬼，总之我小时候是深信不疑的。阴阳先生他爹有一次开棺，据说就开出了一具僵尸。这件事在附近闹得沸沸扬扬的，至今都没人出来辟谣，不知道是真是假！"

"吓死人了，不要说了！"周岩更怕了，连忙用力捂住耳朵。

就在这时，阴阳先生师徒跳大神的声音猛地停了下来，所有人都露出了惊讶的神色。周岩连忙看了过去，他本身人就矮小，看到的也不多，可是身旁的大人倒抽着冷气，全都不由自主地向后猛退了几步，恰好将他暴露在最前边。

周岩总算看到了大人们看到的事物。只见房间正中央木板上躺着的姑婆尸体，居然剧烈地抖动着，越抖越剧烈，最后一堆白色的泡沫从她的嘴里涌了出来，不断地涌出，甚至有些白沫落到了地上。

白色泡沫落地后，立刻化为一摊浓得发臭的血水，染得地面一片猩红。

阴阳先生大惊失色，立刻从兜里掏出一张泛黄的纸符，贴在了姑婆尸体的额头上，姑婆的尸身这才缓缓停了下来。

周围的亲戚吓得不轻，好不容易才缓过劲儿来。他们围着阴阳先生问东问西，阴阳先生脸色一直铁青着，许久才吐出三个字："麻烦了！"

"麻烦"这个词的含义有很多，但阴阳先生的话，显然指的是事情真的很麻烦了。

"先生，刚刚我妈是怎么了？"姑婆的大儿子颤颤巍巍地问道。

已经秃顶的阴阳先生掐指一算："她死的时候太痛苦，尸体又在那个地方摆了三天……"

那个地方到底是啥地方？周岩没有听懂。

"那该怎么办？"姑婆的儿子问阴阳先生。

阴阳先生闭上眼睛，顿了顿说："看来，尸体还要再摆七天。等七天过后就没事了。到时候我们再举办葬礼，火化张婆婆的遗体。”

姑婆儿子一众人商量了一阵，只好点头：“没其他办法的话，也只能这样子了。”

阴阳先生也苦笑着：“不过最近几天天气有些热，需要冰袋给尸体降温免得腐烂。晚上，必须要安排阳气重的人守灵，免得出问题。”

“阳气重的人？年轻男人阳气都重，我们安排些人每晚轮流守夜吧。”姑婆儿子郁闷道。

姑婆嘴中吐出来的白沫全都化为了血水，殷红的液体沾染在干瘪的嘴角，将老人枯黄皱巴巴的脸映衬得十分狰狞。亲戚们七手八脚地将血水擦干净，阴阳先生又把老人尸体的四肢上都系上了一截稻草。

“那老先生干吗要系稻草？”好奇的周岩又问道。

这次爸爸还没回答，阴阳先生就已经转过了头来，露出难看的笑容：“因为怕尸体会到处走。”

周岩吓了一大跳，他这才第一次看清楚阴阳先生的脸。先生的脸很可怕，左右两边的颜色完全不同。右边侧脸明显已经坏死了，就连右眼的眼珠子都不知为何没有了，只剩下黑漆漆的眼眶。

而且眼眶因为没有眼珠的支撑，早已经变了形。先生笑起来，左脸肌肉在动，右脸却僵硬无比，显得异常怪异。

“老先生，你的脸。”周岩害怕地指着阴阳先生的脸说。

“小岩，平时爸爸怎么教你的，不准乱说话。”爸爸连忙向阴阳先生道歉，“小孩子不懂事，先生莫怪。”

阴阳先生的笑怎么看都觉得阴恻恻的，他摆摆手：“无妨。”

说完又看着周岩，左边的眼珠一动不动，仿佛想用力看清楚他的模样：“小娃儿，你叫做周岩，对吧？”

周岩点点头。

阴阳先生眼珠子一转，摸了摸他的头：“你属于这里，总有一天，你还是会回到这里的！”

周岩感觉十分莫名其妙，就连他的老爸，也有些莫名其妙。

“你对我的脸很感兴趣？”阴阳先生问，他用右手指着自己的脸，“这叫知天命。阴阳师从来都是在泄露天机，为天地所不容。所以我们家历代的衣钵传人，脸部肌肉都会坏死，眼珠子会腐烂在眼眶里，只能挖出来。等我的两只眼睛都失明，脸全部坏掉的时候，我的气数也就全尽了。”

周岩奇怪道：“那老先生，为什么你还要干这一行？”

“不干不行啊，这就是我们的命。”阴阳先生摇头晃脑，不断叹息，“逃不掉，逃不掉。小孩，你，也逃不掉的。”

周岩更加莫名其妙了。六岁的他还小，不太懂阴阳先生所指。甚至直到现在，他也不太懂。

“第七天，我来守夜。”阴阳先生说完这句话，就带着徒弟离开了。

因为遗体要在第八天火化，爸爸妈妈又向公司多请了几天假，顺便带他在河城周边玩了好几天。河城还算漂亮，河边上的堤坝有公园，绿化不错。可是和大城市不同的是，因为是鬼节，不论白天黑夜到处都能看到烧纸钱给先人的民众。

平时父母很忙，陪自己的时间一直不多，这几天或许是周岩许多年来最开心的几天了。俗话说快乐的日子从来都是最感觉不到时间溜掉的。

六天，转眼就过去了。

第七天下午六点，阴阳先生带着徒弟准时到了周家院子。就算有冰袋，河城最低29℃的天气，还是让放了十天左右的姑婆尸体发出一阵恶臭。阴阳先生让徒弟拿着自己画的纸符，将堂屋所有的门窗都贴满。

密密麻麻的黄色符咒看得人心里发悚。

“他们又是想干哪样了啊？”周岩问爸爸。

“我也不知道。”爸爸摸了摸脑袋，“最近听几个堂兄说，你姑婆的尸体好像有什么问题。一到晚上老是动来动去，如果不是用稻草捆着，早就起来了。”

“骗人，你们都在骗小孩，我才不怕呢。”周岩一边说不怕一边缩着脖子，“那稻草那么细，如果尸体真的会动的话，一动就能把它给弄断了。”

“具体情况我也不清楚，谁知道呢，这几天我不是带着你小子到处在玩吗？”爸爸指着附近亲戚，“不过你的堂叔们脸色都不太好，看来肯定有什么问题。”

周岩偏过头望去，只见远房叔叔阿姨们的脸色果然是不怎么好，阴云密布，甚至有人带着无尽的恐惧。

似乎，真的有什么问题。

阴阳先生将姑婆身上的白布掀开，用自己仅剩的左眼珠子打量了一番，僵硬的脸露出凝重的表情：“四大样祭品准备好了吗？”

“准备好了。”姑婆的几个儿子一挥手，亲戚们就将蒸好的一整只鸡、一整只鸭子、一整只羊羔和一整只猪抬进堂屋，放在了祭台上。

阴阳先生抬头看了看天。太阳已经西沉了，就连余晖都落入了远处的山涧里，天空沉寂着，阴霾和黑暗笼罩着河城。河城的周家大院，哪怕人再多，仍旧给人一种冰冷和诡异的感觉。

至少周岩主观上这么觉得。

他觉得，今天的周家大院，仿佛有什么不太一样。

“随便给我们弄些吃食，还有，准备一大袋子盐。要杂海盐，不要精盐。”阴阳先生一样一样地检查着自己带来的一个硕大袋子中的东西。他的话令四周的氛围越发紧张起来。

“糟糕了，河城的风俗故事里，盐巴是用来对付恶灵和僵尸的。难道姑婆真出了问题？”爸爸皱着眉头。

妈妈开口了：“亏你还念过大学，都什么时代了，你离开河城多少年了，还信这个？”

老爸尴尬地笑了几声：“每个地方的风俗不同，信则有不信则无嘛。我小时候……”

“得了，得了，你小时候的事我才不想管呢。明天你家老人一火化，我们当晚就走，后天还要开一个重要的会议呢。”妈妈说。

“行，行。明天吃了晚饭，我们就开车走人。”老爸沉默了一下，“老人家也走了，以后回老家的最后一个理由也断了。唉，我是彻底不属于这里了。”

阴阳先生等人将东西都准备好，吩咐徒弟先进堂屋坐着等。他在院子里转悠了几圈，将看起来不舒服的地方贴了些纸符，自己准备走进堂屋的一瞬间，踏过门槛的腿猛地停了下来。

他转过身，直愣愣地看着周岩，伸手指着他说：“让那个小孩跟我们一起守夜。”

“不行！”周岩的爸爸妈妈立刻拒绝了。

阴阳先生看向别的周家亲戚：“你们想好了，老人身上发生了那么多诡异的事，今天又是最关键的一天，过了今天，什么事都好说。如果过不了，就有点麻烦了。”

“多麻烦？”有亲戚立刻问。

“很麻烦。”阴阳先生的独眼扫过周家院子里的所有人，“恐怕姓周的，都会死绝。”

大家全吓了一跳，将周岩的父母拉到一旁好说歹说，也不知道许下了多少承诺、达成了什么协议。总之，最后父母终于还是答应了。

周岩完全不清楚守灵的六天里发生过什么，他稀里糊涂地跟着阴阳先生走进了堂屋，只感觉很有趣。守灵，对城里的孩子而言，对他来说，还是第一次。

可是堂屋里尸体腐败的味道，闻起来实在有些难受。

阴阳先生将堂屋的大门关上，门发出“吱呀”一声难听的声音，彻底把门内门外的两个世界给隔离开来。先生掏出一张白色的封纸，贴在门的缝隙上，然后，看了周岩一眼。

“吃点东西吧，今晚一整晚都睡不好的。”阴阳先生努力用和蔼的语气说。

6岁的周岩本就不怕生，他坐到桌子前吃起晚饭。桌子上的饭菜算得上丰盛，三个人围坐着方桌，周岩看了先生的徒弟一眼，这个二十多岁的徒弟，似乎从来没有在人前说过话。

“我徒弟是个哑巴。”阴阳先生察觉到周岩的视线，解释道，“不是天生的。上次替人开棺，他不小心中了尸毒，声带被毒破了，这辈子是好不了了！”

周岩缩了缩脖子。吹牛吧，尸毒什么的，说得跟真的一样。徒弟默默地吃完晚饭，然后找了一张椅子，坐到姑婆的脑袋前。

盖着白色被单的姑婆尸体沉寂着，显得格外安静。

时间随着对面墙上挂着的时钟的“滴答”声，一点一滴地流过。从6点撑到10点，周岩总算撑不住了。他打了个大大的哈欠，蜷缩着身体躺在两张椅子拼出来的小空间上，不舒服地睡着了。

这一觉不知道睡了多久。

毫无征兆的，他就睁开眼睛醒了过来，而且睡意全无。四周仍旧很安静，周岩抬起头看了看对面的钟。不过才十点半，自己才睡了半个小时罢了。

阴阳先生坐在不远处的椅子上打瞌睡，而他徒弟的脑袋也一点一点的，显然也睡得正香甜。

周岩感觉周围特别冷，明明今天是大晴天，温度也不低于29℃，可是自己却冷得受不了。他使劲地抱着胳膊，想要找一些衣物裹在身上保暖。

脚刚一接触到地面，就听到外面不知谁家的猫在叫，叫得凄厉无比。猫叫声从远到近，越来越近，一直到门口才停了下来，周岩觉得那只凄叫着的猫正在用爪子使劲地挠着门缝。

一股怪异的味道，从门缝外透了进来。

“什么怪味！”那股味道很复杂，难以形容。周岩吓了一大跳，他蹑手蹑脚，小心翼翼地走过去，想要把阴阳先生摇醒。但是他一走动，躺在木板上的姑婆尸体，居然也动了。

头顶的灯一熄一灭间，被白色被单盖住的姑婆尸体使劲地晃动，打摆子似的颤动不已。整个临时拼凑的床都在尸体的颤抖中发出刺耳的摇晃声。木板下的两根长板凳不断碰撞地面，吓得周岩都快要窒息了。

他一动也不敢动，眼巴巴地看着姑婆的尸体在摇动，尸体上的被单也因为剧烈摇晃而被甩了下去，被单滑落，在空中飘荡了好几秒才摔在地上。

姑婆萎缩的尸体暴露在周岩的视线里，她拼命蜷缩着身体，可是四肢都套着一截发黄的稻草。就是这细细的一截稻草，居然将使劲挣扎的尸体给牢牢钉在了木板上。不知因为什么，尸体终究无法挣脱稻草的束缚，无论她怎么挣扎，都没办法移动四肢。

周岩已经没力气思考了，他才六岁而已，怎么可能消化眼前的恐怖状况。

他一步一步地向后退，木板上姑婆的脑袋，缓缓地朝他转了过来。姑婆塌陷的一对眼睛，眼帘不知何时被针线缝了起来，但就算如此，黑色的线也无法阻止尸体睁开眼睛。

放了九天的尸体已经有腐烂的迹象，尸体的眼皮发黑，缝合处眼帘肉一点点被扯烂，最后半个眼皮都扯了下来，残留在针线处。

姑婆焦黄的眸子终于露出来了，她一眨不眨地看着周岩，死死地看着。

周岩终于吓得受不了了，放声尖叫。

尖叫声立刻将阴阳先生和他的徒弟惊醒。先生迅速扫视了一眼屋里情况，暗骂一声："该死！"然后从兜里掏出一张符咒，用力贴在姑婆额头上。姑婆的眼睛没有闭上，焦黄的眼珠猫似的收缩起来，望着阴阳先生。

"桀桀！"尸体张嘴尖锐地笑，从喉咙口吐出一摊浓痰。

"畜生，还不给我滚出来！"阴阳先生大骂着躲过浓痰，将兜里的桃木剑掏出，刺进了姑婆的嘴中。

浓痰落到离周岩不远的地方，绿色的痰仿佛有极大的腐蚀性，将砖石地板腐蚀得陷了下去。

周岩连忙跑到墙角处，抱腿蹲下躲起来。阴阳先生让徒弟抱住姑婆的尸身，尽量让她不要乱动，然后掏出九根六寸长、散发着寒光的棺材钉，将尸体牢牢钉住，这才抹了一把额头上的冷汗。

尸体终于消停下来，没再动弹。

房间里再次回复了平静。

“这尸体有古怪，居然把我都给弄睡着了。”阴阳先生一边骂，一边把杂海盐提出来，均匀地洒在堂屋的每个角落里，形成一道圈。

“吓坏了吧？”他看着周岩。

已经吓破了胆的周岩缓了好久才点头。

“这才刚开始，我们还有得熬。今晚，恐怕不会太平了！”阴阳先生叹了口气，又用盐巴撒了一个小圈，对他招手，“你站进来，无论发生什么，千万不要走出这个圈子。”

周岩点点头，乖巧地站入圈里。看到了那种怪事，再不乖一点就是白痴了！

平静没有延续多久，更加可怕的事情，又发生了！

第三章

玻璃和百合怎么想都是有社会价值的

“年轻时，我曾做过一段时间的研究工作，课题方向是玻璃和百合，涉及矿物加工业和植物学研究领域。”方悦坐在一棵树下，她戴了一副蓝色的窄边框眼镜，显得很文艺。

白色的连衣裙上摆着一本看不清楚封面的书，就这样感叹着看一会儿操场上的人，又看了一会儿天空上的白云，一脸的空虚。

“那就是说，你以前还是一名学者了？”我用听不出是在吐槽的语气吐槽道。这小妮子不过才十八岁不到，居然用很伟大很悠远的声音哀叹自己年轻的时候。

“是的，你说得对。我以前就是一位学者。”方悦的语气更加空虚了，“如果不是父母非要我进入这家远离家乡的高中来上学，我现在可能就是一名资深的研究专家。这次转学，中断了我成为一名学者的可能，把我拉上了一条平庸的道路。”

“等等！”我头开始痛了，“你真的才十八岁？”

“嗯，高智商的十八岁，和平庸的十八岁，是不能画等号的。”女孩偏头看了我一眼，突然有些心虚，“当然，你这种高智商怪胎不算在内。你出考室后，考官们纷纷交头接耳，说你非人类。”

我摆摆头：“你说你以前的研究方向，是百合和玻璃，涉及植物学研究和矿物加工业领域？那你为什么不干脆进入相应的大学？想进入河城特高的高智商学生们，都是为了瞄准第一流的大学的。可是在一流大学中，你所说的专业，似乎并不存在吧。”

“不止不存在，估计整个世界都不存在这种专业。”方悦努努嘴，“所以我才不想转学，从前的学校，实在是有太多可供研究的标本了。”

“哦，你从前的高中有类似的课程？”我已经被眼前的女孩弄糊涂了。

“没有，我就一个人在研究。”方悦眨巴着眼，“你知道，我高智商嘛，所以自己研究也能研究出个长篇大论来。”

“所以，你究竟在研究什么？”我揉了揉脑袋，“我是越听越不明白，能给我打个比方吗？”

方悦凝重地微微点头，继续用她空虚的眼神看向操场。河城特高的中午，有许多男生们在操场上运动，喷洒着汗水。她指着一个正在踢球的高中男生，淡淡地说：“你看那男生挺翘的屁股，他完全能够发展成弱受。”

“还有那个！”女孩又指向所谓的“弱受”一旁面貌英俊身手敏捷的男生，“那个男纸，显然是强攻。”

我满脑袋黑线，几乎忍不住想运起九阴白骨爪一巴掌拍在她的头顶，让她七窍流血而死。

你妹的，什么百合和玻璃，滚粗！还涉及矿物加工业和植物学研究领域……这混蛋女纸显然是个伪装成文艺女青年的死耽美宅！难怪她老爸老妈要将她独自抛到离家几千公里的河城特高来，这白痴家伙不知道在原来的学校里惹了多少麻烦，闹了多少事，父母估计也是没办法了。

方悦空虚的视线转来转去，瞅着操场上男生们的屁股，幻想到口水都流了出来。她最后将眼神落到了我身上，隐藏在平光镜片后面的黑漆漆的眸子里，流露出炙热的光彩。那双眼睛，看得我脊背一阵发冷。

“说起来，夜不语，你很有综合素质哦。静如处子时能当受，动如脱兔时能强攻，简直是完美的研究对象啊。”女孩嘻嘻笑着，抹了抹嘴边晶莹的唾液，“本来我是想故意考个低分，被学校拒绝录取的，可是看了你在考场上的表现，我就打消了这个念头。你简直太帅了，太有研究价值了。小弟弟，可不要让姐姐失望喔！”说着就伸出手拍了拍我的肩膀。

好吧，河城特中的高中生男纸们，是我的错，我不该把这个魔女引入学校祸害你们，我错了！我满头黑线地连忙跟她拉开距离。

眼前女孩智商高，长得也不差，就是不知道小时候被什么砸中了头，脑袋出了问题。

“喂，你躲什么躲，我又不会吃了你！”方悦不满地朝我挪了挪。

我不动声色地躲得更远了。据说，腐也是会传染的。

被河城特高毫无悬念地录取，已经过了二天了。跟我一起考试的同学无一例外也都被录取。今天早晨我被班主任领到高三一班时，调侃考官、以河城特高最优秀成绩入学的传闻，已经传遍了大半个学校。

显然班主任对我被分配到自己班上不无得意，早早地就跟学生透过了底。郁闷的是，方悦也分到了跟我一样的班级，如果早知道她脑袋不正常，我就离她远远的，中午就更不会跟着她到处闲逛了。

河城特高不算大，只有高中部。高一到高三，每个年级有三个班，每个班三十多人。整个学校也就只有三百多个学生罢了。

教学楼也只有一座，三层，按照年级顺序区分高度。高一在一楼，高三在三楼。班主任介绍完我后，就把我和方悦分配成了同桌，坐到了教室最后面。方悦开始还很正常，跟我搭话聊天，说些没有边际的东西。

整个早晨，我都在打量班上的学生，她说的话完全没有听进去。唉，如果听进去了该有多好，我肯定不会跟她有交集的。

我来河城特高的目的，前面已经略略提到。不过最主要的目的，还是想要找到给我发私信的同学——周岩。这个十八岁的男孩现在已经在河城特高入读了两年，信中，他说自己也不清楚为什么会回到这儿。

而且私信的最后，他的经历也没有写完，这让我心里痒痒的，想要知道他在守夜的时候，究竟还发生了什么。最怪的是，周岩十二年前的遭遇，仿佛一场恐怖电影。就人类心理而言，遭遇到了如此奇怪的可怕事件，人都会本能地远离发生点，永远躲开那件事。

可是周岩却不同，他不但不躲开，而且用他的话来描述，就是心里千方百计地想回到河城。仿佛阴阳先生对自己说的话应验了。

他，根本就属于河城，无法离开。

河城前段时间发生的五克拉蓝色项链连续死亡事件，逐渐尘埃落定。许多人也忘记了。但是我来河城之前细心整理过这事件，并且发现了一件怪事。

在本地论坛上，一直有人说自己闻到了奇怪的、别人闻不到的气味。

而不久后，那些据说闻到了怪味道的人、那些声称见过一条五克拉漂亮的蓝色项链的人，通通再也没有出现在任何社交网站上。

这令我不得不相信，二者必然存在联系。

周岩给我发了那封私信后，就无法联络了。我只知道他在河城特高读高三，却不知道他的联系方式。而河城特高非常封闭，除了伪装成应考生潜入，我也实在想不出更好的办法。

这也是我如此高调的原因，自己的名字想必已经响彻了河城特高。既然周岩认识我，看过我的小说，应该会主动联系我才对。

河城特高包三餐，采取住宿制，每个学生一个礼拜只能休息星期日一天。如果想要到校外逛，必须先到班主任那里提前请假，典型的严师出高徒的古老教学方式！

"说起来，夜不语，你为什么进入这所学校呢？"方悦收敛起腐女嘴脸后，变回了正常模样。

"以前不是解释过了吗？"我敷衍道。

"解释过吗？不记得了。"女孩摇头。

"我想考个更好的大学。"我继续敷衍。

"骗人，别看我这样，其实我的第六感很强烈哦。"方悦指了指自己的脸，"真的。别人有没有骗我，我一眼就能看出来。哼哼，而且以你的智商，大概考什么大学都没问题吧，何必要到这所学校来？哼哼哼，你肯定有什么不可告人的目的。"

我摸了摸脑袋，觉得自己似乎也并不算有什么不可告人的目的，于是直说了："我其实确实有别的目的。找人罢了。"

"找谁？你朋友？女朋友还是男朋友还是男朋友还是男朋友？"她机关枪似的发问。

"男的。"突然想起了某个人的腐女属性，我立刻又补充了一句，"不是男朋友，甚至连男性朋友都算不上。"

不过显然已经晚了。

"男的？男朋友？"方悦的口水顿时流了出来，眼冒金星，双眼涣散，明显是又想歪了，"可怜你了，哥们！"

这小妮子一边拍着我的肩膀，一边不无怜惜地说："这是多么高的觉悟，多么深的感情啊，让你追求一个男孩，千里迢迢追到了河城特高来。我佩服你，我羡慕你。唉，禁断之恋总是这么的让人黯然神伤……家庭和世俗，你为什么总要残忍地将两个少年的爱情生生断折……”

“停，停一下！”我的头顿时又痛了起来，“哥都跟你说了，老子只是来找一个陌生的高三男孩的。你居然又给我想歪了！”

在腐女邪恶无下限的跳跃思维面前，我实在没办法保持自己的淡定和绅士风度。

“不是男朋友？”方悦抹掉嘴边的口水。

“不是！”我斩钉截铁地点头。

“真不是？”

“真的，真的不是。”这一刻我无比后悔跟她有了交集，感觉现在的我，比面对所有敌对势力最强大的精神和物理攻击都累。

“嘁，没意思。”方悦撇撇嘴，可是脸上的神色却丝毫没有放弃的意思，一副“我懂你，你放心，我会替你保密”的模样，“你要找的男生叫什么名字，说不定我能帮你。”

“你跟我一起入学的，上哪里找去？我自己花了那么多心思都还没找到呢！”我毫不犹豫地拒绝了。

“你不要小看腐女的亲和力。智商越是高的学校，也是女性腐烂思想越盛开的地方。别看我刚进学校一天，哼哼。”方悦用力拍了拍胸口，“我可是已经申请开办社团了喔。”

“社团？”我眨巴着眼，“叫什么名字？”

“玻璃和百合怎么想都是有社会价值的。”方悦仰起头，一脸骄傲。

我实在无力吐槽了：“这名字怎么想怎么有问题，会有老师担任指导老师吗？”

方悦得意地说：“有啊，社团名一报上去，立刻就通过了。有一位女老师很高兴很兴奋地非要当指导老师！兴奋到我不答应都不行。”

“谁？”吐出这个字，我的脑袋马上闪过一个人影。

“就是前天的主考官莫菲老师啊，她人挺好的。耽美理论非常扎实，确实是个配得上指导我的人！”方悦握起小拳头。

“果然是她！”我顿时捂住了脑袋，哀叹不已。在考场上我就觉得那个莫菲脑袋有些秀逗，她竟然真的跟方悦是一丘之貉。

“莫菲老师人缘很广，当天就拉了好几个社员过来。本女子妄自菲薄，理论知识虚长那些社员几条街，侥幸当了团长大人。”方悦表示自己很谦虚。

面对她堂堂正正脸都不红一下还自称团长大人，我已经麻木了。跟她说话真的好累啊，谁来救救我吧！有生以来第一次期待上课铃声快点响！

“所以嘛，我人缘其实挺好的。又有对河城特高熟悉的莫菲老师，打听个把人简直是小菜一碟。你就放心地把你的姘头说出来，等着我的好消息吧！”方悦又伸手拍我的肩膀。

这个长相不差的女孩明明喜欢穿裙子，可性格却在朝女汉子的方向发展。

“什么姘头，都说了他是个男性朋友，或许连朋友也算不上。他认识我，我也才刚认识他，面都没见过呢。”总觉得自己越是解释，越没有说服力，方悦脸上意味深长的表情就越深。我最后懒得再解释了，直接说出了名字，“他叫周岩，我只知道他在河城特高就读高三，哪个班级，不清楚。”

“交给我好了，我马上去替你打听。有情人嘛，总会在热心人的帮助下终成眷属的。小说漫画里都这么说，不是吗？”方悦打了鸡血似的，充满干劲。起身朝自己那个名字长得可怕，其中蕴藏的意义对正常人来说也挺可怕的“玻璃和百合怎么想都是有社会价值的”社团活动室跑去。

河城特高的课程排得井井有条，或许是因为学生们都是高智商生物，所以应考课程只是占据了很少的一部分，大部分都是老师安排的非必要课程。据说这可以有效地提高学生的积极性和思维能力，明白自己对什么感兴趣，未来会进入哪个行业。

课外课程安排得很杂，下午是从外校请来的一位专家讲解“流体静力平衡学”。这门科学也被称为静水压平衡，是指由于地球重力产生的压力和由压力梯度形成的与前者方向相反压强梯度力之间的平衡关系。

这个就算在大学的应用物理中都恐怕没几个人会接触到的学科，班上居然有好几个同学略懂，让我有些吃惊。河城特高之所以这么出名，或许确实有它的独到之处。

下午四堂课上完后，休息不了多久，就是晚饭时间。普通高中都有晚自习，而普通高中的晚自习经常被任课老师占用来讲课。但河城特高不同，晚自习就是晚自习，没有老师监督。晚上的两节课无论你做什么都行。

于是晚自习一开始，我就用书遮盖着平板电脑，开始查起河城陆续发生而且有越来越严重趋势的怪事来。

不过，显然有些人不太愿意让我清闲。

“喂，叫你呢。你叫夜不语是吧！”同班一个叫不上名字，长得五大三粗的男生走了过来，一把将我的课本扯开，“听说你入学考试打破了河城特高的记录，有很多人都对你很不服气！”

我抬头看了他一眼，男生额头上长满了青春痘，面容很符合反派的定义，满脸的倨傲和不爽。

只是看了他一眼，我就又低下了头，没再理会他。

“我在跟你说话，你这是什么态度！”男生拿起我的笔袋，用力扔在了地板上。同班许多学生都转过头来，有的幸灾乐祸，有的很是同情，还有的敢怒不敢言。

“在所有人关于学生时代的记忆里，每个阶段，无论学校好坏，似乎都有这样的一个或者几个凶恶的男孩。当大多数人都记不起绝大多数同学的样貌和名字时，他却始终在许多人的回忆里占据一席之地。”我将平板电脑收起来，缓缓道，“你是哪种人呢？把欺负新来的同学当作最大的乐趣，别人越是怕你，你就越开心？”

“我，我当然不是那种人！”男生吞吞吐吐地否定道，“不要转移话题，是我在问你话。”

“首先，你用的是肯定句不是疑问句，这不符合提问的标准。其次，我并没有转移话题。我们在进行良好的对话，是不是？”我轻轻一笑，“如果你不是想欺负我的话，那我猜测，我的好成绩让你们有些人感受到了威胁。现在，你们是想挑战我，还是想消灭我这个隐患？”

“挑战？你以为你自己是谁，是有多了不起？”男生脸一白，嗤道。

“是吗？”我终于抬起了头，突然问，“如果我送你一个小丑木偶的话，你第一时间的反应是什么？

“送我，为什么要送我小丑木偶？”男生下意识地回答。

我眯起眼睛，贱笑道：“很有趣的答案。我来猜猜你的性格吧。知道什么是肛门期滞留人格吗？”

男生又下意识地摇摇头。

“每个孩子，在两三岁这一阶段，排泄机能成为婴儿性快感的主要目标，婴儿从排泄活动中得到极大的快乐。这一阶段的主要任务是通过按时大小便的训练来培养幼儿的自我控制能力。”我笑眯眯地解释道，“通过自己掌握大小便，孩子们迈出了重要的一步，学会了独立，发展了自信，并知道何时应该放弃！”

“可是如果这一阶段性心理发生冲突，即强迫孩子排便，或者对时间、卫生要求过于严格，就可能会造成肛门期停滞人格。患有这种人格的人极度吝惜、保守。看过《守财奴》这部世界名著吧？书中的主人翁就是典型的肛门期停滞人格患者。”我一直看着这个男生的眼睛，“类似的，过分在意规律排便可能产生两种相反的人格类型，也就是过分守时，或者总是拖延。过分强调卫生可能致使强迫型人格障碍的产生，他们总是关注整洁，或者排斥整洁，总是邋里邋遢。”

“我猜你小时候，也就是肛门期出现的第二年，动欲区在肛门区域时。你两岁那年，本来必须学会控制生理排泄，使之符合社会的要求，也就是说你必须形成卫生习惯。”我看着那男生的脸色越来越发红，也看到周围人开始回过味来，偷偷发笑，终于说出了重点，“在肛门期，粪块摩擦直肠肛门黏膜产生快感之外，快感更来自对粪便的排出与克制，如果这一时期出现停滞现象，可使人格朝着慷慨、放纵、生活秩序混乱、不拘小节或循规蹈矩、谨小慎微、吝啬、整洁两个方向发展，形成‘肛门排泄型’或‘肛门滞留型’人格。

“但是显然，你的父母因为很忙的原因，并没有亲手带你。而你是被一个不拘小节的保姆带大的，所以形成了第三种肛门期人格，学术上称之为肛门偏执型。你符合肛门偏执型外放性格的所有特点，也就是非典型偏执人格患者……”

男生气得快要炸掉了，他抱着脑袋大吼一声：“别再说了。你，臭小子，你给我等着。老子一定会找人收拾你。从来没有人敢这么羞辱我！”说完连忙逃出了教室大门。

他刚一离开教室，整个班级传出哄堂大笑。许多自己还没来得及接触的同学们都纷纷朝我涌过来，一脸佩服的神情。

我却一直看着那个落荒而逃的男生的背影，突然，整个人愣了愣。

奇怪了，鼻子里怎么会涌出一股奇怪的香味？这股味道似乎伴随着一种怪异的尸体腐烂的气息。不是错觉，绝对不是错觉。

这，究竟是怎么回事？

第四章
芭蕉精（上）

有的时候，事态的发展会比想象的更加莫名其妙。本来我是想借着上课的时间收集整理这个小城市中发生的诡异事件，甚至找出周岩是谁。可花了一整天，什么线索也没有找到。

反而因为自己太赞花儿（赞花儿：四川话，在某一个领域拔尖显眼，从而招人嫉恨，惹人骂。），被许多自视甚高的家伙们给针对了。

身旁的校园小路，黑暗树丛的阴影下，显得特别阴冷。

“嘘！嘘！”不远处传来一个女孩刻意压低的声音，我转头，看到了果然很偷偷摸摸的方悦。她躲在草丛里朝我招手，我摸着脑袋走了过去。

晚上晚自习前，这家伙就偷偷地将一张纸条塞到了我抽屉里，让我下了晚自习就到操场等她。我被她神秘兮兮的举动弄得有些摸不着头脑。

迈腿走进了草丛里，风不知什么时候胡乱地刮了起来，河城的夜，似乎比想象中更冷。

“叫我什么事？”我没好气地问道。

这女孩笑嘻嘻地冲我眨巴着眼：“你该怎么感谢我？”

“感谢你什么？”我摸不到头脑。

“周岩啊，那个人的线索。据说有一个人知道哦！”方悦咯咯笑道。

我顿时瞪大了眼睛：“真的？”

“废话，我可是个致力于研究玻璃和百合等社会问题的高尚学者，绝不说假话。”女孩脸一沉，突然又神秘起来，紧接着，问了一句完全没边际的话，“话说，夜不语，你相信这世界上有鬼吗？”

我被她的话哽住了，好半天才摇头：“当然没有了，鬼鬼神神的东西都是骗人的。所谓的怪异事件或者灵异事件，不过都是现今的科学暂时无法解释罢了，不代表永远不能解释。或许在不久以后，现在这些让人无法置信的东西，会变成一种普遍现象也说不定。”

“你的话好官方哦。”方悦笑得更开心了，“那你的意思是，也就不会有什么芭蕉精咯？”

我顿时大笑起来：“你是三岁的小孩子吗？居然还相信芭蕉精什么的。”

女孩拍了拍胸口，做出安心的模样：“那就好，我放心了。走吧！”

“走哪去？”我实在被她跳跃的思维给弄怕了。

方悦转头一笑：“你不是要找周岩的线索吗？那么，去召唤芭蕉精吧！”

话说，什么是芭蕉精？

相传，芭蕉树受日月精华后，便能成精，幻化人形。另有种说法是，芭蕉树身沾到了人类的血液，就算只是一滴血，也能使芭蕉树成精。

夜深人静，明月当空，往往就是芭蕉精出没的时候。它们专以单身男女为目标，若对方已有心上人，芭蕉精便幻化成他们的心上人，若对方没有意中人，它们便幻化成俊男美女。

传说，如果芭蕉精是幻化成美女，它们多是身穿飘逸透明的纱衣，或是白衣裙；若是幻化为俊男，则衣着整齐。

它们的目的，当然是要跟单身男女上床，而被他们缠上的人，不仅会变得面色苍白，而且食欲不振，人也渐渐消瘦，慢慢步向死亡。

河城这个小城市位于西南部，芭蕉树原本就很少。

但很不凑巧的是，河城特高有一片老校舍区，老旧的校区内竟然还保留着面积大概有五十多平方米的芭蕉林。

据说那里曾有芭蕉精出没，再加上好死不死的，几年前有几个升学未成的学长学姐一时想不开，吊死在了里边，于是乎关于那片芭蕉林的怪异谣传就更多了。

似乎每一个学生都会对此类神妙诡异的事情感点兴趣，甚至多多少少玩过一些召灵游戏。

而我，几乎什么召灵游戏都玩过。就某一方面而言，我恐怕算是个资深的神棍了。只是经历了那么多怪异的事情，心底总会对这些东西有些抵触。虽然同样是不相信，但“敬鬼神而远之”这句古人的名言，却因为年龄的增长，反而开始忌讳起来。

“话说，我为什么一定要跟你跑去召唤什么芭蕉精？”被方悦拖着跑向旧校舍，我一头雾水地问道。

方悦乐呵呵地说：“社团活动啦。好不容易我们社团终于有两个成员了，能够和别的社团进行联动了。”

“于是第一个活动，就是召唤芭蕉精？”我一头黑线。喂喂，这样真的好吗？美女啊，你那个社团可是有一个“玻璃和百合怎么想都是有社会价值的”如此霸气的名字啊。到底有哪个厚颜无耻的社团会好意思跟你联动？

“超自然研究部。”方悦似乎读懂了我脸上的表情，“别啰嗦了，总之你也想打听周岩的底细吧？据说超自然研究部里的部员，似乎有人知道他的情况喔。”

听到这番话，我没再啰嗦了。河城特高中关于周岩的事情，我实在找不到任何线索。如果真有一个知情人的话，从他那里了解下，也是好的。

夜风刮得更猛烈了。离旧校舍越近，阴风越是凶猛。不知为何，我总有一股不祥的预感。

自己虽然没来河城特高几天，但是河城特高旧校舍的名声，还是稍微听说过的。学校曾经有过校规，不准任何人踏入旧校舍，甚至还特意修了一堵高墙，将新校舍和旧校舍给生生隔开了。据说这是因为旧校舍有一段相当惨不忍睹的往事。

河城特高的历史不长，只有十年。作为民资学校，也是经历了不少风风雨雨，才顺利转型为以高级教育著称的学校。

而旧校舍刚好是这段历史的见证，它修建于十年前，可没两年就报废了。

而导致它报废的直接原因，说来还真有点恐怖。据说十年前修建校舍时，死了不少工人。不知从哪里经常飘出古怪的说不上香也说不上臭的气味，更有学生在里面莫名其妙地失踪。

其中一个故事传得最是沸沸扬扬。说是有个高三的学长迫于升学的压力，夜晚跑去教室夜读，然后再也没有人见到过他。此后常常有人在深夜看到有个穿着老旧高中校服的男生在爬楼梯，从一楼爬到三楼，然后突然消失。

那段时间学校的招生率疯狂下降，下降得比前一段时间的纳斯达克指数还厉害。校长被逼无奈，一声令下，修建了现在的新校舍。

就在这样的大历史背景下，可想而知夜晚的旧校舍有多可怕。可惜这个世界上不怕死的人一向都比较多。特别是那个看到十米远处爬过一只蟑螂都会叫得比世界第一女高音不遑多让的腐女方悦。

今夜的星光实在不算璀璨，月光也不算明亮。暗淡昏黄的颜色洒在地上，说不出的清冷。

看看表，已经快要十点了。我和方悦悄无声息的，躲开警卫，悄悄溜到了操场上。位于操场北边的旧校舍，早已被一道高墙隔开，只有一道小门可以进去。

那道门估计多年没有开过，门上的锁早就锈死，恐怕就算有钥匙也没办法打开。

黑沉沉的夜色里，远远就能看到门前站了四个人，看身影，应该是三男一女。

“那个女的，是咱们河城特高的校花杨心欣，那三个是她的众跟班。”方悦介绍道。

我揉了揉太阳穴：“校花不去拉拉队，反而组建了超自然研究社，这个学校还真有意思。”

美女身旁从来不缺乏追求者。只是聪明的女人通常不会一棵树上吊死，据说越聪明越漂亮的女人，手段越多越毒辣，通常会游离在自己众多的追求者之间，从来不会和某一个人靠得太近，也不会和某一个人太疏远，总是保持最微妙最暧昧的距离，将最大化的资源紧紧拽在手心里。

而杨心欣给我的感觉，正是这样一种人。

“你知道吗？下午摘下的玫瑰比清晨摘下的玫瑰更能持久不枯萎。一只被摘掉头的蟑螂可以存活9天，9天后死亡的原因则是过度饥饿。所以还是当场立刻打死好，阿弥陀佛。”方悦一边望向杨心欣，嘴里一边对我说着莫名其妙的话。

我挠了挠头：“以上那番话，和杨心欣小姐有任何关联吗？还是说，其实你跟她有仇？”

“她像玫瑰还是像蟑螂？”

“都不像。”我摇头。

方悦突然笑了，一副开心的样子：“那就完全没有关系。人家只是单纯地想试试这么说是不是会感觉很酷罢了！”

我眼神闪烁了几下。这货绝对跟那个校花杨心欣很熟，而且肯定有过节。

我俩走了过去，杨心欣那伙人显然也看到了我们，主动迎了上来。那位校花突然惊讶地望了我一眼。

“夜不语同学。”她的声音不同于方悦的脱线，而是稳定和含蓄中带着一种活力昂然的勃勃生机，让人一听就会产生好感，不愧是校花级的人物，“真的是夜不语同学！太好了，居然可以看到活生生的大名鼎鼎的夜不语同学本人。”

她的高兴让我摸不到头脑，正想习惯性地摸摸鼻头，手已经被她抓住了。只听她热情的语调不断在耳边响起：“夜不语同学，没想到小悦悦真的能请动你！”

小悦悦？这么亲昵的称呼，她俩果然认识。我皱眉，干笑了两声：“没想到杨心欣同学居然会认识像我这么平凡不起眼的小男生。”

“怎么会？夜不语同学最近几天可是我们学校风头正劲的大人物啊！”校花咯咯笑了两声。

“好了好了。”方悦把我俩拉开，“我们两个社团的第一次联动也该开始了吧。”

杨心欣这才收敛起笑容，认真地说：“嗯，差不多是时候了。我这组的游戏者是我杨心欣、张凡、吴广宇和欧阳剑华。”

被介绍到的男生都下意识地挺直身体，冲我们高傲地点点头。当看到欧阳剑华时，我愣了愣。这家伙不是今天白天才挑衅过我，被我讽刺为肛门期滞留人格，最后气愤地离开了的那位嘛。

还真是巧，才不到十个小时而已，又碰到了。

我有些头疼。果不其然，欧阳剑华冷哼着瞅了我几眼，不知在盘算啥。

“我这边的人只有我方悦和夜不语同学。”方悦笑得十分恬静。

我望了这群莫名其妙的人一眼，然后向前指了指：“这个，打搅一下，虽然我到现在都还不太清楚你们要玩哪种游戏，不过，如果这扇门打不开就白搭了吧？”

“没关系，我有钥匙。好不容易才骗来的。”杨心欣冲我甜甜笑着，然后从裙兜里掏出一把老旧的青铜钥匙。

“剑华，麻烦你把门打开一下好吗？”她将钥匙递给那位欧阳剑华同学，顺便赠送了他一个可爱的微笑。这疑似患有“肛门期滞留人格”症的雄性顿时傻呆呆笑着，接过钥匙，屁颠颠朝门跑去。

我四处打量了一番，从附近找来一根钢钎。那两位大美女不解地望着我的一连串行动，迷惑地同声道：“请问，你在干吗？”

“等一下会有用。”我头也没抬地答。算了，既然已经答应要玩这场游戏，就稍微认真一点吧，反正最近的调查也陷入了僵局中。

等了一会儿，还是没见欧阳剑华从门边挪开。其余的人开始不太耐烦了。杨心欣眉头微皱，问道：“还没有好吗？”

“快了。”欧阳剑华的回答极度没有自信。我摇头，笑着说：“没用的，有钥匙也打不开门。刚才我就已经检查过了，钥匙孔里早就被锈坏，你这样永远都弄不开门的。”

“那该怎么办？”方悦看了我一眼，“这位先生，看您自信满满的样子，该不是早就成竹在胸了吧？”

“废话，也不看看我是谁。”我冲欧阳剑华摆摆手，“你走开。”说着就用钢钎抵在锁链的位置，随便敲了几下，本来就已经锈腐得差不多的锁“啪嗒”一声掉了下来。

“居然有这种方法！那我花了那么久时间骗钥匙，不是自己找罪受？”杨心欣惊讶得捂住嘴，眼里异光闪动，“夜不语同学，人家真的是越来越崇拜你了！”

我笑得非常勉强：“恭维的话就不用多说了。现在是十点半，早点玩完，我回去还要吃夜宵呢。”

方悦冲我点点头，率先拉开门，走了进去。

更阑人静，指的是夜已很深，没有人声，一片寂静。所谓“更”，意思就是旧时夜间计时单位，一夜分五更，每更约两小时。

以上，是我最后一个跨过门时，第一时间映入脑海的东西。被围墙一起拦住的不光是旧校舍和芭蕉林，还有拦腰截断的一小部分操场。走过围墙的门就是剩余的那部分操场。这是常识，是每个人都知道的东西。

但不知为何，先我一步进入的人却一动不动地呆愣在原地，像被石化了一般。我不解地顺着他们的视线看过去，顿时，也愣住了。

眼前哪里还有什么操场，只有芭蕉林。密密麻麻的芭蕉树犹如原始森林一般长在每一块角落上。而不远处的旧校舍，便如同北美洲某个热带雨林因高大脱颖而出的破旧遗迹，迎着暗淡的月色，拖出长长的、令人毛骨悚然的影子，一直拉长到我们脚下。

我不由自主地打了个冷战。

不知为何，一进入这里，我就有一种不太自在的感觉。那种感觉十分微妙，仿佛旧校舍、芭蕉林成为了不可或缺的整体。

仿佛一个阴暗潮湿、有着臃肿身体的怪物，它静悄悄地看着我们走进来，走进了它的身体。它张开大口，准备将毫无防备的我们全部吞噬下去……

相同的感觉，似乎不只我一个人有。离我最近的那个叫做吴广宇的男生艰难地咽下一口唾液，声音颤抖地小声说："心欣，我看我们还是别玩了，回去吧。"

"胆小鬼，要回去你自己回去。"杨心欣不服输地噘起嘴，虽然她的膝盖也在不住颤抖。

"我要回去了。"我毫不犹豫地转身，正准备离开，却被方悦一把拉住。

"你要扔下一个小女生自己走掉吗？"她用可怜兮兮的语调大声说，然后紧接着恶狠狠地小声警告，"周岩的线索，你不想要了？"

我郁闷地看了所有人一眼，缓缓道："总觉得这里有些古怪。我们最好快点离开。"

"哪有！我怎么不觉得？"方悦疑惑地看着我，然后又问其他人，"你们有感觉到吗？"

"刚刚进门的一瞬间，我倒是有些轻微的不太舒服的感觉。"欧阳剑华摸了摸自己的心口。

张凡举手道："我也是有种压抑的感觉，不过现在好了。"

吴广宇满脸的疑惑："我刚才不知道为什么，就是怕得要命，但是现在什么都感觉不到了。"

杨心欣的脸色稍微有些难看，她嘴硬地说："人家从头到尾什么都没感觉到。夜不语同学，你会不会太疑心了？"

奇怪，刚才那种强烈到让我窒息的恐惧感现在却完全没有了。难道真的是因为我遇到的怪异事情太多，一有些风吹草动就以为有问题？还是因为这里围墙两端的景象差异产生出的幻觉?

我再次仔细地打量四周，突然发现，这里的环境确实有点脏乱，透露着萧条和诡异，但是绝对不会强烈到令自己觉得危险的地步。

看来，刚才果然只是错觉吧!

迟疑了一会儿，我抬起头，望着方悦明亮清澈的大眼睛："现在该告诉我了吧，你们想要召唤哪种芭蕉精?"

"芭蕉精也分很多种吗?"欧阳剑华好奇地问。

"当然了。"我解释道，"一般而言，芭蕉精和召唤者的性别是相对的。也就是说女人召唤出来的会是雄性芭蕉精，而男人则相反。而且它们的样貌也是不一定的，通常会和当时召唤者脑子里想着的那个人的样子有相似之处。"

我想了想又道："据说，只是据说，如果芭蕉精和某个人长得完全一样的话，那个人就会在当夜死掉，全身的血肉都会被芭蕉精吸光，然后那妖怪就能以那个人的身份长久地活下去。"

"你知道的真多!"方悦笑得很灿烂，"不过这次的召唤游戏不一样。这次心欣提出来的，据说是她老家流行的游戏。"

杨心欣也冲我灿烂地笑道："嗯，那我就来解释一下好了。这个游戏其实很有趣，危险性也不大。和一般的芭蕉精游戏一样，也是要找到一株已经结了蕉蕾的芭蕉树，然后游戏的每个人都要用红色的绳子一头拴住蕉蕾，一头系在左脚的大拇趾上，大家围在一起玩一种抽牌游戏。据说只要抽到鬼牌的话，就可以随意问一个问题。"

我听得一头雾水："问了问题以后呢?"

"据说那个问题芭蕉精会立刻给你答案喔。"杨心欣兴奋地说。

"很特别的游戏吧?"方悦笑着问。

三班的那几个男生因为是自己女神提出的议案，当然是积极点头。我却不置可否，皱着眉头想了想，才惊觉这个游戏果然混乱得可以。

"这个游戏，真的能顺利玩下去吗?"我迟疑地问，"就一般的召灵游戏而言，都有一定的规律和心理暗示的因素。就因为有这些含糊的不确定因素，才可以让游戏长久地玩下去。但是你们的这个游戏存在许多先天的缺陷。"

"扑克牌一共有54张，其中鬼牌两张。一个人抽一张要抽掉52张，这样游戏性太繁琐太不人性化了。况且抽到鬼牌后问的问题也没有任何限制，范围变成了无限大，而且可以拿来作暗示的道具却一个都没有。

“如果第一个抽到鬼牌的人问的问题没有任何明显或者带有暗示性的答案出现，那么谁都知道这个游戏是假的了。”

“夜不语，你想太多了。”方悦将手指伸到我的眼皮前，摇晃了一下，“本来就是游戏而已嘛。你以为有多少人认为碟仙会真的把鬼请来？根本就没有几个，大家都是为了好玩而已。而且换一种说法，如果问的问题真的有答案的话，不就刚好证明了芭蕉精真的存在了吗？这不是更有趣了吗？”

我一时语塞，仔细想想，这个自称兴趣涉猎“矿物与植物学”的家伙的话倒颇有道理。算了，总之这个游戏应该不会太长，至少能早点回家吃夜宵了！

想是这么想，可内心那股莫名其妙的不安感依然没有减弱多少。

我苦笑着摇头。其余的人则是一副兴高采烈的样子，我也没有再扫他们的兴。毕竟，据方悦说，知道周岩底细甚至下落的人，就在这个古怪校花组建的“超自然研究社”里。

“你们确定真的要玩吗？”我仔细想了想，下了个决定。

“嗯。”众人毫不犹豫地点头。

我笑起来：“那我们要玩就玩大一点，疯狂一点，那样才比较开心。”

“你想到了什么？”方悦看了我一眼。

我点头，慢悠悠地说道：“从前在一般的人家里，每棵芭蕉树的蕉叶，需要每三年砍伐一次，据说这样它们便难以成精，除非沾了人类的鲜血。”

“你的意思是？”杨心欣脸色有点发白。

“很简单，芭蕉精的游戏最忌讳的就是用一根长长的红线，一端牵住树身，一端牵住自己的小脚趾尾。”我不怀好意地大笑，“我们赌大一点，就不知道你们敢不敢？”

“有什么不敢的？”还是男生的胆子比较大，特别是有喜欢的雌性生物在场的时候，雄性生物大多都会毫无大脑地迎面扑向任何轻微的挑拨。三班的几个男生果然立刻就冲我挺其胸膛口大放厥词。

我笑得更灿烂了：“那好。我们找一株年龄最大的芭蕉树，蕉蕾也找快要盛开的。每根红色绳子上都要滴上一滴自己的血。还有，红绳也要绑在最忌讳的小趾尾。够刺激吧，敢不敢？”

“太……是不是太过极端了？”杨心欣声音开始颤抖起来。

“心欣，不是你说生活太无趣了，都没有刺激的，不然你组建超自然研究社干吗？”方悦眉开眼笑地用手指在空气里画圈圈，“该不会是，你怕了吧？”

果然，这两个女孩是认识的。而且特熟。

“人家，人家当然不会怕！”杨心欣“哼”了一声，语气急促地高声说，“反正这个游戏也没什么危险性，而且这个世界上哪有什么芭蕉精？人家又不是三岁的小孩子！”

“那好，我们开始吧。道具呢？”我挠着脖子慵懒地问。

欧阳剑华举手道：“都在我这里。”

“很好。那么开始选芭蕉树吧。”我的视线缓缓扫过周围。这里的芭蕉树长得十分杂乱无章，恐怕是长期没有人打理，自由生长的缘故，“大家到处找一找，看有没有树干粗壮、不太高但是生机勃勃而且芭蕉蕾也特别大的芭蕉树。找到了互相通知一下。”

其余的人依照我的话四处找起来，方悦趁机蹭到我身边，小声道：“夜帅哥，你还真是出乎我的意料，居然提出这么有胆的方法。还说自己不信鬼鬼神神的东西，如果真的不信的话，哪会这么了解？”

我淡淡道：“信不信是一回事，了不了解又是另外一回事。两者是不能混为一谈的。”

方悦撇了撇嘴：“无趣。你能不这么严肃吗？”

我皮笑肉不笑地用力支起两颊的肌肉，无力道：“你以为我嬉皮笑脸地说以上那段严肃的话，会有任何说服力吗？”

“似乎，好像，真的没有！”方悦恍然大悟，开心地拍着手。我再次被她搞得无语了。

其实我之所以会提出那么骇人听闻的游戏方法，也是有自己的考量的。我总觉得这里有一些令自己焦躁不安的因素存在，虽然说不出来，又不忍心打断这场游戏，还不如横生枝节，用另一种方法让这个游戏无法进行或者改变成其他形态。

物极必反这个成语在任何事物上都说得通，召灵游戏也不例外！

一般而言，当召灵游戏所有的出路都走上极端的时候，游戏本身反而不再存在任何危险性。何况是这种乱七八糟，感觉根本就是胡乱拼凑起来的游戏。

“这棵树好古怪！”就在这时，不远处的张凡突然大叫了一声。我下意识地回头，当眼神接触到他附近的那棵芭蕉树时，整个身体都不由自主地颤抖了一下。

不安的感觉，更加浓烈了……

第五章

芭蕉精（下）

就传统而言，整治芭蕉精的方法往往分为四个部分。

首先要查出是哪一棵芭蕉树成精了。然后让已被芭蕉精缠上的人，先在自己的大脚趾上牵上长长的红线，线的另一端吊出窗外，静待芭蕉精晚上来。第二天早晨等芭蕉精走后，查看窗外的红线，掉落在哪一棵芭蕉树下，哪棵树便是芭蕉精的真身。

那个时候，就要等到中午，日头最猛烈的情况下，先砍下已成精的芭蕉树。传说砍下时，树身上会流出血水来。之后挖出树根，并把树根砍烂。最后把砍下来的芭蕉树及树根，丢在火里烧掉。而且一定要确保完全烧掉后，才可以离去。传说烧树时，树会发出女子的哭泣声。

每棵芭蕉树的蕉叶，需要每三年砍伐一次，这样它们便难以成精，除非是沾了人的鲜血。此外，切勿用一根长长的红线，一端牵住树身，一端牵住自己的脚趾尾。

以上整治的是还算不上厉害的芭蕉精。最厉害的芭蕉精据说是生长在一种十分特别的芭蕉树上。而眼前的这株芭蕉树就足够特别，其实往深一点说，根本就是怪异！

芭蕉树只有两米多高，但却很臃肿。树干上长满了因为枝叶掉落而形成的疤痕，一串一串的，看起来让人十分不舒服。我粗略估计了一下，它至少有上百岁的树龄。原本应该翠绿的枝干呈现病恹恹的黄褐色，在月光的映照下，越发狰狞。而离地两米处的地方，刚好有个硕大而且长得非常恶心的蕉蕾。

"什么东西哦，长得真有够难看的！"杨心欣等人也走了过来，她捂住嘴厌恶地说。

我皱了下眉头。一般三年不修剪枝叶的芭蕉树就已经很危险了，但是这片明显没人理会的蛮荒之地，十多年都不曾有人进出过，里边大部分的树都没有打理。如果传说稍微有点真实性的话，危险的强度就会加大。但是这棵树，虽然丑是丑了一点，可看起来应该每年都有自动掉叶子。

"就用这棵树好了。"我的视线一直凝结在树身上，许久才淡然道。

"不要。"杨心欣首先反对，"太恶心了。你看看那个蕉蕾，根本就是个畸形的。一想到要和这种玩意儿有联系，人家就忍不住想吐。"

方悦依然笑嘻嘻的，轻声说："心欣果然是在害怕，没关系的，不过是个游戏罢了。你不是说这个世界上根本没有鬼吗？"

"人家才没有怕。"杨心欣忍不住一边偷看那棵长相怪异的树，一边脸色发白，"总之那个游戏根本就没有危险性，怎么玩都无所谓。"

"心欣，真的没问题吗？"张凡抬头咽下一口唾沫，声音明显在发抖。

人类果然是一种以貌取人的生物啊。我不动声色地再次打量着那棵树，虽然看样子它确实很奇怪很丑，但是就危险度而言，应该是最低的。

毕竟芭蕉精，就传说而言，并不是越老的树上越容易请到。如果限定条件的话，请不到的可能性更大一点。虽然不过是一场游戏，但还是小心为好。毕竟遇到过那么多事情的我，也不是光吃白饭才长大的。

只是，那个芭蕉蕾越看越像一个刚死掉的人类婴儿，让人毛骨悚然！

看看手上的表，时针已经指向11点了。虽然并不是请芭蕉精的最佳时刻，不过，安全第一！

我缓缓看了所有人一眼，再次确定："如果要玩的话，就马上开始吧。回家前还可以顺便去便利店买蛋糕吃。"

杨心欣没有再反对，她的众跟班们当然也就没有反对的理由。我和方悦对视一眼，将欧阳剑华背着的袋子拿过来，把道具一样接着一样地往外掏。仔细数了一遍，发现东西居然还是很丰富的。

总共有红色的绳子一卷，蜡烛十根，扑克牌一副，打火机一个，以及多功能瑞士军刀一把。

我头大地举着瑞士军刀问："怎么会有这种玩意儿？"

欧阳剑华干笑了几声："不是说冒险吗？男人是为保护女人而存在的，如果女人有危险，当然应该手持刀剑，横刀立马，迎着危险扑上去！所以本人就冒着天大的危险，把老爸的刀给偷了出来。"

我捧场地鼓掌："有必要吗？你当这里真的是原始森林啊？"

他冷笑了一下，对我的话满脸不在乎。

算了。我将红绳子分成六根，每一根都分别系在了那个畸形的蕉蕾上，然后分给其余的人，并在树的周围将六根白色的蜡烛点燃。

脱掉鞋子，将红绳的另一端栓在左脚的小尾趾上。最后用火将瑞士军刀开罐器的尖锐处烧了一会儿消毒，再将右手的中指刺破，将血涂在了绳子上。众人被我那一连串流畅的动作唬得一愣一愣的，在我的再三催促下，这才依次把形式上的规矩做完。

接着便是正式的游戏了！

大家围拢在一起坐成一个圆圈，就着昏暗的蜡烛光芒，缓缓将崭新的扑克牌洗了好几次，这才放到中央位置，由逆时针方向一个一个按照顺序抽下去。

已经是11点10分了，刚才还似有若无的月光消失得无影无踪，只剩下烛光随着秋日的微风轻轻晃动。不时爆开轻微的烛焰响声，也被这片寂寥的黑暗地带无限地放大，刺激着每个人的耳膜和神经。

晃动的芭蕉树叶，犹如无数无名生物的触手，在夜色里显得特别狰狞。我对面的杨心欣似乎非常紧张，稍微有些风吹草动都会让她的身体一阵颤抖。

我有些莫名其妙，如果真害怕的话，干吗硬要玩这种刺激的游戏？唉，女人这种生物，看来我用尽一辈子都无法了解。

如果真有来世的话，而且碰巧我来世变成了一个女人，那么那时候的自己，会不会也不了解自己呢？

我一边无聊地抽着牌，一边胡思乱想。不久后，只听杨心欣发出“呀”的一声尖叫，然后猛地将手中的牌扔了出去，那副惊慌失措的样子就像刚才拿到的不是牌而是炸弹。

“怎么了？”我第一时间发问，并将她扔出去的牌捡了起来。

“是鬼牌！”她惊魂未定，捂住胸口喘息道。我迅速看了一眼，果然是鬼牌，然后大笑起来，“根据你的游戏规则，抽到鬼牌就可以发问，又不是遇见鬼了，有什么好大惊小怪的。”

她想了想，也破涕为笑了，长长的睫毛上还留着泪珠。

“对不起，嘿嘿，一时紧张，下意识就丢出去了。”她不好意思地红着脸，咳嗽了几声，试图将所有人的注意力都从刚才的糗样上转移开，“那么，本小姐开始发问了。”

她将最后一个音调拖得很长，苦苦地抚着额头想了好一会儿，这才道：“那么，芭蕉精啊芭蕉精，请问，我在新的学校会不会混得顺风顺水？会的话请动左边的叶子，不会的话请动右边的叶子。”

这时，恰好有一阵凉风吹过，吹得所有人都不由自主地打了个冷战。而那株又矮又臃肿的丑陋芭蕉树整个左边的叶子都被吹动了，像是穿着灰色衣服的胖子在跳着怪异的舞蹈。

不知是不是幻觉，就在刚才的一刹那，我仿佛看到蕉蕾犹如活了一般微微抽动了一下，婴儿的模样也逐渐臃肿了起来。

我死死盯着那个芭蕉蕾，许久也没有再发现什么异常状况。真的只是自己的错觉吗？

方悦轻轻握住了我的右手，关切地问："夜不语，你怎么了？"

"没什么，我眼花了。"我摇摇头，冲众人道，"继续。"

从理论上而言，我所做的一切都没有任何问题。只是为何那股不安却越发浓烈，浓烈到如雾气般，根本看不到前路？再来一次，如果那时候还发现有异常情况，不管怎样都要立刻结束这场游戏！

抽牌继续，不一会儿，鬼牌再次出现了。这次抽到的是吴广宇，只见他默默地将牌放在地上，就是不说话。

"广宇，问一问后天的彩票头奖号码是多少？"张凡兴高采烈地起着哄。我被逗得"扑哧"一声笑起来。

"你干吗笑？"张凡不解。

"这种游戏没有那么复杂的玩法。"我一边笑一边说，"不信你问问你们的社长杨心欣女神。"

女神点头："就像夜不语同学说的，这个游戏只能问答案是肯定或否定的问题，不然会不灵的。"

"嗯。那么，芭蕉精啊芭蕉精，请问……"又迟疑了一会儿，吴广宇这才道，"我的社长最喜欢的是不是我？是的话请动左边的叶子，不是的话请动右边的叶子。"

"讨厌，广宇你真是的，居然问这种问题。"杨心欣害羞地捂住了脸。看得我直吐舌头，好造作的表情！

有一股风吹来，树右边的叶子开始跳舞了。

我立刻集中所有的注意力，死死地望着蕉蕾，却丝毫没有发现任何古怪的地方，那个如同死胎样的蕾苞一动不动，依然那么难看。我悬着的心稍微放下去了一点点，刚才果然是自己神经过敏吧！

"呜呜，我就知道。"吴广宇从鼻腔里发出类似小猪想喝奶的时候才会发出的声音，"一定是我还不够努力，加油啊，广宇！十八岁的青春在向你挥手！"

我靠，世上居然还会有这么厚脸皮的人。

牌被重新洗了一次，游戏重新开始。经过2分钟飞快而且无聊的抽牌运动，最后方悦突然笑了起来。

“耶，鬼牌在我这里！”她露出坏坏的表情，将牌放在地上，然后看着我咯咯笑个不停，“该问个什么问题呢？哎哟喂，似乎没什么可以问的。”

“随便问什么就好，不要浪费大家的时间。”我耸了耸肩膀。

“有了！”她开心地拍着手，“据说最近，河城发生了一系列的‘五克拉蓝色项链连续死亡事件’！”

众人迷惑不解地微微点头。

“就问这个。”她声音大了起来，“芭蕉精啊芭蕉精，请问那串蓝色项链现在在哪里？”

杨心欣脸色苍白，略带着不满的语气道：“小悦悦，刚刚人家就说过了，范围这么广的问题是不可能回答的！”

“那我就问简单点好了。”方悦依然笑着，但是表情却丝毫没有笑时该有的感觉，那一霎，她的语气变得非常严肃而且正式，“芭蕉精啊芭蕉精，请问那串蓝色项链在这个学校里吗？是的话请动左边的叶子，不是的话请动右边的叶子。”

我直觉感到不对，这个女人，她究竟想干吗？

不知道是不是有风，但芭蕉树左边的叶子却开始动了。

方悦立刻变得非常激动，她的神色紧张，语气也略微紧张干涩起来：“那么在哪里？告诉我在哪里？”

她激动地站起身，向芭蕉树走了几步，似乎急切地想知道答案。所有人都被她的行为吓住了，大脑一时间空白一片，也没有采取任何行动。就在这时异变突然发生，系在蕉蕾上的六根红绳同时断掉了，我只觉小脚趾上一轻，似乎心脏被外界什么东西吸引，差点吸了出去。

心猛烈地跳个不停，无数汗珠从周身的毛孔流了出来。是冷汗！

“刚刚……究竟是怎么了？”杨心欣心惊胆跳地捂住胸口，结巴道。看情况，她身旁的几个男子汉也不比她好看多少，几乎都要瘫倒在地上。

“游戏结束了，我们快走。”我当机立断，将断掉的红绳子用火烧掉，吹灭蜡烛，然后催促众人出去。

方悦依然一动不动地站在原地，我一把抓住她的肩膀，却被她推开了。这家伙，力气什么时候变得那么大？

“我还有一个问题，最后一个问题！求求你让我问完！”她疯了似的，虽然脸色煞白，但是嘴里却没有闲着。

我皱眉，毫不客气地扇了她一耳光。趁她又愣住的时候，抱住她的腰，将她整个人扛在肩上大步往前走。

好不容易走到围墙的那头，我喘着气，清点人数后，这才道："都没有问题吧？"

"我有。"肩膀下面传出了一个稍微害羞的声音。我这才发现刚刚只顾着跑，完全忘了把方悦放下来了。

"哈哈，抱歉抱歉。"我笑着，突然记起不久前打过那个女煞星一个耳光，如果被她想起来，这个记仇的古怪家伙还不知道要怎么报复自己。

刚抱着这种想法，古怪女孩的眼神就对上了我。她的眼神里充斥着些许奇怪的情绪，脸也红红的，看来一时间应该还记不起来才对。

但是，今晚有一件事是一定要善后的！

从吴广宇那里借了瑞士军刀，我提着胆子再次进了芭蕉林，将那棵古怪的芭蕉树砍倒，又将蕉蕾摘了下来。

毕竟那场游戏不管怎么说都算是失败了。

绳子断了就如同请碟仙无法把碟仙送回去一样的状况，根据以往芭蕉精游戏的准则，最好是能立刻砍了芭蕉树，把用来请仙的蕉蕾埋掉。

月亮不知何时又出来了。现在是夜晚11点半，月光很明亮。我低下头，不由自主地看了一眼手中的蕉蕾，这个刚才还像死胎的东西，现在却圆滚滚的，根本就是一个再正常不过的芭蕉蕾了。奇怪！

我没再胡思乱想，很快在松软的地上挖了个坑，将蕉蕾埋了，然后飞也似的跑了出去。这种诡异的地方，一个人真的不敢待太久。

围墙的那侧，余下的人只剩方悦和吴广宇在等我。

"夜不语，刚刚你有没有闻到什么奇怪的味道？"吴广宇接过我递回去的刀，迟疑了半晌才艰难地问。

"没有。"我摇头。

"奇怪了，难道只有我一个人闻得到吗？"他迷惑地摇摇头，也走掉了。

方悦嘴角流露出笑容，只是那种笑却带着令人毛骨悚然的感觉。

"怎么了？我就是再帅也经不住你这么看的！"我不由自主地打了个冷战。

"夜不语，刚才你是不是打了我一巴掌？"她的笑容似乎人畜无害。

"怎么可能！我从来不打女人的。"我矢口否认。

"是吗，我明明觉得有人打过我，还很重。"

"一定是有人嫉妒你的美丽，趁你病要你命。仔细想一想，有这种犯罪动机的嫌疑人在我们六个中究竟会是谁呢？”我试图将她的思维往别的方向引。可是明显失败了。

“哼。明明就是你打我，明天我要撕破裙子到教务处告状！”

我立刻举手投降：“那根本就是意外，难道要我卑躬屈膝地向你赔罪吗？”

“哼。”方悦狠狠瞪了我几眼，没有说好，也没有说不好。她突然将站在一旁乐呵呵地看戏的吴广宇扯了过来，“算了。这一巴掌我给你挂账，你不是有事情要问这家伙吗？”

好吧，我再一次被这只腐女的跳跃性思维给折服了。我看向吴广宇，这位男同学被猛地拽过来，只来得及在脸上挂出无辜的苦笑。难道，就是他，知道周岩的下落？

“吴同学，我想跟你打听一个人。”我直接问了出来。

吴广宇倒是耿直，用力拍着胸口：“没得说，我吴广宇可是河城特高出名的百事通。无论是哪个女孩的三围尺寸，都记得清清楚楚。”

“我要问的是一个男生。”我轻声道，“名字叫，周岩！”

“周，周岩！”刚刚还拍着胸口的仗义男猛然间脸色大变，“你怎么知道这个名字？！”

方悦看着吴广宇一副紧张的模样道：“夜不语啊，你要找的那个周岩，看起来有些棘手啊。”

我皱了皱眉。周岩在这个学校，究竟发生了什么？怎么只是提到他的名字，就令这位自称百事通的吴广宇惊恐不安？

“不只是棘手那么简单！这个名字已经被学校明令不准提起了！”吴广宇小心翼翼地向左右两边看了看，低声道，一脸隔墙有耳的模样，“总之这个名字是个禁忌，千万不要在学校里乱说。”

“怎么回事？”我彻底惊讶了。

吴广宇摇了摇头，始终没有告诉我任何关于周岩的事情。他急急忙忙离开了，似乎提到周岩名字的我，也变成了灾星一个，弄得我和方悦面面相觑。

一阵凉风抚过，多事的一天就在我俩的互瞪中结束了，似乎预示着另一个多事的一天，在不安的预感中，像是河底游荡的鳄鱼，睁开斗大的眼睛，无声无息地窥视着河面划着独木舟的我们。

那晚，我几乎没有睡。从吴广宇的反应看，如果硬要在河城特高搜寻周岩的下落，就只能更加偷偷摸摸了！

第六章

五克拉蓝色钻石项链

其实，我对周岩的事真的算是一无所知，唯一的线索就是他在微博中给我发来的私信。他和河城最近发生的几件怪事有关联吗？河城的黑暗中，到底潜伏着什么？

下定决心来找周岩，对他的故事好奇，是其中一个原因。最大的原因，还是不久前在老男人杨俊飞的侦探社，接到了一个不同寻常的案子。

案子附着几份资料，全是剪报。每份剪报里都有一件匪夷所思的真实事件。事件发生的地点，就是河城。

不论什么故事，应该都有一个开始。也就是所谓的端倪。不过这个故事的开始倒颇有些值得商榷。因为，这一连串刑事案件的引子，是一条项链！一条五克拉左右的蓝色钻石项链。

那条项链第一次出现，是一年半前。它戴在了河城特高一个叫做张可唯的学生脖子上。

张可唯是河城出名的富家公子，他就读于河城特高的高三一班。

无论哪一所高校，无论它有怎样铁一般的原则，通常都会为有权有势的人大开绿灯。张可唯成绩并不好，如果没有他显赫的家庭背景，根本不可能混入河城特高就读。

那天，几乎所有人一下课就围在一班的窗台上，将这个班的窗户围得水泄不通。仿佛隔着窗户的教室中，流淌着一股魔力，造成诸多不便。有好事者，甚至偷偷用手机，将里边的景象照了下来。

那些被传到社交网络上的照片，成了现在我手里这个案件，最珍贵的影像。

照片中，是那些将整张脸都贴到了玻璃上，朝里边打量的人。所有人的视线，都看向教室中央，一个长得普通，但是把校服改得花花绿绿像鹦鹉一样的雄性生物。那个看起来张扬又令人讨厌的家伙，就是张可唯。

最显眼的，要数他脖子上戴着的一条蓝色的五克拉钻石项链。

其实当时我第一眼就看出来了。老实说，这条钻石项链的做工并不算很好，镂金的链子明显属于机器化的量产品。它的特别之处在于那颗五克拉的蓝色钻石。很美的钻石，周身似乎都有流光缠绕，确实足够吸引爱美女性的眼球。

不过这种钻石，却是人造的。

我并不明白，为了一条人造的钻石项链，为什么整个学校的学生外加老师，都蜂拥着关注。就如同一群被蜂蜜吸引了全部注意的饥饿的狗熊。

或许是照片，根本照不出那条项链的魅力吧。总之就是那条项链，引发了一连串的恐怖怪事。

富公子张可唯，在戴了项链后的第二天便死掉了。

他死在自己的卧室里。据说尸体的模样十分可怖。不过具体是怎么个可怖法，只有吓坏了的法医才知道。

至于那条蓝色的钻石项链，却没有作为陪葬品。

张可唯的老爸将这条项链送给了一班的班花，据说这是他儿子临死前的遗言。那班花本是个庄重的女孩，其实是想拒绝的，可鬼使神差的，拒绝的话并没说出口，她居然点头接受了。

那么大颗的钻石，只要是女人，似乎都没有办法拒绝。虽然明知道接受死人的东西有点让人毛骨悚然，不过，钻石……

真的好美！

谁也搞不清楚为什么，接受了钻石项链的班花，没几天也死了。

一时间那条项链被传为死亡诅咒的源头，本以为没有人敢再接受，不过似乎所有人都高估了女人对钻石的抵抗力，不管那女人的年龄有多大，是老师还是学生。不管她们的年龄是十六岁、十八岁，还是三十六岁，只要是女人。当那条带着五克拉钻石的项链透过死者的遗言送到自己手中的时候，就算犹豫再三，最后却依然将它死死地攥进了手心里。

直到死亡，那条项链，依然牢固地挂在脖子上。唯一留下的，只是惨不忍睹的尸体以及最后的遗言——将钻石送给下一位受害者的遗言。

一个多月内，学校的老师和学生死掉了八个。终于，那条项链没了踪迹，消失得无影无踪。在以后那段不短的时光里，所有人都有意无意地将其遗忘。

只是该来的，依然躲不掉。事情，并不会就此画上句号。

一年半之后，那条五克拉蓝色项链如它突然消失般，突然地出现了。每一个接触到它的人，也同样会死得不明不白。

据说那些死者，临死前会闻到一股怪异的甜腻气味。

第二天一早，我走在校园里，想赶去食堂吃早餐。我的内心很纠结，周岩的行踪仍旧没有任何头绪。

如果他真的因为某件事被河城特高封锁了消息，我又该怎么弄到他的资料呢？杨俊飞的侦探社也对周岩进行过初步的调查，但是并没有发现怪异的地方。

唯一令我奇怪的，或许只有一点。就是前边我提到的，周岩不惜千里从自小就读的南城初中毕业后，就一直想要到河城来读书，就仿佛河城一直在吸引着他。

可周岩其实从小到大，也只来过河城一次。就是那次他姑婆死后，参加的葬礼。这让人很费解。

一个人从出生开始，就已经认定了故乡的所在地。所谓的故乡，对人类的记忆而言，就是呱呱落地的地方。例如周岩的父亲是河城出生，所以他父亲的故乡就在河城。而周岩是在两千多公里外的南城生下来的，那么在他的记忆中，故乡的标准就是南城。

这是人类记忆的惯性和深入基因的本性，会本能地对出生地产生眷恋。而周岩却违反了本能，从大都市南城去了小城市河城。

或许他六岁时在河城期间，还发生过令他记忆深刻的事。就是那件事，让他回来了。

这也是我想找到他，寻求的答案。

跟方悦分开后，我绕过操场想要回宿舍。风依旧呼啸着，河城的气温最近几天开始降低，气候也变得不那么舒适起来。

刚走过半个操场，我猛地一回头，却什么也没看到。怪了，明明觉得有某个东西在暗地里跟踪自己。

微微一皱眉，我加快了脚步。很明显，狂风中果然有一个轻轻的脚步声在跟踪自己。是个女人，因为踏着塑胶跑道的声音里夹杂着高跟鞋的质感。

我轻轻一笑，猛地停了下来，没有回头，只是开口道："莫菲老师，难道没人告诉你，穿高跟鞋跟踪人实在很白痴吗？"

身后没人回答。

我干脆走到跑道边的乒乓球台旁坐下，耐心地等着。操场很空旷，唯一能藏人的地方就是对面的绿化带。

等了没多久，跟踪者终于耐不住了，干脆走了出来。穿着黑色小西装的漂亮老师，果然是莫菲。她捋了捋头发："臭小子，你以前的老师没告诉你，称呼老师为白痴很不礼貌吗？"

"抱歉，我从前的老师们都很白痴，白痴到叫他们白痴他们还要对我笑。"我耸耸肩膀。

“对了，我都忘了你智商高。”莫菲眯着眼睛，“就是你小子在调查周岩的事情？”

“对，他是我一个朋友。”我回答。

“基友？”莫菲这家伙的眼睛顿时亮了起来，“我听小悦悦说过你们可歌可泣打破传统世俗的爱情故事，真是令我这个世俗界的老师无比羡慕嫉妒恨啊。”

该死，这个莫菲果然是个死腐宅。方悦究竟是怎么替我打听的啊，恐怕周岩的事情还没结果，本帅哥的英明和清白就会被她传播得扭曲在基情里了，呜！

“我恋爱观正常得很。周岩就是我一个朋友，笔友，对，笔友关系！”我咳嗽了两声，掩饰自己的尴尬。

“笔友哦，我就说嘛，你的籍贯明明和周岩不同，怎么会基情四射呢？”

莫菲老师认真地点头，满脸感动。这家伙的耳朵到底是怎么长的，完全一口咬定了“基情”的存在：“啊，那是多么深刻的感情，让两个基动的笔友们想要越过世俗的界限，来到同一个学校就读。夜不语同学，我看好你！”

“够了！”我一巴掌将这个腐到骨子里的女老师伸过来拍我肩膀的手打开，“我的性取向真的是正常的。”

“别掩饰了，小悦悦已经跟我说了。你静可受，动可强攻，实在是千古基界的一奇才。嗯嗯，经过我这算毒辣的眼睛判断，小悦悦一点都没说错。”

莫菲从上到下打量我：“可惜了，可惜。你的好基友……夜不语，我劝你还是打消找老情人的念头吧。世上何处无芳草，何必单恋一枝花？笔友虽然好，可是周岩估计没有给你寄过照片，他人满脸青春痘，太丑了，配不上你。”

我快要疯了，这个学校有一个腐女就行了，难道腐真的会传染？眼前的女老师脑子已经坏掉了吧？不过从她的话中，间或还是能听出一些端倪。周岩，果然出了事。

“周岩出了什么事？”我打算从此刻起屏蔽这家伙的腐攻击，只接收有用的资讯。

“周岩他的事情，已经被学校封锁了，我是不能告诉你的。”莫菲摇摇头，“如果你想要找他的话，我劝你还是别浪费时间了。很多人都在找他。”

我将手抱在胸前，撇撇嘴：“原来如此，你之所以会跟踪我和方悦，果然是因为周岩的原因。他出了某种大事，而且很可能失踪了。你想在我身上找找线索。”

莫菲沉默了一下。

我动动嘴唇，摊开手：“抱歉了，我还真的什么线索都没有。要不你把他的事全部告诉我，我如果找到了他，第一时间通知你。”

“跟高智商的家伙打交道，果然很累。”莫菲挠了挠头，将原本整齐的发丝弄乱了，“无可奉告。不过，夜不语，我劝你真的不要涉入周岩的事情里去，安心当一个学生吧。虽然，我可不认为你是一个真正的学生！”

我笑了：“大家彼此彼此，本人也不觉得，莫菲老师你是一个真正的老师。”

这家伙的话和小动作已经暴露了她的身份，莫菲若不是警局卧底的话，就是私家侦探。

我俩相视一笑，再没有多话，各自离开了。

一路上我都在沉思，周岩到底干了什么，居然会有人卧底进来寻找有关他的线索。周岩家不是大富大贵，请不起私家侦探，而学校显然是知道莫菲的身份的，所以就连学校的入学考试都让她参与了，虽然我并不清楚莫菲为什么要在入学考试时进行排查。

看来想要找到周岩，甚至是知道他做了什么，的确不是一件容易的事情。

我默默地想着怎么去挖掘被河城特高封锁的消息，吃完饭后，又满怀心事地回到了宿舍。

学校本是有早自习的，不过并未要求必须参加。这个高中虽然管理严格，却有自己人性化的所在。如果觉得自己成绩好，完全可以回宿舍自己温习。

由于河城特高的学生不是很多，所以宿舍楼也只有单独的一栋。这栋六层高的楼被一分为二，左边是男生宿舍，右边是女生宿舍。隔离的墙壁也不算太厚。

或许高智商的人通常都是不太懂沟通的人，未免尴尬，学校特别将宿舍设定为两人间。我和一个戴着厚厚眼镜的男生一间房，这个家伙叫李烈。可他的性格却完全不像名字那么烈，十分沉默寡言。

都已经第二天了，李烈仍旧没有跟我说话的打算。

进门时，李烈正在翻看着厚厚的牛津字典。书桌旁的台灯昏暗，将他的影子拖得老长。

听到我进来，他仍旧一声不吭，连头也没抬。我挠挠头，默不作声地换了衣服进入洗漱间，洗了个澡后，坐到了自己的床上。

夜晚将整个学校笼罩，从五楼看下去，只能间或看着沉默的街灯。河城特高在这沉默的夜色里，并不出彩，似乎和世上其他学校没什么不同。可是我却清楚地知道，这里，正在发生可怕的事情。

截至今天，河城已经意外死亡了数百人。每个人的死因都难以解释。不过短短一个多月罢了，在这个只有几千人的小城市里，死亡率仍在不断刷新着。

这很不正常，可我却偏偏找不到线索的切入点。无聊的我一边想着事情，一边将视线落在了对面认真看书的李烈身上。这家伙我稍微调查过，是高三三班的资优生，也是历来学年第一人，俗称学霸。他眼里只有自己感兴趣的知识，其余的东西从来不在意。

李烈在河城特高读了三年高中，他似乎也不在乎读不读大学，所以一直都拒绝学校的推荐。这家伙，如果对上了他感兴趣的知识，对于打破僵局或许是个很好的点。他肯定知道周岩的事情，而且，也不会在乎学校的封口令。

心里下了个决定，我走了上去，搭话道："李烈同学，昨天我已经自我介绍过了，我是夜不语……"

"对不起，我性取向正常，不搞基。如果你想找基情的话，我的外部特征估计也不符合你的要求。"李烈用右手将自己厚厚的眼镜撑了撑，打断了我的搭讪。

我顿时无比尴尬。方悦，那个死腐女，她究竟将自己臆想出来的东西以多快的速度在向学校传播啊，老子的清白完全毁了！

郁闷地摆摆头，我也懒得解释了，只是盯了一眼李烈正在利用牛津字典寻找专业解释的书籍，笑道："没想到你已经在自学流体静力学了，佩服！"

所谓流体静力学，是连续介质力学的分支学科流体力学的子学科。主要研究静止流体，即液体或气体的压力、密度、温度分布以及流体对器壁或物体的作用力，诸如气体和液体静止时的现象以及相关力学行为的学科。这门科学的专业性很强，许多博士生都吃不透。不愧是高智商的学生，自学能力还真强。

"喔，你竟然知道流体静力学！"李烈不屑地问，他显然很自负。

我耸耸肩膀："或许比你知道得多。"

"怎么可能！"李烈"扑哧"一声大笑起来，就像听到了天底下最可笑的笑话。

我仍旧没有辩解，只是随意翻开他的书，指着其中一个公式说："例如这个，你计算的这个公式就完全错了。静止流体不能承受剪应力，因而流体作用于边界面元上的力必须与这些面元垂直。考虑流体内部的一个小体积元，其上、下面积为dA，高为dz，则体积元下面的作用力为pdA，上面的作用力为（p+dp/dz*dz)dA。所以由平衡条件可得一个新的公式……"

李烈瞪大了眼睛听我的解释，发现自己真的计算错了，大吃一惊，就连抬头看我的眼神也变了，他苦笑着摇头，十分沮丧："没想到我李烈自认为天才，还真是小看了天下人。”

“这门流体静力学对你很重要？”我眼睛眯了眯，很好，非常好，鱼儿就要上钩了。

“非常重要！”李烈点点头。

“我可以教你。”我用无比“真诚”的语气说着，“不过，我有个条件。”

李烈挠了挠脏兮兮的头：“我性取向真的很正常，不搞基。如果你有这方面的需要，我可以替你找个高帅富。”

他依依不舍地看了看流体静力学的书本，咬了咬牙又道：“实在是因为你有特殊嗜好，我，我……”

看来这家伙对知识的渴求已经超越了生理层面。可惜他的话已经让我无力再感慨了，使劲地摇了摇头，我用不容置疑的语气打断了他：“再跟你说一遍，我的性取向也很正常。不要听信谣言！”

“真不是看上了我？”李烈弱弱地问，“那行，你说说看条件吧。”

我沉声道：“告诉我在学校里，周岩到底发生了什么，我就教你。不止是流体静力学，你书架上大部分不懂的偏僻知识，我也略懂。”

“周岩，你想知道周岩的事？”李烈缩了缩脖子，一脸凝重。他的眼神不断在书本和我身上游弋，貌似非常纠结。

好不容易，他才咬牙切齿地摆出一幅豁出去的表情，狠狠道：“让我，让我考虑一天。明早给你答复！”

我点点头，回到了床上，脑中却思潮涌动，难以平复。周岩究竟干了什么，就连李烈这种学痴学霸也深深地畏惧着，竟然在知识的渴求中挣扎，准备思考个一天一夜！

带着重重疑惑，我踏出了宿舍门。

刚一下楼，就看到腐女方悦在男宿舍下走来走去。见到我的身影，她眼睛顿时就亮了。

“夜不语，夜不语，我们逃课吧！”她笑嘻嘻地扯着我，根本不管我愿不愿意，就那么拽着我的手，朝外跑去。

这女人，不止腐，还比我想象中更疯癫。

第七章
死气逼近

“呼，空气好好。”这个腐女一直将我拖到了河城特高操场右侧的一丛紫竹林中，突然用力伸了个懒腰，“果然逃课是对的。”

我用力抚摸额头：“喂喂，你要逃课也别拖着我一起死啊。我可是个认真想要考大学的人。”

“算了吧，就你这智商，认不认真学习，都能考上想读的大学。”方悦撇撇嘴，这话完全听不出来是褒是贬，不过她的下一句，顿时又开始脑洞大开了，“夜不语，你说这世界上，是不是真没有鬼？”

我顿时头痛：“你怎么又扯到这个鬼问题上来了。那么我问你，真爱该是什么样子呢？”

“这个啊，咳咳，我不知道。”方悦被我问得干咳起来。

我笑了：“那就对了，鬼和真爱都是一模一样的货色，从古到今众说纷纭，也被无数的文人墨客描述得天上有地下无的，可是谁都没有真正看到过。或许，它们根本就不存在。”

方悦眨巴了两下眼睛，脱线的脸不知为何认真了起来，突然伸出纤纤玉手：“干脆，我们来拉钩。”

“干吗？”

“就立下一个约定啊。如果我们俩谁先死翘翘了，如果人死掉后真的会变成鬼的话，那就在那个人死亡的第七天，在午夜零点，拍一拍他的肩膀，再在他的屁股上踢一脚。”

我摇头，将手背了过去：“太不吉利，没兴趣。”

“别那么迷信嘛，本小姐都不怕，你怕个屁，还是不是男人了？”这只腐女一边笑着，一边抢过我的右手准备和我拉钩。

我再一次将手扯回来，没来由地问了一句：“方悦，你家里有哪些成员？”

她右手指抵住嘴唇，笑道：“有爸爸，妈妈，爷爷奶奶，还有一个姐姐。总之是最平凡不过的家庭了。怎么，难道你看到我貌美如花，突然变直了？”

我没有因为她的玩笑而笑起来，只是继续问：“我是说现在。”

方悦的表情在刹那间冷淡了下来，她也不再掩饰，如同寒冰一般的冷淡：“你调查过我？”

“不错。”我缓慢地点头，“开头是因为玩芭蕉精，最后你那一连串古怪的举动引起了我的注意，然后我就动用了一些关系查了查你的过去。只是没有想到……”

“只是没想到我的人生那么悲惨对吧？”方悦冷哼了一声，“不错，我九岁的时候，父母、爷爷和奶奶就因为车祸过世了。我和姐姐靠着巨额的赔偿金相依为命。但是我并没有觉得自己命苦，也从来没有去恨谁，只想平平淡淡地在自己小小的世界里，过普通的人生。”

我嘴唇动了动，没有说话。

“算了，你迟早也会知道的。”女孩揉了揉发红的眼睛，“从实招来，你还知道我哪些事情？”

“可以说吗？”我有些迟疑，对付女人我本就不拿手，万一这只腐女歇斯底里了可怎么办？毕竟昨天晚上我才打过她一巴掌，鬼知道她会不会新账旧账一起算。

“我哪有那么小气，不要婆婆妈妈的，快说！”她拉我坐在附近的石椅上，拈起一片竹叶心不在焉地玩弄着。

“你的姐姐，她叫方韵吧？当年河城特高出名的校花，追求者多到几个加强排。但就在一年半以前，就读高三的她突然消失了，至今也没有找到。对于她的失踪，这所学校里流传着许多个版本。有人说她和某个中年男人私奔了，也有人说她怀了孕被孩子的父亲丢弃，她害怕被人知道觉得实在太丢脸，就干脆自杀了。”

方悦没说话，许久才抬起头，望着我的眼睛问：“这些流言，你认为哪个更真实？”

“都是假的。”我毫不犹豫地说，“所谓流言，不过是嫉妒她的人利用有心人或者无心之人传播出去的没有任何价值的八卦而已。”

“以你们家庭的大环境而言，在家里她是最大的，就算要和谁交往，也不可能有谁阻拦才对。如果说要私奔，那就是无稽之谈了！我想就算再没有人性的姐姐，也不会扔下小自己两岁多的妹妹，没有任何征兆地跑掉吧？何况，她走的时候根本就没有带一分钱。”

“一直以来，我也是这么想。”方悦眼睛一红，像是又要哭了。

“既然原本在另外一所高中就读的你，转到了现在的高中，根据以上种种，我猜测你姐姐的失踪应该有很大的隐情。至少你认为她或许是被诱拐，或者被害了。

“而害她的那个人很有可能还在这个学校里。就算那个人和你姐姐是同期生，至少也会在这个学校留下一些蛛丝马迹。你之所以转学过来，就是为了找到你姐姐，或者是她本人，或者……是她的尸体，然后把害她的人绳之以法。”

“全对。”她惊讶地看了我一眼，终于还是哭了出来，“河城特高是寄宿制学校，每个周末的早晨姐姐通常都会替我做好早餐，温柔地叫我起床，看着我吃完后才收拾完毕陪我玩一整天，晚上才会回学校，每个礼拜都一样。可直到那天，本来到分开的时候，一切都很正常，就如同从前的每一个星期那样。可是，可是……”

她哽咽着，说不出话来。

“可是从那一天以后，她就再也没有回来过。我发誓，如果真有人在背后搞鬼，我一定要亲手杀了那个混蛋！”

这一刻我稍微有些释然，腐女之所以腐，或许是方悦在逃避姐姐离奇失踪的现实而刻意装出来的。

“那一晚，你问到芭蕉精‘五克拉蓝色项链连续死亡事件’的事情，如果我没猜错，你姐姐，应该是最后一个得到那串项链的人。”想了想，我突然问。

方悦抬起头，咬紧牙齿，发出一声模糊的肯定字眼。

“那事情至少有了一个突破口。如果找到那串项链，说不定就能找到你姐姐了。你也是这样想的吧？”

“不错。”她点头，“其实早在我决定转入这所学校前，我就在暗地里调查了。超自然研究社的校花杨心欣，就是我当初在调查的过程中结识的亦友亦敌的朋友。”

“一年多来，我什么都没有发现。那串项链就像从人间蒸发了一般。学校虽然大，人虽然也很多，可是像五克拉蓝色钻石那么显眼的东西，不应该找不到任何线索才对。”方悦气恼道。

我笑起来：“那串项链或许真的带着诅咒也说不定，据说拥有它的主人都死于非命了。”

“不是据说。根据我的调查，事实确实如此。”方悦顿了顿，突然低下头，不知道在想什么。过了好久，才艰难地从嘴里吐出几个字，“夜不语，跟我做一个交易。”

“交易，什么交易？”我愣了愣。

“我帮你寻找周岩的讯息、线索甚至下落，而你，帮我找到那条五克拉的钻石项链。”女孩认真道。

我皱了皱眉：“你真的相信我有这个能力？”

“相信。”腐女方悦抬头，一眨不眨地看着我的眼睛，“不知为何，我就是相信。”

我哑然，顿时哭笑不得。这个腐女，现在又化身为灵感少女了。

正在纠结该不该答应，方悦手提袋里的电话突然响了起来。她拿出手机，刚听了几句，顿时整张脸都僵住了。

“怎么？”我皱了下眉头，不知为何，我居然有一股不妙的预感。

“刚打来电话的是杨心欣，她告诉我一个消息。”方悦的表情十分惊慌，“欧阳剑华死了，死在了宿舍里。是自杀！”

听完这番话的一瞬，我的脑袋里涌现出了一股气味。一股昨天从欧阳剑华身上闻到的，难以形容的古怪气味！

头晕，很晕，非常晕。

那股该死的气味，自从那晚以后就越来越浓，浓烈到令人厌恶的气味，为什么居然没有任何人能够闻到？仿佛那怪异的味道只有我能闻到！

午夜，欧阳剑华从床上翻滚起来，恼怒地把枕头扔了出去。

快三天了，萦绕在身体周围的气味骚扰自己足足三天了！开始的时候还以为是鼻子产生的错觉，但现在，他可以清清楚楚地判断，那股怪异的味道绝对真实存在，只是没有任何人能够闻到罢了。

可怕的味道，只要自己一呼吸，那古怪的气息就会顺着气管流入肺里。那一霎，仿佛整个肺部都爆炸了似的。明知道是错觉，但他却不得不忍受每分钟至少20下的痛楚，于是他开始试着用嘴巴吸气。

刚开始的时候还有点用处，但是半个小时后，似乎就连嘴巴也感知到了那股味道。那讨厌的气息甚至传染了自己的味觉，令自己满嘴都是怪异的滋味。

恶心的味道，无法形容，如果硬要说类似的味道的话，或许更像一个新陈代谢旺盛，但是从来就没漱过口的壮年男子一早起来呼出的第一口气，外加混合最最难闻的狐臭气息。

那味道，光是想想都要吐了，真不知道自己这三天是怎么熬过来的。

那味道根本就是无孔不入，今天一大早，他去买了个防毒面具，戴上后，异味还是没有消失。他被折磨得几乎要疯掉了！

不过很可惜的是，欧阳剑华只是快要疯掉，还远远没有疯掉。围绕着他的异味也毫无消失的征兆。欧阳剑华赤着脚走下床，决定再去洗一次澡。

刚走入浴室，拉开浴室的门，他就突然停下所有动作。那股味道，在顷刻间变得更加浓重。

他全身都在颤抖，他在恐惧。就在一霎间，他仿佛想到了什么。对了，一般而言，口臭与狐臭的患者根本就不知道自己正在发出臭味，因为他们根本就闻不到。

而那股味道，强烈到就算稀释一万倍，自己猛然闻到时都会恶心得吐出来。可为什么，那股气味围绕了自己那么久，自己却没有任何生理上的反应呢？只是感觉讨厌，大脑单纯地发出感知这股气息的指令。但是周围的人都没有发觉过。

难道它根本就不存在？

不对。自己没有精神上的疾病。那就意味着，这种味道和狐臭是同一性质，只是感受到的途径反过来了而已，变成自己才能闻到的气味。

如果真的是这样，是不是也就说明，那股气味，根本就是从自己身体上散发出来的？

欧阳剑华死死地瞪着自己的手。他缓缓走到洗手间的洗手台前，从抽屉里拿出一张刀片。锋利的刀刃在昏暗的节能灯照射下，泛出惨白而寒冷的光芒。

他不由得打了个冷战。自己究竟在想什么？想要划开自己的皮肤做个试验吗？

不知是不是错觉，他抬起头，看到镜中的那个自己居然在笑。僵硬的嘴角咧开，脸上浮现出诡异的笑容。右手中的刀片被牢牢地握着，缓缓向左手腕割了过去……

虽然河城特高是封闭教学，不过仍旧有一批人利用特权，跑到学校附近去租住更加舒适的公寓。

毕竟对处于养尊处优家庭的死小孩而言，学校的宿舍，可是难受得很。

欧阳剑华就死在了租住的倒了大霉的公寓中。

急匆匆跑去欧阳剑华死掉的楼前，我们自然被警戒带后面无表情的警察赶走了。

最终方悦被我差遣去找杨心欣等人，而我，则变成爱看热闹的学生和市民，绕着警戒带走来走去，一直都没有离开。

警方来了几个人，正在找发现欧阳剑华尸体的学生问话。问的问题也挺古怪，他们绝口不提刑事案件发生的“前提”“缘由”以及“三要素”。

所谓三要素，全世界的警察问得都一样。那便是，死者最近的状态、死者有没有得罪谁、案件发生时死者究竟出了什么事。

那几个警察埋着脑袋一个劲地提问，却对那三个问题避之不及。在问了亲历者好些不着边际的问题后，挥挥手，让他们离开了。

简直是对案子赤裸裸的敷衍嘛。

可是我，还是从问话警官的眉宇间，看到了恐惧，深深的恐惧。就像整个人笼罩在无法解决的恐慌中，难以自拔。这种精神面貌，我甚至在每个警察身上都能发现。

心里悬吊吊的，河城暗中发生的事情，恐怕比自己想象的更加可怕！

正当我打算离开时，刚巧看到莫菲老师偷偷摸摸地和办案警察在隐蔽的角落里说话，警察暗地里递给她一叠资料。

这个莫菲，果然是警局的卧底。

我心里一动，决定还是通过老男人侦探社的关系，和当地警方联络一下，这样能更好地找到线索。

我给杨俊飞打了个电话，让他想办法替我疏通一下河城的警局高层。那家伙处理得很快，我拿着老男人发给我的特殊短信，勉强笑了一下。

没过多久，一个穿着利索的教师服装的女人气冲冲地走了过来。这个女人一脸大姨妈来访时暴躁的表情。

从我背后接近后，她一把用力拽住了我的胳膊。我转头一看，莫菲那张臭脸已经摆在我眼前。

“上边让我跟一个人联络，尽量帮助他。我想来想去，总觉得你有问题。”莫菲摊开手，没好气地说，“接头暗号拿给我看看。”

我撇撇嘴，掏出手机，将老男人发给我的特殊短信递给她看。

莫菲确认后，更加郁闷了，冷哼了几声，揉了揉手：“虽然我不知道你是什么来路，但是我告诉你，现在河城的事件非常复杂，不是你这个毛头小子能够搞定的。而且，我也很难跟你解释清楚……”

“你要知道，我不需要你解释。”我学着她的语气，淡淡地说道，“而且，恐怕我知道的，比你想象得要多得多，甚至就连调查进度，也都比你快很多。”

废话，空口说白话，谁不会！

“就凭你！”莫菲嗤之以鼻，显然不相信，“我知道你智商高，但是……”

她的语气非常不善，我也懒得再客气了，打断她道：“知道什么是心理防御距离吗？我们每个人都有一个心理防御距离，一旦逼近了这个距离，人们就会产生恐惧、焦虑等心理负面情绪。

“那么到底多近才是一个头呢？心理学家曾经为此做了一项研究，他们在15个被测者面前，通过生理显示监测，分别在4厘米、20厘米、40厘米、60厘米的距离进行了监测。每当靠近测试者一点点，显示器都会及时反映出他们的生理状况。

“一个基本的理论是：越靠近越焦虑。但是在那个测试中，研究人员还是找到了一个极限距离：20厘米。

“研究人员发现，在两人相距20厘米时，人的焦虑反映得最为强烈。不过这个距离测试到了公共交通工具上，一切都是浮云！”

我取出书包里的平板电脑，调出一份资料，轻轻放在了桌面上。莫菲一看，顿时脸上露出惊讶的表情，不再吭声了。

“那么，你知道什么叫恐怖谷理论吗？”我又问。

冒牌女老师犹豫了一下，点头回答：“好像是一个关于人类对机器人和非人类物体的感觉的假设。”

“不错。它在1970年由日本机器人专家森政弘提出，但‘恐怖谷’一词由Ernst Jentsch于1906年的论文《恐怖谷心理学》中提及，而他的观点被弗洛伊德在1919年的论文《恐怖谷》中阐述，因而成为著名理论。

“森政弘的假设指出，由于机器人与人类在外表、动作上都相当相似，所以人类亦会对机器人产生正面的情感，直至一个特定程度，他们的反应便会突然变得极为反感。

“哪怕机器人与人类有一点点的差别，都会显得非常显眼刺目，让整个机器人显得僵硬恐怖，让人有面对行尸走肉的感觉。可是，当机器人的外表和动作同人类的相似度继续上升的时候，人类对他们的情感反应亦会变回正面，贴近人类与人类之间的移情作用。”

我将平板电脑一划，又一份资料调了出来。

这次莫菲彻底震惊了，她仔细地将资料看了一遍，有些颤抖地道：“这两件事都是你解决的？”

“很不巧，是我。”我点点头，脸上没有一丝表情。这两个理论分别牵扯到两个故事，两个十分特别的故事，以后有机会再讲述。但，这两件事在国内外警界十分出名，也无怪乎莫菲如此震动。

她叹了口气，默默苦笑，罕有地流露出一丝挫败感：“好吧，我承认你有跟我合作的资格。”

“那么，就先让我进欧阳剑华死掉的宿舍看看吧。”我见她合作了，反而不急着弄清周岩的事情了。

"他的死和你们有关？"莫菲脸一黑。

本来已经离开的方悦，不知从哪里冒了出来。热络地凑近跟莫菲打了个招呼，对我说："夜不语，你在跟莫菲老师谈什么？"

"算了，那家伙已经知道了我的身份，别装了。你这家伙为了替姐姐报仇也是蛮拼的，跟那小混蛋一起进来吧。"莫菲叹了口气，冲我俩招了招手，扯开警戒带跟我们一起走了进去。

第八章
诡异味道

"欧阳剑华自杀究竟是怎么回事？"我不客气地一边往警戒线里走，一边问。欧阳剑华住在一间装修颇为高档的公寓六楼。

莫菲的脸色顿时严肃起来，她看了我一眼，不知道在想什么，然后将我拉到一旁去，小声问："老实告诉你，你那个叫做欧阳剑华的同学，死相实在不算好看。"

我皱了皱眉头："不算好看，这种形容太过广义了，有没有详细一点的描述？"

"你进去看了就知道了。"莫菲傲娇地"哼"了一声。

电梯很快来到了六楼。在B号房前停下，莫菲敲了敲门，里边的人便将门打开了。

"欧阳剑华死在公寓卫生间的澡盆里。死亡的那一刻，居然还在笑。"莫菲一边讲解情况，一边不由得打了个冷战，"我是第五个进入现场的人，第一眼看到你们那位同学的时候，实在吓了一跳。那种笑容十分诡异，根本就不是正常人可以做到的。"

"第一个发现尸体的是和死者一同租住的同学。他像往常一样进洗手间洗漱的时候，发现浴室的门没有完全关上。就在他推开门后，看到欧阳剑华的尸体整个漂在浴缸里，双眼死死地仰望着天花板，手在水里一荡一荡的。那个十多岁的小青年哪里见过这阵仗，立刻就晕了过去。"

我若有所思："自杀原因呢？来的时候我打听过，欧阳剑华他老妈已经五十多岁了，算算应该是三十五岁的时候才怀了他，这个儿子应该是生得很辛苦。看他平时的样子，家里人应该很宠爱他才对。"

“不错。”莫菲点了点头，“忙了一整天，我们根本就找不到任何导致他自杀的原因。他家里人都顺着他的脾气，从小就像宝贝一样含在嘴里都怕化掉。他的个性据说也很乐观、自强。”

“是乐观、自傲才对。”我看了身旁的方悦一眼，“我们都和欧阳剑华接触过，我并不觉得他是个特别聪明的人，更不像那种聪明到有自毁倾向的白痴。我想不出他自杀的理由，你呢？”

方悦想了想，最后也摇头道：“就算他追求杨心欣失败了，也是屡败屡战，性格很坚韧，而且不容易钻牛角尖。相比而言，如果说是吴广宇同学自杀了，我还能够理解。但是他，我还真的想不通！”

“看来我们的意见少有的一致。”我望向莫菲，“尸体呢？屋里其他地方有没有挣扎或者打斗过的痕迹？”

“完全没有。”莫菲斩钉截铁地答道，“所有的房间都很整洁，根据现场遗留下的证据，完全可以推断出欧阳剑华是在午夜左右因为失眠而走下床，很急躁地在房间里走来走去，然后站在窗台前向外望了一阵子。最后，他径直走进了浴室里，站在梳妆台前照镜子，然后就自杀了。”

来到了浴室前，莫菲看了方悦一眼。我立刻明白了她的意思：“方悦，你去客厅里等一下。”

“我也要看，怎么说以前也是同学！”方悦脸上有些苍白，但依然固执地说。

“小悦悦，死尸可不是那么好看的。”莫菲说话了，“你要知道，有些尸体会因为体内消化酶及肠道细菌腐败的原因而发胀、发臭，尸体会膨胀、腐化、变色，而肠道因为腐烂而形成的气体更会把消化道里的物体推出体外，又脏又臭又难看，恶心死了！”

方悦吓得轻轻发抖，脸色更加惨白了，但还是咬紧牙关，瑟瑟地道：“我，我要看。”

“那你可不要后悔。”莫菲也没再说什么，拉开了浴室的门。方悦立刻“呀”的一声，已经用手把眼睛给严严实实地遮住了。

喂喂，根本还什么都没看到嘛，刚刚斩钉截铁的表态呢？

浴室的地板上躺着一具赤裸的尸体。

说是赤裸似乎也不怎么合适，毕竟他还穿着内裤，只是早就看不出那条内裤曾经的颜色了，或许是红色？因为那条内裤，连同整个尸体本身都被染成了红色。

鲜血被水稀释后，变得没有那么浓了，但是依然很红——暗淡的红。看来应该是不久前才从浴缸里捞出来的。

刚才在门外还不觉得，可一开门，猛然有一股熏人的恶臭传了出来。我下意识地捂住了鼻子，可就是那一刹那，也足够自己恶心得想吐了。

身旁的方悦更是不堪，她干呕了几声，飞快地朝外面跑去！

只见莫菲从容地拿出一个便携防毒面具戴上。我愤怒了！这家伙，居然没有提醒过我那么重要的事情，难怪刚才她眼神闪烁，一副看好戏的恶毒神色。

哼，英雄不吃眼前亏。当我发现就算捂住鼻子也无法阻挡这股臭味时，很明智地立刻退了出去。从留守的警察那里强行抢来一个防毒面具后，这才再次进入那臭气熏天的魔域。

“夜不语同学，那种味道像什么？”莫菲不怀好意地哈哈笑着。

我没好气地瞪了他一眼，那味道并不算陌生：“是尸臭。”

“确实是尸臭。没想到吧，那么臭的味道，居然是从一具死亡不超过14个小时的尸体上散发出来的。”莫菲看了尸体一眼，“这具尸体明明没有腐烂的痕迹，却可以发出那么强烈的味道，真够古怪的。”

“这已经不只是古怪那么简单了。就算一百条腐尸的尸臭也不可能臭到这种程度！”我回忆着那种恶心的味道，脸色惨白。

一般而言，尸臭是尸体内消化酶及肠道细菌腐败的原因而发胀、发臭形成的气体，最后尸体被外界细菌分解再次形成臭气。随着身体上的肉汁越来越少，那种气味就会越来越淡。

但眼前这具尸体上的味道，已经不能算真正意义上的尸臭了。

我低头打量起那具尸体。欧阳剑华的尸体上已经逐渐形成了尸斑，但是最奇怪的，是他的死法。他是用刀片将自己的皮肤一块一块剃下来而死。

那些被剃下的皮肤还漂浮在浴缸里，在水中一荡一荡的，令人不寒而栗。尸体上，双手能够够到的地方，已经见不到完整的皮肤了。

但是切掉的肉却很少，只是薄薄的一层皮。

我皱起了眉头：“他临死前打过吗啡或者其他类似镇定剂的毒品吗？”

“在这个屋子里没有找到过类似的东西，整个屋子里就连一片安眠药都没有。”莫菲疑惑道，“为什么这么问？”

我望着尸体发呆：“就一般人而言，有谁能够在削苹果皮的时候，只削一层薄薄的皮，而尽量少将肉削下来的？

“只要小心，应该很多人都能做到吧。”

"那如果换成削自己的皮肤呢？"我问。

莫菲顿时愣住了："哪会有人那样做？"

"你眼前不就有一个？"我蹲下身体，用戴着手套的手摸着尸体的手腕，"正常人的手会有轻微的自然抖动，特别是在剧痛难忍的时候。这并不关乎精神忍耐力的问题。只要痛，双手就会拿不稳东西。

"可你看！欧阳剑华自杀的时候，明明是一刀一刀将自己的皮肤割了下来，而且只是割掉了皮肤，就算皮层下的脂肪都很少触到。这需要多大的忍耐力？不对，那种刀法已经不属于一个普通的高中生了，根本就是专业的外科医生！"

莫菲的大脑一阵轰鸣，她全身僵硬，好久才缓缓道："你的意思是，这是一起谋杀？"

"我不知道。"我苦恼地摇头，"尸斑很凌乱，恐怕是做过激烈的运动。但至于是死前还是死后运动过，要等尸斑更清楚之后才能明白。"

"还有他的笑容！"我按着尸体的脸颊，像是想起了什么，猛地抬起头道，"莫菲，要尽快做尸体解剖！"

"他妈的，你究竟还发现了什么？一起给我说出来。"莫菲被我的发现弄得急躁起来。

"他临死前露出的根本就不是笑容。"我的身体也开始僵硬了，身体因为大脑中偶然冒出的某个想法而微微颤抖，"或许，他在拼命地将某个东西吞下去，由于太痛苦太紧张也太急迫了，所有的表情交错在一起，产生了像是笑容的假相……"

事件的发展，越来越出乎预料了。

本意是来调查"五克拉蓝色项链连续死亡事件"，以及周岩的下落的。可是因为欧阳剑华的突然死亡，将我原本的目的顷刻间打乱。

第二天一早，我跟方悦这只腐女汇合了。

"夜不语。"方悦眨巴着大眼睛，迟疑了一下，这才道，"你说，那天晚上我们是不是真的把芭蕉精给请来了，所以欧阳剑华同学才会死得那么诡异？"

"白痴，怎么可能会有那种事？"我大笑，"先不说有没有芭蕉精这回事，就算有，凭那种乱七八糟的方法也不可能请得来。退一万步说，就算请来了，我当时也做好了善后工作。况且欧阳剑华的死因很奇特，是自杀还是他杀都有可能。你少在那里胡思乱想！"

"但如果不是因为芭蕉精，那他为什么会死得那么蹊跷？"方悦急了起来。

"别急！"我不满地在她脑袋上敲了一下，"我有证据证明他的死和芭蕉精绝对无关，而且那个事实，你听了应该会高兴才对。"

"都死人了，我就算再狠毒，也高兴不起来吧？"她疑惑道。

我苦笑："欧阳剑华的死亡，应该和一年多以前的'五克拉蓝色项链连续死亡事件'有关。更或许，和你姐姐的失踪有关。"

"不可能！"方悦惊讶地站起来，居高临下地死死盯着我的双眼，"昨天我根本没有听莫菲提起有发现那条钻石项链啊！"

"项链当然没有找到。"我伸了个懒腰，"但是一年多以前因为项链死亡的人，都和欧阳剑华有些共同点。"

"哪些共同点？"

"是味道。每个因为项链而死亡的人，尸体在远远还没有达到腐烂程度的时候，已经散发出了不正常的强烈尸臭。而且那股味道几乎都是一模一样。还有一点，他们所有人都是自杀，虽然自杀的方法不尽相同，但皮肤全部都有自我损伤的痕迹。"

方悦精神一振："你的意思是说，犯人又开始作案了？"

"当然，如果真的有犯人的话。"我皱起了眉头，"虽然没有在欧阳剑华的租住公寓中找到那条五克拉的钻石项链，但是我们可以假定，或许他是因为曾经接触过那条项链，所以才会被凶手看中，进而被杀！"

"我懂了。只要找出前一段时间欧阳剑华时间表上奇怪的地方，或者他的某些古怪行为，顺着那条线索，就可以找到项链，甚至是凶手？"方悦说着说着，眼神突然变得冰冷，"而那凶手，应该就是造成姐姐失踪的罪魁祸首。哼，那种人渣，我绝对要让他血债血偿！"

我苦笑着摇头，这女人，看来怨恨已经压抑得太久，快要爆发了。只是，真的会有凶手吗？

唉，头痛。一年半以前，那一连串因为项链而死亡的自杀案曾经引起过媒体的高度重视，警方和许多专业人士都一度相信那根本就是一起连续谋杀案，可惜一直都找不出凶手的作案手法。

毕竟现场实在太完美了。所有人都是死在一个密闭的空间里，门窗没有强行出入过的痕迹，也找不到任何他杀的线索。一切的一切，都说明了那些原本并没有太多自杀可能的人，真的是自杀的。

欧阳剑华的死也是如此，在排除了所有嫌疑后，唯一的嫌疑人就只剩下他自己。就算我在现场来来回回看了许久，还是什么都没有发现。

如果这件案件真的有凶手，那么，凶手一定是个高智商型变态。甚至，他根本就不是人！这个想法猛然间窜入了脑海，我不由自主地打了个冷战。

不是人？那会是什么？我苦笑着挠了挠鼻子。不知道欧阳剑华的尸检结果怎么样了。正想着，莫菲的电话就打了过来。

我和她哈拉了几句，立刻转入正题。刚听了不久，我就感觉一股寒意从脚底爬上了头顶，恐惧感使得我连头发都竖了起来。

放下电话，许久，我才回过身。

"出什么事了？怎么满头大汗的？"方悦趴在桌子上，担心地望着我。她用柔软温暖的小手轻轻擦拭掉我额头上的冷汗。

"欧阳剑华的尸检结果出来了。"我紧张地一把抓住了她的手腕，浑身颤抖，"法医在他的食道里发现了一张纸条。是笔记本的一角，应该是在匆忙中撕下来的。上边的字迹虽然很潦草，但是经过鉴定后，判定是他的笔迹。"

顿了顿，我一字一句地缓缓说道："上边只有五个字。项链，旧校舍！"

顿时，方悦的身体也僵硬了起来，她的声音干涩，艰难地说道："难道那条项链就藏在旧校舍里？"

"有可能！"我激动地点头，"说不定那条项链他不但找到了，而且还藏了起来。凶手在杀他的时候，欧阳剑华机警地留下了这条线索。"

"我们立刻去找！"方悦完全不管周围的诧异视线，拉住我的手就朝门外跑。我拼命制止了她："你疯了！现在可是白天，我们怎么可能明目张胆地进去？"

"但是如果警方……"她焦急地嚷道。

我立刻打断了她，悄声道："警方最早也要明天才会去搜查旧校舍。我们有的是时间。今天白天准备一些必要的东西，下了晚自习再去好好找一下。"

"好吧。"方悦稍微冷静了一点，但精神状态依然不太好。她的身体微微颤抖，不知是痛苦，还是因为终于有了姐姐的线索而紧张。

"其实，夜不语，你知道吗？我好怕，真的好怕！"半晌，她才用虚弱的声音说。她的语调干涩，带着哽咽，完全没有了平时的活泼干练，"如果真的找到了姐姐的尸体，我该怎么办？世界上，就只剩下我一个人了。唯一的希望都没有了，到时候，我真的不知道自己是不是还有勇气活下去……"

"人总要往前走的。"我叹了口气，拍了拍她的肩膀，"孤独不过只是暂时而已。只要活下去，就一定会遇到一个你喜欢，而且也喜欢你的人。那时候你会有一个新的家庭，有新的亲人，而且那个家会越来越大。那时，你就不会再孤单了！”

“真的？”方悦长长的睫毛上残留着泪水，她抬头悄悄看着我，“真的会有人爱我，娶我，给我一个幸福的家吗？”

“绝对会有的！”

“你发誓！”

“我发誓！”

风不知何时大了，似乎这个喧哗的世界，也在风中宁静了下来。

“谢谢，我好受多了。”方悦深深吸了一口气。

我犹豫了片刻，终究没有将心底的那句话说出口。

事实上，这个案子如果真有犯人的话，以他的犯罪手法，应该不会留下这么大的破绽。说不定，一切都只是场骗局。又或者，陷阱而已。

不由得，我又想起了那晚召唤芭蕉精时，芭蕉林中发生的异状。会不会，那些异常，也是那串蓝色的人造钻石项链造成的？

第九章

周岩的下落

其实随着莫菲的那通关于欧阳剑华胃里有纸条的电话一起送来的，还有一份电子邮件。

据说，写回忆录的人都是寂寞的人，只是对一个十八岁的小屁孩来说，周岩的寂寞来得也未免太早了一些吧。

莫菲给我的电子邮件中，扫描了一整本日记。这是周岩的日记，这家伙从小学开始就寂寞地用回忆录的形式，记录下了自己的一生。所以周岩寂寞的人生，恐怕要向前推移到八岁开始。

不错，他的第一篇回忆录，就是八岁那年写下的。后来因为长大了，懂了许多事，学会的字也多了，便断断续续地进行了一些补充。

既然是回忆录，所以篇数也并不多，没什么流水账，但是却记载了重大事件！我细细读着，发现第一篇回忆录中的文字，和周岩发给我的微博私信完全一致。只不过私信中只提及了前半段。

而日记本里，却完完整整地记下了后半段。那就是我一直想知道的，关于那晚他为姑婆守夜时，究竟发生了什么！

而周岩的回忆录并没有令我失望，其中详细描述着令我毛骨悚然的，像是恐怖小说的剧情。

姑婆被阴阳先生的徒弟用九根六寸长的棺材钉，牢牢地钉在了木板上后，没有再继续挣扎。眼睛也闭上了。

六岁的周岩本以为事情结束了，以后跟姑婆的尸体会相安无事。可阴阳先生却冷冰冰地说了一句："这才是刚开始，我们还有得熬。今晚，恐怕不会太平了！"

阴阳先生叹了口气，又用盐巴撒了一个小圈，对他招手："你站进来，无论发生什么，千万不要走出这个圈子。"

周岩点点头，乖巧地站入圈里。看到了那种怪事，再不乖一点就是白痴了！

阴阳先生见他还算听话，也没多说，打了个哈欠后，就手拿桃木剑，坐在一把椅子上闭目养神。周岩蜷缩在原地，而阴阳先生的徒弟显然没有遇到过这么恐怖的事情，他的手都在不停地发抖。被师傅命令，必须要坐在姑婆尸体头部不远处，这也令徒弟恐惧不已。

丝毫没有办法的徒弟眼睛一眨不眨地看着近在咫尺的尸体，大气都不敢出。仿佛只要多喷一口气，姑婆随时就会醒过来，死死卡住他的脖子！

平静没有延续多久，更加可怕的事情，又发生了！

周岩虽然很困，但是完全睡不着。他不时打量着自己手腕上的电子表，希望夜晚快点过去。时间一点一滴地流逝。突然，不知从哪里传来几声尖锐刺耳的阴森猫叫，姑婆的手随着猫叫动了动。然后四肢再次使劲地抽动起来。

本来贴在姑婆额头的黄色纸符，在尸体的动弹中莫名其妙地飘到了地上，姑婆睁开了眼睛，直勾勾地看着徒弟。

徒弟吓了一跳，急忙向后退了几步。

尸体用力挣扎，可是四肢和身体都被棺材钉死死钉住了，一时间没有挣脱。周岩也被姑婆闹出来的动静给吓了一大跳，这个据说还曾抱过自己的老女人，怎么死了后，居然这么可怕？

人死了，难道都会变成这模样吗？那以后爸爸、妈妈死了，我还该不该给他们守灵？还是，干脆直接拉去火葬场烧掉得了？六岁的周岩一时间想得有些多了。

屋外的猫呜咽着，越来越不像猫叫，那凄厉可怕的声音，听得周岩毛骨悚然。

突然，阴阳先生也睁开了眼：“不要听！”

“哪里来的猫啊，叫声那么可怕！”周岩弱弱地抱怨道。

“那不是猫叫！”阴阳先生抬起头，用独眼看向了天花板，然后将手中的桃木剑朝屋檐上的某个位置用力扔了出去。桃木剑借着力量飞快上升，就在周岩莫名其妙时，猛地击中了什么东西。

桃木剑在空中一顿，发出“啪”的一声，仿佛瓷器破裂了。屋外的猫叫顿时变了调，像是受伤般惨嚎着，朝远处逃去。

“哼，孽种，快滚回天书中去。”阴阳先生一把将掉回来的桃木剑接住。只见表面光洁的桃木剑剑尖上，在昏暗的灯光中，赫然反射着一丝猩红的光。

不知何时，桃木剑上居然沾了几滴血液。

随着猫叫离开，姑婆的尸体终于安静下来。

“将棺材钉再往里边钉一些。”阴阳先生吩咐徒弟。

徒弟点点头，用楠木锤子用力将被尸体挣扎出来的棺材钉又往下敲了敲。就在这时，凄惨的猫叫居然再次响起。

“孽障！”阴阳先生骂道，正准备扬起桃木剑，突然，整个人都愣住了。只听那猫叫声从一声变成两声，两声变成四声。从四面八方响起，不知道有多少猫围拢在了屋外。

或许，那发出叫声的，正如阴阳先生所说，根本不是猫。因为堂屋外，还有周家的人在守夜。那么多猫冒出来乱叫，早就被他们驱赶走了。那么，那不是猫的猫叫声，很有可能，只有屋里的他们能够听到。

周岩的智商很高，就算年龄小，还是做出了很准确的判断。

阴阳先生的脸色随着猫叫声而大变。他用急迫的语气吼道：“快，从包里拿出柳条，把尸体牢牢捆住！”

徒弟急忙扑到包裹前，将捆成一大捆的柳条取了出来。这全是新鲜的柳条，上边还留有绿色的柳叶。

“你，千万不要从盐巴圈里出来！”阴阳先生瞪了周岩一眼，然后帮着徒弟用柳条一圈一圈地将姑婆的尸体用力捆上。

猫叫声更加激烈了，仿佛无数阴魂厉鬼在耳边环绕，声音刺激得周岩一阵阵头痛。那尖锐的声响根本就不用透过耳膜，直接便冲入了脑神经里。

周岩觉得，再这样下去，自己肯定会疯掉！

姑婆的眼皮在猫叫中猛地弹开，本来浑浊的眼珠子翻白的地方，变得漆黑一片，甚至凸出了眼眶。

尸体的喉咙不断发出怪异的“咔咔”声，虽然微弱，在难听的猫叫中却清晰无比。姑婆瘦小佝偻的身体里，仿佛有无穷的力气，抬手间，右手的棺材钉就被拔了出来。

接着是左手，左脚和右脚。

棺材钉一个个被拔出，钉子上染满了黑色的腥臭脓血。没过多久，阻挡尸体站起来的，就只剩下柳条了。

柳条，一共缠绕了身体七圈！

古人常说柳条驱鬼，或许是真的。周岩看到姑婆的尸体只要碰到柳条，就会出现一道血痕，身体也会一阵抽搐，像是很痛的模样。

怪异的猫叫早已变调为凄厉的鬼叫声。在这鬼叫声中，尸体似乎不断涌入能量。姑婆早已死了，自然不怕痛，它拼命地想要将柳条挣脱。

阴阳先生急了，将桃木剑扔给徒弟，自己从包裹里翻出一个怪模怪样像是一道门的铜质长方形冥器抓在手里。

“刺它心口。”阴阳先生大喊一声，然后朝尸体扑过去。

徒弟强忍着恐惧，双手握着桃木剑使劲往姑婆的胸口刺去。可是已经晚了，姑婆凄惨地吼叫着，身上的柳条寸寸折断。它举起右手，一把将刺过来的桃木剑牢牢抓住。

徒弟瞪大眼睛，吓得魂飞魄散。只见姑婆抬起左手，将徒弟的脑袋也抓住了，像是捏破气球的声音，徒弟的脑袋“啪”的一声裂开，红白之物喷得到处都是。

“该死！”阴阳先生见徒弟惨死，悲痛地大吼一声，“孽障，纳命来！”

他高举那扇门一般的冥器，想要将它贴到尸体的额头上。但是姑婆以看似缓慢的动作避开了，似乎对那个冥器极为忌惮，一边吃力躲着，一边攻击着阴阳先生。

周岩感觉自己置身于恐怖电影里，不远处完全不科学的打斗，已经令他害怕得快要崩溃了。

“快逃！”阴阳先生毕竟力气没尸体大，逐渐吃力起来，他转头朝周岩大喊道，“盐巴圈已经没用了，杀了我后，这孽障就会杀了你。”

“我的包裹中有一把钥匙，你拿去，顺着堂屋到周家的地下室。那里有一扇看起来就很可怕的青铜门，只要看一眼，就不会忘记。你用钥匙，把那扇门中放着的物件拿出来！”

阴阳先生喘着粗气，他被姑婆攻击得狼狈不堪。说话间，姑婆的手一伸，尖锐的指甲立刻刺入了先生的胳膊。

先生吃痛，撕心裂肺地再次大喊："要结果这个孽障，只能用天书残片。周岩，全靠你了。很抱歉，这就是你的命！"

尸体逮住阴阳先生的手臂，头使劲朝他的喉咙上凑，想要用刚刚长出的獠牙刺穿阴阳先生的脖子，喝光他的血。

周岩吓坏了，一动也不敢动。

阴阳先生哀号道："快去！快！"

周岩这才动了动，小心翼翼，一步，又一步，走出了盐圈，缓缓走到阴阳先生的包裹前，翻了翻，很快就找到了一把足足有小指头粗的青铜钥匙。这把钥匙造型奇特，正方形，很沉。明明是青铜材质，六岁的他也能握在手心里。可偏偏，钥匙沉重到要用两只手臂搬动。

阴阳先生用最后的力气推开姑婆，将一条生路让给了周岩。周岩强忍恐惧，按照先生的吩咐，打开后门跑出堂屋，凭着记忆朝地下室的方向跑去。

周家的地下室很好找，他前些日子无聊的时候也去过，里边并没有什么特别的东西。本以为要找到那扇阴阳先生所说的门会费一番工夫，可是他错了。

那扇门真的很好找，就在地下室的最中央。至于阴阳先生为什么会知道这扇门的存在，周岩没去多想。他喘着粗气，瞪大眼睛，难以置信地看着地下室中的那扇门。

这道门只有两米高，半米宽。微微露出了一个缝隙，不知是正要打开，还是准备合拢。门内缥缈，无数光线粒子进进出出，这就是阴阳先生说的青铜门？

阴阳先生说对了，这一扇门，确实令人印象深刻，只需要看一眼，一辈子都忘不掉。

青铜制造的门，散发着怪异冰冷彻骨的寒意。门呈现塔楼状，最中央，有一个钥匙孔。周岩不敢耽搁，深吸几口气，将青铜钥匙插了进去。

没有任何声音，也没有任何响动。怪异青铜门的光线顿时更加炽烈了。看起来极大的门，内部空间却出乎意外的小。

只有个约长三十厘米，高十厘米的暗格。

就在那暗格中，一张长条形的犹如黄金铸就的书页就那么放着，放射出刺眼金光。周岩现在才明白那扇青铜门刚刚为什么飘忽，为什么射出光粒子。

原来，全都是因这片黄金书页。

这就是阴阳先生嘴里说的天书残片？地下室上方堂屋中的姑婆的尸体会变异，

会不会也是因为这张会冒金光的书页？

六岁的周岩手里紧紧拽着这张所谓的天书残片，鼓起勇气又回到了堂屋，屋里灯光依旧，不过的确一切都结束了。

凶戾的姑婆的尸体一碰到天书残片的光，就倒在地上，散发着恶心的奇臭无比的味道。而不远处，阴阳先生受了重伤，奄奄一息。

没等周岩去扶他，先生说出了最后的遗言："周岩小子，拿了那片天书，就是我的衣钵传人。咳咳，还有这本典籍，你拿走。我要死了，这是我的命。看到你的第一眼我就知道了，你是属于这里的，终有一天，无论你躲到哪里，还是会回来……"

"因为天书，需要你，来守护！"说完，阴阳先生便气断身亡。堂屋里的事，周岩无法解释。他按照先生的吩咐将天书残片放回去，第二天就跟着父母离开了河城，本以为一辈子都不会再回来。时间一晃，便过去了十年。

在几千里之外读书的周岩，最后，还是应了阴阳先生的遗言，在一年半前鬼使神差地回到了河城就读高中。

周岩的回忆录看到这里，我完全惊呆了。啥，这就完了？我仿佛在读一本恐怖小说，完全不清楚该不该相信里边的剧情。

心里翻江倒海，好不容易才稳定好情绪，继续向下看。

第二篇回忆录讲述的是周岩十二年来的心路历程和纠结挣扎。他经过自己的推理，觉得阴阳先生话里有话。

而看他回忆录的我，也随之得出了一个跟周岩一模一样的结论。

阴阳先生说，天书残片，需要周岩守护。

而所谓的天书，又是怎样的存在？难道是一件拥有超自然力量的物品，它会令死者的肌肉产生受控制的条件反射？

对此，我完全没有头绪。同样跟我毫无头绪的，还有周岩本人。

我接着往下看回忆录，周岩来到河城后，就一直在调查关于天书的事情。他去了周家老宅，可是老宅已经没有了。

在几年前，变成了一所学校。

而那所学校，就是河城特高！

看完周岩的日记，我又看了莫菲在信中提到的关于周岩的案件。这个家伙，不知为何在河城特高狠毒地杀了三个学生后，失踪至今。

全国的警局，都在暗中通缉他。

怪了，既然他杀了人，为什么要暗中通缉？这更加令我想不通了！而且河城特高，居然就建筑在周岩祖宅的地基上，简直出乎我的意料。

事态的发展，不知不觉间，越发地扑朔迷离起来！

没想到那所谓的天书残片，以及那条诡异的五克拉蓝色钻石项链的线索，都归集到了一处地方。这样一来，就更有必要再去旧校舍走一趟了！

第十章

旧校舍

夜，摇摇晃晃地降临了。当然，夜色是不可能摇晃的，但在我忐忑不安的心情下，似乎整个世界都在晃动。

这又是个无星无月的暗淡秋夜。下了晚自习后，学校的灯开始逐渐关闭，只有微暗的路灯散发着幽幽的光芒。看看手表，已经是晚上10点半了。作贼似的小心翼翼，好不容易才避开灯光穿过操场，只见围墙的门前有个纤细的身影正焦急地徘徊。

我靠了过去。

“这么晚才来？都等你半个多小时了！”方悦不耐烦地瞪了我一眼。

“准备东西花了一点时间。”我解释。

她一把拉过我的手：“快进去找。学校的早操时间是早上6点半，我们只有8个小时了。”

我皱起眉头：“你，不会是想找一整个通宵吧？”

“不错，一直等找到为止。不然我不会罢休的！”她的脸上流露出一种坚毅，看来是已经下定了决心。

我心不在焉地“嗯”了一声，向进入旧校舍的小门望去。门上的锁还像前几天那样被扔在地上，似乎还没被人发现。

没有过多的迟疑，我推开了门。

就在那一霎，一股冰冷彻骨的阴寒气息从门的另一侧吹了过来。我和方悦不由自主地打了个冷战。好不容易定下心，将头缓缓地伸入门中，往里边望去。只见树影婆娑，整片芭蕉林都在风中摇晃着。乍一看，似乎和那夜看到的景色没什么太大分别。

但大脑中却不断地在敲响某种不明的信号，总觉得，这片芭蕉林，有什么地方不太一样了！

“怎么会这样？”方悦吸了一口冷气，浑身颤抖地紧紧靠向我。

“你发现了什么？”我不解地问，女孩子天生比较细心，或许是发现了某些我不确定的不安因素。

她伸出手向前指了指：“夜不语，你看那些芭蕉树。”

我顺着她的指向看去：“没什么……啊！”

在昏暗的光线中，我隐约觉得芭蕉树的颜色似乎不太对劲。按开手电，一道强烈的光圈立刻照亮了附近的环境，周围顿时清晰起来。

这下我才明白刚才自己为什么会下意识觉得有问题。原来是芭蕉树的颜色变了，前几天原本还充满勃勃生机的翠绿色叶子和枝干，现在全部松垮垮地耷拉着，如同老人脸上的皱纹。颜色也变成了死气沉沉的灰褐色，甚至干枯起来。

如果这样的情况出现在少数的几株身上绝对不会令人吃惊，只是眼下，目光所及的范围中，所有的芭蕉树都是那种病恹恹的样子，仿佛所有的生命力都被某种东西给吸去了。

“怎么会这样！”我满脸掩饰不住的惊诧，“前几天来还是好好的。”

“是不是生病了？”方悦双手冰冷，恐惧地看了我一眼。

我不置可否，快步走到最近的一株芭蕉树前，从背包里掏出以防万一带来的军刀，用力在树干上割了一条很深的口子。树的汁液流了出来，是透明的颜色。

我用手指点了一点凑到鼻子前闻了闻，也并没有嗅到任何奇怪的味道。再认真检查了下树叶的状态，虽然大多都枯黄了，可是却没有染上虫害的征兆。奇怪了。

我皱起了眉头，用力摇头：“太奇怪了。芭蕉树本身并没有遭虫害，没有生病，状态很正常，而且也不像是被人下了毒，怎么会突然就变得要死不活的呢？”

方悦也大为不解，可她似乎不太愿意在这个问题上浪费时间：“夜不语，我们快点去旧校舍，再耽搁就要到11点了！”

不知为何，视线接触着这些干枯的芭蕉树，我内心总是隐隐不安。似乎这一切和某些东西有什么联系，可大脑里偏偏一片混乱，就是无法将纷杂的东西凑到一起。

叹了口气，也只好放弃了。毕竟今晚的目的是找到那条钻石项链或者方悦姐姐失踪的线索。私心中，甚至还希望搞清楚旧校舍中，是不是真的有一片所谓周岩日记中提及的天书残片。

毕竟如果天书残片真的存在的话，最有可能的地方就是旧校舍的地底下。

以前曾经提到过，旧校舍在芭蕉林的前边，而更前一点则是小半个操场。由于被围墙围起来的缘故，在这个特定的环境里，旧校舍反而变成了最中间的位置。不知道什么时候起，芭蕉树开始飞快地繁殖，最后将旧校舍整个包围了起来。

芭蕉树并不高，所以三层接近6米多的旧校舍看起来像是密林中的怪兽，在阴暗的夜色里，拖着一动不动的诡异影子，静静地待在它该在的地方。

走在这个毫无生机的密林里，气氛说不出的恐怖。由于四周都是树，视物也只能靠手电，能见度并不高。

枯萎的叶子垂在地上，越是朝着旧校舍的方向，死亡气息越是浓烈。

那股死气甚至成为了液态，搅动在原本就很阴冷的空气中，令我每走一步都胆战心惊，总觉得，四周的树丛里会突然冒出什么来。

方悦把我的手抓得紧紧的，身体从进入这个恐怖的地方起就再也没有停止过颤抖。

小半个操场的直径，应该不会超过50米。一般快跑最多7秒多，就算女人最慢也只需要10多秒。可我俩足足走了有二十分钟，有些地方密到走不过去，还好我有带刀，也还好芭蕉树很脆弱，几下就砍倒了。就这样遇路开路，好不容易才走到旧校舍前。

一来到这里，我又是一阵惊叹。繁殖能力那么强的芭蕉树居然在距离那栋黑黢黢的建筑5米的距离就诡异地消失了，就连根部都没有一根延伸过去的。

“到了。”我拍了拍害怕不已的方悦。

过了几十秒，她才小心翼翼地伸出小脑袋，向前望了一眼。然后她“咦”了一声，说道：“这些芭蕉树还真奇怪，宁愿拼死拼活地挤在一起，占领空间，可是偏偏留下这么大块地方！”

我低下身体，摸了一把土凑到眼前看了看，才道：“看清楚，那块地方不但没有芭蕉树，就连杂草都没有一根，有够奇怪的，土质明明还算好嘛。”

“搞不懂植物这种生物。”方悦偏过头，耸了耸鼻子。

“嘁，刚认识的时候，你不是自称植物学家吗？”我忍不住吐槽道。

她额头上一堆黑线飞过，罕见地有些发窘：“小心眼，这种小事还认真记着。你是有多闲啊！”

“呃，先进去再说。”懒得跟这只腐女逞口舌之争，我连忙岔开了话题。

“也是。进去吧，一，二，推！”她做出前进的姿势，却突然蹿到我身后，用力推着我向前，最后整个身体都快趴到了我背上。

无奈当着她的挡箭牌，很快跨过五米了无生机的距离，来到了木制的楼檐下。这栋全木制造的三层建筑经历了七十多年的风风雨雨，至今都是一副很坚固的样子。我这才稍稍放心，望向大门的位置。

两扇对开的楼门用链子锁紧紧地锁着，这也早在我的考虑之中了，慢吞吞地从背包里掏出一把钳子，刚稍微用力，就听见“咔哒”一声，看起来还算结实的铁链就这样断成了两段。十多年的时间摧残，果然能检验出质量好坏啊。

“准备进去了。”我回头说。方悦紧贴着我的背点头：“早就准备好了！”

“那好。”我用力吞下一口唾液，解开铁链，粗鲁地向前踢了一脚。“嘎哒”，一阵刺耳沉闷的闷响久久回荡在空气里，旧校舍的门缓缓开启了，一个黑洞洞的地方呈现在了眼前。

感觉一股凉风扑面吹过来，带着浓重的灰尘和某种怪异的气息，游荡在四周。我双眼死死盯着前方，眼前那个阴暗无比的洞口怎么看都像是个不明生物的食道，周围萦绕的压抑感觉令人全身都很不舒服。

但不管怎么恐怖，该进去找的东西还是要去找，既然来了，就已经没有退路了。我用电筒向里边胡乱照了照，深深吸了最后一口还算新鲜的空气，脚缓缓地向前踏了出去……

黑暗的四周，古旧的木地板踩踏上去，发出了“吱嘎”的刺耳声音。我瞪大眼睛望向附近的景物。这栋旧校舍从外观上还看不出来，但一进来视线就变得开阔了。里边的格局掺杂着欧洲建筑的风格，看来当时的设计师并不是泛泛之辈。

大门正对着向上的楼梯，处于最中间的位置。左右是分割成两段的一排教室。十多年前这里就作为高中部的教学楼，直到淘汰为止。所以楼层的分配上和现在的制度差不多。从下往上由低年级到高年级，高三处在最顶楼。

中国人一向都很多，适龄儿童当然不少。特别是十年前那个时段的河城特高，还没有走精英教育路线，光是看教室就能明白。

旧校舍每个年级至少有6个班级，每个班级40多人。

但撇开人数问题，光是算算旧校舍的课室，我就觉得头痛。三个年级一共18个教室，再加上各活动室，大大小小差不多超过了25间。而我们要找的线索，或许就在这25个的其中一个或者多个里。特别是周岩日记中提及的啥天书残片，更是在地底下。想想都觉得任重道远！

调查就会花费时间。特别是在这个没有明亮光线的地方，许多细节都可能被隐藏在黑暗里，这样就更花时间了。必须要每个教室都认真查找，就算顺利，到天亮似乎也弄不完！

为什么来之前我偏偏把这么重要的问题给忽略掉了呢？

我站在楼梯口，左右注视着，举步不前。方悦奇怪地问："夜不语，你怎么老是待在这个地方？"

"想用一个晚上来找那么缥缈的线索，我们是不是太天真了？"我皱眉。

方悦用手捂住我的额头，笑道："夜不语，常常皱眉头，用不了多久会变小老头的哦！"

"看来你心情不坏嘛，刚才的害怕哪去了？"我"哼"了一声。

"要你管，本小姐义胆雄心，怎么可能有害怕这种低俗的情绪。"她嘟着嘴，也开始打量四周，"夜不语，那张纸条真的是从欧阳剑华同学的食道里取出来的吗？"

"不错。莫菲没理由会骗我。"我转过头问，"那条项链，你见过没有？"

"当然看到过。"方悦回忆道，"五克拉的钻石，镂金的链子。真的好美。最奇特的是那块钻石，整个都泛出淡淡的蓝色光芒。仿佛里面有个崭新的世界似的，只要看过一眼，它的影子就会永远地映在脑海里，想忘都忘不了。记得那条项链是通过快递送到姐姐手上的，姐姐听过它的传说，但她也不过是个普通爱美的女孩子罢了，心里挣扎了一个晚上，第二天一早还是将它戴在了脖子上。"

"看来女人对于钻石果然没有一丝抵抗力，那么危险的东西只需要挣扎一个晚上就能不怕死地戴上。真不知道该怎么形容才好了。"我叹气。

"那是因为你从未见过那条项链。姐姐不是那种会接受不明不白的东西的人，她之所以戴上去，我琢磨着，肯定是那根项链有问题！"方悦冷哼了两声。

没有看到过实物，我自然无法理解。想了半晌，这才问："你知道那颗蓝色钻石是用什么做成的吗？"

"当然知道，这些在化学课上都学过。碰巧我是好学生，还稍微记得一些。"方悦咳嗽了一声，学着用教化学的小老头到处喷口水的声音说道，"所谓钻石，不就是最硬、成分最简单的宝石吗？它是由碳元素组成的，具立方体结构的天然晶体！"

"天然？看来你调查得还不够深度。"我盯着她，缓慢地说，"那你知不知道美国一家叫做LifeGem的公司？”

她疑惑地摇了摇头，不知道我究竟想说什么。

“这是一家还不算很出名的公司。几年前，他们开发出了一种人工合成钻石的技术。该技术能从骨灰中提取碳，合成蓝色或者黄色的钻石，希望能用这样的方式来缅怀逝者。用璀璨钻石的永恒来代替灰暗冰冷的骨灰盒。”

方悦不可思议地瞪大了眼睛，全身都吓得发抖，许久才用干涩的语气道：“你不会是想说，那颗钻石就是从某个人的骨灰里提取出来的吧？”

“很不幸，你猜对了！”我点头，“从看到那颗钻石照片的第一眼，我就认了出来。亏得现在的手机像素高，钻石上隐藏的商标都被那些学生拍得清清楚楚。”

“那，究竟是谁的骨灰？”她惊讶地捂住嘴。

“我怎么可能知道？”我苦笑起来，“按照那个公司的价格，越是大块的骨灰钻石就越是昂贵。五克拉的蓝色钻石，每克拉至少价值11299美元。加上其余的费用，一共需要接近八万美元的样子。这远远不是一个普通人家能够负担得起的，更何况是普通的高中生。但假如是张可唯那个富家公子就不同了，只有他的零用钱能够买得起。”

“你的意思是，那条项链上的钻石，是出自张可唯的某个亲人身上？”方悦迟疑地问。

我摇头：“注意了，我刚刚就有说过是零用钱。进入河城特高前，我就曾调查过一年多以前发生的那一系列死亡案件，我也调查过张可唯的整个家庭。他家的成员非常单纯，除了爷爷奶奶外，就只剩下父母。而他又是个独生子，那段时间他周围根本就没有亲人死亡过。”

“那骨灰是从哪里来的？”方悦大为不解。

“这就是问题的所在了。”我思忖了一下，“当时我也不太明白。但可以判断一点，既然人都死亡了，他也要把那人的骨灰戴在脖子上，那么至少，他和那人的关系应该很亲密才对。”

方悦眼前一亮：“情人关系？”

“有可能。”我有些感叹，为什么女人对于这些八卦问题总是可以有非常灵敏的反应？无奈地想想，我又道，“可问题又来了。他的情人会是谁？那时候，并没有听到过他在和谁交往。”

方悦叹了口气：“恐怕以后我们也不可能知道了，毕竟他人都已经进了棺材。”

不置可否地笑着，我暗自决定了某些事情，开始向旧校舍第一层的左边走去。时间已经快要11点半了，也应该开始工作了。就算再难找的线索，只要认真，应该也是不难发现才对。

如果真的是有线索的话……

旧校舍的底层一共有六个课室，一个洗手间，一个器材室和一个员工办公室。教室如果将正中的楼梯当作分界参照物的话，刚好是一边三间。左边第一间挂着1－3的牌子。

我推开老旧的木门走进去，手电略带橙色的光芒照射在地上，似乎在微微颤抖。课室里整齐地摆放着桌椅，一如十三年前还在使用时那样。只是地上和桌上都盖满了灰尘。

像是想到了些什么，我向后退了几步，回到了走廊上。然后仔细地看着地面，越看眉头皱得越紧。

“你不会是发现什么了吧？”方悦对我流露出的表情有些意外。

我认真地点头：“确实发现了一点不寻常的地方。”

“真的？”她立刻雀跃起来，“快告诉我。”

“其实也没什么。”我挠了挠后脑勺，“刚才进旧校舍的时候，你有没有注意过地上？”

“当然有，人家可不会那么没用的。”她老实地回答。

“那有没有发现地上的脚印？”我问。

“怎么可能！我看得清清楚楚的，地上哪有脚印，就连灰尘都不多……”说着，她全身一震，缓慢地看了我一眼，“奇怪了，如果真的十多年没人进来过，怎么可能没灰尘？”

“聪明。”我夸奖了一声，用手在走廊的地面刮了一下，然后仔细地看了看，“这些都是新灰，恐怕有人最近才打扫过，只是打扫得不太彻底。”

再次走进课室，我笑着指向室内的地面道：“至少这个不负责任的家伙根本只打扫了走廊，里边的房间几乎没有碰过。”

“但是，旧校舍的大门明明就是一副很多年没有打开过的样子。”方悦略微有些苦恼。

我微微一笑：“何止旧校舍的大门，就连围墙那道链子锁也是十多年没有人碰过了。不过，这并不矛盾。恐怕围墙和校舍，都有另外的出入口吧。仔细想一想，我们倒是省掉了许多麻烦。”

"也对。"方悦也笑了起来，"顺着你的发现，只要我们去找稍微干净的房间，或许就能有些收获了，对吧。"

"不光是打扫干净的房间，进去的时候也要多注意地面。如果有脚印或者人为移动的痕迹，灰尘上都应该有留下什么线索才对。"我扫视了这间教室片刻，没有发现可疑的地方，便退了出来，说道，"直接到下一间去。这样一来我们的搜索速度可以加快许多了！"

方悦紧紧拉着我的衣角走在后边，手里的电筒因为手在颤抖而晃动得十分厉害。我将底层的房间一间一间打开，不厌其烦地扫视着地面有没有留下过特殊的痕迹。

有了适当的方法，速度确实快了不少。但是将底层搜索完毕，也花了将近半个小时。就快要午夜零点了。

用力揉了揉有些酸痛的眼睛，我们登上楼梯准备到二楼。苍老的木质阶梯在踩踏下发出沉闷的声响，听得我心都悬了起来。虽然我并不会经常看三流的恐怖电影，但毕竟还是看过。耳濡目染下，心底有些毛毛的，总觉得全身的寒毛都半竖着。

我恐惧的绝对不是某些超自然的东西，而是怕这个已经使用了七十多年的楼梯会在这个不适当的时段里因为经受不起两个人的重量而垮塌掉。

走了一小半，我实在忍不住了，向身后问道："听说最近女生中流行减肥，真有其事吧？"

"问这个干吗？"方悦不解。

"当然是有原因的！"我干笑了几声，"不知道一般身高一米六左右的美女，平均重量是多少。你知道吗？"

"大概有40公斤的样子。"虽然不解，她还是心不在焉地答了。

"那如果是像你这样的大美女呢？"我问出了最终目的。

她有些警觉："你问这个干吗？"

"当然绝对是有原因了……"我斩钉截铁的话语还没有落下，就听到楼梯下边传来一阵"咔哒"的断裂声，顿时寒毛全都吓得落了回去，全身的肌肉紧张起来，有生以来第一次马力全开，拉着方悦的手就朝上面一阵猛跑。

当我俩气喘吁吁地站在二楼上喘息时，她才气恼地断续道："你，干吗，要跑？！"

"你没听到楼梯都断了吗？不跑难道等死！"我也气不打一处来，用手指着楼梯道。

"哪有！我怎么什么都没有听到？"方悦好不容易站直身体，向楼梯望去，"哼，你耍我，根本就没事嘛！夜不语你是不是害怕得都开始神经衰弱了？"

见她用古怪的眼神盯着我，为了证明自己的正确观点，我恼怒地也望向楼梯，但立刻就愣住了。确实，楼梯完完整整，阶梯一层一层，紧密坚固，完全没有折断过的迹象。

"刚才明明就有断裂的声音。你真的没有听到？"我呆立在原地许久，迟疑地问。

"绝对没有，我发誓！"她说得很肯定，丝毫没有开玩笑的样子。

奇怪，刚才真的是我的幻觉？不可能，我明明听到一股断裂声，非常大，而且听起来不像仅仅断裂几根木头那么简单，似乎整个阶梯都垮掉了，木头崩溃落地的声音十分立体逼真，那种强烈的压迫感也冲击着自己的身体，逼迫大脑不得不接受"有巨大危险"这个虚假信息。

但，那个信息真的是虚假的吗？还是其实楼梯真的垮掉了，眼前完整无缺的景象才是真正的虚假状态？

为了确定，我小心翼翼地紧紧拉住附近的扶手，伸出一只脚，缓缓地接触最远处的阶梯。触碰到了，触感很真实。难道那声音真的只是自己因为紧张产生的幻觉？

"夜不语，你不会有事吧？"方悦默默地看着我那串古怪的动作，好半天才关心地问。

"没什么。"我用力摇了摇头，决定将这件事暂时放到一边，"开始搜索二楼吧。"

二楼的格局基本上和底楼差不多。同样是六间教室，一间办公室，一个洗手间。只是道具室换成了音乐室。

依照和底楼一模一样的顺序，我们很快就将教室查看了一遍，来到了洗手间前。

"照旧。"我和方悦同时深深吸了一口气，分别走入了左右两边。

左边是男厕所，是我要搜索的地盘。说来也气愤，本来这个已经停用许多年的洗手间早就没有什么值得避嫌的地方，何况两个人在一起绝对比一个人独自行动安全好几倍。可是方悦那家伙就是不肯妥协，她老是咬着这句话——男生进女厕所很不吉利，何况里边有许多东西都不方便被男生看到。

真不知道她所谓不方便的是什么？说的我这个老实巴交的男子汉好像完全没有进过女厕所一样。哼哼，实在是太小看我了！

这个地方没有厕所原本应该有的臭味，毕竟已经空置了那么多年，就算有也差不多分解掉了。我向四周看了一下，稍微觉得有些奇怪。对了，从进来到现在，我就完全没有看到过有蜘蛛网。

开始的时候还以为是被那个神秘的清洁工给打扫掉了，但是每到一个地方，就算是完全不可能有人迹光临的角落，那些属于蜘蛛们的天堂，也没有看到任何网状丝络。何况上一次这里被打扫至少也是一个多月以前了，地上的灰尘又开始留了不少，而生命顽强性格固执的蜘蛛却依然连个影子都没有。

非但是蜘蛛，就连秋天的两大特色，蚊子和苍蝇，在进入这个旧校舍后也完全绝迹了。这一点，究竟和校舍外片草不生的区域有没有什么必然的联系呢？难道，这个旧校舍真的有某些自己还没有查到的特异地方？

手电的光芒略微有些暗淡了，毕竟进入这里已经足足超过了一个小时。还好以防万一，我带了足够的电池。厕所里，洗手台是用水泥直接修筑起来的，呈现一条直线状的水沟，水槽以上三十厘米是一排水龙头。

我随手拧了拧，水喉发出一阵阵刺耳的声音，但是没有一滴水流出来。如果真要流出来我倒是觉得奇怪了，毕竟废弃了那么久，断水断电才是正常的。

洗手台正上方的墙壁上贴着一面大镜子，早就变得十分肮脏了。用手将上面一小块地方的灰尘抹去，镜中的景物依然看得不太清楚。

昏暗颤抖的光亮下，镜中的自己仿佛在露出怪异的微笑。我轻轻地抚摸着自己的脸，突然，镜中自己的脸上，似乎有什么掉了下来。

我下意识地低头看向地上，什么都没有！耳中也完全没听到东西碰撞地面的声音。我猛地打了个冷战，摇摇头，准备向外走。

就在这时，一股尖锐的声响突然传了过来，是钢琴的声音。那声音，就如同人类最痛苦的时候发出的撕心裂肺的哀号，听得耳膜都快要破了。

毫不犹豫地，我立刻冲出洗手间，向音乐室的位置跑去。整个旧校舍就只有我和方悦两个人，但我相信，她应该不会那么无聊地去弹钢琴，何况弹出的声音还那么恐怖。

那么，唯一的可能，就是有另外一个人出现了！

第十一章

诡异阶梯

钢琴，在我的心目中一直都代表着沉稳，但是那种尖锐的声音真的完全打破了一直以来内心中的好印象。毕竟我也算是会弹钢琴的人，虽然弹奏的水准不算太高，但是也勉强能够入耳吧。

但那种声音，我完全不知道是用高音的哪个调子混合出来的。就像谁用拳头在琴键上猛力敲击，震耳欲聋。

没跑多久就来到了音乐室的门口。大门是紧闭的，我用力一脚踢开，巨大响声中，门"咔哒"一声撞到墙上。里边，一个人也没有。

我皱眉，往前踏出几步，将整个音乐室的状况收入眼底。这是个大约有五十多平方米的房间，像教室一般摆放着大约六十把椅子。讲台位置摆放着一台老旧到极点的大钢琴。

钢琴的盖子翻开着，却积满了灰尘。我几步走过去，仔细盯着琴键看。恐怕十年前封校舍时钢琴就是这种状态吧，看上边的灰尘，应该是许多年没有人碰过了。

那刚才我听到的声音，又是从哪里发出来的？那确确实实是钢琴声，毋庸置疑。但是整个二楼，有钢琴的就只有这个地方了！

略微思忖了一下，我从背包里掏出钳子，将钢琴的后盖硬生生地掀开。只看了一眼，整个人都愣住了。

琴弦上累积的灰尘已经被弹开，应该是最近有震动过的迹象。不对，甚至不用考虑最近，根本就是在刚才。伸出手去摸琴弦，我居然能够感觉微微的颤抖。很明显，刚才的声音绝对不是幻听。的确是有人通过某种手法在不接触琴键、不掀开后盖的情况下，准确地演奏了那一首尖锐刺耳的曲目。

只是，究竟他用的是什么手法？而他又是怎么进来，又怎么在引起我注意后逃走的呢？完全没有丝毫头绪，我检查了音乐室的前后两道门，除了前门被我撞开的痕迹，通通都已经多年没有敞开过了。

各扇窗户也没有出入过的迹象。室内的灰尘很厚，除了我的脚印外，并没有其他人走过的痕迹，也不像是有暗道的样子。

实在太古怪了！突然想起不久前只有自己能听到的楼梯倒塌声，我不禁打了个冷战。难道这个老旧的地方，真的有某种未知的神秘力量？

突然想到自己似乎遗忘了某些东西，细细地回忆了一下，才猛地发现，我居然将方悦一个人丢了。只是那么巨大的声音，只要是人，就算智商再低，听到了都会下意识地朝这个方向跑过来才对。

为什么到现在还没有见到她？

我急忙疑惑地跑回洗手间门前，试探性地叫了几声。没人回答。我把心一横，咬牙走进了女卫生间里。

里面所有的隔间都被人打开过，应该就是方悦的手笔。但是现在却空无一人。她究竟去了哪？以她的胆量，应该不可能独自跑去调查什么线索。那么，也就意味着，她是因为某种特殊的因素，在来不及叫我的情况下离开的。

这个女人，究竟要干吗！我恼怒地一拳打在了对面的镜子上，微弱的光线下，镜中的自己居然如同水中倒影一般泛起了一层又一层的涟漪。

不管怎么样，要尽快将她找出来。这个鬼地方，恐怕并不像想象中那么人畜无害。于是我用手电照着地面，想要找出些微的蛛丝马迹。顺着淡薄的脚印，开始爬上楼梯，向三楼走去……

方悦走进了女洗手间。由于没有外来光线，这里非常黑暗。她将手电的光圈扩大了一点，以便能看到更大的范围。这个地方比一楼的卫生间稍微干净一点，没有什么异味。毕竟怎么说也是废弃多年了。

独自一人老是感觉害怕，虽然明知道有个人就在离自己距离不到一公尺的隔壁。她深吸一口气，按照从右到左的顺序缓缓地将所有隔间打开。

十年前设计的校舍，卫生间都没有用马桶，而是适应中国人的习惯，用的蹲式便器。便器上原本雪白的瓷砖已经变成了灰褐色，有的槽里甚至积满了灰尘，看起来满恶心的。

虽然明知不会有异味，但她还是下意识地捏住了鼻子，强压下心里反胃的感觉。好不容易才检查完毕，依然没有发现任何可疑。

方悦准备离开，转身时顺便朝着正面的大镜子看了一眼。突然，她发现镜子上居然有一个手掌印。

血红色的手掌印，甚至连指纹都清晰可见。她壮起胆子，好奇地走上前去准备看个清楚。那掌印很老旧，应该是个女孩子的，毕竟手掌的大小和自己的差不多。

方悦看了看右手，自己也不知道为什么，就将手掌贴到了那个掌印上。居然，一模一样！

她只感到心脏猛地剧烈跳动，几乎要蹦出了胸腔，呼吸也急促了起来。她紧张地收回手，将电筒的光芒直直射在镜子上。

许久，她才缓慢地摇头，似在进行自我否定。不可能，一定是巧合。女孩子手掌大小一样的人多到天上去了！方悦再次深呼吸，确定似的在掌印的右边小心地印下了自己的手掌。

手缓缓地离开镜面，掌印清晰地印在了灰尘上。她猛地发现，不论指纹还是掌上的纹路，居然和那个暗淡的血手印一模一样。

这怎么可能！

方悦吓得几乎无法呼吸了，她逃跑似的夺门而出，恐惧地大叫夜不语的名字。可是对面的男洗手间并没有传来任何回答。

四周一片死寂。就连蚊虫的嗡嗡声也听不到。静，非常静，安静得甚至可以听到自己的耳鸣。她快要在这种寂静中崩溃了！

"臭夜不语！死夜不语！居然敢把本小姐甩掉，一个人不知跑去哪里了。等找到你，看我怎么报仇！"她喃喃自语，希望能稍微减轻哪怕些许的恐惧感，但似乎没有任何效果。

然后，她听到一阵沉重的脚步声，听起来像是谁在攀爬楼梯。期间，还夹杂着某种混乱的男性语音。

"夜不语，该死的，是你吗？"她害怕到几乎要哭出来了。紧紧握着手中的电筒，方悦一咬牙，向那个声音走了过去。

近了，越来越近了，那个声音也越来越清晰。

"九，十，十一，十二……"确实是年轻男子的声音，毋庸置疑，却很陌生。而且他似乎在数着什么。方悦小心翼翼地靠近，然后看到了一个刚刚走上二楼的男生。

那男生穿着蓝色的校服，脸上带着似笑非笑的怪异表情，嘴里数到"十二"的时候用力跳了一下，然后流露出满脸的失望。

见到有人，方悦心里稍微平静了一点。虽然不知道这个平常不可能出现人的地方为何会突然冒出个男性，不过，总要比自己独自待着强多了。

"那位同学，你一个人吗？"她思忖了一下，这才决定搭讪。但那男生仿佛压根没有见到她这个大美女，抬脚向三楼走去。嘴里不紧不慢地认真数着数。

敢情他是在数楼梯？真是个超级古怪的人！

方悦忍不住了，稍微大声了一点："这位同学，能请你送我出去吗？这里好可怕！"

那男生还是没有任何反应，只见他每登上一个台阶，就皱着眉头，嘴里吐出一个数字，像是有着什么解不开的谜题。

方悦有些生气了，那个家伙无视自己这只美女也就算了，弱女子请他伸出援手的时候居然还能当对方透明，根本就是狼心狗肺的家伙。不是个男人！

“四，五，六。”听着那狼心狗肺的男生数数，空气中不知何时开始弥漫起一种压抑的冰冷感觉。她不由得打了个冷战。

“喂，你究竟听没听到我在说话？”她恼怒地准备去扯那男生的衣角，但就在手指刚要碰到他的时候，所有的行动都在一刹那间停止了。

对了，刚刚自己就有一种怪异的不协调感。原来那种感觉是出在男生的衣服上。方悦只感觉自己全身的血液好像冻结了。

他的衣服确实很崭新没错，但是那款校服的样式却非常老旧。似乎是十年前的款式。古老的灰褐色中山装，在这个学校老早就淘汰了。

她猛地记起了自己曾经调查过的，关于这个旧校舍的故事。十年前就是因为某个高三男生在晚上的校舍失踪了，所以才将这个地方隔离的。据说，那个男生有一个十分奇怪的习惯，他很爱数楼梯……

方悦呆呆站在原地一步都不能动，眼神麻木地追着那个男生的身影，耳朵听着他空洞的声音。她全身僵硬，身体因为害怕而剧烈颤抖着，几乎随时都可能瘫倒。

“十一，十二，十三，十四，十五……”那怪异的男生好不容易登上了三楼，回过头，咧嘴笑了一下。他的视线落在了她的脸上。他注意到了自己？为什么，他要冲自己笑？

方悦终于忍不住了，在巨大的恐惧中大叫一声，晕了过去。

方悦的脚印在靠近三楼的中段突然消失了，我疑惑地站在阶梯上四处望。那家伙，该不会会飞吧？犹豫了片刻，举步走上三楼，顺便将整个三楼的房间都搜查了一遍，却根本找不到她，也没有发现任何可疑的线索。

然后我听到了一声带着恐惧的尖叫。

那熟悉的声音让我止不住心惊，飞快地朝声源方向跑去。不过30秒时间，就到了楼梯处。只见方悦瘫倒在阶梯上，那地方，刚好就是脚印消失的位置。

我担心地扶起她的头，用手指试了试她的鼻息，有气，看来还活着。狠狠地在她人中的穴道上掐了一下，她缓缓地张开了眼睛。

她视线迷离地朝我的方向死死看着，然后第一时间又发出了恐惧的尖叫。我紧紧握住她的手，大声喊道："是我，我是夜不语。你给我清醒一点！"

好一会儿方悦才稍微平静了点，整个人拼命蜷缩在我怀里。

"夜不语，好可怕。我看到鬼了！"她吓得嘴唇都在颤抖，心悸地哆嗦着。

"没事了，世界上哪会有什么鬼。"我轻轻拍着她的背，像在哄小孩子。

"我真的看到了！"方悦长长的睫毛上残留着泪水，许久，才抬起头望着我的脸，然后用拳头在我头顶用力敲，语气猛地强烈了起来，"你这家伙，说，刚才死哪去了？居然敢丢下我一个人。"

这女人，恢复能力还真强！我略带着委屈："根本就是你一个人走掉了。我还进去厕所找过你。"

"你进过女厕所？"她有些吃惊，脸上又流露出害怕的神色，"那有没有看过那面镜子？"

"当然有，和男厕所一样脏。"我不知道她在怕些什么。

"我不是说这个。你看到镜子上那个血手印没有？"身体再次颤抖起来。

我疑惑的摇头："上面除了灰尘就什么都没有了。"

"不可能。"方悦惶恐地尖叫，"我刚才明明有看到。"

"那再去看一次好了。"我懒得和她争辩，下到了二楼的女卫生间。镜面虽然肮脏模糊，但是确实没有她提到的血手印。

方悦全身无力，软软地靠着我的肩膀。

"不管你信不信，我真的有看到。"许久，她才无力说道。我苦笑了一声："我知道，你没有必要开玩笑。总之，这个地方我也觉得怪怪的，还是早点离开为好。"

"但是项链和姐姐的线索都没有找到……"

"整个旧校舍我都搜索了一遍，什么可疑的东西都没有。"我打断了她，突然发现她的眼神中带着绝望，不禁心软起来，转移开话题，"对了，刚才你失踪的时候有没有发现什么？"

"我看到鬼了。恐怕还是十年前的老鬼。"方悦将自己的所见所闻讲了一遍。

猛地，脑中似乎抓到了一点什么。我看着镜子，焦躁不安地扯她的头发。

"你干吗！"她用力推开我的手。

"别动，我有线索了！"我说着大步向门外走去。

"你究竟想到了什么？"她牢牢地拉住我的衣角。我得意地笑着："如果项链真的放在这里，恐怕，我知道位置了。"

"真的？！"方悦顿时激动了起来。

"你知不知道，整个旧校舍或许还有一个地方我们没有搜索过？"我悠然道。

方悦苦恼地回忆："好像没有吧。一二楼是我们一起找的，三楼你自己找了一遍。而这个校舍的楼顶又上不去。"

"不对，还有最后一个被我们忽略掉的房间。刚才你在说那个数楼梯的失踪高三生时，我突然想到了。"

"不要给我打哑谜，快说。"她不客气地用力挽住我的手臂。

"你仔细想想，这个校舍确实有人近期出入过，但为什么他只打扫了走廊和楼梯？"

"不知道。"她老实地摇头。

"很简单，或许是为了消除自己的行动痕迹。一般七十多年前设计的木质楼梯，楼底的空隙是要封住的。而那里，就成了思维的死角。刚才我们搜索的时候，都下意识地将这里当成了现代建筑。而现代的钢筋水泥房屋，楼底的阶梯都会空出来，一目了然。所以被我们忽略了。"

来到一楼，将阶梯空隙处一堆老旧的清洁用具和已经开始腐烂的破旧桌椅扔出去，果然有一道十分不显眼的小门露了出来。

顿时，我的脸上洋溢出胜利的笑容。用工具将不太牢固的门撬开，一阵腐臭的霉味迎面扑过来，恶心得令人想吐。

当两支手电的光芒照射进去，一个不大的空间立刻呈现出来。突然，空气如同凝固了似的。我们的身体也随之凝固了，死死地望着里边。方悦终于忍不住了，发出一声刺耳的尖叫，又晕了过去……

第十二章

可怕的钻石项链

那个隐秘的空间里存放着三具尸体。具体说来，是两具尸体和一具白骨。那两具尸体还能认清楚样子，是前段时间和我们一起玩过芭蕉精游戏的吴广宇和张凡。

第二天一大早，好几辆警车就开进了学校，将整个旧校舍都封锁了起来。我、方悦和杨心欣等人都被请进了局里做笔录。折腾了好几天，被这件事震惊的校园才稍微安静了下来。

然后警方公布了调查结果，他们称自己通过抽丝剥茧的考证，发现了这一系列事件的相似处。最后发现，这是一起精密策划的谋杀案。

动机是情敌之间的互相仇视导致的蓄意杀人。

凶手是欧阳剑华。

他因为追求杨心欣屡屡失败，而他的两个情敌却在最近形势大好。于是他为了消除后患，通过玩芭蕉精游戏，成功引起了两情敌的不安。然后将他们引诱到旧校舍，逐个杀掉。

张凡生在单亲家庭，母亲平时工作很忙。而吴广宇的父母当时正处在离婚的财产纠纷中，再加上他们失踪的时间比较短，平时也会偶尔住在同学家，所以他俩失踪后都没有引起家人的注意。

而欧阳剑华杀掉了两人后，良心发现，也在三天后自杀了。因为这件事羞于写遗书，所以他用了一种另类的赎罪方法。他将自己身上的皮肤一块一块地割了下来，然后再将尸体的线索写在纸上，吞进了肚子里……

看着当天的报纸，我冷笑连连，拨通了莫菲的电话。

“骗子，世界的罪人。你们警察的想象力真的很丰富！”我讽刺道。

莫菲叹了口气：“夜帅哥，警方的压力也很大。”

“压力大就能胡乱找人顶罪吗？”我冷哼了一声。

“那你又有证据证明警方公布的一切都是假的吗？张凡和吴广宇的父母可以证明，他们失踪前欧阳剑华来过，像在商量晚上去哪里。而死者的指甲缝隙里确实有欧阳剑华的皮肤残留物，这说明他们有过激烈的抓扯。他是凶手的可能性很大。警方只是将不明因素稍微隐瞒了一点，让事情更加合情合理罢了。”

“好一个合情合理，我算是明白你的为人了。”我懒得再说下去，用力挂了电话。抬头看着趴在我桌上的方悦一眼，我淡淡问：“你相信他是犯人吗？”

“幸福家庭的小男生是很容易钻牛角尖的。”她没有正面回答。

我不置可否地摇头：“记得我们那晚走出旧校舍后发生的事情吗？”

“就算死了都忘不了！”方悦的脸色发白，似乎还心有余悸，“整个芭蕉林都弥漫着臭味，和欧阳剑华死后散发出的味道一模一样。枝干也全都变成了黑褐色，完全没有了生机。真的好诡异！”

“那种臭味不光是欧阳剑华和芭蕉树有，张凡和吴广宇的尸体被带到警局做鉴定的时候，刚剥开他们的衣服，那股强烈的臭味就散发出来了。就连几个老经验的法医也忍不住跑出去呕吐。实在是太难闻了！”我回忆着，“而且，那两个人的尸体上，除了脸部，皮肤都有被割掉的痕迹，惨不忍睹。”

“欧阳剑华应该不会那么残忍吧。”方悦迟疑了一下。

我点头：“或许吧。如果仅仅是情杀的话，确实不用那么残忍。何况杀掉他们后还耐心地为死者穿上衣服。怎么看都觉得奇怪。”

越想越搞不清楚，趁着第三堂课后二十分钟的休息时间，我索性拉着她向教室外走：“我们去找杨心欣问些事。”

三班。杨心欣正郁闷地坐在自己的位置上，周围的男男女女像是躲避瘟疫一般，隔着老远就从她那里绕行。以往如同苍蝇一般挥之不去的追求者也如同看到电蚊拍一般躲之不及。

也对，如果一个人背负着某种不太优雅的名声，例如三条直接或者间接因她而死的人命，恐怕有百分之八十的机会都会面对这一现象吧。

我在窗外跟她打了个招呼，她便摆出一副臭脸和我们走上了顶楼。

“干吗，也想来嘲笑我？”脸臭，声音更臭。

我顿时有点接不上话了。女人的语言，实在没有任何逻辑。还是同样身为女性的方悦先开了口，她的脸上没有任何表情，轻描淡写地问：“你认为欧阳剑华是凶手吗？”

杨心欣略迟疑了下，声音泛起了些微的涟漪：“谁知道呢？幸福人家的小男生会做出什么可怕的事情，像我这种单亲家庭是没有办法想象的。”

“你在说谎。”我淡淡道。

她被噎住，突然哭了出来：“对，我就是在撒谎。那又怎样？人都死光了，所有人都把矛头指向我，好像根本就是我亲手掐死他们的！”

“其实前段时间你已经表示准备接受欧阳剑华的追求了，对吧？”看着她的歇斯底里，我心里一动，猜测道。

“你怎么知道！”杨心欣狐疑地张开带着泪水的眼睛，望着我。“不错，我确实准备和他交往了。他家那么有钱，人虽然不算很聪明，但懂得讨我欢心。我为什么不和他在一起？”

我和方悦对视了一眼，半晌，我才问道：“那个芭蕉精的游戏，究竟是谁先提出来的？”

“是欧阳剑华。那段时间我有点无聊，他就建议玩一点刺激的游戏。不过那个游戏的方法是我临时想出来的。”

难怪当时我觉得乱七八糟的，果然是胡乱拼凑出来的产物。

杨心欣不知为何猛地打了个冷战，声音也抖了起来："夜不语，你说，这世界上是不是真的有芭蕉精？"

"怎么可能！"我毫不犹豫地否定。

"那他们三个人为什么会死？我根本就不相信警方的调查，说不定我们真的召唤出芭蕉精了，它就躲在我们周围暗暗观察着，只要一不注意，就会将我们杀掉。"她恐惧地哆嗦着，"他们都死掉了，下一个会是谁？说不定是我！怎么办，好怕！我好怕！"

"白痴，世界上根本没有鬼！"我大吼一声，将她从神经质的状态唤醒，"不要胡思乱想了。就算有，那个芭蕉精为什么一定要杀我们？它杀我们的动机是什么？我们把它放出来，它感谢我们都来不及才对！"

好不容易才将杨心欣稳定下来，看着她步履蹒跚地下楼，我止不住地苦笑。

"喂，这个世界上根本就没有芭蕉精什么的，对吧？"我的意志似乎也有点不太坚定了。

方悦露出了疗伤系的微笑："夜不语，你的语气里带着强烈的不自信哦。"

"唉，这件事情实在太诡异了。"我依然苦笑，带着满脑子的疑惑，"根据杨心欣的说法，从根本上欧阳剑华已经排除了杀人动机。但整件事情却更加扑朔迷离了。"

"芭蕉精，钻石项链，臭味。这三者之间会不会有什么未知的联系呢？"方悦帮着我分析，但是不一会儿就头痛地放弃了。

"对了，给你看些好东西。"我想到了什么，从衣兜里掏出了一个小包裹。

"是什么？"她好奇地问。

"打开看看就知道了。"我故作神秘。

方悦造作地捂住脸颊，害羞道："讨厌，里边不会是求婚戒指吧。夜不语真是的，人家才18岁，还没有到法定结婚年龄。不过，嘻嘻，如果嫁给你能让你变直男的话，也算是拯救社会了，我可以稍微考虑一下！"

"美啊你，我可没那么廉价！"我在她头上敲了一下。

"哼，人家现在可是千年少有的跳楼大促销哦，不把握机会，我随时都会被别的帅哥抢走哦。"她一边笑着一边将包裹打开，猛地，她的笑容凝固了，身体也僵硬地保持着刚才的姿势，一动也不再动。

阳光下，包裹里的东西闪烁着刺眼的光芒。光芒折射在她的脸庞上，泛出微微的淡蓝色，很美。她清澈的瞳孔中倒映着两条项链。蓝色的钻石，镂金的链子。一模一样的款式，美妙绝伦。

“你什么时候找到的？”方悦的声音都在颤抖，她伸出无力的手，拼命靠向项链。就在手指感受一股冰冷触感的时候，仿佛所有的力气都消失得无影无踪。

“在那晚你晕过去以后。”我略微有些担心地观察她的反应，“当时我将整个隔间都搜查了一遍，发现下面的木地板有轻微撬开的痕迹，一打开暗格就发现了那两条项链和一张旧的学生证。我下意识觉得就算交给警方也只是浪费资源而已，干脆藏了起来。”

“你的行为，应该算是犯罪了吧。”方悦笑得十分勉强。

“别在意那些小细节了。”我说着将包袱里的那张学生证拿了起来，“知道和吴广宇两人的尸体待在一起的那具白骨的主人是谁吗？就是他！”

将那张老旧的学生证凑到她眼前：“这个学生证上叫张哲的男生，我前几天特意去查过。他就是十年前在旧校舍失踪，喜欢夜里爬楼梯数数的学长。”

方悦惊讶得完全发不出声音了。许久，她才缓缓道：“好复杂，恐怕我是无法理解了。可是，项链为什么会有两条？”

“你问我，我也不可能有答案。”我苦恼地挠着鼻头，“不过这两条都是同一类人工钻石。”

“意思就是我手里拿着两个人的骨灰？”她害怕地想把手里的东西扔出去，可是出于女生爱美的天性，终究还是没有忍心。

“应该是两个人的。但究竟是哪两个人，就是我们今后查找的主要目标了。”我顿了顿，深吸了口气，“等找到了答案，恐怕你姐姐失踪的线索，也应该稍微明朗了……”

又过了两天，调查依然陷入停滞状态。这两天里除了杨心欣的焦躁不安外，并没有发生任何奇怪的事情。而周岩以及他的天书残片的线索，也没有任何头绪。

似乎一切都真的平静了下来。

至于我为什么会知道杨心欣焦躁不安，是因为她在这期间找过我几次，每次都一副胆战心惊的神情，根本不知道她在怕什么。

“夜不语，你有没有闻到过什么古怪的味道？”她将我叫出去，颤抖地问。

我疑惑地摇头：“你是指什么味道？”

“周围的味道，老是有一股我实在无法形容的气味萦绕在身旁，我好害怕！我问过许多人，他们都说没有闻到。”她像抓救命的稻草一样，一把抓住了我的手。

老实说，这番莫名其妙的话，我听不懂。我只有苦笑："你是不是最近压力太大，产生了幻觉？"

"不可能，我闻得十分清楚，明明周围就有一种恶心的怪味！"她开始歇斯底里，似乎真的有什么东西在附近，但是只有她一个人能感觉到。

我皱了皱眉头，用力按住了她的肩膀："放松！放松一点。你去照照镜子，你看自己现在是什么模样？不修边幅的，从前的你根本就不是这个落魄相。就算没病，自己都把自己吓出病来了。或许欧阳剑华三人的死，真给你带来太大压力了！"

杨心欣稍微清醒了一点，看着窗户玻璃映照出的面容，猛地捂住了自己的脸。确实，她似乎几天没有洗过脸了，一副疲倦的惨白，颚骨都突出来了，哪里还有从前的自信美丽？

呆呆地望着自己，突然，她发出一阵震耳欲聋的尖叫，飞快地跑掉了。

我莫名其妙地呆愣在原地，许久才回过神来。看着周围略带着好奇和探求色彩的眼神，无奈地挠挠头，也跑掉了。

不过提起味道，似乎，让我找到了一条还不错的线索。

时间流逝，很快就到了周末。我威胁莫菲调查的事情也开始稍微有了些进展。

早晨十点多和方悦约了见面。我俩心照不宣地将所有烦恼都抛开，走在喧哗的大都市里。我们看了一场很无聊的三流浪漫电影，吃了冰激凌，然后跑到西餐馆要了一份牛扒套餐。

最后，我和这个腐女坐在公园的水池边，感叹着人生。

"好饱。"这是她对人生的第一声感叹。

"我再也吃不下去了。"我也感叹，整个人都躺到了椅子上。

方悦转头看我："夜不语，事情最近有进展吗？"

"应该算有吧。"我沉吟了一下，"就像你说过的，芭蕉树，项链，和尸体那股怪味，或许在本质上有某种我们都还不知道的联系。撇开现在所有的已知线索，我让莫菲调查了那股尸臭最开始的来源，居然有所发现。臭味最早的一个记录是一年半多以前，出现在一个叫做邓涵依的女孩身上。"

"邓涵依？是谁？"她问。

"和我们是一个学校的，同届，她是一班的学生。档案上说她死于自杀，而且自杀的动机不明，但是手法却有点惨不忍睹。那个女孩用洗靴子的硬塑胶刷把自己身上的皮肤全都刮了下来，整个浴室里全都是血。"

“好像欧阳剑华的死法！”方悦惊讶地捂住嘴。

“不错，看到后我也很吃惊。虽然她自杀的事情那时候我也有所耳闻，但是却没想到那么恐怖。看了当时的照片后，差点就吐了出来！”我思忖着，“总之，她自杀是在张可唯戴着项链出现以前，而且死后的第11个小时开始散发出惊人的腐臭味。”

“她会不会和张可唯有什么联系？譬如说是暗地里的情侣？”方悦判断道。

我点头：“开始我也觉得有可能。所以昨天我去了一趟邓涵依的家里，她的房间至今都还保留得很完整。我当时采用某些借口搜索了她的房间，最后在她电脑中的Mail Box里发现了大量通信记录，都是写给一个叫做唯的男生。初步估计他们是在交往。”

“我倒比较感兴趣你是用什么方法进人家房间的。”方悦露出促狭的笑容，“不会慌称自己是少年FBI吧？”

“当然不可能，这世界哪有人那么白痴？”我瞪了她一眼，“我是用很正规的方法进去的。”

“例如？”

“例如说我是她初中时期最好的朋友，但是毕业后就出国了。没想到一回来想看望老朋友，居然听闻这种人间悲剧。我很沉痛，希望能在她的房间静静地缅怀从前浓厚的友情，等等。”

她立刻做出一副要晕倒的样子：“这也叫做正规的方式？你根本就在利用邓涵依双亲的善良和对女儿的依恋罢了。你这人还有没有良心，绝世大恶魔！”

“要你管。”我“哼”了一声。

“不过，她还那么年轻，为什么要自杀呢？”方悦叹了口气，“夜不语，张可唯最后的一个字也是唯，他会不会就是邓涵依的交往对象？”

“我看不可能，来往信件里，那个男生文笔超好，绝对不是张可唯那种纨绔子弟可以写出来的。”我毫不犹豫地否决，“我倒是认为张可唯应该是暗恋邓涵依的其中一个人，而且爱她爱得就快疯掉了，于是在她死后将她的骨灰偷了出来，送到美国的LifeGem公司定制了那条造成以后连续死亡案件的五克拉蓝色钻石项链。”

方悦仔细想了想，也连连点头：“说得好像很有道理。那意思就是，邓涵依交往的对象，那个叫做唯的男子，很有可能是这一系列案件的主谋？”

“绝对很有可能！”我深深吸了一口气，“我有一种预感，所有事件都开始渐渐明朗起来了……”

第十三章

联系

夜深了。

杨心欣从便利商店买了一大堆带着香味的生活用品慢慢往公寓里走。四周很黑暗，本来就暗淡的路灯“嗞嗞”闪烁着，让四周显得更加神秘。

她不由得打了个冷战。今晚，似乎有点不太寻常。只是究竟哪里不对劲，偏偏又无法形容。用力裹紧外衣，她转入了回家必经的巷子里。

空荡荡的巷子，行人一个都没有。似乎所有的路灯都坏掉了，路上黑漆漆的，能见度不会超过3米，总感觉四周有一股莫名的寒意。

杨心欣有些害怕了，她掏出手机来照明。微弱的光芒并未将能见度提高多少，但是内心却稍微安定起来。

巷子里回荡着自己空荡荡的脚步声，寂静得令人发疯。

啪嗒，啪嗒。猛然间，自己的脚步声传入耳中，变得复杂起来。似乎，有两个人的声音。她猛地回头，就着手机的光芒，却什么都没有看到。不远处，除了黑暗，依然是黑暗。随之，声音也全都消失了。

静！如同死亡般的静。那种安静带着强烈的诡异气息，让人不寒而栗。

错觉吧。她深吸了一口气，继续向前走。不久后，那种跟随自己脚步节拍的声响再次出现了，而且节奏越来越快，像是背后有个人跑了起来，拼命地追赶自己。

近了，更接近了。已经到了不超过一米的距离。

再次用力回头，依然什么也看不到。

杨心欣的心脏因为恐惧而超负荷地跳动着，她喘不过气来。甚至整个身体都因害怕而颤抖。她甚至能感觉到自己脉搏的跳动，心跳和鼻息，以及耳畔抚过的冰冷微风。

只是，鼻息为什么会在脖子后边？那急促的频率，根本就不是自己的！

她紧紧抓住手中的袋子，却实在没有回头的勇气。她可以感觉到，身后分明有一个人在离自己不到一寸的距离，他的鼻息甚至碰到了自己的脖子上。

但回头后，自己恐怕依然什么都看不到吧。

在这种情况下，一个正常的女生会干什么？杨心欣还算很正常，她尖叫了一声，用怀里的袋子向后打去。但击中的却只是空气。

没有丝毫迟疑，她转身就跑，向着家的方向一阵狂奔。

大约过了3分钟，当电梯公寓的灯光出现在视线里时，她才喘着气，慢了下来。好不容易才进入大门，一抬头却发现电梯居然坏掉了。

今天真是够倒霉的，不但遇到怪异的事情，还要爬楼梯。杨心欣租住的公寓在11楼，幸好不算高。但也足够一个心力交瘁、体力透支的女孩爬很久了。

长吁短叹下，她无力地走进安全门。说实话，心情真的很糟糕。也对，不论是谁遇到这么连串的打击，都会开始自暴自弃的。怪味的骚扰，偶尔出现的莫名其妙的灵异现象，周围人对自己的漠视，在这种情形下度过了一个礼拜，老实说她已经快要崩溃了。

楼梯，慢慢从自己脚下闪过，恐怕也只是意识开始有点模糊了。不知是不是错觉，萦绕身旁的那股恶臭更加浓烈了。她立刻从购物袋里掏出香水，整瓶全部倒在了身上。

但那种味道却依然没有被掩盖，反而混合成更加浓烈的异味。好恶心！但是自己却丝毫没有恶心时应该有的呕吐冲动。

杨心欣突然感觉自己全身瘫软无力，她靠着墙，滑坐在阶梯上，然后用手机拨通了电话。

“喂？心欣吗？”方悦的声音传了出来。

“方悦，听我说，或许真的有芭蕉精！”杨心欣的声音变得苍白无力，“我临时想出的那个乱七八糟的方法，或许真的把芭蕉精引出来了。”

“方悦，我有预感，或许我马上就要死了。”

“方悦，你不要高兴，下一个，就会轮到你……”

杨心欣真的死了，第二天她的尸体被发现在电梯公寓的天台，散发着惊人的恶臭。

得知杨心欣死亡消息时，正是礼拜一的早晨。当时我正和方悦利用课余休息时间讨论最近收集到的线索。

“根据资料，我发现所有死亡的人都有几个相同的地方。”我指着一份最近两年因为五克拉钻石项链而死亡的遇害者名单道，“第一，他们接触过钻石，然后自杀。第二，他们的皮肤都有严重破坏的痕迹，而且都是自己用刀子或者刷子等硬物自虐造成的。第三，据说他们自杀前都声称自己闻到过一股怪异的味道，可是周围人什么感觉也没有。第四，都在闻到异味的9天内死亡。”

顿了顿我又道：“而最近死亡的三个人，欧阳剑华、张凡和吴广宇，除了欧阳剑华间接性地提到过项链以外，其余两人找不到任何和项链相关的联系。但是他们的死和一年半以前的连续死亡事件绝对是同一类事件。如果真的有凶手的话，恐怕也是同一个人！”

“不对，没有接触过项链的还有一个人。”方悦指着死亡名单的最顶层，“就是邓涵依。钻石是用她的骨灰做成的，不是吗？”

“不错！”我点头，“邓涵依是关键人物，或许就是这一连串事件的根源。我调查过她死后警方对她父母做的笔录。据说凌晨的时候，邓涵依起床问自己的母亲有没有闻到过什么奇怪的味道，然后第二天一早就被发现自杀在了浴室里，鲜血淋淋的，一打开门就能闻到强烈的恶臭。

根据这条线索，我们可以大胆地判断，她是因为某种原因闻到了别人都嗅不到的怪味，然后这种如同病菌的要素隐藏在了尸体里，即使变成骨灰，即使被做成钻石，那种要素依然没有改变。它影响了佩戴它的主人，让那个人产生闻到怪味的错觉，然后迫使对方自杀。”

“等一等。”方悦有些头晕，“你上次不是说，和邓涵依有书信来往，可能是她男友的一个叫做‘唯’的男生很可能是凶手吗？”

“我只是在陈述一种可能性罢了。这件事情实在过于匪夷所思，恐怕不是人力可以做到的！”我略微苦笑。

“你的意思是，真的有鬼！”方悦打了个冷战。

“别傻了，世界上哪会有鬼！”我哼了一声，“我只是说人力不能做到，现今的科学无法解释罢了。”

“夜不语，你的话满矛盾的。”

“要你管，总之我不信世界上有鬼。”我偏过头去，“邓涵依是项链事件的源头可能是迄今为止最有力的一条线索，只要我们弄清楚为什么她会闻到那个不存在的气味，恐怕就能清楚这一系列死亡事件的原因。或许也能调查到你姐姐失踪的线索了！”

“我姐姐，会不会真的已经不在了？”方悦的声音又低沉了下来，她在害怕。自己一个人之所以能够坚持活下来，是因为还没有见到姐姐的尸体。如果真的找到了，恐怕她会在一刹那崩溃。

“别担心！”我握住她的手，那柔若无骨的细腻感觉让人很舒服，“接触过项链的受害者还有一个相同点，就是都是在家里自杀的。而你姐姐只是失踪罢了，恐怕她还活在世界的某处，只是失去了自由。她正等着我们去将她找出来，救出来！”

“真的？”顿时，方悦的眼中泛起了希望。

我无声地点点头。那个乱七八糟的推理也只能暂时哄哄她罢了，其实，对于她姐姐生存的可能性，我实在不抱太大希望。

但是那番话依然让她精神了许多，整个人又燃起了活力。

“姐姐，我和我小弟就来救你了！”她用力反握我的手，不顾周围人的关注，完全没有淑女风度地大喊了一声。

喂喂，是谁，哪位，怎么又变你的小弟了？我冤枉啊我！

带着满脸的振奋，方悦像是才想到什么，问：“夜不语，你有没有发觉心欣最近的行为有点古怪？”

“当然有，她前段时间还对我说她闻到了什么怪异的味道……”话说到这里，我猛地停住，古怪的气味？按照分析，闻到的人不久后都会死掉，难道她并不是神经衰弱，根本就是要遇害的前兆？

方悦明显也发现了这一点，她和我对视一眼，整个人都颤抖起来，干涩地说道：“昨晚11点多的样子，心欣还给我打过电话。”

我皱眉：“她说了什么？”

“她说这个世界上恐怕真的有芭蕉精，她有预感自己快要死了。”方悦顿了顿，终究害怕某人担心，没有将后边那句话说出来。

话音还没落下，兜里的电话便急促地响了起来。我俩同时被吓了一跳。

我咒骂着接起手机，只听了一句，脸色顿时变得惨白。许久，无力地将手机握在手心里，什么话都说不出来了。

“谁打来的电话？”她担心地问。

“是莫菲，看来杨心欣的预感成真了。”我笑得很勉强，“她确实死了。死在所住的电梯公寓的天台。应该是自杀！”

再也没有上课的兴致，又混了一堂课之后，我和方悦想了两个十分无聊的借口，请假溜掉了。

出了学校就叫上一辆出租车，向杨心欣家的方向疾驰。

她的家在电梯公寓的11楼，和欧阳剑华所在的高尚住宅区很近，但是却差了不止一个层次。这是一栋十分老旧的建筑，大概也修建起十多年了。电梯很不安全，上升时经常性地发出“咯嗒咯嗒”的危险声音。

整个楼顶已经拉起了警戒线，莫菲正在里边呼来喝去地忙碌着。

“小夜，你来干什么？不上课了？”这只超级大腐卧底女探员，责备地看了我一眼。我促狭地笑起来：“我只是想看看你们警方会把这件事编成什么浪漫故事公布给大众。会不会说杨心欣这位纯情的美女，她最爱的人就在不久前死掉的三个男生中间，碰巧就是张凡或者吴广宇。他死掉以后，杨心欣觉得生无可恋，忍无可忍之下，决定殉情？”

“哈哈哈，我怎么可能会想出这种像是三流连续剧的故事。”莫菲干笑着掩饰，满脸被看穿的尴尬。

“说不定哦，这一类无聊的剧情，普通的善良市民最能接受了。”我漫不经心地指了指警戒线，“不邀请我们进去参观吗？”

“谢绝进入。”莫菲用双手打叉。

我将头偏到一旁：“其实普通的善良市民不但喜欢三流剧情，更喜欢挖掘别人的隐私和某些波澜起伏的神秘故事。如果我把这件事情的某些疑点提供给一些好奇心重的记者叔叔的话，你觉得会不会很有趣呢？”

“你敢！”莫菲的声音顿时大了起来，她狠狠瞪着我，许久才拉起警戒线，“好了，魔鬼，给我滚进来！”

我冲方悦比了个胜利的手势，走进了现场。

杨心欣的尸体还在原地，用一张白布盖着，距离天台边缘不到一米。我示意方悦后退，然后轻轻揭起了白色布单。

一股熏人的臭味迎面扑来，即使我做了万全准备，戴了便携防毒面具，也能闻到那股臭味，就跟它可以通过视觉传播似的。好恶心的味道，光是想想都觉得恶心。生前那么爱美的杨心欣如果知道自己死后会这么令人厌恶，恐怕会选择立刻跳进火里来个尸骨无存吧！

我打起精神看尸体。她死前似乎就已经赤身裸体了，全身的肌肤都有严重烧伤的痕迹，而且呈现轻微的金属化，胸部肌肉有大面积的破裂，四肢和身体局部出现了水肿。手臂上还有电流斑，应该是触高压电而死的。

莫菲也看着尸体：“你的这位同学是摸这栋楼的变压器触电而亡的。据分析，她的本意是想跳楼，但是最后由于某种原因放弃了。”

“什么原因，根本就是没胆子跳下去罢了。”我哼了一声，心里很不是滋味。虽然和她的交往并不是很深，但生活中还是有些交集，并不会如见到陌生人死那般轻松。再加上一个大美女变成了眼前这么一副恶心的恐怖样子，一时间几乎无法反应过来。

“还有其他线索吗？例如遗书什么的？”我转头问。

莫菲摇头：“什么都没有。专家勘查了整个天台，推断这女孩已经下决心寻死了。她走上来，犹豫了一会儿，然后动手脱掉自己全身的衣物，再走到天台边缘静静站了一段时间，最后自杀。天台上一向很少有人来，最新的脚印都是她一个人的，所以排除了他杀可能。”

我阴沉着脸，拉着方悦离开了。

内心沉甸甸的，就像压了厚厚的铅块。如果说欧阳剑华的死和钻石项链还有间接的联系，那么张凡和吴广宇呢？杨心欣呢？这三个人根本就没有接触到钻石，可为什么都死掉了？

而且死因都一样。就相似性而言，应该是因为同一个要素才遇害的。但最近一段时间发生的事情，如果硬要重合在一起的话，只有一件事。

就是我们六个人一起玩了召唤芭蕉精的游戏。但根据那个游戏的玩法，根本就不可能有危险，何况我事后也做了万全的善后处理。难道这个游戏之中还有一些我没有办法察觉到的特殊因素，或者在特殊地域下，让整个游戏都变了质？

会有那种可能性吗？

我暗自摇头，实在想不通。所有线索都交错在一起，在我似乎就要把握真相的时候，偏偏会节外生枝，认定的真相也变得模糊起来。

这一系列事情绝对有所联系，而且那种联系恐怕就在我们玩芭蕉精游戏的地方。

味道指的是味觉，气味指的是嗅觉，看到的指的是视觉，感到的指的是感觉。这些都是人类感知世界的必要手段，缺一不可。一道美味的菜，先是看到，闻到，然后觉得好吃，而后吃进嘴里刺激味觉，最后大脑发出真的好吃的指令，将这种印象当作记忆储存下来。

但是欧阳剑华三人死后散发的气味呢？原本它只能靠嗅觉途径传播的，但是我偏偏觉得，闻到的同时，味觉和视觉都受到了影响，仿佛根本就收到了和嗅觉一模一样的信息。

令人恶心到想吐的信息。

真的是一种怪异到极点的气味。

那晚我和方悦为了解开谜题以及找到她姐姐失踪的线索，再一次来到了旧校舍。

围墙的小门已经换了新的，锁也弄了一把稍微坚固点的。不过这也难不倒我，我取出老男人杨俊飞的侦探社派发的标准开锁套装，用一根定制的散花针将锁打开，然后推开了门。

“你确定要跟我进去？”我转头问。

方悦坚定地点点头，但紧扯着我衣角的左手却在不住发抖。

“这次可不要随便晕倒，也不想想自己有多沉，我背着很辛苦的。”

她满脸通红：“不要婆婆妈妈的，快给我进去！”

第三次进这个鬼地方，感觉依然是那么诡异。四周的警戒线已经被拉掉了，芭蕉树依然像是营养不良一般，病恹恹的，满树的叶子耷拉着，像一只只张牙舞爪的怪兽。微风抚过，树影晃动，却看不出丝毫生机。

如果告诉其他人，这些芭蕉树在半个月前还生机勃勃，恐怕百分之九十九以上的人都难以置信。至少如果不是我亲眼所见，我是说什么都不会相信的。

习惯性地从最近的树上扯下一片叶子放在手电下看，那种干枯的触觉拿在手里十分不舒服。但至少已经不再散发出几天前的恶心气味了。

叶子在风里沙沙作响，方悦也打量着四周，内心生出一丝莫名的恐惧。她用力拉了拉我的胳膊：“夜不语，你觉不觉得这里有些地方不一样了？”

我笑道：“每次来，这里都会有点不一样，说实话我都快麻木了。”

方悦摇头：“这一次不太一样，我老觉得心里不踏实，好像要发生什么事情。”

“那你出去等我好了，我调查一会儿，很快就出来。”我头也不抬，手敲着树身。里边传出空洞的闷响，似乎汁液已经被抽空了。

“不要，一个人我会怕。”她拼命摇头。

“那就乖乖跟在我身后。”我从包里拿出砍刀，然后将最近的那株芭蕉树砍倒，一看之下顿时呆住了。里面居然是空的，不要说汁液，就是角质层也没有了，整棵树只剩下一层空壳。惊奇之下又砍了几棵，也是一模一样。

究竟是什么力量，或者说是虫害或疾病，居然能将一棵树变成这个样子？

“你还记得，我们上次玩游戏的那棵树在哪里吗？”我迟疑了一下，问道。方悦指着不远的位置：“应该是那个方向。”

我抬起头向那里看去，周围死气沉沉，气氛也沉重起来。我几乎要喘不过气了，只是看不到那棵奇形怪状的芭蕉树。

“说起来，骨灰钻石的事情你调查得怎么样了？”方悦似乎想稍微减轻一点恐惧感，开口问道。

我边搜索边回答："每个商品都有一定的商品号码。那种贵重的特殊物品当然不会少，我在项链上找到了一串辨识条，然后委托我的一个老朋友向LifeGem公司查询了。"

"你什么朋友那么神通广大？一般那种特殊的公司就算我这样的小市民也知道他们会对客户保密，特别是美国的公司。像这样的产品，不保密得像国防总部才怪。"她好奇道。

"一个三十多岁的老男人罢了。"我淡然道，"经历了那么多，你不会真以为我只是个单纯的高中生吧？"

方悦沉默了一下，真亏她一直憋着从未问出口。这一次，她似乎也没有问我底细的打算："那结果什么时候拿得到？"

"最迟3天，他会电邮给我。"我的视线漂移着，总算将那棵树给找了出来。走过去，我下意识地抬头望着树顶，顿时，全身如同被雷电击中一般，再也无法动弹。

"夜不语，你怎么了？"方悦焦急地摇着我的身体。我却说不出一句完整的话，只能发出干涩的"咯咯"声。一股恶寒从脚底直爬上了后脑勺。

"你究竟怎么了？"她慌乱得几乎要哭了。

我用手缓缓指向死死注视的地方，她望了过去，却是满脸疑惑。许久，我才声音颤抖地说："那里曾经长有一个像婴儿一样的怪异芭蕉蕾，也是我们玩芭蕉精游戏的媒介。那晚游戏结束后我就将它砍了下来，但是你看……"

原本应该空荡荡的地方，那个状如婴儿的芭蕉蕾原封不动地长在本来已经被砍掉的地方。那张婴儿的脸，第一次看到时，眼睛原本是紧闭住的。但是现在却睁开了，睁得大大的，仿佛带着莫大的怨恨，狰狞地盯着我们。

望着那对像是眼睛的东西，血液似乎都要凝固了。只有冷，彻骨的冰冷。冷得我和方悦不住地哆嗦。

"好可怕的形状。"方悦深深吸了口气，用力按住心脏的部位，"一眼看过去，差点把胆都吓破了！这玩意儿真邪门！"

我喘着粗气，脸色铁青："不管怎样，虽然没有证据，但是至少了解了一件事情。杨心欣他们四个人的死亡，肯定和这棵奇形怪状的芭蕉树有关。"

"看到这棵树，我也有点赞同你的观点了。"她缓缓点头，挽住我的手更用力了，"我们现在该怎么办？"

我稍微想了一下："既然那个蕉蕾会长上去，我们就把它再砍下来一次，然后烧掉。我就不信它还能长！"

"不会有什么危险吧？"她稍有些迟疑。

"都死那么多人了，如果还找不到连续死亡的关键原因，恐怕还有更多人死掉。"我沉吟道，"别忘了，我们也玩过那个游戏。说不定下一个死的，就是我或者你。"

方悦低下了头，不知道在想些什么。然后她向我伸出手："刀拿来。"

"干吗？"我疑惑地看着她。

"我来砍。"

"女孩子不适合干这种事情。"我皱眉。

"我要砍，我已经决定了。"她坚决地从我手里抢过军刀。唉，越来越搞不懂女人在想些什么了。苦笑着摇头，我弓下身体，冲她道："站上来。"

"你干吗？"换她疑惑了。

"那个蕉蕾接近两米高，你以为你一米六的高度能够摸得到吗？快上来。"我气恼地喊道。方悦可爱地吐出丁香小舌，站到我背上，仔细观察芭蕉蕾。

近距离看，那副婴儿的尊容变得模糊起来。看来果然是偶然吧，毕竟人类本身就对人形的物体很敏感，只要有眼睛鼻子耳朵和脸部轮廓，就会下意识地将其看作人体形状。

树枝连接芭蕉蕾的地方没有接口，绝对是自然生长上去的，排除了人为的因素。但为什么砍下来的东西会重新长上去呢？实在太怪异了！

方悦没有再想下去，右手提起军刀，向芭蕉蕾的根部用力砍去。就在那一霎，不知道是不是错觉，有种铺天盖地的恐惧感顿时卷席了自己。身体犹如狂风中的小草，随时都会消失生命的印记。

自从第一眼见到这个芭蕉蕾的时候，女性的本能就响起了强烈的警钟。她直觉感到异常危险。碰到这个东西的人，很有可能会没命。

但是这东西一定是要砍下来的，毋庸置疑。自己不砍，夜不语那固执的家伙也一定会做。如果真有危险，还是自己承担好了。

心里不禁又记起杨心欣临死前说的最后一句话。

"方悦，你不要高兴，下一个，就会轮到你……"

她预感到自己会死，也说对了人生中的最后一句话。下一个，恐怕真的会是自己！方悦感觉脑袋一阵眩晕，鼻子里突然涌入一股异味，很强烈很恶心的异味。就如同欧阳剑华他们四人死掉后，身体散发出来的味道。不对，这个要强烈上百倍。但是她却丝毫没有想吐的感觉。

只是头很晕，很想睡一觉。接着，她从我的背上跌落，摔倒在了地上。芭蕉蕾也在同一时间掉在了地上，摔得粉碎。

一颗白森森的头颅从蕉蕾里滚了出来……

尾声

接下来的时间过得飞快。

经警方查证，邓涵依的骨灰确实失踪了一部分，而偷窃人就是富家公子张可唯，和我的猜测完全相同。而藏在芭蕉蕾中的人头，被确认为是本地第一重点高中高一二班的一个叫做钱舒唯的学生，他在一年半前失踪了。时间刚好是邓涵依死亡后的第二天。

他的尸体在那棵怪异的芭蕉树下被找到，是他杀。凶手是张可唯。

于是整个事件开始陷入无法破解的谜题里。我根本查不出邓涵依这个幻觉臭味发现者的源头，究竟是因为什么事才触发自己闻到怪味的。

但至少搞清楚了两点。第一，一年半以前死亡的八个人确实是因为戴着骨灰钻石而死亡的。而杨心欣等人，或许也是因为同样的原因而相继死亡。

可是无法解释的事情依然很多。至少我不明白为什么欧阳剑华的食道里会有那张写着“项链，旧校舍”的纸条，更不清楚张凡和吴广宇的尸体为什么会藏在旧校舍里。这里面，是不是还有什么没有浮上台面的力量在暗地里操控着?

不！这一切，说不定并非无法解释。

通过笔迹鉴定，那张纸条的笔迹并不属于欧阳剑华。其实写下纸条的人我很熟悉，他便是用微博私信我，引我进入河城特高的周岩。

至今，周岩都没有被找到。

可是，几天后，这个神秘的家伙却再一次给我发了一封私信。内容如下：

夜不语先生，我知道你去河城特高找我了。但是出于种种原因，我无法现身。河城特高发生了那一系列古怪的事，其实与天书残片有关。

一年半之前，回到河城守护天书残片的我，不小心引起了张可唯的注意，他将天书残片夺走了，居然炼成了两根俗气的金链子。

天书残片拥有神秘的超自然力量，似乎能作用于周围尸体的神经系统，令尸体的膝跳反射变得可控。同时，这张残片还能散发古怪的气味，令接近者产生幻觉……

本来这两根项链已经失踪了一年半。可最近却突然再次出现在了河城，似乎背后有人在操纵着，盘算着什么大阴谋。

我知道夜先生您得到了那两条骨灰钻石项链。

请将其还给我，否则，会有更可怕的事情发生。天书残片神秘无比！这世界上，窥视着天书残片的势力，比夜先生您想象的，更加多！

此致

周岩敬上

看完了他的私信，我才恍然大悟。狗日的，一直以来我都以为是钻石项链上的骨灰钻石有问题，结果真正有问题的，是那两条看起来档次很低的合金项链。

鬼才会想得到那两条项链，就是所谓的天书残片铸造的。

天书残片会令人产生幻觉。这倒是能够解释杨心欣等人的死亡原因。可不知为何，我老是觉得自己貌似遗忘了些什么。

猛地，我惊悚地站了起来。

方悦她在旧校舍中，曾经说自己看到了死掉的爬楼梯的学长，还有玻璃上不存在的血手印。那，是不是说明她已经受到天书残片的影响，产生了幻觉呢？

或许是为了响应我的预感，自己不由得想起，刚刚接到过的一通方悦打来的奇怪电话。

“夜不语，是你吗？”

“我是方悦。”方悦的声音失去了往日的灵气，似乎有些凝重。

“你还不睡觉，都已经快12点了。明天还要考试吧？”我一边检查电脑，一边敷衍。

“我不用在乎了。”她的声音有点呆滞，“说起来，夜不语，你相信一见钟情吗？”

“肯定不信。”

“但是我信。我第一次见到你，就很喜欢你了。超喜欢你的。要是你是个直男，该有多好。”

“方悦，你今天究竟是怎么了？”电话这头的我突然涌上一种强烈的不安感。

“不要说话，我的时间已经不多了！夜不语，你知道爱情是什么吗？爱情就是失去理智。

“陷入爱情的人，眼睛会看不到，耳朵会听不到，变成只会傻傻看着那个人的傻瓜。夜不语，我现在什么都看不到了，也什么都听不到了。我真的好不甘心，好不容易才鼓起勇气和你说话，好不容易才看到了一丝生存下去的希望。但是生命却在这种情况下走到了尽头。真的，我好不甘心！”电话那头，她在抽泣。

“夜不语，永别了……”

当我赶去她的家时，那个可爱的腐女已经死了。

死于自杀。

在她死后的第二天，杨俊飞那个老男人将骨灰钻石的调查电邮给了我。第一条钻石项链确实是张可唯定做的，用的果然是邓涵依的骨灰。而第二条没有定做者的名字，但是骨灰的名字我却异常熟悉。

正是方韵，方悦的姐姐。可惜这一线索我永远都无法告诉她了。

你闻到过别人感觉不到的怪味吗？你有收到过一根五克拉的蓝色钻石项链吗？你是喜爱钻石的女生吗？

故事到最后，只有我一个人活了下来。

我还真是受到了诅咒，莫名其妙的命硬啊。

我至今还记得和她第一次约会时的约定。她说，不管我们俩谁先死翘翘了，如果人死掉后真的会变成鬼的话，那就在那个人死亡的第七天，在午夜零点，拍一拍他的肩膀，再在他的屁股上踢一脚。

她死后的第七天，我关掉了房间里所有的灯，静静地抱着膝盖坐在床上。指针到了零点，然后飞快地滑了过去。直到凌晨一点，我的肩膀也没有被拍，屁股也没有被踢。

方悦真的死了，永远都不在了。那一晚，我差点哭了。

原本这个故事我不打算写的，但最后还是决定用文字将它详细记载下来，流传下去。因为在方悦死后第十一天，原本放在杨俊飞保险柜里的两根骨灰钻石项链突然不翼而飞。

这件事情远远没有结束。或许，那两根致命的五克拉蓝色钻石项链就在你身旁。

如果有一天你收到了类似的钻石项链，或者突然闻到了别人闻不到的气味。不要慌张，首先，你务必要做以下两件事。

找条河把项链扔掉。

开始习惯那种怪异的味道。

否则，你也有可能在九天之内死掉……

少年夜不语系列604气味完

梦幻黑晶
MAGICAL MORION
605
河神
连就连
你我相约定百年
谁若九十七岁死
奈何桥上
等三年

连就连
你我相约定百年
谁若九十七岁死
奈何桥上
等三年

引子

石头，一层一层地被堆积了起来。

一条宽敞的大河旁坐满了小孩子，我也是其中一个。不知为什么，我坐在河边，不断地将身前的石头一层又一层叠起来，可是每次一堆到第五层，石堆就会莫名其妙地垮掉。

身旁的孩子也在堆着石头，椭圆形的鹅卵石被他们整整齐齐地排列着，有的人堆到了十三层，而有的人只堆了两层就垮掉了。

一双大眼睛迷惑地打量着四周，那些孩子我一个也不认识。为什么我会和他们在一起？为什么我一定要在这里堆石头？

我用力地甩着小脑袋，虽然我才五岁，但是大人们都说我机灵，这么简单的问题应该难不倒我这个天才的对吧。可是我，却什么都记不起来了。

究竟是从什么时候起，我就开始在这里堆砌石头了？究竟堆了多少次了？究竟成功过没有？

似乎已经过了很久了，爸爸，为什么还不来接我？为什么别的小朋友穿着打扮那么奇怪？有些人似乎穿得破破烂烂的，还有一些人的衣服，只有在电视的古装片里才见过。

这一切的一切，完全理不出思绪。

不堆了！我气鼓鼓地嘟着嘴巴，决定自己给自己下班，但是双手，却丝毫没有因为大脑下达的命令而停止下来。

左手将顺手抓起的石头递给右手，右手又一层一层地将石头垒起来，如同不知疲倦的机器手臂。不但如此，我居然不觉得饿，甚至没有接触到石头的感觉。

五感中，似乎只剩下了视觉。身旁的大河，奔腾而过，我听不到。河边特有的淡淡腐臭以及泥土的气味，我也无法嗅出来。

我，究竟是怎么了？

石头再次叠了上去，叠到了第五层。果不其然，当最后一颗石头垒上去的时候，整个石堆在刹那间崩塌掉了。

“嘻嘻。”

背后突然传来银铃般的笑声，很悦耳。

猛地转过头，这才发现身后不知何时走过来一个小女孩，一个很漂亮的小女孩。大概和我一般年纪，大大的眼睛，穿着白色的短裙，脸庞白皙没有血色，长长的黑发在河风中一荡一荡，却不会被吹得很凌乱。

她笑着，长长的睫毛忽闪忽闪，细声细气地说道：“你这样堆是永远堆不好的！”

“难道你就知道该怎么堆？”我没好气地瞪了她一眼，丝毫没有因为她是美女就给特殊待遇，毕竟那时候的我才五岁，还不清楚什么叫做长远投资。

“人家当然知道。”女孩子狡猾地说，“如果你陪我玩，我就教你。”

“不要。”我嘟着嘴巴，毫不犹豫地拒绝。

“为什么？”女孩急了起来。

“爸爸不准我和陌生人一起玩。”我指了指周围，“附近有那么多人，你随便挑一个跟你玩好了。”

“我已经试过很久了，但他们好像都听不到我的声音。”女孩沮丧地摇着头，“很久了，也只有你能和我说话。”

我挠着头：“你在这里有多久了？”

“不知道，有很多年了……吧。”女孩的脸上划过一丝迷惑，仿佛时间长得就连自己也忘记了。

“你的爸爸妈妈呢？”

“不知道。”

“那这里是哪里？你为什么会到这里来？”我问出了一直以来最关心的话。

女孩这次却回答得很流畅：“我不清楚。不过，你又为什么到了这里呢？”

我苦笑起来：“不知道。”

说完，我俩望着对方，开心地大笑了起来。

“所有人都叫我河神。可其实我是有名字的。我叫，嗯，我叫穆红思，以后叫我红思就好了。”好不容易笑完，女孩大方地伸出手来。

我迟疑了一下，将右手递了过去：“我叫夜不语，以后叫我夜哥哥好了。”

“不害臊，明明你比人家小的。”红思圆圆的脸上再次绽放笑容，“以后我就叫你小夜得了。”

我心不甘情不愿地“哼”了一声，算是默许了。

女孩偏过头去作出可爱的沉思状，然后猛地一拍手道：“对了，小夜，我们现在已经知道对方的名字了，对吧？”

“对啊。”我点点头。

“那我们现在应该不算陌生人了哈？”

“理论上，应该是吧！”我为难地摸着鼻子。

“那我们就可以一起玩了。”她一把拉住我的右手，完全忽略了我的个人意愿，用惊人的蛮力将我拉走了。

就这样我开始和她一起玩耍。不管我要什么，她似乎都有办法给我变出来。有一次我在河边看到了蜻蜓，绿色的，无声地从附近飞过。我好不容易抓到了一只，呆呆地看着它在自己的指缝间挣扎。那绿莹莹的眼睛如同宝石一般发亮，很美。

“喜欢吗？”红思坐在我身旁，微笑着问。

“嗯。”我点头。

第二天，她递给了我一个小小的布袋子：“送给你。”

我疑惑地打开一看，顿时吓得将整个袋子都扔了出去。里边，满满的，装的全是蜻蜓的眼珠子。绿莹莹的，带着愤恨和怨气，直愣愣地从布袋里望向我。

时间就开始在这种莫名其妙的玩耍中度过。我从来就没有感觉过饥饿，也不会想上厕所。期间，我也试图和别的小朋友说话，可除了红思，真的没人理会自己。就算将他们推倒，他们也会像不倒翁一般，爬起来，继续堆石头。

我也常常问红思将石头堆起来不会倒下去的方法。红思总是微笑着将话题岔开，有时候实在岔不开，就开始大哭，用十分伤心的语气抽泣道：“小夜知道了一定会离开人家，到时候人家又要孤孤单单一个人了！”

这时候，我学着大人的语气诅咒发誓，说就算知道了，自己也一辈子都不会去用，绝对不会离开她。

她立刻摇头表示不信，然后我就伸出右手小指要和她拉钩。

就这样折腾了好几次，最后，她终于在和我拉了十次钩后，忍不住将那个方法说了出来。

我暗暗地记在了心底，虽然不知道为什么自己会那么在意。但是，五岁的我确实对一个同龄的可爱女孩动用了五岁孩子本不该有的心机。

河床在视线里延伸，似乎没有尽头，对岸也是蒙眬一片，什么都看不清楚。而这里，似乎也完全没有白天与黑夜的区别。只是每到一个特定的时间，红思就会慵懒地伸个懒腰，说已经到晚上了，她要回去睡觉了，然后便跑得不见踪影。

我也就干脆将那个时段定为了晚上。

当晚，我按照她教我的方法将石头堆砌了起来。叠到了第五层，将最顶上的那块石头小心翼翼地放了上去，虽然听不到也感觉不到心脏的跳动，但是，应该是很紧张吧。我拼命地闭上眼睛，过了许久才缓慢地睁开。

石头，果然没有像从前那样垮掉。

猛然，一道刺耳的尖叫传入了耳膜里。穆红思不知什么时候站到了我跟前，她的脸上带着愤怒，也带着一丝丝的惊恐、惆怅和痛苦。

“小夜，你说过绝对不会用那个方法叠好石头的。”

我脸色发红，一时间不知道该怎么回答。

“你骗人，骗子！骗子！”晶莹的泪水从她明亮的大眼睛里流了出来。

不知是不是错觉，我感觉她的声音在变淡，越来越淡……

“小夜，为什么你一心想要离开我？我不会放你走的，总有一天你还会回来。”

红思的身影也开始蒙眬了起来。

“小夜，你这个骗子。你是我的，我对你那么好，为什么你还要走？为什么你要丢下我，孤独了那么多年，好不容易才有了一丝希望，为什么你要走！”

她试图抓住我的手臂，但是什么都抓不到。我的视线里，她的声音和身影都在剧烈地变形。眼前猛地一黑，接着散发出刺眼的光芒。

“龟儿子，给我挺住。不要被金娃娃大神操纵了意志。龟儿子，给我醒回来！”光芒的另一头，爸爸焦急地拍打着我的脸，他的嗓音已经喊破。

我，终于睁开了眼……

第一章
死亡幻觉

“今天，我在公车上为一个背着大书包的小女孩让座时，她张口一句‘谢谢阿姨’！你明白吗，她居然对我说‘谢谢阿姨’，真是个不懂得知恩图报的小女孩，真不知道她父母是怎么教育她的！”何彤喝了一口咖啡，望着咖啡厅外，秋风萧索，梧桐树叶被秋风吹落，满地都是。

她只感觉现在的心情，就和今天的天气一样忧郁。

闺蜜孙柳眨巴着眼：“小女孩没错啊，挺有礼貌的，人家怎么就得罪你了？”

“这还不算是得罪我？简直是赤裸裸的挑衅嘛！”何彤瞪了孙柳一眼，“你耳朵没听清楚吗？我说那个小女孩居然叫我阿姨，不是叫姐姐，而是叫我阿姨！”

何彤顿了顿，郁闷的表情比秋天的天气还难读懂。

孙柳愣了愣，挠挠头：“美女，你确实已经到了被叫阿姨的年龄了。”

“可我一直都没有意识到啊。那个小女孩居然叫我阿姨，太让我难以接受了。就像是一道晴天霹雳无情地将我震醒。最可恨的是，我想开口纠正，动了动嘴唇却什么话都说不出来！”何彤叹了口气，她用手指摸着咖啡杯的边缘，眼神空洞。

“我只能挫败地对这些年轻的小孩们表示佩服，一张利嘴一双无辜的大眼睛就能轻易将敌人消灭在无形之中。”

“该死！真是不甘心！在小孩们理所当然的眼神中醒悟，然后无奈地承认自己终于到了年幼时曾经羡慕无比的年龄。不过，现在的自己，似乎早已忘记曾经的梦想。成长，将一切都磨灭干净了。或许曾经的我只是想快点长大，以后坐公车时就可以自己握住那个高高在上的扶手，又或许只是想玩旋转木马的时候不需要家长陪同……”

“现在我确实不需要家长陪同了。也人老珠黄了！”

何彤一边感慨，一边恶狠狠地将咖啡杯中剩余的黑咖啡喝光。她将手举向天花板，用力地抓了一把，似乎想要牢牢地抓住已经从指缝流逝的青春。

孙柳从兜里掏出一把小梳子，轻轻敲了敲她的脑袋：“笨蛋，你才24岁吧，就自称人老珠黄了，那比你还大半岁多的我情何以堪！我连男朋友都没有呢，可不想和你这种自称人老珠黄的丫头一起感叹人生。”

“我还不想呢，可时间，时间这鬼东西，太遭人嫌了。”何彤从沙发上站起来，激动地比划着乱七八糟的动作，完全不顾咖啡厅中别人的眼神。

“美女，淑女，淑女一点。再发神经，你更找到不到男朋友了！”孙柳用包包挡着脸，一副“我不认识那个歇斯底里的女人”的表情。

“该死，我才24岁，干吗非得要找个男朋友啊？该死的男人，老娘未来的老公，你死哪里去了！”何彤干脆摆出了思想者的标准姿势，准备将神经质发扬到底。

孙柳用手指在何彤的咖啡杯里沾了沾，塞进嘴里尝了尝味道：“咖啡里没被人下药嘛，你干吗一副喝醉酒的模样在发酒疯啊。那个小女孩的一句感谢，就把你刺激成这样了。死女人，你的心理承受能力也未免太差了一些。”

“要你管！”何彤又瞪了她一眼。

“好啦，好啦，我知道你伤心了，乖。回家睡一觉就什么事都没有了。饱饱地睡一觉，状态之神会重新给你加满正能量的。”孙柳哄小孩般，好不容易才将何彤哄回家。

结果，当天晚上，刚做完公司的CAD，熟睡下去的孙柳，被刺耳的电话铃声吵醒了。

“小柳，还记得大学毕业前，我们列了一张表，说是要在临近毕业前一定要做完吗？”电话的那一头，传来了何彤激动的声音。

“大小姐，你自己看看，现在几点了？”孙柳看了看电子钟，凌晨3点半。

“别管时间不时间的。”何彤的声音激昂，“我神奇地将那张单子翻了出来，上边写着，要找校草吃饭；要戏弄班主任；要向喜欢的男孩告白。我发现单子上的十条都实现了，可是第十一条，唯独只剩那一条，我们没去做！”

“美女，我明天一大早还要上班呢。”孙柳摸着脑袋，被硬生生吵醒，弄得她有些低血糖，火气也大得很！

“可是你不会觉得不甘心吗？”何彤问，“大学毕业，也就意味着青春期彻底结束，我们就是社会人士了。当了社会人士两年，结果自己列出的愿望表居然都还没实现完，小柳，你不会觉得不甘心吗？”

“喊，你最近散文读多了？满嘴多愁善感。”孙柳抱着枕头打瞌睡，“说实话，那个所谓的愿望单，都是你擅自写的。上面到底有什么，我都彻底给忘了！”

“小柳！你这个没有青春的女人。我一定要拯救你！”何彤不管不顾地说，“明天是礼拜五，你们公司也要放假，对吧？晚上8点在东郊的豪家商场门口集合。我们去完成最后一个愿望，不见不散！”

“我才不去呢！平时工作累死了，不想宝贵的周末也要被你占用。”孙柳张嘴就拒绝了。

“喊，不去你会后悔的。”何彤发出“吃吃”的坏笑声，“刘瑜也要来。”

孙柳愣了愣，脑袋顿时清醒了一点，听到这个名字，她的心跳突然加快了，可犹自嘴硬道：“他去不去关我什么事？”

“我替你打探好了，他还是单身哦！”何彤增加了筹码。

“臭女人！”孙柳从鼻腔了发出“哼”的一声，双手将枕头抱得更紧了，“算你厉害，我去！”

挂断电话，孙柳冥思苦想了许久。两年多前大学毕业，自己和何彤确实列过一个愿望表，似乎也确实有一个愿望没有实现。

可是究竟是哪个愿望呢？怎么她无论怎么想，都想不起来了？

刘瑜，他也会去。真不知道孙柳是怎么想的，怎么就真跑去邀请他！他真的会去？

带着乱七八糟的思绪，孙柳一整晚都没有睡好。早晨顶着一个大大的黑眼圈去上班，好不容易熬到下班。

她在公司下面的小吃店随便吃了些东西，坐公车朝东郊的豪家商场门口赶去。

“小柳，这里，这里啦！”刚下车，就看到一辆小车停在商场大门外，何彤将头伸出副驾驶窗外，用力朝她挥手。

孙柳挠挠头发走上去，拉开了后座的门，一边上车一边问：“你从哪里弄来一辆车？”

“张旭的车。”何彤拍了拍驾驶座，“张旭，你应该还记得吧，大学时的铁哥们。”

“废话，当然还记得，上个礼拜才刚刚一起吃过饭呢。”孙柳瞪了她一眼，说道，“贤婿啊，又被小彤抓到小辫子了？这次她又用什么威胁你？”

“没威胁我，本帅哥本身就对这件事感兴趣。”张旭转头不满地说，“拜托别叫我贤婿了，我上个女朋友就是被你们叫跑的。”

“喊，听到你的绰号都能跑的女人，她根本就不是真心爱你嘛。跑了也好！”何彤大咧咧地用力拍着他的肩膀。

张旭“哼”了一声：“别说我了，你们两个万年老处女也是有问题。”

“你才有问题了！”孙柳和何彤同声骂了回去，“凭什么说我们有问题？不给个解释，我俩跟你没完。”

“你们还说自己没问题。”张旭启动了车，“毕业两年了吧，包括我，你们身边有多少铁哥们？少说也有十多个吧，那么多优秀男人围绕身旁，你俩还是单身。还说没有问题！”

“嘁！”何彤用力敲着张旭的脑袋，“贤婿啊，你不会是暗恋我俩多年了吧。”

“算了，姑奶奶，我就算是暗恋吉尼斯世界纪录上最丑的女人，也不敢暗恋您老人家啊。”

“可我倒是一直都在暗恋你哦。”何彤突然严肃道。

张旭的脸色顿时一抽：“你说真的？”

“白痴，当然是假的。”何彤坏笑起来，“我就算暗恋吉尼斯世界纪录上最丑的男人，也绝对不会爱上你。气死你！气死你！”

“好啦，你俩别耍嘴皮子了。”孙柳看着窗外一闪而过的景色，天已经漆黑了，街道两旁的路灯也没了踪迹，显然是在朝郊外开去，她不由得问：“我们这到底是要去哪儿？”

“小柳，你不会是把愿望清单上的愿望忘得一干二净了吧？”何彤突然反问。

孙柳心虚地干笑了两声：“如果我说自己忘记了，你会不会把我从车上扔下去？”

“当然不会，难道我在你心里，就是这种可怕的女人吗？”何彤眨巴了一下眼睛。

“那我承认，我完全忘掉了。”孙柳嘿嘿笑着。

“果然你也忘记了。”何彤看了窗外一眼。

“什么叫果然，难道你也忘干净了？”孙柳诧异地问。

“这可不怪我，不光是我，其他人也把它忘到了九霄云外。”何彤连忙说道。

“其他人？”孙柳更加疑惑了，“我们俩的愿望清单上居然有其他人？这是怎么回事？”

“这就要问列清单的人咯。”何彤说。

孙柳一把抓住了她从前边被风吹过来的头发：“喂，列清单的不就是你吗？”

“嘿嘿。”何彤也想了起来，捂住半张脸，学漫画人物尴尬时的表情。

“别装可爱了，这类精神攻击对本人无效。”孙柳用力扯了扯她的长发，“给我说清楚。”

“其实这件事也挺简单的，我就是昨晚感觉很不爽，翻了翻从前的陈年旧物，结果翻出了那张两年多前的愿望清单。”何彤小声道，“清单上说，我、你、刘瑜、张旭，还有王晓东，要去一个诡异的地方，听一场戏。”

“什么诡异的地方？”孙柳追问。

“到地方你就知道了，现在告诉你，你这个胆小的家伙一定会跳车逃走。”何彤缓缓道。

窗外，本来漆黑的道路两旁，又出现了路灯。昏暗的路灯间隔很远，路灯的尽头，一个陈旧、弥漫着死气的建筑群，出现在了视野中！

没人想到，那个本来就代表着死亡的场所，会给所有人带去刻骨铭心的死亡经历。

等车停下来，孙柳倒吸了一口冷气：“这，这里是柳城的火葬场嘛。我们到这里来干吗？”

何彤一边拉开车门，一边撇撇嘴：“当然是听戏啰。”

“听戏？”孙柳愣了愣，“你脑袋秀逗了，到火葬场来听戏！”

“愿望清单上是那么写的。”何彤将随身带着的大学毕业前的愿望清单拿了出来，递给孙柳，“你自己看看，上边写了，我们的最后一个愿望，就是邀请死党刘瑜、张旭和王晓东去火葬场看戏。写得清清楚楚明明白白呢。”

“可，愿望清单上为什么会有这种不合逻辑、思想扭曲的不健康愿望？”孙柳打了个冷战，她直觉有些不太对劲儿。

“谁知道，管它那么多。我看到愿望清单后，就觉得自己一定要完成它。不然浑身都不舒服，就像毛孔无法呼吸似的，憋得慌。”何彤摇了摇头，“打电话给刘瑜他们三个，三人也觉得很有趣，都同意了。”

“对，我们都同意了。”火葬场大门口的停车场冷冷清清，只有两辆车停着，从另一辆车下来了两个人，正是刘瑜和王晓东。

听到刘瑜的声音孙柳颤了颤。刘瑜一直是她暗恋的对象，只是除了闺蜜何彤外，没有人知道。大学毕业后，刘瑜就和校花去了大城市发展，可是因两人性格不合分开了，据说刘瑜前不久又回到了柳城。

再次看到他，孙柳觉得这个帅气的男孩，似乎变得有些陌生了。社会果然像是一把刀，能将一个人原本的性格磨掉，变成另一副模样。

“现在工作生活压力那么大，有些刺激的消遣，怎么样也要算我一个！”王晓东笑嘻嘻地从车厢中拖出一个大背包，背在了背上。

“我叫你准备的东西，都准备了？”何彤小声问。

王晓东点点头，拍了拍背上的旅行包：“都装好了。”

“那行！”何彤用大眼睛扫了四人一眼，眼眸在黑暗中散发着兴奋的光泽，“我已经打听过，前段时间有个富贵人家的千金死了，那个富翁包了殡仪馆，准备演一场戏。”

她抬手看了看表：“再过半个小时，戏就要开始了。”

孙柳也看了看表，此时9点一刻。在柳城的传说中，再过半个小时，刚好是亡灵离开世界的时间。

张旭有些胆小：“我们偷溜过去，不会被逮住吧？”

“怎么可能！”王晓东对这类事情门清得很，“包场演戏的夜晚，整个火葬场和殡仪馆的人，除了一两个门卫外，全都会因为某种原因回避，不会留在殡仪馆里。”

“为什么？”孙柳有些好奇。

“等你去看戏后，就明白了。”王晓东一脸的神秘兮兮。

停车场一片漆黑，许多灯都关了。以前晚上也来过火葬场，可孙柳没觉得有今晚这么阴森。

五人摸黑向前走着。柳城的殡仪馆位于城市东郊，大约三十多公里的地方，很偏僻。人真的是很讽刺的生物，代表死亡的场所，却通常是最有油水可捞的部门。例如火葬场，就富得流油，员工的工资也远远高于普通人。

但是死人钱，也没那么容易赚。

何彤在前边带路，殡仪馆的门口，大门反常地开着。里面只有一个门卫，看也不看监视器屏幕，而是闭着眼睛在打瞌睡。

“这叫睁一只眼闭一只眼，属于约定俗成。”王晓东解释道，“一般有戏看的夜晚，殡仪馆的门一定会开着，让人类看不到的东西能够进去。而保安，绝对不能去看监控器，以免看到不属于人类世界的玩意儿！”

“这么玄乎？”刘瑜笑起来。

“这种事情是信则有不信则无。就像我们五个，还不是偷溜过来看戏了。”王晓东说。

“也对。”刘瑜有意无意地凑到了孙柳身旁，悄声问，“小柳，最近过得怎样？”

“挺好的。”孙柳的心脏，猛地跳了一下。

“挺好是有多好，有男朋友了，结婚了？”刘瑜又问。

“也没好到那种程度。”孙柳摇了摇头。

“这样啊，有空一起喝杯咖啡。”刘瑜试探着说，“就我跟你。”

孙柳的脑袋晕了一下，这家伙什么意思，难道何彤将自己喜欢他的事情说了出来？不对啊，自己这个大学同寝室的闺蜜，虽然人不太可靠，脑袋又经常犯抽，可是也并不是那种口没遮拦的家伙。

怪了，刘瑜到底是什么意思？孙柳一时间想了许多，低着头，轻轻“嗯”了一声。

刘瑜大喜：“就这么说定了。明天吧，下午5点半，就在半岛咖啡厅，我们俩叙叙旧。”

“嗯。”孙柳红着脸，又点了点头。

刘瑜这才满意地拉开两人的距离。而戏台，已经到了。

只要有人花钱，殡仪馆就会替客户搭建戏台，据说是为了超度亡灵。其实为死人表演，这种风俗在全世界都很盛行。

戏台搭建在殡仪馆的广场中央，台上还没有人，不过灯光和音响已经就位了。台下摆满了数百张桌椅，桌椅上全是瓜果熟食，每一桌还摆了红酒、白酒、饮料各一瓶。

五人偷偷找了戏台下最大的主位，钻进了桌子底下。

“排场还真不是一般大，何彤，你说的那个富翁究竟是谁？”张旭感觉很刺激。殡仪馆、空无一人的戏场，按照最高规格布置却不招待任何人的宴席，每一项都能令人无比兴奋，这一刻，什么工作压力，什么生活重担，都被这诡异的环境和恐怖的氛围排挤得一干二净。

“是天天连锁便利店的王贵。”何彤回答。

“王贵，哇靠，这可是柳城首富啊。怪不得！”张旭咂咂嘴，“听说他的女儿死得很惨，年纪轻轻就被绑票，被绑匪强奸后还怀孕了。王贵怕丢人，没让女儿去做人流。女儿临产时，只找了个接生婆在家里生产。那位千金身娇骨弱，遇到了大出血，婴儿又脐带绕颈，最后大人小孩都死得很惨。唉，有钱人家又怎样，遇到生老病死，一样躲不过。”

五人闲聊着打发时间，半个小时很快就过去了。

在外界一片死寂中，音乐从扬声器里传了出来。从桌子下的缝隙里，孙柳五人正好能看到戏台上的一举一动。

戏台上，走上来两个唱川戏的，一黑一白，用手中的各种武器打来打去。音乐不断变换着曲调，显得极为阴阳怪气，传入耳中，听得人通体发寒。

“好可怕喔！”孙柳连着打了两个冷战，“这些表演，究竟有什么意义？怪声怪气的！”

“废话，这戏本来就不是给人看的。”王晓东接嘴道。

“不给人看，难道给鬼看？”张旭问。

“答对了，恭喜你获得十分！”王晓东点头，“正是演给鬼看的。王家千金死得很惨，母女一起丧命，这种死法很忌讳，据说会还魂祸害全家。所以王贵才大价钱演一场戏，打点过路的阴魂恶鬼，让它们带自己的女儿和未出世的孩子离开阳世，早日投胎。”

“原来是这样！”张旭明白了。

孙柳却狐疑起来：“小彤，我一直搞不懂，为什么我们的愿望清单上有到殡仪馆看戏的愿望，这完全不符合我的性格嘛。而且，我完全不记得啊！”

“别管那么多了，那戏挺好看的，看完我们就回去了。”何彤满不在乎地扯了扯外套，她觉得周围越来越冷了，就连呼出的气也变成了白雾，不由抱怨道，“这该死的天气，真冷。”

“我怎么可能不在意。”孙柳瞥了瞥台子上，戏台的川剧已经完了，又上来两个人讲起了相声。明明是平缓的声音，可传入耳道，却变得扭曲起来。两人的声线拉得很长，恍如经过了几十光年后，才被自己接收到。

这，简直是太怪异了。

“我有些怕。”孙柳向何彤缩了缩。

“有什么好怕的。”何彤拍了拍她的背，安慰道。这个没心没肺的家伙倒是看得津津有味，还不时从桌子底下伸出手，摸出一些零食小吃和熟食，递给大家吃。

“我们这么做，不会遭报应吧？”张旭问。

“有报应的话，光是看死人才能看的戏，就会被报应了。我们现在顶多是罪上加罪而已！”何彤大咧咧地说。

“虽然觉得你的话哪里不太对，不过挺有说服力的。”张旭等人纷纷吃起奉品来。

戏台上的表演花样百出，层出不穷，可都有一个奇怪的现象。那就是声音低哑无比，越拉越长，听得人毛骨悚然。

孙柳更加害怕了，她开口道：“我们早点走吧。”

“走？去哪里？”何彤仍旧大咧咧的，一边吃一边津津有味地看戏，“挺好看的，你看，还有一个本地的三线明星呢。”

戏台上，那位三线明星大约26岁，拿着话筒，默默地站在表演台中央，有气无力地唱着自己的招牌歌曲。

明星很漂亮，已经是深秋了，柳城的天气降到了十多度，可她仍旧穿着一件单薄的黑色晚礼服，长发垂下，遮住了自己的脸。

“她的声音好奇怪啊！”张旭用手指掏了掏耳朵，“听得人怪难受的。”

突然，王晓东瞪大了眼睛，眼珠子都快蹦了出来：“那个女明星，像是李荷吧？”

“什么叫像是李荷，她明明就是李荷嘛！”何彤不追星，但是李荷她还是知道的。

“可是，可是李荷不是在两年前已经死了吗？”王晓东大声道。

剩下的四人，同时一冷。

“晓东，你在讲什么鬼故事，想吓唬谁啊！”何彤打了个哆嗦，骂道，“如果李荷死了，那站在台子上的是谁？”

“我怎么知道？可李荷确实是死了，她刚买了一辆跑车，到高速公路上飙车，结果遇到了车祸。”王晓东害怕地说。

刘瑜也点头：“虽然我在外地，可是这个新闻还是听说过。据说她脑袋都被割下来飞出了窗外。”

“这么玄乎！”张旭摸了摸脖子，“她也算当地的知名人物了，没听说有双胞胎姐妹啊。”

“算了，我们还是走吧。有些不太对劲儿。”王晓东胆寒道。

“哪里不对劲儿了，台上说不定只是个像李荷的人罢了。”何彤摆摆头，“我一定要看完这场戏。”

孙柳瞪了她一眼：“小彤，为什么我俩的愿望清单上，会有到殡仪馆来看戏的愿望？我怎么想都想不明白，那个清单上的愿望，我们明明在两年前一个一个都实现了。可我们俩却偏偏对这个愿望没有任何记忆。太不科学了！总之，我觉得这事有点怪。”

何彤嘟着嘴：“虽然我确实记不太清楚了，可是，愿望清单上白纸黑字写着……”

还没说完，戏台上的李荷唱了一个高昂的音调，高昂到像是惨叫。在这个寂静的殡仪馆中，尖锐的惨叫如尖刺，猛地刺入了五人的耳中。使得他们的脑袋都快要爆炸了。

五人使劲地捂住耳朵，就在这时，李荷一甩脑袋，居然因为用力过猛，满头长发的头颅竟然就这样掉了下来。在地上滚来滚去，最后滚进了主位的下方。

李荷的头滚到五人中间，孙柳等人尖叫一声，吓得差点晕倒。

只见这位两年前死掉的小明星的瀑布长发中，露出两只阴冷的大眼，一眨不眨地死死看着他们。

刘瑜、王晓东和张旭是男生，力气很大，一激动站起身，将主位给掀翻了。桌面上的食物瓜果与酒水“噼里啪啦”落了一地。

“逃，快逃。该死，这究竟是怎么回事！”张旭骂道，转身就准备逃走。

可是五人刚转过身，动作戛然而止。他们张大嘴巴，全身不停地发抖。恐惧得再也没法行动。

眼前，原本空无一人的酒席桌子，数百张的酒席前，不知何时坐满了人。密密麻麻，各式各样的人。

他们吃着桌子上的食物，目不转睛地看着戏。

主位被掀开后，五人露出了身形。本来没有注意到他们的人群，一个个缓慢地转过头，朝他们看去……

“哇，救命啊！”大咧咧的何彤再也没了脾气，她大叫着，使劲拽着孙柳的手。

“快逃，快！”孙柳深吸一口气，他们身旁那些脸色漆黑、脸颊干枯的家伙，怎么看都不像是正常人。最可怕的是，刚刚明明没有听到有人入场看戏，怎么一眨眼的工夫，就变了数百人出来？

孙柳感觉脑子不够用了，她怕得要死，拉着闺蜜就开始往外跑。

周围的怪人并没有阻拦他们。五人拿出了吃奶的力气，好不容易才从戏台外逃出去，跑到了殡仪馆大门口。

可是本来大开的门，居然不知何时合拢了。那高达五米的巨大铁栅栏令张旭等人胆寒，不知所措。

“我们，我们该怎么逃？爬栅栏，爬出去吗？”王晓东浑身吓得直哆嗦。

“爬，爬得出去个屁。”张旭看着五米高的铁门顶端，还拉着带刺的铁丝网，差点哭出来。

“该死，这究竟是怎么回事，我们见鬼了？”何彤缩着脑袋问。

“不清楚，妈的，我要知道会发生这种事的话，打死都不会来。”王晓东抱怨。他回头看了一眼，只见远处的戏台，仍旧清晰可见。戏台前百余张桌子旁坐着的人，也回头看着他们。仍旧是那种阴郁没有生机的眼神，一眨不眨，直直地看着他们。

王晓东突然更加怕了："你们有没有觉得，那些人又变多了？刚才逃走的时候，才百余个而已，现在每张桌子都座无虚席……这，这是我的错觉吗？"

"你没看错。"孙柳也望过去，顿时带着哭腔道，"那些人，是真的变多了。我们，肯定是碰到了脏东西。小彤，我就说不要来这种鬼地方。"

"现在说什么都晚了，最重要的是逃出去。"何彤的粗神经有一个好处，就是暂时还没被吓破胆。

王晓东也看着那个戏台，不知道他看到了什么，脸色大变："刘瑜，我们一直是死党，对吧？"

"对啊，都什么时候了，你还说这种莫名其妙的话。"刘瑜早就被吓得不轻了，他瞪了王晓东一眼。

王晓东结结巴巴地说："你看戏台上的冥相！那是王小姐的照片，柳城首富的女儿。王小姐不是你以前的女朋友吗？两年前，她被人强奸，还怀了孕，你立刻抛弃了她，去了省会城市。"

刘瑜打了个哆嗦，吼道："别说了。"

"怎么能不说！我看，这全是报应，是王小姐来找我们了。不然为什么两年前死掉的人，现在才做法事，搭戏台？"王晓东一把抓住了他的衣领。

"你们究竟在说什么？"何彤看了戏台一眼，只见那王小姐苍白的遗像就摆在戏台最显眼的位置，很大，就算远在殡仪馆大门口，也能清楚地看到王小姐眸子里的怨气和恨意。

那微微咧开的嘴角和洁白的牙齿，在黑暗中，显得活灵活现。仿佛她随时会从遗像上走下来，一口咬住他们的脖子，将他们吃掉。

何彤看得通体发凉，不敢再继续看下去。

"对啊，那个王小姐的死，跟我有什么关系？"刘瑜犹自嘴硬道。

"当然有关系，大有关系。你的事我全部都知道，但是作为死党，一直都在帮你保密。"王晓东将刘瑜的衣领拽得更紧了，"你在省城找了个更有钱的女友，可是王小姐却死活不跟你分手，还威胁要将你的龌龊事全部曝光。你就买通了一些流氓，绑架强奸了她。你打着她乱搞怀孕的借口，顺利将王小姐甩掉，去了大城市，奔向了更好的前程。"

这番话令众人全都吃惊不小，孙柳难以置信地看着刘瑜帅气的侧脸。

“你，你诬蔑我！”刘瑜一把将王晓东的手打开，“亏我还当你是一辈子的死党，你究竟拿了谁的好处，居然用这种白痴谎话诬蔑我！”

“我诬蔑你？你就是个人渣！”王晓东突然朝戏台跪下去，使劲磕头，“王小姐，是我不对，我知道真相后还替那个人渣隐瞒。可是我罪不至死啊！”

孙柳低头看着歇斯底里的王晓东、脸色铁青的刘瑜以及闺蜜等四人，她总觉得哪里有些不太对劲。

不对！哪里不对！

她拼命地想，却感觉记忆被吸尘器吸过一般，始终无法想起。

猛地，身后发出一阵剧烈的响声。戏台上的遗像莫名其妙地掉下来，摔在了地上，摔得粉碎。那像是一个信号，同一时间，在桌子旁吃喝的怪人们全都站了起来。他们仍旧眼睛不眨一下地看着孙柳等人，慢吞吞地朝他们走来。

何彤又尖叫一声：“他们过来了，我们快逃啊。”

然后一边尖叫，一边什么都不顾地往栅栏上爬。找不到别的出路，其他人也只好学着她的模样，一个个地往上爬去。

孙柳的脑子翻江倒海，不停运转着。何彤突然找出的愿望清单，大学时的铁哥们也因为这张清单凑到了一起。为了实现清单上的愿望，偷跑到殡仪馆看戏，却看的是两年前死掉的王小姐的仪式。

哪有那么多巧合的事情？

这中间，肯定有哪个环节出了问题。难道是那段怎么都想不起来的记忆？

还没等她想明白，成百上千的怪人们已经潮水般涌了过来，僵尸般站在了他们身下。那些人眼眸空洞，那些人皮肤昏蒙，没有血色。

那些人，绝对不是人类。

这是孙柳短暂的人生中，最后的一个念头。

空寂的殡仪馆，摄像头里只记录下了安静又空荡的戏台，以及戏台下，五具已经冰冷的尸体！

掉下来的遗像，仍旧泛着阴冷的气息。

谁也没有察觉到，那遗像的下方，不知道被谁，偷偷地放了一串反射着诡异光芒的蓝色钻石项链……

第二章

怪异的诅咒

“喂，工读生，去那边，给我用最恶毒的词语，使劲把那帮白痴骂走。”张辉对我说。

西班牙作家何塞普·普拉将人分成三类：朋友、认识的人与点头之交。

我和眼前这个叫做张辉的娘炮，就是点头之交。至少，我一直这么认为。张辉正用尖细的声音跟一群中年人对骂。他骂不过来，随手将正在打杂的我拉了过去，让我用最难听的人间秽语辱骂右边的十多人。

这群中年人几乎每天都会来殡仪馆一趟，拉横幅，发传单，大吵大闹，让殡仪馆赔偿。至于原因，据说是因为他们的儿女跑进殡仪馆中偷看了一场冥戏后，怪异地死在了广场上。

殡仪馆的监控里什么线索也没有，警方立案后也查不出个所以然来。

五人的家长觉得殡仪馆监管不力，有责任赔偿。而殡仪馆方面坚持自己没有责任，是那些人自己偷溜进去的，而且殡仪馆最近丢了不少东西，说不定正是那五人偷的。没有追究那几个人的责任，已经是很大度了。

所以这场拉锯战持续了下来。家长每天都来大门口闹事，严重影响了殡仪馆的生意。而殡仪馆也破罐子破摔，干脆每天派出几个人去应付那些歇斯底里的家长们。如此折腾来折腾去，已经差不多有一个月了。

而我，来这家殡仪馆，到今天为止刚好是第六天。

至于我为什么会来殡仪馆工作，这是一个很长很复杂的故事。呃，好吧，我承认这个悲催婉转的故事，解释起来也没那么复杂，似乎也不是太长……

我是夜不语，一个倒霉的，从小总是会遇到不太好，甚至称得上糟糕的怪异事件的男孩。有人说我像是柯南，走到哪里，就有人死在哪里。我不太同意这种观点，因为这会让我的世界观崩溃。我觉得自己更像是经常中彩的笨蛋，一个智商很高，却仍旧在无数事件中一无所获的笨蛋。

不是我带去了死亡，而是死亡找上了我。如果我不去调查那些可怕的事，怪事依旧会发生。虽然我的到来，似乎也没对事件有太多改善。

我将自己的遭遇写进书里，变成了《夜不语》系列。于是，也就认识了许许多多看《夜不语诡秘档案》的读者。

周岩就是我其中一个读者，至少在他的信中是这么说的。他给我写了一封长微博，却让我经历了一个可怕的故事，所谓的“天书残片”这一拥有超自然力量的物件，也展露在了我的眼前。

虽然那个天书残片最终被一个富二代炼成了两条蓝色钻石项链的金链子，不过就是那条似乎会引人产生幻觉，甚至会辐射出神奇力量的物件，却在被我锁入保险柜后，神秘失踪了。

经过层层调查，最终我和侦探社的所有人一致认为，偷走蓝色项链的，应该就是周岩本人。

我不甘心，通过那个事件，我的直觉告诉我，周岩并不简单。

他和我算不上朋友，也不是点头之交，甚至自始至终，连面也没有见过。但是那个闻所未闻的天书残片，却是真实存在的。我也亲眼见过它的可怕。

正如周岩所说，想要得到它，利用它力量的势力，绝对不少。

让一个威力不确定的物品，落入敌人手中，是一件何其可怕的事情。何况和我敌对的势力，也不算少。所以我和杨俊飞一合计，利用大量的资源，终于查到了周岩的踪迹。

杨俊飞拿着一叠资料，上面显示周岩最后在柳城活动过，目的不详。不知他接受了历代守护天书残片的阴阳先生的衣钵后，究竟学到了什么。

总之周岩神秘兮兮的，每到一个地方，那个地方就会出现怪事。

或许，他带走的那两条变成项链的天书残片本身，就有召唤诡异事件的能力。又或者，周岩知道了某些事情，正在不断寻找某些东西。

这令我越来越在意。于是侦探社所有人兵分三路，一路人继续调查天书残片到底是什么，周岩身上到底发生了什么事。另一路人紧紧盯着敌对势力。

最后，能够自由行动的人中，反而就只剩下我一个人了。

于是，我又悲催地变装了。

这一次不是变装学生，而是化身为工读生，进了这家阴森森的殡仪馆。

这家位于柳城东郊三十公里处的殡仪馆，十分宏伟大气。但是里边的工作人员，却全是些怪人。

例如这个被我定义为点头之交的娘炮张辉，他经常偷偷地性骚扰身边的每个男性，很不幸的，我最近被他给盯上了。

“我不会骂脏话。”我挠挠头，人家死了儿女已经够不幸了，还要侮辱别人，虽然我的人品确实公认恶劣，但也做不出这种没人性的事情。

“工读生，你也该认识一下社会了。”张辉伸手在我屁股上一拍，恶心得我鸡皮疙瘩都冒了出来。他捏着兰花指："不会骂的话，就直接问候他们家族的女性啊。"

"呃，这，这个本帅真的做不到啊！"我连忙摆手。

张辉斜了我一眼："哟，做不到的话，不做就是了，最多人家晚上抽时间通宵辅导你。死相！"

我在抛弃人格和与他的通宵辅导之间，选择了前者。躲开他再次拍向我臀部的咸猪手，我硬着头皮，走到了那些家属身旁。

那群人这次又换了新的花招，从卡车上拖下一大堆花圈将殡仪馆的大门堵上了。我挠挠头，慢吞吞地问："请问有什么能替你们服务的？"

该死，本来是想接受张辉的安排直接开骂的，结果一张嘴就不听使唤了。

"替我们服务，哼，你们殡仪馆巴不得我们这些人死掉，赚黑心钱。"其中一个中年男人冷哼一声，用力瞪着我。

"我的女儿死得好惨啊。"中年人一旁的中年女人哀号着，将花圈放在地上。

花圈中间有死者的照片，长相挺普通的女孩，但是看上去很有活力。照片边上写着：女儿何彤喊冤天下，死得不明不白，求查明真相！

中年女人见我看着花圈，立刻扑了上来，我轻轻一偏躲开了。女人干脆一屁股倒在地上继续号叫："我的女儿死得好惨啊！"

我揉了揉鼻子，三天了，似乎这女人从头到尾都是在哭，也只在说这一句话。虽然她死了女儿确实有些可怜，但，能不能换一句啊？

"我们女儿就死在这里，殡仪馆却还在推卸责任。老子以后死了，绝对不会把自己拉到这儿来烧。"中年男子没有去扶自己的妻子，而是接着搬花圈。

我苦笑道："这个，附近几百里只有这么一个殡仪馆，您百年后，去不了别地儿的，最后还是会被拉到这儿来烧掉！"

"你个混蛋，居然咒我死。"中年男子愤恨地盯着我，一转头，对身边人说，"你们都听到了，殡仪馆的这个工作人员居然公然诅咒我死。把你们领导叫过来，我要跟他理论。"

又是找理由让上级出面，这三天已经换着花样的找殡仪馆领导了。我耸了耸肩膀，用例行公事的语气说："对不起，上级去公干了。"

"公干个屁！"中年男子一把抓住了我的衣领，"刚才我还看到他在那栋办公楼的窗户后面偷看。"

"您都知道了，也清楚他们绝对不会跑出来自讨没趣，对吧。"我不动声色地挣脱了他的手，向后挪了挪。

“他们不出现，行，那我就找你。”中年男子脸色变了，他伸手在衣兜里不知道想掏什么。

“老公，不要啊！”他的妻子突然站起来，想要阻止他。

我眉头一皱，这家伙不会是想不开，带了凶器准备杀人了吧？

“喂，你们在那边吵吵嚷嚷地干吗？”娘炮张辉已经光荣地完成了自己的任务，他用自己独有的恶心娘娘腔嗓音加上说话必带脏字的语言将十多个人都骂得脸色铁青，无言以对。正得意着，不小心看到我们这边的气氛有些古怪。

他开口后，本来针对我的中年男子立刻转移了目标：“你这个混蛋，你才是殡仪馆里最该死的人，你才是！每天都出来羞辱我们，我要你一命换一命。”

“白痴，你女儿死了，还是早点下葬吧。她现在尸体都还在我们家的冷库里，遇到你们这种死要钱，一心就想要赔偿的老赖家长，她也够惨的，死了都不能安息。”张辉撇撇嘴，一脸鄙视，“中国人讲究入土为安，我们殡仪馆免费给死在这儿的五个人提供一条龙服务，甚至还提供墓地，已经仁至义尽了。法院都没有明文规定我们必须要这么做！你们这些当父母的，啧啧，都把儿女不当一回事。啧啧，我看啊，全都一个个钻钱眼里了，肮脏，龌龊。”

“你这个死娘娘腔。”中年女人气得险些晕过去，“我们才不要你们殡仪馆肮脏的死人钱，我要的是公道！是真相！我女儿不明不白地死了，谁知道是不是你们殡仪馆的变态杀的？我看，你就是那种变态！”

“我变态。嚯嚯，真可笑。居然说我是变态！”五大三粗的张辉挽着兰花指半掩住嘴，“我哪里变态了？我只是有一点女性化，是雌性激素分泌旺盛。你们这些文盲，雌性激素懂是什么意思吗？”

“不要跟他耍嘴皮了。”一直犹豫不决的中年男子闷不做声地走过去，从兜里掏出了一团东西，使劲朝张辉的脑袋拍去。

“危险！”我一直都在观察那中年人，见他行动了，立刻扑过去准备将他推开。

“老公！”他的妻子惨叫一声，也跑了过去。

中年男人的速度太快，我完全来不及碰到他。也足以说明，他已经下定了决心。男子脸色阴沉，咬着牙，眼中全是满溢出来的恨意。

“哇，杀人了！杀人了！”张辉也感觉到了危险，他感到那个男人将什么东西死死地贴在了自己的额头上。这只娘炮撕心裂肺地尖叫起来，叫了好久，发觉不痛，于是张开了眼睛。

我目瞪口呆地站在原地，脑子有些乱。太出人意料了，那中年男子掏出来的不是刀，也不是枪，而是一只古怪的蜗牛。那只蜗牛不大，通体散发着幽幽的绿色，但只是看一眼，都能让人全身发凉。

中年男子用力地把怪异蜗牛贴在了张辉的额头上，张辉脸色惨白，一副自己已经死掉了的模样。过了好一会儿，才缓过劲儿来。发觉自己没事后，用力将身旁的男人推倒："死老头，要死啊，乱在人家脸上贴怪东西，人家就靠这张脸吃饭的！"

我还没从震惊中恢复，就已经被这只娘炮的话给恶心到了。这句话，杀伤力太大了。

张辉用力扯了扯脸上的怪异蜗牛，扯了几次，都没有扯下来。

不远处被推倒的中年男人被自己的妻子扶了起来，妻子脸色煞白，一脸世界末日就要来了的表情："老公，不值得啊。他根本不值得你这么做！"

"我要诅咒他！我要诅咒他！"中年男子的恨意弥漫到全身，甚至让我产生了恨意扭曲了阳光的错觉。

不，不对！他的身旁，阳光真的扭曲了。犹如高温的车顶，空气被加热才会出现的光线涣散现象。

这，这是怎么回事？我使劲揉了揉眼睛，男子的周围已经恢复了正常，但是脸色却黑得很，仿佛生命力全都被抽走了。还是那副模样，但被妻子扶走的时候，却尽显老态，完全没有了刚才的生龙活虎。

一个五十岁不到的中年人，在一分多钟时间里，居然出现了反差如此大的怪现象，令我更加疑惑起来。转头看着张辉依然在用力扯着脸上的绿色蜗牛，我的眉头皱得更紧了。

希望，刚才只是自己的幻觉吧！

莫名其妙用尽力气的中年男子和妻子坐上客车走掉了。闹事的其他人也陆陆续续离开了殡仪馆。

殡仪馆这才陆续恢复了正常运作。

"真是又够呛呢。"另一个部门的王叔叹了口气。他看着那些离开的车辆，喃喃道："虽然说是在殡仪馆工作，替死人提供服务。可最近那几个年轻人的死，也太怪了。"

我立刻凑了上去，装作好奇地问："王叔，我最近几天也听说了那件事。但是没听明白，究竟是怎么个怪法？”

“谁知道呢。”王叔接近60岁，在殡仪馆工作了快40年了。人说老了的都会变成狐狸，王叔这个人，在殡仪馆职位不高，但为人就跟狐狸般谨慎，说话滴水不漏。他打着哈哈，看向休息室里，还在不停摆弄额头上怪异蜗牛的张辉。

“小张啊，还没弄下来？”王叔笑呵呵地问。

娘炮抱怨道：“这东西也不知道是不是真的蜗牛，黏得太紧了，人家用剪刀撬都撬不下来。该死！好冷啊，弄得人家的额头冷得很。”

娘炮说着打了个哆嗦。

我走上前去看了看，怪异蜗牛的壳上似乎被人为地画了许多我完全看不懂的花纹，绿油油的悚人颜色也和寻常的蜗牛不同。

不知为何，我对这只蜗牛，十分在意。

“而且这怪异蜗牛分泌的黏液，也不知道怎么回事，我一用力抠就发痛。痛得很。”张辉气到破口大骂，“再让我看到那老头，人家非狠狠揍他一顿，让他把这张符给人家吞下去。”说着又用力拉扯了一下怪异蜗牛，怪异蜗牛与额头连接的地方，皮肤都快被扯了起来。张辉立刻痛得又惨号了几声。

“忍着点吧，蜗牛喜欢水，长久喝不了水自然就死了。等它死了，自然就会失去黏性自己掉下来的！”我安慰道。

这个怪异蜗牛虽然不大，但也遮住了张辉小半张脸。只剩嘴唇和一部分鼻子露在了外边。再配上这货娘气的腔调，看起来滑稽极了！

“希望如此吧。”娘炮郁闷地找了个镜子，不停地照来照去，唉声叹气地抱怨，“人家的花容月貌啊，完全被这只蜗牛给毁了。”

我和老王险些喷了。

“好啦，好啦，那些人最近闹得越来越厉害了。上头没人愿意出面，就是苦了我们这些基层员工。呵呵。”老王笑呵呵地说，“小张，你脸上的绿蜗牛，我给你算工伤。大家辛苦了，我过段时间给大家申请奖金。”

“奖金？”张辉一听到有钱拿，立刻就来了精神，“老王，在你手底下做事就是舒服。多给人家申请一点，人家还差一件漂亮的花衣服呢。”

“好啦，好啦。去吧，去吧。”老王对他挥挥手，张辉走了出去。

我也准备离开时，老王却叫住了我：“小夜啊，你留下来一下。”

我眨巴着眼，停下了脚步，不太明白这只老狐狸留我下来干吗。

“小夜啊，坐这里。”老王随手拍了拍身旁的破旧沙发，示意我坐下。

我坐了下去，这沙发不知用了多少年，里边的海绵都没了弹性，坐着十分不舒服。

“据说，你是上边安排进来实习的工读生，有背景啊。”老王笑着探我的话。

“哪里，我就是个一穷二白的学生。刚好大学要毕业了，准备找地方打工来，巧呢，正好认识一个和家里交情不错的叔叔，他介绍我过来实习一段时间。哪里算是有背景的人。”我急忙摆手，用早就准备好的借口搪塞。

“这样啊。”王叔显然不太相信，但也没在这事上继续纠缠，反而主动转移了话题，“小夜啊，我们做殡仪馆这个行当的，赚的是死人钱。你好好工作就是了，好奇心不要太强。”

“为什么？”我好奇心强，已经是印刻到人格上的问题了，是绝症。无论如何掩饰，都会被有心人看出来，所以也就懒得掩饰了。

“好奇心太强了不好。殡仪馆本来就属于和死人打交道的行业，每年多多少少都会发生一些怪事。太好奇了，就会有危险。人啊，怕的就是不该知道的东西，非要去弄清楚。结果死了都不知道为什么。”

王叔拍了拍我的肩膀：“我知道你们年轻人信科学，不相信这些老古董迷信。有空去看看门口的板子，上边每年都会增加一些因为工伤莫名其妙死掉的员工名字。呵呵，空了，去看看，你就什么好奇心都没有了。”

王叔苦口婆心地说完后，便先离开了。

我眯着眼睛，看着他消失在门口的背影，愣了许久。王叔的劝告很真诚，像是不希望我出事。难道这只老狐狸误会了什么，以为我是殡仪馆高层某个股东的儿女，安排到基层锻炼，以后准备接手公司的？

我一边想着，一边也走出休息室，开始了一天的工作。

第三章
逼近的未知危险

说实话，殡仪馆中的工作其实是很枯燥无味的。

我被安排在吊唁厅工作。所谓吊唁厅，也就是遗体告别的地方，通常一个殡仪馆的吊唁厅的数目、规模和大小都由城市的大小来决定。

要去吊唁厅，就要经过休息室，这里是供丧家的亲朋好友休息的地方。一个城市，每天都有婴儿呱呱落地，同样也会有人死亡。

刚出生的婴儿惹人怜爱，给世界带来生机，给家庭带来欣喜和活力。而刚死去的人，死亡的原因却各有各的不同。但人生的终点，只有一个，那就是我眼前走廊的尽头。

柳城是个不算大的城市，总人口也不过三十万而已。所以附近的殡仪馆也就只有这么一家。这家殡仪馆集合了火葬场与停尸房的功能，甚至离这里十多公里外的墓地，也同属于一个老板所有。

小城市有小城市的慢步调，也有小城市自己的生态系统。

我看了一眼吊唁厅前的牌子，黑色的牌子上写着几个白色的大字："养马殡仪馆吊唁厅，敬请安息。"

通常殡仪馆的名字，在小城市都是直接冠以城市名的。不过这家养马殡仪馆不同，杨俊飞调查过老板，并没有问题。他靠房地产起家，在柳城房产饱和后，转移到了更加暴利的殡葬行业，甚至垄断了柳城附近的丧葬业务。

说实话，我追着周岩与变成天书残片的项链的脚步来到了这儿，却有些疑惑。周岩肯定还藏在柳城中，没有离开。这是杨俊飞的侦探社花了大力气调查的结果，但是我对周岩的目的，却还完全不清楚。

我甚至不知道自己待在养马殡仪馆，究竟有什么用。

但是资料显示，这家养马殡仪馆，虽然老板的背景以及一切都查不出问题，但是殡仪馆本身，就迷雾重重。

养马殡仪馆很大，主建筑中有一条长长的、只能容许工作人员进入的走廊。这条走廊几乎连接了殡仪馆的大部分功能厅。

第一个门是宾客休息室，第二个门属于吊唁厅。可是顺着这条黑漆漆，常年灯光不足的走廊继续往前走，就会通向存尸体的停尸房、存骨灰的往生厅以及最主要的炼尸炉与拾骨所。

三天时间，我也只是大略地明白了殡仪馆各个部门的所属工作和大概的分布。养马殡仪馆的名字由来，或许是来自地域位置。馆所就建在养马河附近，而所谓的养马河，是柳城的一条大河。

河水据说深不见底。关于这条河，倒是有许多历史传说。

究竟周岩，暗地里在盘算着什么？有他的线索，想要得到天书残片的势力，应该也不止我一家。恐怕现在的柳城，已经满城皆兵，暗地里流淌着可怕的暗流了吧。究竟有多少势力会跑来，我一个人能不能搞定，全靠杨俊飞那一支队伍的周旋。

“周岩这家伙，早点给我出现！你这小子现在危险得很呢。”我小声咕哝着，不无担心地推开走廊门，走进了吊唁厅中。

柳城殡仪馆的吊唁厅还算阔气，虽然用这个词形容观瞻亡者的地方有些亵渎。但是，这里的装修确实可圈可点。

足足两百多平方米的长方形空间，正中央有一个放棺材的楠木架子。而棺材，是上好的水晶棺，宽大舒适，外表漆成了漆黑的颜色。棺材两旁摆满了鲜花和低矮的青松。房间的墙壁上挂着许多古色古香的名画和名家题字，为了应景，全都是有关往生的题材。

画中有百鬼宴、有天堂、有地狱。不过亡者家属，似乎也没有人在意，更没有人有闲工夫去看。

今天的吊唁厅中，正在举办着一场仪式。每天，柳城都会死许多人，而殡仪馆中的吊唁厅只有一个，亡者的观瞻仪式通常是需要排队的。而吊唁厅在工作日，似乎也从来没有空闲过。

娘炮张辉和我一个工作组，据说吊唁厅还有一个工作人员，但他还在休假，所以至今我也没见到。

我的工作并不复杂，三天时间足够让我熟练了——指挥人将亡者的尸体抬上尸体台，放入水晶棺材中，然后在尸体上撒花，放入常青树的枝叶以及防止尸体放太久已经开始腐烂而发出臭味的芳香剂。

这次的死者是个女人，大约八十多岁。她死得很痛苦，脸色焦黄，身体已经瘦得变形了。柳城的尸体化妆师手艺还算好，尽量让她表现出安详的一面，让她的模样不是太可怕。

娘炮张辉还在拨弄着自己脑袋上那张卷起来的老旧怪蜗牛，怪蜗牛在他额头与头发之间，看起来十分搞笑。

“前辈，弄好了。”我弄好吊唁厅中的布置，又确认了一遍后，才走过去打报告。

“哦，你通知外边的人一声。”张辉无精打采地将对讲机扔给我，“用频道三。”

我点点头，将对讲机的频道调到三，和休息室中的工作人员联系后，看了张辉一眼：“前辈，我们该去门口迎接死者家属了。”

"哦，真麻烦。"他心不在焉地"哦"了一声，仍旧拨弄着脸上的怪蜗牛，在我多次催促中，好不容易才不情不愿地站起身。

刚站在吊唁厅的大门两端，休息室的工作人员已经安排死者家属过来了。家属们排在吊唁厅门前，默哀致辞过后，一个一个以逆时针的方向依次走入室内观瞻遗体。

观瞻仪式很有趣，总是能看透人间百态。那些死者的亲戚朋友，有人假装严肃，有人暗自偷笑，只有最亲密的人才会落下眼帘，哭泣。

可是哭泣过后，大多数人都会走出去抽根烟，然后又说说笑笑起来。亲戚如此，朋友如此，儿女亦是如此。

人死就死了，几年过后，又会有多少人还会怀念呢?

我感叹着，低着头，带领死者家属从右边进去，左边出来。最后一个人离开后，吊唁厅才关闭。我又指挥着工作人员将尸体从棺材里抬出，将亡者的花圈与花篮拿走，在文件上签名。之后尸体被推入那深邃漆黑的走廊，朝炼尸炉推去。

"死了办那么隆重的仪式有什么用，还不如生前孝顺。"娘炮张辉"呸"地一声朝地上吐了一口唾液，那口唾液火气有些大，比刚才那具尸体的脸色还焦黄，仿佛上了厚厚的一层黄颜料。

"喂，工读生，你觉不觉得，这里就像是一个流水线的屠宰场?"张辉见我没理他，又开口道，"尸体进来，被人看来看去搬来搬去，还会被美容一下，最后拖进炉子里烧成灰，亲戚们哭哭啼啼地看着拾骨师将骨灰和没烧干净的骨头捡进骨灰盒里，然后下葬。回家后，死者家属又恢复了从前的生活，好像世界上再也没了那个人似的。"

"前辈，你今天怎么突然变得睿智了?"我撇撇嘴，真稀奇，这句话倒是娘炮这三天来说过的最有道理的话。

"你也觉得我睿智?"娘炮拨弄了一下额头上的怪蜗牛，嘿嘿笑着，"不知为什么，突然脑袋就清醒了。再这样下去，我感觉我都可以当哲学家了!"

"是!是!"我敷衍地将吊唁厅的大门锁上，"前辈，今天我可是干了本应该是你做的工作，怎么说也要请我吃一顿。"

"请个屁。年轻人就应该多锻炼一下。"张辉又吐了口口水，推开走廊门离开了。

看着他的背影消失，我脸上嬉皮笑脸的表情立刻消失干净。那个绿色蜗牛，令我十分在意。自从黏在张辉脸上后，娘炮的动作都已经不怎么娘炮了，行为也古怪了。

还有那口痰，怎么会那么黄?

我蹲下身，掏出一张纸巾把痰包起来，凑到眼前仔细打量。

焦黄的痰很恶心，里边竟然有血丝一样的东西。看了一会儿后，我的眼皮猛地跳了几跳。

不对，这不是血丝。而是，神经!

痰中怎么会出现人类的神经?

皱着眉头，我将这口痰放入了密封袋，藏好，这才离开。整个下午，张辉都懒散得要命，几乎是我一个人完成了工作。

等下班后，我几乎要累瘫了。没想到只是简单的工作，重复无数次后，居然会如此令人心力交瘁。

殡仪馆的宿舍楼在建筑物的最后边，条件不算好。这是一座长条形的三层板房，板房使用集装箱搭建而成，每个集装箱住着两个员工。其实真的愿意住在这个地方的人并不多，许多员工工作到再晚，也不愿意留下来，特别是有家有室而家又在柳城的人。

久而久之这里便成了单身汉宿舍。整个殡仪馆大约130名员工，只有不到40人会在晚上住宿舍，所以宿舍楼也就宽裕起来。我被安排在三楼最里边，每次回屋，都会经过一道长长的深邃走廊。那个走廊没有窗户，因为很高，所以看得也特别远，几乎能将养马殡仪馆眺望得清清楚楚。

吃了晚饭后，拖着疲倦的身体，我回了宿舍。经过走廊时，下意识地向远处看了看。养马河水在离殡仪馆不远的地方滔滔流淌着，激烈，桀骜。

不由得，我突然打了个冷战。不晓得为什么，一看到那条河，我就会浑身发抖。

太阳西沉，最后一丝余晖也暗淡下去。殡仪馆的路灯一段段地亮起来，暗淡的路灯只能照耀很小一部分范围，殡仪馆就这样潜伏在黑暗里，死寂而又带着点淡淡的诡异。

人类对充满死亡的地方，总会心生忌讳，会害怕，会远远离开。所以养马殡仪馆周围的住户全都在殡仪馆建起后不久迁走了。我望着黑夜中的围墙，墙外有些许灯光泄露出去，附近的田地隐隐露出了行迹。

居然还有人在这里种地，真是有趣。

夜色中的殡仪馆，所有的建筑都方方正正的，像是横躺着的一口口棺材，棺材盖子随时都像会被巨大的死尸掀开，然后尸体们全都跑出来，用尖锐的獠牙刺穿你的脖子，喝光你的鲜血。

办公楼是这样，主建筑也同样是这样。说起来，不知道建筑的设计者是谁，还真是个低级趣味的家伙。

没有再仔细看下去，在殡仪馆这鬼地方，一到晚上就心悸，哪怕是自认胆子特别大的我，都老觉得背后凉飕飕的，像是有什么偷偷潜伏在黑暗中，死死地盯着自己。

错觉吧。在人类生命的终点站工作，总会产生各式各样的错觉。而源头，就来自于自己的恐惧。

我摇摇头，打开宿舍门，走了进去。

可是当时我没有注意到，在走廊的黑暗中，在一道宿舍门的窗户后面，真的有一只眼睛看着我，一眨不眨地看着。直到我的身影消失后，它，也消失得干干净净。

只留下一只冰冷的手掌印，慢慢地在玻璃上淡化、消逝。

将电脑插上电源，连上卫星网络，我照理简单地搜集了一下资料。殡仪馆通常都会有怪事发生，就如同学校和监狱。人们认为它们是积阴之地，所以会吸引那个世界的东西。所以殡仪馆里每死一位员工，都会在当地引起轰动，甚至传播成怪谈。

其实任何一种工作对公司而言，都有折损率。员工自认是人类，但是对公司而言，就是可以运行的螺丝钉。殡仪馆同样如此。

相对别的殡仪馆而言，养马殡仪馆已经算非常干净了。十多年来，极少有员工死亡。而且因为是许多人不太热衷甚至排斥恐惧的工作，所以工资也非常高。但是对这家殡仪馆，哪怕是没有发生过员工非正常死亡的殡仪馆，在柳城，仍旧有许多的小道流言。

例如，晚上绝对不要去殡仪馆的停尸房，因为会被亡灵带走。

白天不要路过殡仪馆的大门口，除非是祭奠先人，否则就会遇到不好的事情。

如果非要路过殡仪馆，那就一定要按照逆时针的方向。否则，霉运会一直缠绕你，被恶灵折磨，妻离子散，最终死无葬身之地。

还有，千万不要在殡仪馆演冥戏的时候，偷偷跑去看，不然……

都市传言的性质，都是有令人害怕的恐惧点，以及让人感兴趣易于传播的禁忌。不过柳城都市传说中，关于冥戏的一点，恐怕最近要坐实了。毕竟前不久，在冥戏期间就莫名其妙死了五个人。

至于五人为何会死，众说纷纭。但是警方根本就没有在现场找到任何相关证据。按照殡仪馆的规定，冥戏期间所有员工都是需要回避的，只能留下换班的两个保安。

我打开那五份死者档案，沉思起来。这五个人分别叫做孙柳、何彤、刘瑜、张旭与王晓东。五人就读同一所大学，据说大学时也是好友。可大学毕业后各奔东西的他们，为什么会在两年后又重聚在一起，跑到殡仪馆来看冥戏呢？

最大的疑点，还是他们五人的死因。法医鉴定死亡原因是——突发性动脉心肌破裂——俗称，吓死的！

那晚，究竟是什么东西吓死了他们？

而且，监控录像上看到的情况更加诡异。按照惯例，当晚冥戏期间，殡仪馆处于不设防状态，大门大开，坐在门卫室的保安低着头，不看监控。何彤五人正是在这个时间段偷溜进去的。

戏台搭建在主建筑前，刚巧遮盖住了监控摄像头。只见冥戏演到一半的时候，何彤等人突然大喊大叫着朝大门跑，满脸恐惧，叫得撕心裂肺。

到了明明大开着的大门口，五人反而像没头苍蝇似的，焦急无比，停在了只需要一步就能迈出去的门前。

五人互相说着话，脸上的神色显得更害怕了，仿佛有一堵无形的墙壁将他们与外界硬生生隔开。他们在敞开的大门前大吵大嚷，争论着，然后用绝望的眼神，看了身后几眼。

何彤等人手脚并用，在空气中挥舞，仿佛想要在空气里接力爬上去。这一幕看起来很可笑，可是所有看过视频的人，没有一个能笑出来。每个人看了之后，都手脚冰冷，感觉背脊阵阵发凉。

他们遭遇的情况，就如同传说中的鬼挡墙。出口离他们只有一步之遥，但就是那一步，那微不足道的半米的距离，却犹如远在天边，永远也无法走出去。

毫无征兆的，手脚胡乱挥舞的五人猛地停止了行动，惊恐无比的他们一个个倒在了地上，瞪大眼睛，死不瞑目。

半个小时后，保安才发现大门口的五具还依稀带有体温的尸体，报了警。

警方根据监控录像，对五人的尸体进行了酒精和毒品测试，但是一无所获。五人死前没有吸食过毒品，也没有喝过酒。但最令人费解的是，法医在五人的胃中发现了一些让人头皮发麻的东西。

是冥纸，用来祭拜先人的冥纸。

那些冥纸被摆在戏台前的宾客桌上，供奉后，准备第二天拉去香烛燃烧点烧掉。可是，不知为何，却出现在了五人的胃中。

这一点任何人都无法解释。他们胃中的冥纸有明显咀嚼过的痕迹，但是正常人会将冥纸香喷喷地吃进去后品味，然后吞下肚吗?

何彤五人的死亡疑点还不止这些。但是警方根本找不到他杀的痕迹，只好草草结案了事。或许，办案人员也害怕了，不愿意深入吧。

涉及殡仪馆的死亡案件，就算是警察，也会因为恐惧而敷衍了事，所以这才引起了死者家属的抗议，近一个月了，每天都会来殡仪馆抗议。

我看着孙柳五人的尸检结果与现场照片，皱了皱眉头。他们死于一个月前，而之前养马殡仪馆也经常会举办冥戏，寻找刺激跑去偷看的年轻人也不少，却从没有发生过如此可怕怪异的刑事案件。

一个月前，柳城，究竟发生了什么?

我的手有节奏地敲击着桌面，突然眼前一亮。老男人杨俊飞寻找到周岩的下落时，显示周岩在一个月前来到了柳城，潜入过养马殡仪馆。难道，他还在这附近?

何彤五人死亡前明显是看到了幻觉。而且，变成项链的天书残片，也能令人产生幻觉。难道是因为周岩的原因，他们五个才死掉的?

可周岩，为什么要了他们的命?

想到这里，我更加不解了。从和周岩的几次微博私信交流来看，他并不是个嗜杀的人才对!

将电脑屏幕合拢，我拿着洗漱用品准备去走廊尽头的卫生间刷牙洗澡。就在自己正要走出宿舍门时，一块石头猛地打破玻璃飞了进来。

石头掉在地上，和薄薄的金属地面碰撞，发出刺耳的声音，翻滚着正好停在了我的脚边。我定睛一看，石头外，还裹着一层白色的纸。

犹豫了一下，我从兜里掏出资料袋，隔着袋子将纸张展开。这是一张纸条，纸条上的字并不多。

我只看了一眼，就猛地跑到破掉的窗户前，拼命往外张望。

宿舍楼背后就是殡仪馆的外墙，墙外只有阴暗的树枝在风中摇动，哪里还有什么人影。

我坐回了桌前，小心翼翼地把纸条放在桌面上，陷入了沉思。

纸条上只有五个字："有危险，快逃。"

落款是M。

陌生的笔迹，陌生的M，却特意来警告我有危险。这算什么意思?

是敌对势力的故布迷阵，还是真的有危险在朝着我一步一步地紧逼？可是那个M，为什么会好心来为我传递信息？

一股阴嗖嗖的风从破碎的窗外吹了进来，我通体发寒，打了个冷战。在这个阴森森充满死亡气息的殡仪馆里，或许真的不安全吧。还是找个人过来保护自己为好！

我一边想，一边拿出卫星电话拨通了老男人杨俊飞的电话号码。但总是显示无人接听。我又拨打了死女人林芷颜的电话，仍旧无法接通。

就连守护女李梦月，我也没法联系上。这根本就不可能，梦月的电话簿中，只有一个号码，那就是我。无论何时何地，在地球的哪个位置，只要电话响起，她就会在最快的时间内赶到我身边。

这是我俩约好，她才放我一个人去其他地方探案的原则约定。

可是就连她，我也无法联系上了。

事情，果然比自己想象中复杂得多。

我眯着眼睛，右手中紧握着的卫星电话，不知不觉间，已经被手心的汗水打湿。

看来那个M传递来的信息是千真万确的，自己真的有危险了！

第四章
扯不掉的怪蜗牛

西方宗教学中认为的最高级别的危险，有一句俗语称“龙有逆鳞触之则死，狼生暗刺窥之则杀”，说的就是海中的白珊瑚、贝壳、玳很危险；要小心瑁、鸟的羽毛；犀牛鸟制品不宜放在家中，要不然会家破人亡；而凶恶的动物如狼、熊、蛇、猴、象等的爪牙皮毛不能放在家里，不然会出现血光之灾。

危险的等级有许多种，但是最危险的一种莫过于我现在的状况。所有外援全部因为某种原因而无法联络，只能被动地被圈在柳城这个小城市里，步步为营。

煎熬着过了一整夜，我翻来覆去地几乎没有睡着。实在熬不下去了，等清晨的第一道光线刺破窗户透进来时，我干脆起了床。

天才蒙蒙亮，被云层遮盖的朝阳根本不足以穿过大气层，传导到大地。简单地洗漱过后，我伸了个懒腰。乱糟糟的思绪被早晨的凉风一吹，全都吹散了，晕乎乎的脑袋也舒服了许多。

深深吸了一口气，冰冷的空气挤压进肺部。脚下的殡仪馆已经开门营业了，清洁工正在打扫路面。

现在才6点，还差一个小时食堂才会开饭。

我走出宿舍，走到殡仪馆的休息大厅，坐着发呆。没过多久，娘炮也走了进来。他眼睛上顶着一对比我还大的黑眼圈，精神萎靡不振。

张辉似乎没有看到我，在偌大的休息室中找到了前排的位置坐下，头低着，手在脑袋上不停摆弄。

整个可以容纳几百人的大厅里，我俩就这样距离十多米，一前一后坐着。看着墙壁上贴着的关于死亡的标语，气氛顿时怪异起来。

我咳嗽了一声，走过去问:“前辈，这么早就醒了？吊唁厅的工作不是七点半才开始吗？”

“睡不着啊。”张辉摇了摇头，“一闭上眼睛，就整晚整晚做噩梦。”

“什么噩梦？”我看了他一眼，只是一天的工夫，这只娘娘腔已经精疲力尽到没力气装腔作势了。他的手一直不停地玩弄着贴在额头上的怪蜗牛。

“很奇怪的噩梦，我只知道自己在做梦，可是究竟做的是什么梦，完全记不得了。”张辉叹了口气。

“这个怪蜗牛，还没弄掉？”我好奇地又问。一般人体毛孔一整晚分泌的油脂，会把皮肤更新一次，上边黏着的东西大约都能弄下来，可怪蜗牛还好好地贴在娘炮张的额头上。不止如此，绿油油的怪蜗牛，似乎已经很久没沾水了。居然现在也没死掉!

“扯不下来，不管怎么扯都扯不下来。”张辉歇斯底里道，“这只蜗牛，我甚至不知道这只蜗牛是不是死了！”

“要不，我陪你去医疗室看看？”我看了一下手表，已经7点了，殡仪馆的医疗室也开门了。

“嗯，行。”五大三粗的张辉做出柔弱的模样，点头，伸手要我扶住他。

我忍着恶心将他扶起来，这家伙还趁势往我肩膀上靠了靠。如果不是想搞清楚那个怪蜗牛到底是怎么回事，我早将他扔水沟里了。

殡仪馆的医疗室就在主建筑的右侧，挨着尸体化妆室。据说这两个部门的人员和器材在最忙的时候是互通的，挨得近比较方便。

今天值班的是殡仪馆的馆花，周医生。周医生大约30岁，早就结婚了，三年前生了个漂亮的小萝莉。这位有着还算姣好脸蛋的御姐馆花据说至今还有许多老员工爱慕。当然，娘炮张辉不属于其中一个，两人甚至是互相看不对眼的死对头。

“靠，白骨精在这儿。”张辉一看到周医生，就想转头离开。他可不想自己现在的模样被那只白骨精看到。

结果事与愿违，周医生眼尖，以飞快的速度一把关上了医疗室的门，不怀好意地笑着，“娘炮张，什么风把你吹来了？不是都说娘炮这种类型的生物，是一辈子都不会得病的吗？”

“要你管！”张辉回头千娇百媚地瞪了周医生一眼。

周医生看到他的脸，愣了愣：“你额头上贴了个啥东西？难道是今年刚出来的娘炮新潮流吗？”

“屁的新潮流。”张辉转过身，气呼呼地骂道。

周医生没理他，看着我道：“你是新来的工读生吧？”

“对，刚来一个礼拜。”我点头。这位御姐医生的白大褂被改良过，穿在她身上倒也挺性感的。

“辛苦你了，遇到这么一个奇葩上级。”周医生怜惜地拍了拍我的肩膀，“他没性骚扰你吧？真被性骚扰了记得千万要报警。”

我被这位御姐直白的话弄得满脑袋黑线。都说奇葩的地方出奇葩人，难道这家殡仪馆就没有正常的人类了吗？

“我才不会做这种事，你以为人家会像你这只白骨精一样。”张辉横了周医生一眼。

“医生，前辈的脑袋上那只怪蜗牛，你看到了吧。”我被两人的对话弄得不耐烦起来，自己早已经麻烦缠身了，还是离这两朵奇葩远一些为好，免得被传染。

“怪蜗牛？”周医生狐疑地看了张辉脑袋一眼，用手将那只绿蜗牛使劲往外扯了扯，“哟，娘炮张，这只蜗牛其实跟你的脸蛮配的嘛。”

“别废话了，既然看到了，就把它给我弄下来。”张辉郁闷得快要吐血了。

周医生挠挠头：“我当医生那么多年，还第一次看到这种笨蛋，连脸上爬了蜗牛都不知道。”

她说完，又更加用力扯了扯怪蜗牛。怪蜗牛没被扯下来，反而弄得张辉怪叫一声：“妈的，白骨精，你手轻一点，痛死人家了！”

周医生吐吐舌头，意外道：“这蜗牛看来不是一般喜欢你的厚脸皮，看来要用工具了！”

御姐医生从医疗箱中拿出钳子、镊子、酒精和一些酸碱性药剂："据说蜗牛的黏性物质都是碱性的，我用酸性药剂中和一下，然后用镊子给你夹下来。"

说完，她在怪蜗牛和张辉的连接处倒了些药剂，然后试着用镊子夹了夹。怪蜗牛依然贴在张辉的额头上，一丝一毫松动的痕迹也没有。

"奇怪了，怎么会这样？"周医生疑惑道，"我再试试酸性的药剂。"

说完用清水洗了张辉的额头，又拿出一瓶紫色药剂倒了些上去。这一次，仍旧没有去除怪蜗牛的黏性。

"干脆把蜗牛壳给撬开！"周医生不屈不挠地拿出剪刀，准备将怪蜗牛剪死。

"等一等。"我突然拦住了她。

"怎么了，工读生？"周医生疑惑地看着我。

"医生，你不觉得有些怪吗？"我昨天就觉得这只怪蜗牛有些奇怪了，今天看到御姐医生用各种方法都没法将它弄下来，不由得更加谨慎。

"确实是有点怪。"医生点点头，"柳城附近可没这类蜗牛，肯定是外国品种。"

"所以……"我正准备说下去。

突然，周医生手起刀落，以迅雷不及掩耳之势将剪刀压了下去。只听"咔嚓"一声，娘炮张辉猛地撕心裂肺地大吼大叫，痛苦得从椅子上摔倒下去，不停地在地上翻滚。

就连脸色都变得煞白，额头上满是冷汗。

"晕，我只不过想弄死蜗牛罢了，又没有碰到他的肉。他怎么痛成这副要死不活的模样？"周医生被他的举动吓得手足无措，心有余悸地喃喃自语。

"医生，你看你的剪刀。"我突然感到喉咙有些干涩，脊背发凉。

周医生顺着我的话看向低垂着的手，不由得整个人都愣住了。只见她手上锋利的手术剪，居然出现了卷口。

"怎么，怎么会这样。我不过是剪了蜗牛壳一下，居然把手术剪刀给弄坏了？"她将剪刀凑到眼皮子底下仔细打量，难以置信。

我不动声色地看着痛得说不出话，已经没有力气，只能平躺着喘粗气的张辉。他的额头上，那只绿色的怪蜗牛依旧好好地黏着，丝毫没有破损的痕迹。

能够让特殊材质制造的手术剪都出现破口的蜗牛壳，真的还是普通蜗牛吗？

我将那把手术剪刀从她手里拿了过来，瞅了瞅。这把剪刀是用440C不锈钢制作的。而440C具有所有不锈钢、耐热钢中最高的硬度，硬度通常可以达到HR C45到54。而手术剪刀这类的特殊刀具，一般还进行过深冷处理，所以硬度可以达到

HR C56到58，耐蚀性和韧性都很强。

也就意味着，剪刀就算是剪切硬度一般的铁丝，也游刃有余，绝对不可能因为剪一只薄薄的蜗牛壳就坏掉。

果然，越来越诡异了。

微微眯了眯眼睛，我轻轻将剪刀放回了医疗箱中，从地上扶起张辉，让他重新坐在椅子上。

“前辈，你到底哪里痛？”我问。

张辉缓了好一会儿，才在身上乱摸着，怪道：“具体哪儿痛我也不太清楚，就觉得不知为什么从骨头开始，一直痛到皮肤，痛得我受不了。”

周医生和我对视一眼。御姐医生又掏出了一把钳子，张辉下意识地一躲，怒道：“死白骨精，你还弄，想痛死我啊？”

“你是病人，弄清楚病人究竟得了什么病，这是医生的义务。来，娘炮张，乖乖地躺在床上别动。”周医生用力将他推倒，然后将仪器透过蜗牛和皮肤之间的空隙检查起来。

过了大约五分钟，周医生才脸色发白地离开张辉的脑袋。

“怪了，真是奇了怪了。我还真从没见到过如此古怪离奇的事情。”医生用钳子在长发上拨弄了几下，“那只怪蜗牛，几乎都和你的肉长在一起了，你会痛，或许是拉扯时偶尔会碰到你的脑部神经。”

“怎么会这样？！”张辉大吃一惊。

“我这个小作坊是没法伺候你这尊大神了，明天，我陪你去城里的医院做个权威检查。”御姐医生在医疗单上刷刷地写了请假条，撕掉递给他，“去找你的部门主管请个假吧。”

“喊，脑袋上被人贴了个乱七八糟的怪蜗牛居然会沦落到请假的地步，这个月我的全勤拿不到就全都是你的错！”张辉骂骂咧咧地抢过请假条离开了。

我也正准备出门，却被周医生一把按住。

“工读生，你知道他脑袋上那蜗牛是怎么回事吗？”她问。

“最近不是每天门口都有人闹事吗？就是其中一个中年人将那只怪蜗牛贴在了前辈的脑门上。”我解释道。

“你亲眼看到的？”她又问。

我点点头。

“昨天贴上去的？怎么可能嘛。”周医生摇了摇脑袋，一脸的不可置信。

“难道，张前辈的情况，比你刚才说的还要复杂？”我不动声色地问。

“何止啊。我刚才对那只娘炮说怪蜗牛碰到了他的神经，其实根本不是这样。”周医生眼神闪烁了几下，似乎不知道该怎么描述，“总之，太可怕了。我小心挪开那张怪蜗牛的空隙，用放大镜看，居然看到怪蜗牛贴着额头的地方，几乎将娘炮张的皮肉都腐蚀掉了一大块，脑门的大量神经已经和蜗牛挨在了一起，恐怕再不过了多久，怪蜗牛就会将神经吸过去。那时候，他就有生命危险了！”

我呆住了，不由得感觉一阵后怕。当初，那个中年男子，其实是想将蜗牛贴在我脸上的。

明明只是一只蜗牛而已，怎么会造成如此可怕的后果？我怎么都想不通。

那个中年男人的怪蜗牛，究竟是从哪里，从谁手里弄来的？

带着满腹的疑问，我离开了。周医生仍旧站在医疗室的窗户前发呆。

时针已经越过了早晨8点。我匆匆忙忙地跑去食堂吃了早饭，回了殡仪馆。一般而言只要不是特别的客人，早晨9点钟，殡仪馆才会开展一切业务。

今天早晨的业务还算清闲，没有往生者安排进吊唁厅。张辉无聊地坐着，将手机抓在手心里，显得心事重重，显然是在担心额头上的怪蜗牛。

就这样煎熬了两个小时，上午10点，王叔慢悠悠地推开了休息室的大门，走了进来。

“小张，你脑袋上的怪蜗牛还没掉啊？”王叔在安魂室工作，说难听点，就是看守停尸房，清点尸体的看尸人。这只老狐狸，在整个殡仪馆是出了名的迷信。

“这可要不得，这种不详的东西，可不能在身上放久了。”王叔坐到张辉身旁说。

“可我弄不掉啊，哎，烦死了。”娘炮哭丧着脸抱怨道。

“是啊，周医生用了剪刀，也没把它剪掉。”我简单地讲述了一下医疗室的经过。

王叔眉头一皱：“这么邪乎？”

他站起身，围着椅子走了几圈，又拉过张辉额头的怪蜗牛看了看，这才严肃地缓缓道：“小张啊，我看，这怪蜗牛不简单，我认识一个大师，等下就写一封介绍信给你，你拿去见他，看他能不能帮你。”

“我可是无神论者。”张辉撇撇嘴。

“你再无神论者，怎么解释你现在身上发生的事情？一般的蜗牛能这样吗？不死，也弄不掉。”王叔拍了拍他的肩膀，“这种事，宁可信其有不可信其无，在殡仪馆工作久了，什么怪事碰不到？”

“好吧，明天我先去医院，如果医院也没法解决，再去拜访王叔你提到的那位大师。”张辉显然被说动了。

“行，等下你到我这里来拿介绍信！”王叔点点头。

就在这时，我俩的对讲机响了起来。

“吊唁厅的张辉和夜不语，布置好场地，有客人准备进来了。都叫你们几遍了，你们在磨唧什么？”对讲机另一端，殡仪馆接待处的工作员凶巴巴地喊道。

“知道了，叫什么叫，你妈又没死。”张辉没好气地回嘴。

他带上我走出休息室，来到吊唁厅旁的准备室里，打算将往生者家属拿来的花圈、花篮和牌子等一众物品往里抬，将吊唁厅布置好。

但是说实话，也没什么好布置的。这个往生者就连一个花圈也没有人送，就送了一束菊花。往生者的照片也是随便在街上找了个几元店打印的，用的是最普通的A4打印纸。我只得自己找了个牌子，将这张贴在了上面，权作遗像了。

打开吊唁厅的门，冰冷的空气顿时涌了进来。都9点多了，外面还闷着一层浓雾。浓雾中站着一个白衣女孩子，随着雾气翻滚，女孩子的身形看起来若隐若现，像是飘在空气中。

“哇，有鬼！”娘炮张辉吓得急忙躲到了我背后。

我伸手敲了敲这家伙：“看清楚了，那不是鬼。应该是往生者……”

我转头看了看遗像下的名字：“往生者游桂的家人。”

“夜小子，你别骗我。现在才二月，谁还会穿那么单薄地站在雾里，而且她脚没有沾地……”张辉吓得说话都在打结。

白衣女孩从浓雾中走了出来，居然是个无比秀美的女生，年龄不大，不超过19岁：“大叔，我看你才是鬼，你们全家都是鬼！”

女孩显然很在意自己被人骂成鬼，愤愤地骂了回去。

看到这女孩，就连娘炮都惊艳了，讪讪道：“嘿嘿，美女，嘿嘿，我不是那个意思！”

女孩转过脸，不知为何，视线在他脸上的绿色蜗牛上转了一圈，这才转身朝吊唁厅里走：“快开始吧，我还忙着呢。”

我微微皱眉。这个女孩似乎对吊唁厅中躺着的亲戚并不在意，脸上一副像是刚睡醒、到了旅游胜地参观拍照的表情。

我不由得多了些戒备，问女孩：“请问您和这位游桂是什么关系？”

叫做游桂的往生者大约90岁，女性，医疗资料上显示是自然死亡。

“她是我祖母。我们游家死的只剩我一个了，所以参加葬礼的也就只有我。”女孩语气流畅，像是在背书，“我叫游雨灵。”

“这样啊，游雨灵小姐，请从吊唁厅的右侧，以逆时针方向绕棺材一圈。”我对她讲起殡仪馆的风俗。

游雨灵漂亮的脸蛋莫名地微微一动，她笑眯眯地点头后，抬腿缓慢地绕着逆时针走起来。我察觉到了她的举动，感觉这女孩似乎有些不太对劲，本能地不想和她扯上关系，在走动的过程中，自己一声也没有吭。

我早已烦恼缠身，可不想再多添麻烦了。

不过就算我不想找她麻烦，这个可疑的游雨灵小姐，反倒是有事没事地跟我搭讪起来：“帅哥，听说最近殡仪馆里出了些怪事？”

“没有。”我矢口否认。

“不对哦，我听坊间传闻，据说这里在闹鬼。”女孩不死心地再次问道，瞻仰往生者的过程中，几乎没有低头看过躺在棺材里的祖母一眼。

“殡仪馆本来就很容易传出恐怖的传闻，不过那些都仅仅是传闻而已。就想哪个学校不被传是乱坟岗上修起来的？哪个监狱没有十大诡异传说？”我撇撇嘴，一脸不屑。

游雨灵眨了眨大大的眼睛：“这样啊，帅哥，你口风挺紧的，难怪敢在这种阴气重的地方工作。”

女孩没有再吭声，走到吊唁厅前，临了要出去时，突然又说了一句：“帅哥，我看你是好人，劝你一句吧，我从小就有阴阳眼，这家殡仪馆凄厉无比，无数冤魂在游荡。恐怕最近就要发生可怕的事情，你还是趁早走人，或许能留下一条命。言尽于此！”

游雨灵头也不回地朝休息室走去，自始至终没有看她带来的往生者。她的行为，她的话都令我惊诧无比。什么阴阳眼？啥冤魂游荡？这女娃娃咋个那么像是大街上勾引你上当的算命神棍？

我本想一笑而过，可猛然想起了什么，顿时打了个冷战。

整个柳城都笼罩在浓雾中，那是暴风雨来临前的平静，对我而言，也是一种致命的阴霾。究竟那周岩带着天书残片躲到了什么鬼地方？究竟有多少势力为了追寻天书残片而展开了行动？

一切的一切，我都不得而知。正因为无知，才会令我更加恐惧。这个叫做游雨灵的女孩，到底是什么来头？

张辉直勾勾地看着女孩离开，眼珠子都不愿意动一下。我敲了敲他的脑袋："她都走了，你还看什么看！"

"哇，那个女孩……"娘炮的话顿了顿，没有将后边的话给说出来。

整个早晨，自游雨灵离开后，养马殡仪馆冷清了下来。

抽空用手机调查了一些资料，我吃了午饭，缓缓走向吊唁厅。一到门口，就遇到了老王。他也是刚吃完饭，正用一个牙签剔牙。看到我就乐悠悠地说："小夜啊，你们吊唁厅估计又要安排一位新员工进来了。"

"哦，是谁？"我敷衍地问。殡仪馆的事情我并没什么兴趣，眼下自己的烦恼还缠得我动弹不得呢。

"一个挺有趣的女娃。据说父母都死绝了，从小就过得很苦。但这女娃为了尽孝，祖母死后还是将其送来了殡仪馆好好安葬。"老王一说到八卦眼睛都眯了起来，"可这女娃也挺奇怪的，欠了咱们殡仪馆一大笔钱还不了，直说要以工抵债。管理层一想，最近倒是挺缺人手哇，得了一个免费劳力也不错。就允许了。"

老王语气顿了顿又道："便宜你们了，听说是个挺漂亮的女娃，年龄也不大！"

我顿时一头黑线，根据老王的描述，怎么有一个女孩的模样很清晰地浮现在了眼前。不会真有这么巧吧？

事实证明，世事通常是好的不灵坏的灵。下午两点多，那个早晨才见过的，叫做游雨灵的怪女孩就拿着入职单走入了吊唁厅中，找张辉签字。

这女孩看了我一眼，有些惊讶："怎么你还没有走？"

"我为什么要走？"我撇了撇嘴，我倒是确实想走，但是我能走到哪里去？一到显眼的地方，非被敌人的探子发现不可。

"本……呃，我明明已经好心好意大发善心警告过你了。唉，现在的人怎么总是冥顽不灵。"女孩不满道，一脸施恩没好报的失望模样。

"得了得了，你欠钱没法还，我是一个缺钱的工读生，给你签字的是一个靠关系进来的娘炮张辉。我们这个部门几乎将'极品'这个词演绎得淋漓尽致。"我摆摆头，懒得再和她乱扯，"你好，我叫夜不语。"

这女孩穿着绿色的打底衫，外边套一条裙子，都是我叫得上的名牌，价值不菲。骗鬼呢，能穿这种衣服的人，会因为祖母死了给不了火葬场钱？

"你已经知道我的名字了，重新介绍一次，我叫游雨灵。"女孩见我岔开话题，气呼呼地伸出手和我握了握。只见她雪白的手腕上戴着一串奇怪的珠子，被光一照，熠熠生辉。

我不动声色地看着游雨灵，这个家伙似乎饶有兴趣地看着张辉的脸。确切地说，是看着他脸上那只绿色蜗牛。

张辉在她的入职单上签了名后，还给了她。

游雨灵的视线再次转向我，似乎仍旧不死心："夜不语，我说你啊，真的，最好还是趁早离开这里。"

"是，是，工读期结束了，不用你说我也会离开。"我淡淡点头，"把入职单拿到行政楼去，欢迎你加入悲催无聊的吊唁厅工作。"

游雨灵好像根本没发现我不耐烦了，依旧唠唠叨叨的，完全不会察言观色。这女孩的社会实践能力以及与人相处的能力，貌似无限接近于零。

她走后，殡仪馆开始淅淅沥沥地下起了小雨。

小雨下个不停，我站在屋檐下，只是略显无聊地看着这场雨，闷不做声。雨滴从天空落下，掉在地上，摔得粉碎。一如我现在的处境，一不小心，就会和这雨滴一样。但是雨滴不会痛，不会挣扎。但是我呢？我的人生挣扎来挣扎去，看似在处理一个又一个诡异无比的案件。可是在所有熟悉的人里，我反而是最没有目标，最迷茫的人……

没有了外援，自己又深陷险境。唉，柳城，真是个束手束脚的地方。

雨停了，下午也过去了。下班吃完晚饭后，我回到了宿舍。今晚特别冷。我用便利贴将窗户破损的地方重新黏住，冰凉的风嘶吼的声音才停歇。

第五章
秀逗女道士

默默地再次在柳城的社交网络上搜寻线索。突然，一篇奇怪的帖子出现在了当地的论坛中。我犹豫了一下，最终还是将其点开仔细地看了起来。

刚看了没多久，我整个人都呆住了！

这是一篇关于养马殡仪馆外那条养马河的民俗研究报告，主要讲述的是河神"金娃娃"。

帖子中提及，所谓"金娃娃"，是养马河流域的古老传说，具体起源的时间已经长远到不可考证了，而随着时间的流逝，传说的版本也越来越多。但最具代表性的，归纳出来，不过三种。

第一种流传是，“金娃娃”是宝藏的暗号。相传唐朝年间，曾经有个富可敌国的商人因为财大势大，最终被朝廷陷害。那个商人也不是个简单角色，他敏锐地提前嗅到了家破人亡的味道，毅然将自己所有的财产暗中拨调到养马河畔的某个地方，在那里修建了一座庞大的地窖，紧跟着自己也携妻带子逃往那里。可惜在半途中被官府官兵抓到，最后死在了天牢中。

据说临死的时候，他在一个颇为照顾自己的小狱卒手上写了六个字：养马河，金娃娃。并告诉他，如果能解开这个谜，自己一生的财产就归他了。

根据这个流言，一千多年来，无数的寻宝者将养马河一百公里的流域都搜索了无数次，可是什么都没有找到。据说，那笔宝藏至今都还静悄悄地躺在养马河的某个位置，等待有缘人去将那扇腐旧的大门打开。

第二种流传说，“金娃娃”是一种水鬼。养马河畔有一种特有的风俗，叫做“射将军箭”。这是小儿拜干爹的一种形式，又称“找保保”。早年间因为缺医少药，小孩不易带大，而且因为就住在河边，常常有孩子在河畔淹死，父母认为小孩犯有“关煞”，须要寻求保人，挡住“金娃娃”，免得小孩子碰到水就被水鬼拉去做替死鬼。

“射将军箭”是在路旁桥头或庙前，设香案摆酒菜，以柳枝为弓，红绳为弦，遇上第一个过路人，不论富贵贫贱，即请饮酒，说明用意，然后射箭，认作小孩子的干爹。还要求干爹为孩子取一个含吉祥长命寓意的名字。最后要向干爹赠送腰带，含义是拜托把孩子带好。干爹也有向孩子赠送钱物的。不过，此种干爹多是过后不认，老死不相往来。

第三种传说，“金娃娃”是养马河畔的水神。从千年前直到民国时期，养马河畔都有打醮的习俗。所谓的打醮，就是指从前遇到水灾、旱灾、火灾时，都要请僧道做法，求水神“金娃娃”赐福禳灾。

据说打醮的内容分为清醮、火醮、九皇醮等。打醮求雨一般在龙王庙举行，所做法事除一般程式外，还要耍水龙，捉旱魃。民国时擦耳岩打醮求雨，曾将狗打扮成人形，被人抬着游街，十分滑稽。

大致说来，这三种传说都和养马河有关，里边的许多特殊方式，也只在养马河流域流传。应该在曾经的某个时段，发生过什么现在已经无法考证的真实事件，所以才造就了现在别具一格的风俗习性。

金娃娃的故事并不是我最在意的，让我震惊的是，这个帖子的末尾，发布了几张相关照片。那是一排石碑，石碑非常古老，但是上面的图案异常清晰。

那些石碑图案神秘无比，哪怕是知识渊博如我，都无法识别那究竟画的是些啥。可当我完全看清楚图案后，一股毛骨悚然的感觉顿时从脚底蹿上了背脊。

那些图案的某些部分，居然和娘炮张辉脸上那只怪异绿蜗牛壳上的图案极为相似。难道这是巧合？

不，没可能是巧合。蜗牛壳上的图案，究竟是谁照着河神金娃娃的石碑画上去的？他们有什么目的？难道蜗牛从张辉脸上始终弄不下来，就是因为这些图案的缘故？

我心底发寒，只得用力摇了摇脑袋，将浑身的恐惧甩开。

为什么明明两个完全不相干的东西，居然混在了一起？

清冷的月光从天空流泻下来，我转头透过玻璃窗，心情复杂地朝着养马河的方向看了一眼，微微叹了口气。正准备收回目光继续调查时，突然听到走廊发出了一阵微乎其微的脚步声。

因为出了许多怪事，愿意住殡仪馆宿舍的人越来越少，这个宿舍冷清了许多。那个脚步的主人刻意压低了声音，蹑手蹑脚地从我隔壁房间走出来，准备偷偷离开。

我眉头大皱。这个用集装箱堆积起来的三层宿舍楼本来就不隔音，地板用的也是传导性很强的铁板，在走道上走路声音很响。这个人偷偷摸摸的，显然是打算去做些偷鸡摸狗的事情。

我不动声色地站起身，走到门口，透过窗户朝外望了一眼。只见走廊灯没有自动亮起，只有一抹影子消失在了走廊的转角处。

我越看那背影越觉得熟悉，不由得心里一动，悄然跟了上去。

养马殡仪馆的监控部门估计是所有部门中最懒散的部门，建筑内外的监控器分布得稀稀拉拉，根本起不到监视的效果。

我研究过这套监控系统，所以也不怕被发现形迹可疑。但是那个黑影，显然没调查过殡仪馆的情况和结构，在黑夜里走来走去，居然迷路了！

这个家伙脑子大概有问题吧。我偷偷地朝黑影靠拢了一些，朦胧的月光还不足以照亮四周。殡仪馆的路灯间隔很远才开一盏，显得四周极为冷清阴森。我的眼睛还算好，而且，黑影的防备心差得很，就算靠近到只剩下五米距离了，居然也没被发现。

我能够清楚地看到黑影的细节，应该是个女性，身材也挺不错的——穿在身上的紧身黑衣将身体曲线勾勒得很诱人。

女子的夜行服不知是从哪里买来的二手便宜货，洗褪色了不说，背上还沾了荧光粉。你妹的，夜行服上有荧光粉还潜行个屁啊。这家伙就不知道在行动前稍微检查一下自己的装备？

我完全无语了，认真跟踪这种白痴的我，真是也够白痴的。

我已经判断出这家伙究竟是谁了。懒得再跟踪下去，我加快速度来到她身后，拍了拍她的肩膀。

这个已经迷路，正在团团转的女孩被吓得差点尖叫起来。我迅速一把捂住了她的嘴巴。“呜呜，混蛋！”女孩挣脱我的手，一边骂一边想要打我巴掌。

我退后了两步，叫出了她的名字：“游雨灵，你在这干吗？”

女孩显然大吃一惊，惊慌地装作左顾右盼的模样：“谁，谁是游雨灵？”

“不是你吗？”我问。

“当然不是我！我，我只是个偶然路过的小偷而已。”女孩慌忙撇清关系。

喂！喂！一脸坦然地说自己是小偷真的可以吗？我可以报警吗？我无力吐槽，伸出手扯了扯她的衣角，沾着荧光粉的夜行服衣角上，赫然绣着三个字“游雨灵”。

“这夜行服上明明都有你的名字，你还不承认！”我的眼皮抽搐了几下。

这女孩到底有没有脑子，用膝盖想，也不会有正常人将自己的名字写在夜行服这种见不得人的特殊任务装备上吧？她倒好，不但写了，还是用针线绣上去的。

她是怕别人偷吗？

“糟糕，我光是怕被偷了，没想到居然会暴露自己的身份？”女孩敲了敲自己的头，干脆一把将夜行衣的口罩扯了下来，“既然已经暴露了，我也不用伪装了。这身衣服穿着真难受。呼呼，夜不语是吧，哼哼，你识破了我的身份，不错，很厉害。”

靠，果然是怕别人偷。我说，你的社会经验也太少了吧。随便说说你就彻底暴露了身份，还真是天真烂漫呢。到底有没有常识？

我没理这个搞笑美女，直接问：“你潜入殡仪馆有什么企图？”

一个能在二手夜行衣上绣名字的家伙，我也没指望从她身上得到多少信息。

“这个，我不能说。”女孩一边说一边开始脱身上的夜行衣。我说啊，这夜行衣穿着到底是有多难受，用得着现在就迫不及待地脱掉吗？

“那你究竟是什么身份？”我又问。

“这我更无可奉告。”女孩摇摇头，将夜行衣脱了一半下来。

看清楚她夜行衣中包裹的身体后，顿时，我脑袋上乌鸦飞过。游雨灵将夜行衣从腿上扯下去，露出了一丝金黄色……那是一件金黄的道袍。

“你是女道士！”我惊讶道。

游雨灵比我更加惊讶：“啊，你是怎么猜到我的职业的？不可能啊，我明明什么都没有说！”

“你白痴啊，夜行衣里塞道袍，职业装备都露出来了，我还猜不到你的职业？”我吼道。总觉得还是尽量离这个秀逗小道姑远一些。据说，笨是会传染的。

“再见！”我冲她挥挥手，虽然仍旧好奇这个小道姑特意潜入殡仪馆来干吗，但是麻烦缠身的我显然不适合掺和进她的故事里，连忙转身准备离开。

可是游雨灵显然不愿意放过我，她一把抓住我的衣摆，不好意思地说：“夜不语，那个，我迷路了，麻烦你带我去停尸房。”

“我可不去那么阴森的地方。”我立刻摇头，随手指了指主建筑的方向，“停尸房就在那个建筑里，顺着白天你走过的员工通道，第三道门就是了。”

“我有夜迷症。”游雨灵低声说，“晚上比较容易迷路。”

“那个主建筑就在直线上，沿着这条路走，怎么可能迷得了路！”我敷衍道。

游雨灵也觉得很有道理，她冲我点点头：“夜不语，你是个好人。记住，今晚我们谁都没有见到过谁。不然，哼哼。”

女孩的威胁一点底气也没有，说完就顺着我指的方向往前走。

刚走了几步，我就知道自己错了，大错特错。这个白痴女孩哪里是比较容易迷路，她压根就是个超级大路痴。明明就是直线，眼睛都能看到主建筑的直线，这家伙居然迈出五六步后，毫不犹豫地左转，朝行政楼的方向走去。

我摸摸头，居然有些不忍心将她一个人放在冰冷的夜里。如此白痴的家伙，大概也不是敌对势力派来的吧，但是她为什么要特意潜入殡仪馆，还大晚上的跑去停尸房呢？

带着疑惑，我再次走到了她身旁，拍了拍她的肩膀。

游雨灵吓得又准备尖叫，我照例捂住了她的嘴巴。

“夜不语。”女孩带着哭腔，眼角还含着泪水，看来她也清楚自己又迷路了。

“算了，我带你去吧。”我摇了摇头，“你去停尸房干吗？”

“秘密！”游雨灵紧跟在我身后，“虽然你是好人，但是我还是不能告诉你我的目的。”

“好吧好吧，不说就不说。”我满不在乎地回答。总之我都要跟去的，到时候用眼睛看得了。

游雨灵跟在我身后，在寂静无声的殡仪馆里一直絮絮叨叨。喂，这家伙真的明白潜入这个词的意思吗？她完全对不起刚刚还穿在身上的夜行服吧。而且，现在那身金黄闷骚的道袍，也实在太打眼了。

我一边在心里吐槽一边带路，进入了员工通道后，女孩拦住了我：“你送我到这里就行了，里边我自己去。”

“你确定不用我跟着吗？”我问。

女孩不屑地道：“哼哼，你真以为本道姑是路痴啊？刚才我只是在考验你是不是真的好人。很好，你通过考验了。奖励就是，听本道姑的话，尽快远远离开这鬼地方。这里闹鬼，你知道吗？”

闹你个大头鬼，我看搞鬼的是你这个大半夜穿着道袍的女神经病才对。我摸不清这女孩为什么一定要去停尸房，见她一脸坚持，只好点点头：“行吧，你一个人小心点。停尸房在走廊的第三道门。”

“知道，本道姑今天早就把地形弄清楚了。”游雨灵撇撇嘴，完全忘了自己刚才因为迷路险些哭出来的糗样。

说完，她就径直往前走去，一直走，我在门口看了几眼，然后忍不住拍了拍脑门。清清楚楚地跟她说了是第三道门，她居然还毫不犹豫地路过停尸间的门，朝炼尸炉部门走去。

实在忍不住了，我只得快步走上去，又拍了拍她的肩膀。

“啊！”游雨灵第三次本能地想要尖叫，我无奈地再次捂住了她的嘴。

“是我啦。”都三次了，这小妮子一次都没有刷到经验值，提升记忆力。

“怎么又是你？”游雨灵瞪了我一眼，“都说让你回去了，这儿有危险，本道姑自己能够搞定。”

我弱弱地指了指背后：“美女，你走过地方了。”

女孩微微脸红，还在嘴硬：“我知，知道走错地方了。我就是想多走走，溜达溜达。”说完就往回走，第二次路过停尸房的门，毫不犹豫地擦肩而过，向大门口走去。我急忙拉住了她，指了指左边的门：“这里就是停尸房。”

“我知道！”游雨灵脸红得更加厉害，瓮声瓮气地推了我一把，“既然我都找到了，你快走吧。”

我挠了挠头："你为什么一定要我离开？"

女孩的举动，令我越来越好奇。虽然跟她这种秀逗的人在一起，确实让人累。

"我不是跟你说了吗？这里闹鬼！"游雨灵说。

"闹鬼，停尸间里？"我眨了眨眼。老王就是负责停尸房的，今天早晨他还没事人似的，乐呵呵的。如果真的闹鬼的话，以他的性格，虽然不会直说出来，但是也会看出些端倪……

游雨灵摇了摇小脑袋，见和我说不通，只得叹了口气："如果你非要跟我进去，也行，但是别怪本道姑没有提前警告过你，那个停尸房充满了邪气。就连我都要打起十二万分的精神来应付。一切，都必须听本道姑的！"

"知道了。"我敷衍道。

停尸房的门没有锁，因为作为往生者肉体的存放地，里边只有尸体，也没什么值得小偷光顾的。

游雨灵推开了门，一股阴寒的气息顿时扑面而来。

第六章

游雨灵的往事

冰冷的尸体带着灵魂逃逸的温度，但是冰冷的灵魂，它的归宿在哪里？

许多人都说停尸间的阴冷，正是聚集了无数灵魂的冰冷。无数找不到路的灵魂在停尸间里拥挤摩擦，腐蚀人类的意志，于是意志薄弱的人在停尸间，就会看到鬼。

我从来不信这种鬼话。来了养马殡仪馆接近十天了，和老王也混熟了，但是老王这只挺有性格的老狐狸，从来不邀请我到他的办公室去。每次我隐晦地提起，他都装作没有听到。

没想到第一次拜访，居然是在午夜以非正常访问的形式进来了。

门后是老王的房间，据说老王嫌住在宿舍来来回回太麻烦，干脆将停尸房的前端用布帘子隔开，弄出了个小空间，权作自己的窝。

我正想如果老王没有睡着的话，该怎么应付他，转眼就看到老王真的醒着，背对着我们看着电视。

他孤寂地坐在床头，电视似乎有些破旧，就连扬声器里的声音都显得模糊不清。二月的停尸房，再加上从帘子后面不断冒进来的冷气，就连呼吸似乎都能冻结。

“这房间好冷！”游雨灵裹了裹身上皱巴巴的道袍，单薄的身体看来可怜兮兮的。

我将身上的外套脱下来披在她身上，眼睛一眨不眨地看着老王的背影。他看电视的姿势，古怪得很。游雨灵推门的声音不算小，都没惊动他。难道老王睡着了？

我换了个角度，总算看清了电视的屏幕。屏幕上播放着一些奇怪的画面，有什么在画面里不断飞来飞去，可速度快得就是令人看不清楚。喇叭发出“嗞嗞”的电噪音，烦人得很。

老王没有任何动静，反而令我觉得更怪了。正想走上前去看看他到底是怎么了，只听停尸房里传来一阵轻微的响声。

那是东西落地的声音，又像是整齐划一的脚步声。

游雨灵脸色沉了下去，拨开对面的帘子就往里面冲，临了还对我喊道：“小心，别碰那老头，他有问题！”

我皱了皱眉，跟着游雨灵跑了进去。帘子后的停尸房，我还是第一次来。这个数百平的空间里，四面墙壁都摆满了密密麻麻的冷藏箱。如果有密集恐惧症的患者，大概是就算死也不愿死在这里吧。

游雨灵拉开电灯，但是顶端的大灯没有亮起来，依旧只有几盏应急灯在闪烁着微弱的红光。红光一闪一闪，只能借着这个屏幕看清周围。

我将手机掏出来，点出了电筒功能。一束白色的光刺破了黑暗，我四处照了照，没有找到刚才声音的来源。

停尸房中除了能够储藏百多具尸体的冷冻箱，中间几乎是空荡荡的，什么也没有。殡仪馆的停尸房不像警局兼有尸检的作用，就算是专门给尸体化妆的化妆师也有单独的工作间，所以这里没有多余的东西。

我和神情凝重的游雨灵绕着停尸房走了一圈，什么也没有发现。

“你看，这里明明没有闹鬼。”我小声咕哝着。

游雨灵的大眼睛不停地游弋：“那是你看不到，在本道姑看来，这里的阴气越来越重。再不解决，马上就要出事了。”

突然，手电筒照射在了一个手术推车上。就是这辆推车，顿时吸引了我俩的注意力！

只见推车上躺着一具裸露的尸体，尸体的裹尸袋已经被拉开了，露出了死者的头部和胸膛。一根只剩半截就熄灭的蜡烛摆在尸体的腿部位置。就在推车的正下方，还躺着一个人。

一个我不认识的人。

我蹲下看了这人一眼，他大约四十多岁，短头发，脸长得有些凶狠。在他身上摸索了一下，并没有发现任何可以辨别身份的证件。

游雨灵撇撇嘴："看你一副认真的模样，不知道的还以为你是侦探呢。"

"我倒是看过许多侦探小说的电影，知道些侦探手法。"这个男子已经死了，身体冰冷。由于停尸房的温度，我很难辨别死亡时间，"他不是养马殡仪馆的员工。"

"你怎么知道？"女孩的视线落在了手术架的尸体上，眼神一凛。

"养马殡仪馆总共113人，除了管理层的22人外，其余的91人我都记在了脑子里。"我指了指脑袋，"这个人的手非常粗糙，应该经常从事挖土的工作。养马殡仪馆的管理层自然不会有人有这种嗜好。我猜，他应该是个职业盗墓贼。"

"你连他的职业都猜出来了？"游雨灵有些吃惊。

"很容易猜。同样从事体力劳动的建筑工，手掌的茧因为重复工作会呈现纵向纹路。但是这个人的茧却是横向的，证明他挖土时经常变化位置。这是盗墓贼的显著特征。"我轻声道。

女孩没有再接嘴，一眨不眨地盯着手术架上的尸体看，像是发现了什么不得了的事。

"你怎么了？"我抬头，正好看到那具尸体。刚才一直在观察躺在地上的盗墓贼还没来得及检查手术架上的尸体，一看之下，我顿时倒吸了口冷气。

那具尸体，居然是前一段时间来殡仪馆大闹的一个家长，那个用蜗牛诅咒过张辉的中年男人，何阳州！

怎么回事，何阳州什么时候死了，就连尸体都被收入了停尸房中？我怎么不知道？

而且，这个已经死了的盗墓贼干吗的？什么时候盗墓贼不去盗墓，反而跑进停尸房偷尸体了？

不对，他并不是想要偷尸体。我敏锐地发现了扔在一旁的手术刀，这把手术刀并不是殡仪馆所有，应该是从附近的医疗用品店买来的。

怪了，这个盗墓贼究竟想干吗？他买手术刀准备解剖何阳州的尸体吗？最怪的是，盗墓贼又怎么会莫名死在了手术架下边？

我蹲下身，没有理会一直盯着何阳州尸体的游雨灵，而是再次更仔细地观察起盗墓贼来。

盗墓贼的夜行衣很完整，没有被脱过的痕迹，也没有其他伤口。他似乎是看到了什么可怕的东西，心脏病犯了，猝死了。

多新鲜，一个盗墓的，居然会被吓死！

“这具尸体，我们最好将他烧掉。”游雨灵整理了一下自己身上凌乱的金黄道袍，冷声说。

我愣了愣，这个小妮子穿着一身道袍，就真以为自己是道姑了？估计林正英的恐怖电影看多了，脑袋都中毒了。

“你认识何阳州？”我问。

“何阳州是谁？”女孩一脸疑惑地反问。

“就是你看得很认真的这具尸体。”我解释道，“前段时间不是有一堆年轻人莫名其妙死在了殡仪馆里吗？他们的家长每天都会跑这儿来闹，就数这个何阳州最激动。看到娘炮张辉脸上的绿色蜗牛了吗？就是这家伙贴在他额头上的！”

“不认识。但是我认识他身上的图案。”神棍女道士一把扯开了尸体的衣服，我顿时倒吸一口冷气。

只见这个中年尸体的腹部，密密麻麻地画满了奇怪的图案。那些图案复杂无比，而且我还非常熟悉，因为刚刚我还见过。正是和娘炮张辉脸上的蜗牛壳以及养马河中金娃娃大神的石碑上的图案，一模一样！

这到底是怎么回事？我越发摸不着头绪了！

“有人在利用河神的力量！”游雨灵像是看懂了，一脸惊悚，“如果不阻止的话，恐怕会出大事！”

“河神，这世界上有神？”我不知道该不该吐槽。

游雨灵满眼鄙视地看着我：“当然没有。”

“那你口中的河神是怎么回事？是说养马河中的那个河神金娃娃吗？”我疑惑道。

女孩摇了摇头，没有多解释：“如果想知道的话，明天一早跟我去一个地方。现在，先把尸体烧了吧！”

游雨灵不知道从哪里弄来了汽油，准备烧尸体。可就在她要掏出火柴时，停尸房发生了爆炸。

强烈的震颤撼动了整间停尸房，激烈的气流将我俩甩了出去。当我和她好不容易爬起来，等到烟雾散去时，何阳州的尸体，已经消失得无影无踪。

我俩面面相觑，好半天，我才喃喃道："果然是有人在搞鬼。"

背后有什么人正在暗中策划什么？他们要何阳州的尸体干吗？停尸房里的盗墓者，难道真的是来偷何阳州尸身的？

柳城这个小地方的暗流，逐渐流淌到了表面。看来杨俊飞的那只用来掩饰我行迹的队伍，已经快要搞不定了！

第二天一早，一头雾水的我跟着那个路痴女道士离开了养马殡仪馆，来到了附近的一个叫做养马村的小村落。

说到养马村，这个地方我也有所耳闻。据说这里许多地方还保留着清末的建筑风格，以及许多匪夷所思的风俗习惯。

例如养马村的人早晨最忌鸡飞上房，认为鸡上房招火灾。而且遇到火灾的居民3天内忌烧锅，也就是不能在家里做饭，免得再次遭灾。

他们中午忌讳在院内动土，免得冲动坛神。死在外面的人忌抬进家门，免得沾上邪气。最郁闷的是， 6人同桌吃饭时，忌讳单双对坐成乌龟席。据说会冒犯金娃娃，自己的儿女会被水神拉去当替死鬼。

其实这个地方，我并非没有来过……

"说起来，我五岁多时，还在这里住过。虽然记忆有些模糊，但是据说我老爸当年逃避债主的时候，躲到穷乡僻壤，应该就是这个小村子。"将行李放进村中唯一一家破败不堪的旅馆里，我便和游雨灵走到村里瞎溜达。

"喔，这个倒是有些巧。"游雨灵想了想又道，"既然你五岁时在这里住过，那么还记得起当年的那一场洪水吗？"

"洪水？"我瞪大了眼睛，"什么洪水？抱歉，据我的父亲说，当年住在这里的时候，我和一个小女孩玩游戏，结果一不小心撞到了头。所以关于这里的记忆，我已经完全没有了！"

游雨灵"哦"了一声，有些心不在焉。

我看了她一眼："你昨天所谓的借用河神的力量，到底是指什么？"

"时候到了，我自然会告诉你。"这个女道士嘴巴倒是严实。

我没有再多问，而是望着多年没来过，甚至已经完全没有记忆中的小村落："这个村子还真是有许多奇怪的地方。建筑全是砖木结构的小青瓦平房和竹木结构的草房。楼房居然一间都没有。这种情况在整个中国都很难找到。那些再穷困的地方，至少政府建筑也会修个两三层。太奇怪了！难道修楼房会犯某种忌讳？”

不远处，有一群小孩正在玩着游戏。我不经意地望过去，原本还不怎么在意，可是不久后便越看越心惊。用力拉了拉身旁的游雨灵，我向那群孩子指了指。

她疑惑地看着，好一会儿都没有看出个所以然来，忍不住问道：“那里有什么问题吗？”

“当然有问题。”我的声音略微有些激动，眼睛丝毫没有从那群孩子身上移开。

那个游戏由六个人组成，每个人的身旁都摆放着许多河边随处可见的鹅卵石。那些孩子围成了一个圈，将石头一层一层地堆砌起来。最先倒塌下去的就进入圈子里，跳一阵姿势奇怪的舞蹈。

“这个游戏确实有些新颖，但是我实在看不出什么问题。”游雨灵大为不解。

“看仔细了，看正在跳舞的那个孩子的姿势。”我小声说道，“如果我没有记错的话，那应该是‘跳端公’的一个简单的变种。”

“跳端公？”游雨灵果然是神棍，她居然懂了，而且脸上流露出惊讶的表情，“怎么可能，他们只不过是些孩子。而且正规的跳端公早在百余年前就在各地绝迹了！”

所谓跳端公，民国以前还曾经在境内乡间流行。据说是遇天灾人祸或家人久病不愈，便认为有鬼作祟，往往要请端公驱鬼禳灾。

正规的跳端公并没有太多的噱头，只是讲究姿势的重要性。当时正规的端公舞者多为年轻漂亮的处女，她们从小就被严格训练各种不同姿势的舞蹈。而且据说，每一种姿势都有不同的用处，绝对不能混淆，否则会适得其反。

眼前那些孩子玩游戏跳的舞就是其中一种叫做“罗阴魂”的舞蹈，而且非常正宗。

“如果我记得没错。”我犹豫了一下，又开口道，“这个舞蹈叫做‘罗阴魂’，具体的用处是赶走水神。”

游雨灵想了想，这才点头：“不奇怪，有大河的村落，历史悠久的话，大多都会因为常常有人淹死而惧怕水神。小孩子的游戏里会有这种舞蹈也很平常，恐怕是从前大人教的吧，然后一代一代地流传了下来。”

“应该是这样。”我也有同感。

不远处，玩游戏的孩子们在中间的孩子跳舞跳错的时候，拍手大声唱起来：

“金娃娃，金娃娃，金精水神欺不得。幽人不喜凡草生，水神水神跑上门。”

我一听，顿时笑了起来。

看来养马河流域金娃娃的传说果然流行，甚至融入了儿歌里。

养马河流域长达数百公里，水神金娃娃的造型也随着地域的不同而有所不同。最上游的金娃娃造型是个看不出男女的小孩子，穿着红色的肚兜。而中游直到养马村这一带，金娃娃像一堆塔一般的石头，并不像个人，甚至不是妖怪或者生物。而下游到养马河的四个支流位置，金娃娃成了一种夜叉样子的怪物。

真的很令人费解。

用力摇了摇头，眼见太阳已经爬过头顶很远了，这才发现自己居然一直忘了吃午饭。看看手机，都下午3点了，便拉了游雨灵跑到村里唯一的一家小饭馆吃饭。

说实话，那些饭菜的味道实在不怎么样，而且东西也不太干净，吃得对面的美女眉头都皱到了一起。

我倒是不动声色，边吃边想着心事。

如果说自己曾经在这里住过，十七年的时间，虽然很长，但是也不至于让人改头换面。当时认识的人应该还活着吧。

而那些一起玩耍过的小孩子，长大后，不知道是不是还记得自己这个曾经匆匆闯进他们生命里，一年多后，又匆匆离去的过客？至少，我是完全遗忘了，甚至忘得一干二净。

说不在意，那绝对是自欺欺人。心里有些踌躇，或许有机会的话，我是不是应该拜访一下这里本该认识的人，将记忆里的那段空白填补回去呢？

内心又开始烦躁起来，感觉很不舒服。

为了冲淡内心中莫名其妙不知是担心还是烦躁的难受感，我抬头，冲游雨灵问道：“我们都这么熟了，你是不是也应该介绍一下自己了？”

许多人做事，往往不靠信念，而是要听别人的。可如果你要登上山峰，需要问的是那些爬到过山顶的人，而千万不能问没有爬过山的人。

这一直都是我做人的准则。游雨灵身上，肯定有她的故事。

“我都告诉过你了，我叫游雨灵，职业是女道士。”女孩眨巴着眼，没有正面回答。

“你认识周岩吗？”我冷哼一声，问出了心中最大的疑惑。总觉得这个女人，和那个发私信给我的天书残片守护者有所联系。

果不其然，正胡吃海喝的游雨灵，突然停住了往嘴里塞食物的动作。她叹了口气："不错，我认识周岩，但是他或许并不认识我，甚至根本不知道我的存在。"

我看了女孩一眼，心里的猜测果然被证实了。

女孩幽幽地说："我的父亲，真名姓游，是西南一处小地方的阴阳师。那个地方很诡异，有个必须要我家世世代代镇压的东西。本来这一代轮到我继承衣钵的，但是父亲临时改变了主意，将衣钵传给了只见过一次面的周岩。"

"我很不甘心。"游雨灵望向天空，早晨的阳光不算刺眼，却让她眼泪盈盈，"凭什么是周岩？那小子什么也不懂。我从小就拼命学习，家族的风水秘籍传承了几千年，一代一代，都是靠着血缘关系继承它的。本以为周岩离开了后就再也不会回来，可他却在十多年后鬼使神差地回去了，得到了我父亲的衣钵，竟然还带走了那物品。"

我虽然已经猜测到了，但是亲耳听游雨灵说出来，还是感觉到震惊："那个物品，是不是一片金色的长条形书页？"

这次轮到游雨灵震惊了，她猛地向后跳了几步，警戒地厉声问道："你怎么知道？不对，你究竟是谁？"

这个迟钝的女孩现在才回过神来，眼前的这个男人是怎么知道自己跟周岩有牵扯的！

"我也认识周岩。就是因为他带走了天书残片，才会跟着他追到了这里！"我叹了口气，将前因后果大概讲了讲，"我研究过天书残片，那东西太危险了。放在一个十多岁的小男生手里，只会害了他！"

听了我的解释后，游雨灵才稍微缓了缓脸色。她点头道："不错，周岩虽然得到了传承，但是他根本就不清楚天书残片到底是什么，有什么用。那玩意儿，比他想象的可怕得多。我们家族之所以在三千年前将天书残片带到河城，虽然具体原因已经没了记载，但是父亲曾经猜测，只有在河城的特殊地理环境中，才能将天书残片的邪气镇压住，让它不会为祸人间。我一定要将天书残片带回去，重新封印好。"

我深以为然。特殊物品之所以称为特殊物品，就因为它们蕴藏着超越人类常识的非自然能量。

古人相信一切不正常的事物皆有道理，所以遵循这个规矩，将特殊物品摆放在了能够镇压得住的地方。千百年过去，现在已经是科技时代，迷信由中性词变成了贬义词。

不信的人多了，却令本来镇压得好好的可怕物品，偷偷流了出来。

“其实，你有没有想过？”我挠了挠头，稍微深呼吸一口气，从养马河中流淌过来的空气，负氧离子的含量比城市里多许多，呼吸起来肺部很清爽：“你有没有想过，其实你父亲不让你传承衣钵，是为你好。据说接触那个天书残片多了，长相会变得很恐怖？”

游雨灵愣了愣：“我知道他是为我好。父亲临死前一天，出门时回头看了我一眼。或许那天他就知道自己凶多吉少了。当时，我才六岁。他语重心长地跟我说，雨灵，为父如果十天后再不回家，你就离开吧，远远离开。长大后找个好人家嫁了。三千年的轮回，对你一个女娃而言实在太沉重，为父要在明天终结掉。”

“那你为什么还执著地要将天书残片找回来？”我也觉得女孩的父亲说得不错。与其令自己的女儿短命毁容，还不如独自毁掉轮回。这是一个负责任的父亲，必须做的事情。

“因为我不甘心！”游雨灵突然咬住了嘴唇：“我不甘心父亲就那么走了！我不甘心六岁就失去了父亲！不甘心将三千年的传承，就那么随便扔给了另一个小孩，父亲根本就是让一个不相干的小孩去承担了本应该由我承担的义务。”

女孩说到这里，欲言又止，但是我却嗅到了她话里最后的意思。

“恐怕最重要的是，天书残片，能复活你的父亲，对吧？”我盯着她的眼睛，一字一句地说。

女孩惶恐地跳起来：“连这你都知道？”

“猜的。”我心脏狂跳。难道自己随口一说真的说中了？它真的能令人复活？如果真是这样，恐怕世上暗藏在地底下的势力，或者赵韵含口中“那个世界”的人，会为天书残片更加疯狂。

如果真是这样，现在的柳城远远比我想的要危险得多。

“周岩为什么会来柳城，你有头绪吗？”我心里突然一动，“说起来，那个周岩，难道就在这个村子里？还有天书残片，你能感觉得到天书残片的位置？否则，你为什么会对这个村子那么感兴趣？”

游雨灵沉默了一下，最后还是承认了：“数千年的传承，我自然有手段得知天书残片的所在！”

“那么，张辉头上的绿色蜗牛，又是怎么回事？还有，你一直说河神发怒了，难道这所谓的河神之怒，也和天书残片有关？”

"那个东西……"游雨灵的话音未落，只听到外头传来一阵吵闹声，将她的话生生打断。

我伸出头去一看，顿时愣住了。

第七章
神秘女孩

外面很热闹，似乎出事了。

我和游雨灵八卦地跑出去看热闹，没想到一出饭馆的门就被人潮给冲散了。

游雨灵是严重路痴，一眨眼的工夫，她已经不知迷路去了哪儿。我实在没办法将她给找回来。

不过这不重要，重要的是看热闹的闲人实在不少，而且密密麻麻地围着中央不远处的位置。

好奇心使然，我问了问附近的人，这才恍然大悟。果然是有人死了，不过那位仁兄却死得有够奇葩。

听旁边的闲人描述，听得我哭笑不得。据说死掉的那人姓刘，和父亲开了一家颇大的养熊场，最近几年成了养马河的首富。不过这个刘小子不爱金银美女，就喜欢跟狗熊打架。据说他在自己的养熊场里修了一个很大的搏斗场，常常将里面豢养的棕熊、灰熊、黑熊、马来熊、白熊等等接连拉出来羞辱。

总而言之，刘老兄成天啥也不干，就琢磨着怎么跟熊掐架，还为此请了老师。隔三差五就进搏斗场里去揪出一只熊来一顿胖揍。英雄啊！不过呢，英雄也有失手的时候，终于在今天，刘兄弟遇到一只刚进货到养熊场的厉害熊，打着打着，就被狗熊给挠死了……

我哭笑不得，这家伙根本就是自找的，完全不需要同情。只是，现代人就真的这么无聊吗？虽然很少有机会看到尸体，而且还是被熊给咬死的，可是，需要围那么多人？还是说，事情并没那么简单？

想着想着，我就拼命往里挤，好不容易接近了圈子的外围，从缝隙里辛苦地瞅着。只见中央的地上摆着两具用麻布遮盖住的尸体，左边的那具体形稍大，是个成年人。而右边那具小得多，应该只是个五六岁的孩子。虽然用布盖住了，但是周围的土湿淋淋的，而且尸体还透过布的缝隙往外流水。

我皱了皱眉，这个小孩，难道是淹死的？

前面曾经提到，养马村有个风俗规定，死在外面的人不能抬进家门，免得沾上邪气。所以倒不难解释为什么尸体会露天放在打谷场上。只是，为什么会有那么多人来看稀奇？

突然感觉有人在拉我的袖子，我转头一看，却因为人潮实在太过拥挤了，看不清楚那人面目。只是隐约发觉，那应该是个身材娇小的女孩。那只拉住我袖子的纤纤小手，白得刺眼。手还不断地在用力，似乎想叫我跟她走。

于是我就顺着那手主人的意思，顺着她牵引的方向离开了闹区。

随着人群的稀少，我终于看清了她。那是个只有一米五几的女孩子，穿着白色的连衣裙，长长的黑色秀发很细很柔顺，在风里不断飘荡着，让人不禁产生出想要一把抓住的冲动。

她回过头，冲我甜甜笑着。她的五官十分精致，但却看不出年龄，似乎只有十四五岁，但是要说她二十岁了也很合理。

总之，是个让人怜惜的绝色女孩。

女孩的脚步丝毫没有停止的迹象，她的小手拼命抓住我的袖子，仿佛放手就会永远失去我似的。不知道跟她走了多久，终于在一个毫无人迹的树林里，她停住了。

轻轻转过身，女孩清泉一般纯净的大眼睛一眨不眨地用力注视着我，从我的脚尖一直打量到头发的末梢，最后将视线凝固在了我的脸上。

然后，她再次笑了。十分清纯的笑脸，微微张开的小嘴，若隐若现的皓齿，秀挺的鼻子，白皙到弱不禁风的皮肤……一切的一切，都美得令人窒息。

我挠着头问："这位，嗯，小妹妹，你拉我来有什么事吗？"

女孩没有说话，只是笑，望着我开心地笑。

"你叫什么名字？"我又问。

依然没有回答，依然只有笑。

这次轮到我笑了，苦笑问道："小妹妹，你的家人在哪里？你住在这个村子里吗？"

这次她似乎听懂了，微笑着摇晃着脑袋，顿时视线里似乎漫天都是那丝丝柔细的青丝。女孩闭上眼睛，双手合十，然后十分开心地拍了拍手，冲我轻轻发出了一个清晰的语调："连就连。"

声音清脆，如同悦耳的音乐。这三个音节结束后，又望着我，似乎在等我回应。我在她满脸期待中不解地挠了挠头。

女孩没有死心，又拍了拍手，依旧万分期待地说："连就连。"

然后再次等待着我的回应。

我苦恼疑惑地摸着鼻子，满脸尴尬。女孩眼中燃起的炽热希望在一霎间崩塌了，明眸中升腾起一阵阵雾气。眼眶开始湿润，像是受到了莫大的委屈般哭了起来。

不知为何，我羞愧得想要找个地洞钻进去，就像自己本来应该知道怎么回应她似的，只是，我确实不知道啊。

女孩拉过我的袖子擦拭眼泪，抽泣声不大，但却十分伤心。唉，头痛。刚到了这个本应该熟悉的村庄，结果什么事情都还没有展开调查，就碰到了一堆麻烦。难道我夜不语命中注定了这辈子就是有一大堆的桃花劫?

怀着郁闷的心情，我开始万般耐心地哄着哭泣的女孩，可是不论怎么说话做鬼脸逗她，她就是不为所动，只是默默哭着。

终于有点受不了了，我决定先带她回住的地方再说。

于是我去拉女孩擦拭着眼泪的手，她的手很小，软绵绵的，柔嫩的皮肤很有弹性。只是，略凉。女孩微微嘟着可爱的小嘴，终于止住哭泣，抬头望着我。不知为何，又开心地笑起来，长长的睫毛间还挂着晶莹的泪珠。

真是个够古怪的女孩。不过那副梨花带雨的可怜模样，也确实很美。

就这样拉着她径自往旅馆走，一边走，我一边盘算着她的来历。她的穿着打扮很普通，白色的连衣裙，虽然不怎么流行，却适合所有的年龄层。

她留着不长不短的披肩发，虽然很漂亮，可是明显缺少修剪。现代的年轻人，发型大多以碎发为主，这在养马村也是一样。可这女孩，发型相当孩子气。而且，看她的神情，似乎认识我一般。至少，我感觉得到，握在我手掌中的那个纤弱的小手在激动地微微颤抖着，只要我的手稍微松一松，她就会下意识地用力抓住我的食指不放。

她或许在怕，怕一松手，我就会突然消失！

我有一些不解，这种气质独特的美女，应该只要见过一次我就不可能忘记，但是记忆里却始终没有过她的身影。难道她真的认识我，是我五岁时，在养马村的玩伴?

不可能。13年了，我已经长大了，变得和从前根本就是两个人了，她又凭什么认出我？还是说，她根本是认错了人？

女孩的长相虽然透出一股灵气，让人乍一看觉得很聪明的样子。可是，从她的行为不难看出，她的智力应该由于某种原因停留在了童年的时候。也就是患有俗称的脑功能发育障碍，智力无法随着成长而增长。

看来，我的麻烦是越来越大了。

在感叹中，我回到了住的地方。游雨灵远远看见了我，连忙挥了挥手。

“你把我给甩了？”这家伙上来就是这么一句，喂喂，这句话可是有歧义的哦，“有什么发现吗？”

我摇头：“哪会有什么发现，倒是捡回来一个迷路的小美女。”

游雨灵瞪了我一眼，四处望了望：“小美女？在哪呢？”

我见她明知故问，没好气地指了指右边：“那么大个人，你眼睛瞎了？”

她撇了撇嘴：“你自己看看，哪有人了？”

“这不是人吗……”我的头向右转，原本理直气壮的底气顿时荡然无存。身侧，右手掌中滑腻充实的触感还依然残留着，可是女孩却不知何时不见了踪影。

那个留着娃娃头的小美女，什么时候离开的？

那晚，我做了一个古怪的梦。

梦十分蒙眬，以至于醒来时，很多细节都不太记得了。只是隐约觉得，那个梦的场景是个很长很长的河床，四周满满地堆积着大大小小的鹅卵石，有个女孩站在我的身前，拼命想要向我传递某种信息。

可是我看不清那女孩的模样，也听不到她的声音。只见到她的嘴巴不断地开合着。

我一直不为所动，她着急起来，伸出雪白纤细的小手抓住了我的肩膀。有一股窒息的感觉顿时充斥了我的一切感观，我用力挣扎，慌乱中向肩上瞥了一眼。顿时一股恶寒冒了上来，哪有什么女孩子的手掌，分明是一截白森森的骷髅胳膊，正掐住我的肩膀。

那干枯的骷髅肢干阴森森的，几乎陷入了我的肉里。

就在这时，我好不容易醒了过来。我猛地从床上坐起，用力喘着粗气，感觉像是已经死过了一次似的。身体很沉重，又累，头也剧痛，好像大脑里有什么东西在蠢蠢欲动。

“夜不语，你在里边吗？”门外，游雨灵焦急的声音以及剧烈的敲门声传了进来。我晃动脑袋，有气无力地回应了一声。拿起手机看了一眼时间，2点41分。

我摇摇晃晃地将门打开。她一见到我，惊讶得差点说不出话。

“才几分钟没见到你，你怎么变成这副尊容了？”她微微皱眉，将我上下打量了一番，“难道你被鬼压床了？”

“没什么，只是做了个噩梦。”我深吸了一口气，冲她挥了挥手。刚才的事情我实在没有想明白，难道是因为新来乍到，有些水土不服才引起了身体这么大的反应？

“什么噩梦这么严重？”游雨灵稍微有些担心，见我一副不愿再提起的神色，聪明地没有再追问，只是道，“对了，今天村子里有个小孩在养马河里游水时淹死了，你知道吗？”

“刚才看到了，尸体就在打谷场上，和一个被熊咬死的中年傻瓜摆在一起。”我好不容易恢复了一点精神。

“那个傻瓜姑且不用提，我调查了那个被淹死的小孩的一些情况。”游雨灵掏出一个小本子递给了我。

我认真看了起来。那个男孩叫做赵委，上个月才满7岁，是在三天前失踪的。尸体在今天早晨8点15分被同村一个渔户无意间打捞了起来。警察将其判断为意外身亡后，遂将尸体发回了他的父母处。”

“调查这个干吗？”我疑惑地问。

游雨灵立刻满脸诧异地望着我：“夜不语，这是河神发怒的迹象！”

“又是河神。”我皱着眉头，“你先给我解释清楚。”

“我实在有些不好解释，毕竟涉及了我家绝对不能外传的知识。”女孩为难道，“明晚是那个小孩死去的头三。我想去打谷场埋伏一下，亲眼看看他的尸体会不会出问题。”

我顿时明白了：“你这路痴是没有自信一个人摸到打谷场去，所以准备拉上我吧？”

“你还是打消这个心思吧。”我用力摇了摇头，“这个村子最忌讳的就是夜晚时段尸体被人盯住，他们觉得这样会影响死去的人游过三途川投胎转世。所以尸体只会放在打谷场，就连守夜的人也不会安排一个。一直到清末民国时期，夜间跑去放有尸体的打谷场，打搅死者安宁的外人，都会被村里人抓起来烧死。”

“不过，你就不想去看看吗？”她的声音里充满了蛊惑，“难道你就不好奇，张辉额头上的怪异蜗牛，还有那些图案，究竟有什么蹊跷？同样的图案，我在那个男孩子的腿上，也看到了呢。”

我果然不争气地有些动心了：“可被发现的话，事情就大了。虽然不至于被烧死，但是一定会被赶出村子。”

“干吗那么婆婆妈妈的，你小子到底去不去？”

“去，当然去！”我笑起来，满脸的笑容里却隐约透露着一丝不安。

不知为何，总觉得，明晚会有什么不好的事发生。

夜，黑夜。在这个天空还没有被雾霾腐蚀的乡村，夜色并不算太黑暗。星空很亮，映照在地上，银白一片，如同四周都洒上了一层盐。

我和游雨灵一早就将今晚的行程准备好了。到了9点半，眼见旅店里的人都一个两个回了房间，这才用手机通知对方，偷偷摸出去。

小心翼翼地穿过院子，隐进了不远处的玉米地里。游雨灵穿着一套黑色的衣裤，满面作贼的兴奋，看得我直想笑。虽然我的样子也不比她好多少。

养马村的打谷场不大，只有两百平方米多一点。秋季的时候用来轮流晒谷物和玉米棒子，不过因为最近几年机器的流行，这个地方已经很少用了。而现在的用途，更多的是拿来作为文艺表演或者放映露天电影的场地。

打谷场的右侧有一间很小的砖瓦房，那叫做尸阁，是用来摆放尸体的地方。养马村人有一则风俗便是不能让死人进门，所以不知道什么时候在这里修建了一个小房子。那房子千百年来，早就不知已经放过多少尸体了。

岁月并没有在那栋房子上刻下多少痕迹，看得出来，村里人常常对它进行翻修。既然那么重视这个地方，只是不知为何偏偏要把它修得如此寒酸？

从玉米地里穿出来，打谷场就到了。星光下，整个打谷场都泛出惨白的光芒，令人不寒而栗。稍微打量了一番四周，我和游雨灵对视了一下，露出古怪的笑容。

尸阁的门轻轻闭合着，虽然不明显，但还是能看出并没有上锁。也可以认为，原本上好了的锁被谁给弄掉了。看来，盯着尸体的人并不止我们两个。至少，已经有人先我们一步进去了。

我俩蹑手蹑脚地向前走，缓缓地绕了打谷场大半圈，移动到尸阁的后侧，通过透气孔朝里面张望。可令人意外的是，里边什么动静都没有。没有人，也没有架设过观测设备的痕迹，只有尸体静静地躺在那里。

可不知为何，这种如死的平静中，我却隐约有种不协调的感觉，像是有什么不对劲的地方。

游雨灵显然没有看出个所以然，她对我比划了几个手势，让我按照计划进行。我侧着脑袋想了想，点点头，踏上打谷场，来到了尸阁的门前。

这里果然没有上锁，但是锁床有点扭曲，像是被什么工具用力给拉坏了。我冲警戒着四周的游雨灵指了指门，她打量了片刻，立刻明白我在怀疑什么，低声说："应该不是前段时间盯上火葬场尸体的那伙人，这些完全是被蛮力弄坏的。而且，锁坏了也就留下闯入过的痕迹。第一个被怀疑的肯定是我们这些外来人。"

和我想的一样，既然不是那伙人，那破坏了锁闯进去的又会是谁呢？

游雨灵用力拉开门，那扇看起来很轻巧的门发出一阵笨重的声响，沉重地在泥土地上划出一道很深的痕迹。

我俩走了进去。

这个尸阁大约只有40平方米大小。呈长方形。门是从最右边开口的。从右到左，并排放着两排木板钉成的板子床，总共有16张。我用手摸了摸半人高的床板，木质很坚硬，应该不是廉价的木料。恐怕这些床板也和这个尸阁一样历史悠久了吧。

最后一个位置上摆放着一具小孩的尸体，应该是死去的赵委。游雨灵用力咽下一口口水，紧张地向尸体走去。

"你在害怕。怎么，以前从来没见过尸体？"我小声笑着。

"虽然我是女道士，不过害怕尸体是人类的自然反应。"在这种气氛诡异的地方，她的声音都在颤抖。

我没再啰唆，视线缓缓在尸体上扫描起来。这是个很健康的男孩子，略显棕色的皮肤，面目还算清秀。原本应该充满活力的身体上，此刻早已没有了生机，如同深夜如死的寂静一般。

在尸体的大腿根部，果然画着复杂而又令我熟悉的图案。那个图案，我曾经在金娃娃石碑、绿色蜗牛壳以及停尸房何阳州的尸体上见到过。

戴上手套，右手习惯性地在尸体上敲敲打打了一番，我皱起了眉头："游雨灵，这具尸体有点古怪。"

"哪里古怪了？"她好不容易提起勇气往尸体的方向看了一眼，还没等到视线完全接触，已经怕得又将头埋回了我怀里。

我略微有些无奈，用手加大力气在尸体的腹部位置挤压："你看看。"

游雨灵小心翼翼地瞥了一眼："没什么啊。"

"你仔细看看尸体的耳朵鼻子和嘴巴。"我提醒道。

她终于认真起来，打量了一番，面色古怪地望向我："确实有点奇怪。"

"不错。"我点头，"一般溺水身亡的人，除非死后4小时内被捞起，否则尸体都会因为浸泡的关系而肿胀发臭，因肿胀而导致头发及表皮的脱落，眼、舌的凸出甚至脱落，在养马河的活水中，尸体更有可能被水中生物咬食而残缺。而且溺死者多有七孔流血的情况发生，口鼻部会形成浓稠的泡沫，不易破灭。可是这一具尸体，实在太完整了。"

"嗯，爷爷教过我。"游雨灵忘记了害怕，盯着尸体道，"如果是因为溺水身亡，肺部会有积水。刚才你挤压他的胸口就是为了证明这一点吧？"

"完全正确。"我将尸体的嘴撑开，"他的嘴巴、鼻子以及耳朵里虽然有泥沙，但是嗓子的深处就没有了，肺部也没有积水的迹象。恐怕是死后才被人扔进河里的。"

"你的意思是谋杀？"游雨灵有些诧异。

我的语气中带着一丝嘲讽："明显是谋杀。真亏这个小地方的警察检查都不检查就将尸体发回来了。真不敬业！"

游雨灵向左右张望着："对了，怎么这个地方只有一具尸体？今天那个被熊咬死的中年男子呢？"

顿时，正在看尸体的我如同被雷电劈中了一般，全身剧烈抖动了一下。对了，终于明白刚才从透气孔中向里边张望的时候，为什么会产生一种不协调的感觉。原来那不对劲来自尸体的数量。

下午我明明听旅馆的老板说两具尸体都放进了打谷场的尸阁里，游雨灵的调查也证实了这一点。可是现在，为什么只剩下一具尸体？还有一具哪里去了？

大脑飞快地思索着，我像是想到了什么，立刻跑到尸阁的门前，仔细打量着门铺。看着看着，越看越心惊，不由自主地打了个冷战。

"夜不语，你怎么脸色都变白了？"游雨灵对我无法预测的行动十分不解。

我没有回答，只是搜索着房内的地面。不久后，意料之中的东西出现在了视线里，我将它捡起来，不知道该用什么表情。总之，恐怕是再也笑不出来了。

"你发现了什么？"她好奇地朝我手里看着。我望向她，问道："你刚才开门的时候，有没有发现什么异常？"

"倒是没什么，只是觉得门很重。"她回忆道。

"我看门不是重，而是被什么弄坏了。"我指着门铺，"你看，这里有剧烈拉扯留下的痕迹。应该是对门施加了极大的作用力，大得将门锁的铺都拉断裂了。"

“谁有那么大的力气？”游雨灵吃惊道。

“不仅如此。”我将手心摊开，掌上露出了刚才捡来的东西，是一把已经坏掉的铜锁，“这是尸阁的门锁。它的锁颈部分已经烂掉了。不过锁却飞到了屋子里边，你知道这意味着什么？”

她似乎丝毫没有紧张感，偏过头想了想：“恐怕是有人在外面用力踢门，想要闯进去。”

“这是一种可能。但是你想过没有，这扇门是朝里边开的，如果是外边的人想闯进去，门锁虽然会坏掉，但是没有理由连门也坏了。”我顿了顿，一字一句地缓缓道，“这种情况，还有个可能。是里边的什么东西，用难以想象的力气将门撞开，以至于门锸坏了，门的轴轮也坏了。”

“不可能。”游雨灵略微有些变色，“那样门锁没有理由会留在尸阁里。”

“理论上是如此。”我哼了一声，“门锸坏掉的状态也说明了，是被里边传来的力量破坏掉的。这个铜锁恐怕是后边出现的某人，出于某种目的扔进去的。”

游雨灵无法辩驳，她向四周扫视了一眼，黑漆漆的夜色，寂静的黑夜，不远处萦溢着死气的尸体，还有那个从尸阁里跑出去的东西。这一切，都足以让人心生恐惧。她的脸色不自然起来，身体也向我靠得更紧了。

“喂，你说，如果门真的是从里边打开的，那逃出去的是什么东西？会是人吗？”

我摇头：“不太清楚。这道门的木质很坚硬，而且门轴承也是很粗的铁芯。要逆着开门的方向把门撞开，很难想象需要多大的力气，不过，就算再强壮的人，恐怕也做不到吧。而且看门锸的破坏程度，应该是瞬间坏掉的。恐怕，那东西只用了一下就把门弄开了。”

“那会是什么？”游雨灵打了个寒战，“尸阁里本来应该有两具尸体的，可是有一具现在不见了。难道是……尸变？”

“神经，怎么可能。”我没好气地道，“虽然现在因为线索太少，我暂时无法解释眼前的状况，但是尸变这种无稽之谈绝对是不可能的。”

不错，这世界上人和生物都一样。死了就一了百了，变为了其他生物所需的肥料，进行生态圈的另一种轮回。人类也是如此，人死后怎么可能会有灵魂。

退一万步来说，就算有，也不足以让尸体动起来。尸体之所以为尸体，就是因为大脑死亡，身体所有的机能都丧失了。如果真的能动起来，而且还能产生比生前更大的力气，那，绝对可以归类于科幻小说的范畴，不是现实世界能够发生的。

游雨灵紧张地拉了拉我，说道："这地方越来越诡异了。夜不语，该调查的都调查了，我们该走了吧？"

"你不是道士吗，干吗急着走？怕鬼？"我看了她一眼。

游雨灵呜呜了两声，没开口。

我再次打量了一番四周，虽然不明白跑出去的是什么，而且那具中年男子的尸体为什么会消失，但是收获，还是有的，至少发现了一起谋杀案。

其实我的内心深处有这么一个疑虑，这具尸体，真的是因为警察不敬业才发回村子的吗？

正要走出门，突然感觉身旁的游雨灵剧烈地颤抖了起来。她寻找着我的手，用力握住。原本纤细温暖的手早已变得冰冷一片，甚至不住地哆嗦着。

"怎么了？"我疑惑地转过头问。只见她满脸惨白，眼睛死死盯着摆放着尸体的方向。我顺着她的视线望过去，并没有发现什么异常的地方。尸体，已然在它该躺的地方，静悄悄的，没有任何动静。

"声音。"游雨灵紧张得嗓子都在发抖，发出的语音有些模糊不清。我侧耳倾听，不禁浑身一颤。

寂寥的午夜，有一种毫无意义的单薄声音轻轻回荡在尸阁内。如果不注意听，根本就发现不了。声音的来源，正是那具叫赵委的男孩尸体。

游雨灵死命地挽住我的胳膊，我用力甩开她，飞快地朝尸体走去，一把将它身上的麻布扯掉。顿时，我惊呆了。

只见赵委原本紧紧闭着的眼睛此刻瞪得斗大，恶狠狠地盯着天花板。尸体的嘴缓缓张合着，发出一阵又一阵听不出任何意义的音节。那个音节以两个音段为一点，不断地重复着。它放大的瞳孔开始左右移动，似乎在寻找着什么。

猛地，它血红的眸子盯住了我。布满血丝的眼睛立刻瞪得更大了，尸体突然不再发出声音，只是恐怖地盯着我，一直盯着我。突然，左手猛地抬起，紧紧将我抓住。

我的上身动弹不得，惊慌地一脚向尸体踢了过去。赵委小小的身体飞了起来，刺耳地尖叫着，爪子一般的手终于放开了，整个尸体都跌落到墙角。

惊魂未定的两人逃也似的跑出尸阁，偷偷回到了旅馆里。

我的脑子十分混乱。就算躺在床上也没有办法确信刚才亲眼见到的一幕。总觉得，一来到这个村子后萦绕在内心深处的不安感越来越强烈。总觉得会发生什么不好的事情。

那具会动的尸体，还有那诡异的声音。虽然那声音似乎毫无意义，但是却有一定的节奏感，它应该在不断重复着某个字节。而且这个字节，我已经隐约猜测到了。

因为，在我将尸体踢飞的那一霎，尸体在半空中，分明从嗓子里发出了两个我能够听明白的音节。

那，居然是在叫一个名字。

我的名字……

第八章

唤魂塔

有人说，有几种人容易被鬼缠住。例如，左手食指有黑痔的人，凌晨2点47分洗脸的人，头发自然枯黄无光的人，无故失眠的人，凌晨1点44分出生的人，额头无故发青的人，凌晨从卫生间的镜子里可直接看到窗户的人，在7月14日打破碗的人。

我属于哪种人呢？不管是哪种人，最近我都有些倒霉。莫名其妙地因为好奇跑到这里来查金娃娃的传说以及“假活”事件。没想到在夜探尸阁的时候，居然遇到了诈尸。唉，头痛，搞得现在大脑都迷迷糊糊的，不知道那场遭遇究竟是不是在做梦。

第二天一早醒来，游雨灵已经不知去了哪里。

刚走出房间，就听到旅馆外面传来一阵闹哄哄的声音。养马村的人行色匆匆，马不停蹄地朝东边跑着。偶尔有人看到我，神色间居然流露出不耐烦以及微微的敌意。

我皱眉，隐约猜到了一些事。

走到旅馆的大堂，我找到老板，问道：“老板，养马村今天要赶场吗？”

所谓赶场，是农村特有的习俗。场，也就是市场的意思。每隔两三天，农村的人都会聚集到固定的某个地方，将自己家里的物品拿去出卖。

一般拿来卖的东西都很杂，不过价格倒是比城里的市场上便宜得多。以至于许多城里的小贩就常常朝场上跑，赚取货物的差价。

老板摇摇头："明天才是赶场的日子，今天是因为养马村发生了一件事。"

"什么事？"我装出一副好奇心旺盛的小男生样子，眼睛里都充斥满了闪闪发亮的火花。

老板似乎有难言之隐，他紧张地向四周看了看，小声道："悄悄告诉你，今天一大早发生了一些事情，村子里下午就要开长老会议，恐怕是要把村子里所有的外人都赶出去。对了，提醒你那位女同伴一声，最近几天千万不要到外边到处走动，以免产生不必要的误会。"

我一听便明白了。

估计是早晨有人发现尸阁的门被破坏了，而且其中一具尸体不翼而飞。以养马村人的迷信程度，肯定是怀疑到了外地人身上。看来最近一两天，确实要多多小心。毕竟这里是个略有些封闭落后，而且风俗习惯独特的地方。

我思索着，在脸上堆积起虚假的笑："谢谢老板的关心。那个长老会议，老板也要去参加吗？"

"全村所有的男丁都要去，我也不例外，等一下关了门我就要走了。你们今天最好不要出门。"

我乖巧地点点头，趁他回身的瞬间，将一个很小的东西塞进了他的衣兜里，然后笑容满面地回到二楼自己的房间，再顺着窗户爬到了院子里，从旅馆的后门走了出去。

不知道游雨灵一大早跑到哪里去了，我也没在意，只是径直朝养马河的方向走。

昨晚，那具尸体喊出来的，究竟是不是我的名字？应该是幻觉吧。我离开这个地方已经十多年了，而尸体的主人不过才七岁，我根本就不可能认识他啊。

带着满脑子的疑惑，我翻过河堤，来到了河岸边。由于是早春，养马河的河水并不深，三百多米宽的河道露出了很长的河沿。河沿上放眼望去，全都是鹅卵石，密密麻麻的，什么稀奇古怪的形状都有，一直向视线望不到的尽头延伸。

我顺着河床慢慢走动，希望能有狗屎运，找到些用得上的线索。走了不远，居然看到游雨灵蹲在地上，呆呆地打量着眼前的事物。

我走了过去："你在看啥？"

"这个东西。夜不语，你知道是什么吗？"游雨灵指着身前的一堆石头。

我看了一眼。这是一堆很扁平的鹅卵石堆砌成的石堆，用的鹅卵石正面都很圆。底下粗壮上边越来越小，呈现塔状。这堆石头，一共叠了七层高。

"这是唤魂塔。"我也蹲下身，缓缓道，"据说小孩子的灵魂是很脆弱的，特别是淹死的孩子，它们的灵魂很容易被水鬼拉走。所以养马河一带的原住民家里有13岁以下的幼童被河水淹死后，一般都会到河床边堆砌这种唤魂塔，希望能将孩子的灵魂找回来。"

"那么你来看看这个！"游雨灵突然望着我的眼睛，说，"这就是昨晚抓住你的那具尸体的唤魂塔。"

"什么！"我惊讶了，"你怎么会知道？"

"废话，这上边还有他的名字。"游雨灵皱着眉头，"你不觉得奇怪吗？你我都清楚，赵委并不是被水淹死的，他应该是死后被人抛进养马河里的。"

"不错，杀死他的嫌疑犯大概是那个到处向村里人说赵委掉进养马河的人。"我疑惑，"不过这些关我们什么事？谋杀一类的案件，我们应该报警才对。"

她没有说话，漂亮的大眼睛望着唤魂塔，仔细地打量着："果然，有人在试图借用河神的力量。河神已经开始发怒了。"

游雨灵又开始说这些神神叨叨的东西。随着她那沉重的语气，不知为何，我突然觉得村子笼罩的怪异气氛以及迷雾，越发浓重了……

毫无收获的一天很快过去，夜晚降临了。我和游雨灵坐在床上对望，默默无语。

"今天又没有头绪，唉，再这样下去，就晚了！"游雨灵也感觉到了气氛的压抑。

我摇头，突然笑了："线索还没有回家。"

"什么意思？"她不解地追问。

我神秘道："我把一支很小的窃听器塞在了旅馆老板的口袋里，不过距离太远，我监控不了。等他回来了，我把窃听器弄来，咱们就知道养马村的长老会议上，他们究竟说了些什么。"

"我想他们十之八九会把外地人赶出去。"游雨灵不抱希望地说。

我不置可否。

神棍女道士见我又不说话了，慵懒地伸了个懒腰："夜不语，要不明天我们去赶场吧。"

"你还嫌现在发生的事情不够多吗？"我瞪着她。

她却笑得十分神秘："这你就不知道了。横竖在养马村也找不出什么有效的线索，还不如出去转换一下心情，说不定能发现什么被忽略掉的线索。"

“算你这条理由还说得过去。”我想了想，似乎真如她说的那样，在养马村根本就没有任何进展。周岩的下落也没有找到。唉，早知道就留在火葬场了。

楼下传来一阵熟悉的咳嗽声。我和游雨灵对视一眼，线索，终于回来了。

施用了许多种花招，好不容易才悄无声息地将窃听器偷回来。我们蹑手蹑脚地回房间，然后有选择地将全过程听了一遍。听完后，又默不作声地坐到床沿，将得到的东西各自细细分类。

不得不承认游雨灵虽然有些秀逗，还是个路痴，智商却不低。她的思维完全能跟得上我的节奏，对细节的整理甚至比我反应快。

将得到的东西消化好后，依然是她先开口：“没想到昨晚消失的尸体不只是那个被熊咬死的中年傻瓜，还有诈尸的赵委。你看有没有可能，昨晚将尸阁的门弄坏，跑出去的就是那个中年人的尸体？”

我皱了皱眉头：“你的意思是他并没有死，只是被熊压到窒息了？晚上他醒过来后发现自己被放在尸阁里，又害怕又恐慌，以常人远不能达到的速度跑掉了？”

“你昨晚不是已经分析过，那种情况不是一个正常人能够做到的吗？我的意思是，跑出去的是尸体！”

我有些难以理解：“你的意思我不懂，尸体怎么可能自己跑出去？”

“不是有一种形容尸体自主行为的名词吗？”游雨灵压低了声音，“譬如说，尸变！”

“荒谬，不合理。这种说法我实在无法苟同！”我摇头，一副难以置信的样子。

游雨灵顿时有些气塞：“夜不语，我说你也老大不小了，但是怎么总是一副死脑筋，明明昨晚你都看到了！”

“我承认世上有许多不可思议的事，虽然不能用科学解释，但总会留下一些可以供人思考的线索。尸变这种说法实在太荒诞了。”我坚持己见。

她气得说不出话来，叹了口气：“真想知道你固执的脑袋究竟是什么样的构造。你这人实在太矛盾了！”

“我的性格就是这样，你管我。”我“哼”了一声。

“算了，我才懒得管你。我回房间睡觉，再见。”游雨灵气呼呼地咬着嘴唇，用力拉开房门走了出去。我看着她的背影，苦笑。每个人都有自己的思维方式和观点，我信不信是自己的事情，她干吗那么生气？

看看手机，已经10点15分了。我用力躺倒在床上，突然感觉很累，非常累。懒得洗漱，就这么闭上眼睛，睡着了。

那一晚，我又做了那个奇怪的梦，那个梦依然那么蒙眬，很多细节都记不住了。只是隐约记得，那个梦里的场景是个很长很长的河床，四周满满地堆积着大大小小的鹅卵石，有个女孩站在我的身前，拼命想要向我传递某种信息。可是我还是看不清那女孩的模样，也听不到她的声音，只看到她的嘴巴不断开合着。

不过这一次，我似乎能够稍微读懂她的唇语了。她像是在呼唤我的名字，又像是在求我快点离开。每当我觉得快要想明白的时候，梦就会突然被掐断，我也莫名其妙地清醒了过来。

我用力揉着眼睛，想要睁开眼，身体却很酸痛。懒懒地在床上继续回忆那个怪异的梦境，直到再也想不起更多的细节，我才挣扎着从床上坐了起来。

看看手机，又是2点41分。和昨天醒来的时间一模一样。我是不是生病了？我摸着额头，感觉大脑越来越清醒，这种情况，真的有点病态。

走下床，与昨晚一样进入厕所，在洗漱间里用力将冰水泼到脸上，转身准备继续睡觉。突然，我猛地停住了脚步。

不对！

哪里不太对！

我眯了眯眼，迅速摸到了身上侦探社配发的手枪。

对面的窗户上，不知何时被小石头打出了一个洞，冰冷的风从洞口往里吹入。玻璃碎块散落一地，我看向地上，砸中窗户的石块外包裹着一张纸条。和上次警告信的手法一模一样。

我凝重地将纸条展开，上边仍旧只有一行字：

快逃，最后的机会。有大阴谋正在针对你！

你的朋友：M

看完后，我的眉头皱得更紧了。我不是个善于交友的人，现在全球各地忙着搜集拥有特殊能力的物品，解决诡异的事件，没头苍蝇似的，哪里来的时间交朋友？虽然我有过目不忘的能力，但这个自称是我朋友的M，我怎么也想不出来她是谁。

不错，写字的人应该是她而不是他。懂得笔迹学的我能够敏锐判断出写字人的性别，上一张纸条中她用的是中性字体，判断有些难度。但是这一次，M写得很匆忙，似乎遇到了非常紧急的情况，所以掩饰用的笔画就潦草起来，出了漏洞。

我甚至能从几个横折钩的落笔中，看出和之前冒充赵韵含笔迹的匿名者有着相同的手法。

这两个人果然是同一个人。

可是，她却自称是我的朋友。一个我都不知道是谁的朋友。

我随手将纸条放入了兜里，随即陷入了沉思中。

但无论怎么想，都想不出个所以然来。最终我还是放弃了。

几乎一夜无眠。

第二天一早，我拖着沉重的身体起了床。

似乎女人天生就不是那种守时的动物，至少游雨灵就不是。她说要去赶集，说早晨8点半汇合。但是我足足等了一个半小时，她才起床。

“走吧。”我瞪了她一眼。

这个神棍女道士自知理亏，尴尬地笑了几声，跟在了我背后。

就在这时，突然有个很小的影子从我眼前飞了过去，我下意识地紧紧盯着，直到它消失在远处。眉头却不由自主地紧皱了起来。

“你看到什么了？”游雨灵顺着我的视线望去，却什么也没有发现。

“蜻蜓。”我淡然道。

“蜻蜓？”她疑惑不解，“这里是乡村，又不是城市。看到蜻蜓有什么好大惊小怪的？”

“笨蛋。你以为温带地区，二月份的时候会出现蜻蜓吗？何况是绿头大蜻蜓。”我呆呆望着远处，不知为何脑子有些混乱，“这种蜻蜓，应该在四月底或者初夏才会长出翅膀。现在它们的幼虫还在某滩水里游得正高兴呢。”

游雨灵这才反应过来，依旧不以为然：“如今地球的二氧化碳排量那么大，十多年前就开始出现温室效应了。冬天也越来越热，蜻蜓不按时节出现也很正常啊。”

“你不是说自己一直待在深山里修行吗？连这个都知道？”我还是无法释然，“但是我总觉得有种不安的感觉。而且那只蜻蜓很古怪。”

“哪里古怪了？”

“它的眼睛晶莹剔透，非常漂亮。就像绿宝石，漂亮到让人想把它挖出来。”

游雨灵停住脚步，一脸害怕地看着我：“你变态啊。怎么刚才的话像潜伏在城市阴暗角落里的分尸狂魔说出来的。”

我挠了挠头，一时间无语了。

确实，那番话居然会从我的嘴巴里说出来，真的令人难以置信。不知是我有问题，还是这个村子本身有问题。

时隔十多年，一回到这里就浑身不对劲，虽然自己并没有什么发现，但还是隐约觉得不对劲。似乎，真有什么东西在朝我缓缓靠近……

在农村，通常隔一天赶一次场，而每个礼拜就有一次大场。今天是赶大场，路上行人并不算多，毕竟已经是早晨九点多了，摆摊的人早就占好了位置。而想要买东西的人，也早早地跑去挑选新鲜的鱼虾生菜等了。

我和游雨灵默默地想着各自的心事，慢慢向前走着。沉默了没多久，突然，我俩看到小路尽头，养马河的岸边，在那个村人们默认的土码头前，居然围起了黑压压的一道人墙。

又有什么事情发生了？我狐疑地和游雨灵对视一眼，快步朝那个方向跑去。

一边拼命穿过人墙，一边努力收集资料，好不容易才将事情的大概弄清楚。原来是死人了。死者叫做赵凡，今年26岁，高中毕业后帮自己的老爸在养马河两岸摆渡，一做就是六年。平时为人老实，略微有点害羞。

昨天早晨接近6点的时候开船出门，然后便连人带船不见了踪影。今天早晨8点多的时候，尸体突然从小码头的木架子底下浮了起来。

我钻进了最内围，好不容易才看到尸体，虽然尸体用麻布盖了起来，但还是能看个大概。这个男子高度大概一米七，体形微微有些胖，浑身还在流着腐臭味极重的河水。右手僵硬地向外伸出，似乎生前想要捡什么东西。手腕上赫然有一圈不规则的血红印记，这是生前遭受到很大作用力后才会形成的明显尸斑。

刚看了尸斑一眼，我整个人都发起抖来。我什么也顾不上了，大步走上前，只来得及将尸体头上的麻布揭开一角，瞥了一眼。附近的村民立刻吆喝着，愤怒地把我赶走。

“又死人了。”游雨灵看着养马河奔腾的河水道。

我心不在焉地“嗯”了一声。

“死者的尊容还好吧？”她问。

“谈不上好坏。只是有点奇怪罢了。”

她立刻来了兴趣：“说清楚？”

“那个人是猝死的。”我阴沉着脸，“最令我在意的是他的尸斑。尸斑居然形成了那个神秘图案的形状。”

游雨灵也是一愣："河神金娃娃石碑上的图案？"

"不错。只有等他的尸检报告出来后想办法搞到手再说了。再不然的话今天晚上我们再夜探一次尸阁。"我的脑子十分混乱。

这个小村子最近究竟在发生什么？为什么意外死亡了那么多人？为什么那么多死者身上，都会出现和殡仪馆中张辉额头上的绿色蜗牛壳同样的图案？

这些图案到底代表着什么意思？难道真如游雨灵说的，一切，都和养马河的所谓河神金娃娃有关？

仿佛陷入漩涡的养马河流域，发生在养马殡仪馆的怪事，还有养马村正在发生的事，犹如乱麻，根本无法理清。

上船渡到对岸，人山人海的农村集贸市场总算到了。

中国人不论哪里都多，特别是农村。在这条称为市集的街道上，1200多米的距离拥挤不堪，寸步难行。我和游雨灵几乎是一步一步向前挪动，就快被人群给挤到窒息了。

虽然这份热闹令人不堪承受，但我俩还是挺开心的。赶场会看到许多早已在城市里绝迹的物品以及风俗，也不算坏。

还有些摊位会卖许多千奇百怪的石头雕像，只有半尺高，形象几乎没有相同的。问老板，才知道这些全都是金娃娃，买回去摆在灶头上可以保平安。听得我我摇头不已。

敢情金娃娃还是个灶神！

折腾了接近一个上午，一直唠唠叨叨自称深山里没过过好日子的游雨灵这才想到休息。然后我们找了一家凉面店坐了下来。我要了一碗冰粉，一口气将它喝到底朝天。

凉爽的味道，似乎令沉重的心情都舒缓了许多。

旁边的女神棍变身大胃王，可怕地要了一大堆小零食，估计还准备吃个十来分钟。我开始无聊地四处扫视，最后将视线停留在了一个地摊上。

那是个十分普通的地摊，上边摆着许多石头饰物等小玩意儿。这些都没什么，吸引自己注意的是一块扁平的石头。它的形状就像一朵云彩，上面有四个圆孔，每个孔都有一个开口，形成了八个凸出的角。整个石头呈灰黑色。

我不由自主地走了过去，将那块石头拿到了手里。冰冷的质感，表面并不算光滑，似乎折断过。它有30厘米长，15厘米宽，6厘米厚，给人一种怪异的感觉。

“这是什么？”游雨灵跟了过来。

“八音石。”我头也不回地答道。

“八音石是什么？”

“亏你还自称女道士，连八音石都不知道。”我“哼”了一声。

“人家是土道士，又不是本科毕业。为什么一定要知道某块莫名其妙的石头的名字！”她赌气道。

我瞪了她一眼：“相传两千多年前，人们曾经用石头演凑乐曲。当时有一种韶乐，它的乐器就是人们常说的八音石，敲击八音石能发出清脆悦耳的声音，所谓八音石实际上是灵璧石中的一种。

“灵璧石是安徽灵璧县青石山的一种石灰岩。就是烧石灰的石灰岩。这东西从商朝的时候就开始使用了，大概有三千年左右吧。那时候将灵璧石切成一定的形态，敲打来做乐器。八音石，就是这样做出来的。”

游雨灵眼睛一亮：“这东西很值钱吗？”

我摇了摇头：“我不知道它的具体制造年代，不过应该是后来仿制的。真正的八音石应该至少有三千多年的历史。但是你想一下，石灰岩是什么东西，它很容易风化，不可能到现在还保留得这么完整。就算真是商朝的，可惜已经被切成了薄片，值不了多少钱了。”

“喊，那你干吗看得那么专注！”她失望地偏过头，开始自顾自地看自己感兴趣的东西。

我望着手中残缺不全的八音石，这东西应该至少被摔成了三块，眼前这块刚好是中央的位置。我将它握在手心，心底却涌上一种莫名的熟悉感觉，仿佛似曾相识。

“老板，这块石头你是从哪里得来的？”我扬起头问。地摊老板打量了我一番，见我是学生模样，这才放心地答道：“是个渔民从养马河里用渔网捞上来的，你看得上眼，见钱就拿走。”

我迟疑了一下，最后还是将它买了下来。

第九章

八音石

八音石碎块估计是因为长年被养马河的水冲击，破裂开的棱角部分已经变得圆滑了。它的侧面有残缺不全的五行字。短短五行字，我却看得十分入神。

“就，相约定，九十七，何桥，三。这些都是什么啊，乱七八糟的根本看不懂。”游雨灵伸过头来看了一眼，然后大惊小怪地叫了起来。

“我猜上边应该写的是一首诗，只是不知道究竟是什么诗。”我冥思苦想，“但是总觉得我应该知道才对，而且这块石头，我感觉非常熟悉。我应该什么时候接触过！”

“这就是你买下它的原因？”

“大部分是这个原因，虽然我也不太明白。但是恐怕这块石头和五岁半以前的我有过某种联系。”

“你说得太玄妙了。”游雨灵撇撇嘴。

我尴尬地苦笑：“你以为我想啊，最近这几天我自己都清楚我的精神状态不太正常。但是不可否认，我来到这个鬼地方后，确实遇到了许多怪异的事情。有的时候我老想，是不是和自己五岁半时失去的那段记忆有关。”

游雨灵用手摸着下巴：“有意思。具体说说，你究竟丢失了多久的记忆？”

“可以确定的是半年吧。四岁以前的事情虽然不说都记得，但是记忆深刻的事情还是能想起很多。譬如说表姐从我手里抢走的那颗苹果，还有她用皮带打我，打得我额头血流不止什么的……”

“停停，打住！怎么听都像你在单方面地抱怨。你就不能讲些别的？”

“哪还有什么别的，所谓记忆深刻，不是大喜就是大悲。小孩子当然不会辨别什么大喜大悲，只会记住被伤害的阴影。”

游雨灵用力捂住了额头：“算了，懒得再听下去了。你家是从什么时候搬到养马村的？”

“估计，是我四岁多的时候。”

“也就是说你在养马村住了大概一年多，直到五岁半的时候才搬走？”

“理论上来说是这样。我丢失的也正是在养马村最后半年的记忆。其余的由于自己是小孩子，而记忆中又没有什么深刻的事件或阴影，也就随着时间遗忘了。”我回忆道。

“会不会那半年的回忆空缺根本是你自己遗忘掉的？”她猜测道。

我立刻摇头：“一听就知道你是从顺境中走出来的幸运儿，从来没有丢失过某段记忆。要知道，就当局者而言，遗忘和遗失根本就是两种不同的感受。前者不会引发丝毫情绪，但是后者会令人感觉惶恐，甚至拼命想将那段回忆找回来。”

游雨灵默然：“那么，那么多年，因为记忆遗失的事情，你痛苦吗？”

“很少。我是个乐天派，而且又很忙。”我笑道，“只是回到养马村的这几天，突然变得在乎起来，也不知道为什么。”

“存在就是合理，总有什么因素引起了你的不安，只是我们都不知道罢了。”她向远处望去，声音微微颤抖，像是明白了什么，“夜不语，通常恐怖片中的剧情里关于失忆都有特定的几种模式。或许你的失忆就像某些三流电影里的场景，因为亏欠了某个人，或者给了某个人承诺，现在那个人化为厉鬼，来向你讨债了！”

我不屑道：“死道士，居然敢诅咒我。你都说是三流电影了，现实中怎么可能出现那样的事情？对了，手机你带来了没有？我今早走得忙，忘带了。”

提到手机，我的身体猛地一僵，朝游雨灵慌乱地吼道：“我们快回旅馆，快！”

“你又在发什么疯了？”她不解地跟着我向前跑。我头也不回地道：“我想到了一件很重要的事情。该死，我怎么早没有记起来。太不可思议了！”

“你看，就是这张照片。仔细看看雕像的手臂！”

回到旅馆，我拿出手机，然后调出了柳城论坛那篇关于养马河河神金娃娃的论文。上面有几张关于金娃娃雕像的照片。

游雨灵虽然疑惑不解，但还是顺从地认真看着，好一会儿才问道：“这个爪子，有什么特别之处吗？”

“当然有。”我激动地说，“这个爪子如果临摹下来，不是和这些神秘的图案一模一样吗？”

论文中的河神雕像，那爪子拍得异常清晰。可是三维立体的东西和二维的东西，哪怕是同一样东西，在人类的思维中，有时候总会变成一种死角。这也是为什么我现在才发现的原因。

游雨灵略有些惊讶：“好像确实如此。”

“在那个船夫赵凡的右手臂上，那具尸体的红色印记，和金娃娃的爪子完全相同！”我兴奋地坐了下来，“你觉得这意味着什么？”

“不知道。”游雨灵老实回答。

我搓着手道："傻瓜，这就代表了金娃娃真的存在！"

她立刻看着我："我不是早跟你说过了吗，河神在发怒！怎么现在转性，相信我了？"

"我相信的可不是什么乱力怪神。"我反驳道，"养马河流域大多数原住民都认同金娃娃是一种水神。

"既然有这种传说，就一定有相应的存在证据。或许早在千百年以前，这一带人的祖先曾经亲眼见到过金娃娃，然后将传说代代流传了下来。"

"你的意思是，金娃娃是一种生物？"

"不错，应该是现今世界还没有被发现的物种。或许在冰河时代以前就已经在养马河流域存在了。地质学家曾经考察过，三百公里长的养马河一亿年来，奇迹般的从来就没有改过道。如果有上古的物种遗留下来并不奇怪。只是由于人类的频繁活动，最近几千年这个叫做金娃娃的物种开始濒临灭绝，在自我保护的本能下，开始隐藏起来。"

游雨灵不置可否："有想象力！"

"那你说赵凡手上的那个印记又怎么解释？"我大声说，"从他的面部表情来看，绝对是猝死。他应该是在偶然情况下受到了金娃娃的攻击，被它拉进了河水中，以至于来不及感觉到痛苦就已经毙命了！"

一想到会发现未知的物种，本来挺担心的我，立刻就兴奋了。说不定金娃娃真就是一种生物，古人偶然看到后，恐慌之下将它当作水神供奉了起来。毕竟古人未开化，比较愚昧。

金娃娃应该只生存在养马河流域，几千年来本地人逐渐形成的风俗几乎都是围绕着它转动的。这样的案例在全世界各地都有。

所谓的图腾崇拜，就是以居住地附近最凶猛的野兽作为崇拜对象。或许这里也是如此。那么可不可以认为，金娃娃本身，便是一种凶猛的猎捕型水生生物呢？

见我想得正出神，游雨灵也懒得打扰我，在房间里胡乱地看着。然后她的视线接触到了桌子上的某样东西。

一个不大的碗，用白色的盖子密实地盖了起来。今天早晨来这个房间时并没有发现过这个东西。而我一直和她在一起行动，也就意味着，这碗东西并不是我俩带回来的。思索了片刻，游雨灵拉了拉我的胳膊。

"夜不语，你那位细心的淑女又给你送饭来了。"她冲桌子上指了指。

我心不在焉地向她摆摆手："躲躲藏藏，见不得人的家伙，这种人送来的东西我才不要。送你了！”

“你说的哦，那我可要吃了！嘻嘻，先看看有什么好东西！”她走过去将盖子揭开，只朝里边看了一眼，顿时，全身都僵硬起来。她颤抖着，双脚艰难地向后退，几乎要瘫倒在地上。然后，发出了一阵凄厉的高声尖叫！

我猛地抬起头，走过去一把将她扶住：“怎么了？”

“碗里，好……好恐怖！”游雨灵结结巴巴地说着。

我立刻向碗里望去，接着眉头全都拧在了一起。只见碗里，密密麻麻的装的全都是蜻蜓的眼睛。绿莹莹的，泛出冰冷的光泽，仿佛正怨恨地死死盯着我，盯得我冷汗不住地往外冒。

深深吸了一口气，我用口袋将眼睛连碗带盖子装了起来，扔到了楼下的垃圾桶里。游雨灵吓得窝在被子里不敢出来，身体还在瑟瑟发抖。

“好可怕，究竟是谁送来的？那人一定很恨你！”她声音干涩，“吓死我了，现在我的腿都还在不停地哆嗦！”

我没有说话，只是坐在床沿，一直坐着。然后默默地吃完晚饭，发呆，回房，仰躺在床上，闭上了眼睛。

那些蜻蜓的眼睛，我也感觉恐惧，但更多的是有一种熟悉感。仿佛，曾经也有谁送过相同的东西，只是遗忘在了记忆的最深处。

而那段遗失的记忆究竟还有多少耐人寻味的地方？还有今天买来的八音石，仿佛，我曾经见到过，甚至拥有过。

沉沉迷雾纠缠在过去的记忆里，压得我无法喘息。隐隐中总觉得有些害怕，难道五岁到五岁半之间的半年时间，真的曾经发生过某些自己不愿意记住的往事？因为某种外力因素被我遗忘了？

仔细想想，似乎从养马村搬出来后，父亲就完全没有再提过在这个地方生活时的细节，甚至根本就不愿意提及，甚至不愿意我再回到这里。由于我从小到大身旁常常会遇到怪异莫名的事情，注意力也经常被吸引过去，反而忘记了自己曾经失落过一段记忆。这本来很正常的，可是为什么，现在反而迫切地想要回忆起来了呢？

究竟那半年时间发生过什么？即使有发生，应该也不是什么记忆深刻的大事吧。毕竟我当时不过是个才五岁大的孩子，再聪明也做不出什么祸国殃民、超人一等的事情来。那，会不会是父亲做过什么事情，然后殃及到了我呢？毕竟我的父亲，也不是什么省油的灯。他可是个比我更烦人的惹祸精！

在胡思乱想中我睡着了。那晚，我做了一个梦，很奇怪跳跃性很大的梦。

连就连，你我相约定百年。谁若九十七岁死，奈何桥上，等三年。

女孩，穿着蓝色裙子的女孩，正在扎着辫子。她坐在河边的石头上，纤细的身体似乎随时会被河风吹走。她将油亮的秀发梳理到身前，每梳一次就向前边看看。秀气的鼻子衬托着白皙的肤色，不时微微嘟起粉红色的嘴唇，漂亮得让人无法转移视线。

“小夜，这样梳好不好看？”她的声音很细很轻柔，就像春风一样抚入耳道中。五岁的我坐在她对面，心不在焉地点点头。

于是女孩嘟着嘴巴，用手将我的脸扶到视线可以和她对视的位置，然后继续梳着头发。这一连串行为令小小的我非常难以理解，在河边梳理长发纯粹是没事找事。不管梳多少次，不管梳得有多好，都会在不久后被河风吹散。

女孩子果然是无法理解的生物，不是说要扎辫子吗，怎么到现在都还没有扎起来？慢就慢吧，为什么还非要我在一旁看着，就连稍微神游一下都不行？

女孩黑白分明的大眼睛注视着我，五岁的脸上却丝毫看不到些许的幼稚。她见我等得不耐烦，快速将辫子扎好，然后站起身用梳子慢慢地帮我梳理头发。新的牛角梳，齿是很锋利的，所以她梳得很慢很细心，似乎想要将我每一根头发都数清楚。

“小夜，人家好看吗？”

“马马虎虎。”

“你喜欢和人家玩吗？”

“不讨厌。”

“那，你会一直和人家玩吗？”

“看情况。”

“人家说的一直，意思是永远。”她抬起头望着翻滚的养马河河水，漂亮的大眼睛变得有些空洞，“永远，永远。”

“不知道。”

似乎记忆里，这样的对话每天都在上演。有时候我真的有些佩服小时候的自己，那么早就学会了打太极，看来俗话说六岁可以看到老，倒是有点科学根据。

每一次对话进行到这里，女孩就会不温不火地问：“为什么你老是不正面回答人家的问题？”

“哪有，我回答得很认真啊。”我挠着头，“有人上门要债的时候，老爸就是这么酷酷地回答的。然后当天晚上我们一家三口就偷偷摸摸地从后门溜走，搬到其他地方住了。”

女孩少有地微笑起来，那种甜美的笑容，虽然清淡，却会令人从心底感到舒服。大概美女的笑，大多都有疗伤作用吧。她笑着，用红色的绳子将我梳理好的头发绑起来，然后坐到了我身旁。

河风吹过，她两鬓的发丝总会拂到我的脸上，痒痒的。但那时的我却很喜欢这样的感觉。她的身上有一股甜甜的味道，别人都没有，害我常常怀疑她是不是在衣服里藏着什么很可口的水果。

每当我这样问她，流露出一副嘴馋的样子，她总是笑着不语，张开双手要我搜。等我搜够了，什么收获都没有，满脸沮丧的时候，她又总是不知道从什么地方变出一个又大又红的苹果来给我。

五岁的我当然会很高兴，抢过来就大咬一口。女孩喜欢用手撑住头，睁着大眼睛，笑着看我狼吞虎咽地将它吃完，然后掏出手巾细心地将我的嘴角擦干净。

吃饱喝足后，我们会躺在河沿上晒太阳。她躺在我的左边，握着我的手，用力握住。然后眯着眼睛仔细看着我，像是要将我的样子映在眼底。

“小夜，长大后你想做什么？”

“不知道。”我打了个饱嗝，“首先要吃饱，要有大房子住。然后，每天吃了就睡，睡醒了就玩。碌碌无为过一辈子。”

“好高的目标哦。要怎样才能达到这样的标准呢？”她天真地问。

“我老爸说，娶个富婆就行了。”

“富婆是什么？”

“大概是有钱的老女人吧。”

女孩扑闪着大大的眼睛：“那，小夜，长大后你娶我吧。”

“你是富婆吗？”我坐了起来。

“现在还不是。”她挽住我的胳膊，“但是长大后人家一定努力工作赚钱，然后你就过吃了睡，睡了玩的生活。”

“不要。”我偏过头去。

“为什么？”

“因为结婚什么的，老爸说根本就不是五岁的小孩应该谈论的话题。”

“小夜好狡猾，明明是你先提的。”

“有吗？我记性不好，不好意思，完全忘了！”

“骗子！”

落日的余晖开始洒在大地上。宽广的养马河如同海一般，被映成血红一片。很美，我们相互依偎着坐着，望着落日，默默地等天空变得暗淡，这才准备回家。

终于记起来了，这个女孩叫李筱幽，是我来到养马村后的第一个朋友，也是玩得最好的伙伴。我们在一起玩过各种游戏，河滩的每一个角落都留下了我们的脚印。

有人说女孩子比男孩更早熟，但五岁的女孩子也会吗？我不知道。但是对我而言，筱幽是个很特别的女孩。她聪明懂事，不论做什么，只要我俩在一起，她的视线就从来不会离开我。她做事说话会以我为中心，虽然当时的我并不明白为什么，但却也不讨厌。

她比我小一个月，但是很多时候我都觉得筱幽比实际年龄大了很多。或许是家庭原因，她很小的时候就失去了父母，是吃百家饭长大的。可村里的人都对她特别好，看到她后都是恭恭敬敬的，把好吃好玩的东西塞给她，然后摇头叹气。

我无法理解村人的行为，不过她有好处，得益的总是我，所以我也就懒得想太多。

梦里的时间不知道和现实是几比几，只是感觉太阳不断出来又落了下去，而场景总是只有那么几个。河边，家里，河边，她。

李筱幽在我的梦里越变越美，她的眼神依然只注视着我。吃饭后为我擦拭嘴角，热的时候替我扇风，下雨的时候为我撑伞，像妻子对丈夫一般，将我照顾得无微不至。

我也安然地享受着她的照顾和关心，享受得那么理所当然。在那段几乎一个月都看不到父母一次的日子里，除了睡觉以外，我每天都和她在一起。直到有一天……

虽然那段记忆遗失了，但是在梦里，那是个晚上。李筱幽约了我到养马河畔，那天的月光特别明亮。是满月，雪白的光芒如同霜一般凝结在大小各异的鹅卵石上。但原本美丽的风景一囊括到附近大大小小的唤魂塔时，就变得诡异起来。

她背着我坐在离河岸不远的地方，听到我的脚步声，回头，然后甜甜地笑起来："小夜，你迟到了。"

"你又没有表，怎么知道我没有准时到？"我不服气地说。她抬头看着天空："是月亮告诉我的。"

"骗人，学校里都教过，月亮没有生命，不会说话。"

"人家才没有骗你。月亮是我的宠物，它总会朝着我的影子跟着我走。"筱幽眨巴着大眼睛，眸子清澈得甚至能倒映出我的样子。

我撇了撇嘴："说谎话的孩子要吞一千根针喔，由于现在是促销期间，你一共要吞五百根！"

她笑着没有说话，只是站起来："小夜，我跳一段舞给你看。"

于是她舞了起来，踩着月光，顺着河流拍打岸边的节奏，缓缓跳动着。蓝色的裙子在月色下泛出柔和的色泽，裙角在风中飘舞，说不出的飘逸。她的长发散开了，舞动在空中，反射着光芒，很美，但是却有一种说不出的黯然。

这支舞是村里的女孩都会的一种舞蹈，但没有人跳得比她好。她可以跳出各种各样的姿势，别的孩子不要说跳，就连看都没有看过。筱幽似乎从来不在有人的时候跳，除了在我面前。她曾经说过，她的舞，只为我一个人跳。别的人都没有资格看到！

虽然我年龄尚小，但是对美丑的辨别能力还是有的。今天的她跳得特别投入，仿佛将生命都融入了舞蹈中。不知过了多久，她才停下来，细声细气地对我说："夜不语，这支舞蹈的名字叫罗阴魂。过两天，我就要去跳给大神看了！"

"大神是谁？"我好奇地支着脑袋问。

"不知道。大神就是大神吧。从小我就是村里人为了伺候大神而养育的。以后我就要去大神住的地方了。"

"那个大神住在什么地方？"

"那个地方我也很陌生，听说很漂亮。"

我挠了挠头："你什么时候回来？"

"我不知道。"她明亮的眼睛中划过一丝黯然，"或许再也不会回来了，以后我不能照顾小夜了，不能做小夜的妻子了。小夜，你要照顾好自己！"

"不要。"五岁的我，感受到了慌乱，"我不要你走，你走了谁陪我玩？谁给我带苹果？我会很无聊的！"

"人家也舍不得你！" 筱幽小声地抽泣起来，她拼命将泪水留在眼眶里，坚强地张大眼睛，身体微微发抖。她注视着我，晶莹的泪光闪烁着："但是许多事情，由不得我们的。"

"但你说过要照顾我一辈子。"我生气地和她对视，"你说话不算话。"

"对不起。"

"可是我已经决定了！"

她避开我的眼睛："决定了什么？"

“长大后要娶你，监督你努力工作，供我吃喝玩乐。”我理直气壮地说道。她笑了起来，越笑眼泪流得越多，像是河流一般，弯弯曲曲，将整个脸都染花了。筱幽从裙兜里掏出一块石头，轻声说道：“小夜，知道这个是什么吗？”

那是一块椭圆形的石头，整个都是灰黑色的。上面有四个圆孔，每个孔都有一个开口，形成了八个凸出的角。很古怪的东西，从来没有见过，于是我摇头。

“这是八音石。是我从来没有见过面的父母留给我唯一的遗物，一直以来我都像生命一样珍惜着。”她呆呆地看着手中的石头，缓缓读着刻在上边的诗句，“连就连，你我相约定百年。谁若九十七岁死，奈何桥上，等三年。长老说这是我爸爸向妈妈求婚时的定情信物，是爱情最忠贞、最终极的表现。两个人相爱，所以能同生共死。我爸爸也的确这么做了。妈妈掉进养马河里时，不会游泳的爸爸毫不犹豫也跳了下去。或许他明知道这样都会死掉，但是，他不愿意妈妈在奈何桥上痛苦地等待自己三年吧！”

她擦干眼泪，望着我：“小夜，你真的决定了要娶人家吗？”

我毫不犹豫地点头。

“好，那人家就嫁给你！现在就嫁给你！”她将手中珍如生命的八音石用力摔在地上，流着泪看着石头破裂成三块。筱幽将它捡了起来，将其中的一块用红绳子串好，温柔地挂在了我的胸口。

“这就是我们的结婚戒指。一块给你，一块给我，剩下的一块送给养马河，让金娃娃大神为我们做见证！”她的声音在颤抖，嘴角却流露着微笑，轻轻地将第三块八音石碎片扔进河里，然后终于大声哭了出来。她紧紧地抱住我，死也不放手，就像一放手我就会永远从她的生命中消失似的……

那晚，我们俩相互偎依着，在河边坐了一个晚上。

从梦中清醒过来，已经是早晨了。窗外鸟叫声不断，我脑子混乱一片，一动也不想动，全身都有一种说不出的疲倦。感觉脸上湿湿的，用手一摸，居然是水，泪水。什么时候，我，哭了？

第十章
怪声

“你听过这么一首诗吗？”

吃早饭时，我突然问游雨灵：“连就连，你我相约定百年。谁若九十七岁死，奈何桥上，等三年。”

游雨灵摇头：“很好听的词。虽然没听过，但应该是在讲述一个凄美的爱情故事。”

“嗯，里边确实有个小故事。这首诗流传不广，出处也没人知道。但是民间曾经流传说，它是出自明朝的宫女郭爱之手。”我用勺子轻轻将汤舀起，然后又倒回盘子里，“听过郭爱写的《绝命辞》吗？”

“不知道。”她摇头。

“修短有数兮，不足较也。生而如梦兮，死者觉也。先吾亲而归兮，惭予之失孝也。心凄凄而不能已兮，是则可悼也。”

我一边念，一边眼神空洞地说：“明代的宫女大都出自京城门庭清白的小户人家，一旦被选入宫，就意味着从此与家人生死永不得见，而且明初的宫廷沿袭了元代惨烈的人殉制度，宫女郭爱被勒令为明宣宗殉葬时，入宫仅20天。《绝命辞》是她临终时所作，字字血泪与父母诀别，自此后魂消影绝阴阳两隔。

“历代帝王为一己之私，广蓄美女，幽闭后宫，不见天日的高墙深院，不知白白葬送了多少女子的青春、幸福和生命。如有来世，她们该期望是嫁在一个平凡的人家，上有父母在堂，下有儿女绕膝，纵有才情，也心甘情愿在妻职母职中渐渐磨灭，在一菜一蔬、一昼一夜里延续人间烟火的爱，一天一天，年华老去。但是上穷碧落下黄泉，此生已了。

“据说郭爱在就要去陪葬的前几天，托宫女将一份书信送给了她曾经山盟海誓过的未婚夫。信中寥寥几个字，写的就是《连就连》这首词了。而她曾经的未婚夫看了后不知道是痛苦还是高兴，总之大哭了一天一夜，然后在郭爱死后的第二天，在家里上吊自杀，为她殉了情。”

游雨灵有些担心：“夜不语，你今天是怎么了，无精打采的，比前几天更不对劲！”

我轻轻将她伸过来的手拨开，从兜里掏出昨天买来的八音石碎块说道：“虽然有点莫名其妙，但是我确实记起了五岁到五岁半之间的一些事情。这个八音石一共有三块碎片。而我，现在应该已经拥有了两块！”

“两块？”她诧异地问：“还有一块在哪里？”

“应该还在我家。离开这里后，老爸就把它藏了起来。如果不出所料的话，把三块碎片拼好，就会看到上边刻着《连就连》这首词。而且，八音石的主人，我似乎也记起来了！”我的声音里流露着说不尽的黯然。

“主人？是谁？”

“一个比我小一个月的女孩子。很漂亮的女孩子。是我五岁时山盟海誓，长大后要娶的未婚妻。”

游雨灵想笑又不敢笑：“哇，那么小你就有未婚妻啊？”

“这是命啊。”我苦笑起来，自己突然想起了一个白衣如雪的身影。守护女李梦月如果知道我还有一个未婚妻，会不会从千山万水中，将那个叫做李筱幽的逮去人道毁灭：“那个女孩，当她送给我八音石的时候，或许就已经清楚了自己的命运，所以来向我告别！”

“夜不语，你说什么我怎么不太明白？”她皱着眉头道。

“游雨灵，你不是道士吗？那你应该知道，人类历史上对神灵的崇拜一直都伴随着祭祀和祭品。当地人称呼养马河中的金娃娃为大神。他们每年都祭祀，祈求风调雨顺，不要出现河流泛滥的灾难。”我舔了舔嘴唇，“但一旦灾难来临，所有的祭品都失去效果后，人类通常会进行最后一步。这一步，你知道是什么吗？”

游雨灵一眨不眨地看着我：“用活人当作祭品。”

“没错。那你曾经问过我，养马河最后一次最大的河水泛滥是在什么时候？”

“十七年前……”她低下头思索着，像是想到了什么，猛地抬起头道，“你的意思是说，十七年前这个村子曾经将活人用来祭祀？不可能！这种陋习在宋朝末年就基本绝迹了！”

“绝迹？哼，人类是一种很奇怪的动物。他们会喜悦，会恐慌。一旦这种生物感到害怕，而且害怕的人占到多数，还有什么疯狂的事情做不出来？这种穷乡僻壤是很封闭的，何况又是十七年前。”

“证据！一切都是你的猜测，证据在哪里？”游雨灵似乎有些激动。

我大声道：“我见过受害者。她是我童年的玩伴，也是我山盟海誓的对象。这不算证据吗？”

说完后，我自己也觉得自己过分，叹了口气，无语地静静坐着。游雨灵望着我若有所失的表情，伸出手来将我的手紧紧握住，许久才放开：“夜不语，虽然我不知道发生过什么事，但是我永远都站在你这边。永远！”

“这算是一种承诺吗？”我抬起头。

“你觉得是就是吧。”

我勉强地笑着：“那既然已经到了这种程度了，我们双方是不是应该开诚布公，把对方无意故意或者有意隐瞒的事情都讲出来呢？”

“抱歉，这是两回事！”她笑得灿烂，“说起来，养马村就要开始驱赶外来人了。你说什么时候会轮到我们？”

“懒得去想，总之车到山前必有路，”我想了想，“现在关键的事就是尽量收集资料。”

游雨灵学着我挠鼻子：“收集哪方面的资料？”

“管那么多干吗。什么东西都收集一点，说不定以后会变成关键情报。”我懒洋洋地靠在椅背上。

“也好。”游雨灵想了想，“那今天我俩就自由行动，看能不能发现什么。”

我点点头，确定了下午汇合的时间后便分道扬镳，各怀目的地游荡起来。

漫无目的地在走着乡间小路上，我又来到了养马河畔。沿岸零星的唤魂塔静悄悄地立在河沿深处，虽然是白天，却令人感觉到一股寒意。每一个唤魂塔都代表了一个幼小的生命。它比墓碑更直观。

养马村建立在养马河的拐角处，一般庞大的河流拐弯时都会留下肥沃的泥土，所以几千年来不论洪水如何泛滥，这里的人都不愿意搬走。房屋冲毁了再建，人淹死了可以再生，就这么一代又一代都生存了下来，形成了独具一格的风俗。

虽然上游修建了一个极大的水坝，近百年来水患已经很少了。但是17年前，养马河却突如其来地泛滥，冲塌了沿岸大量的房屋以及庄稼。对于那次洪水，至今都没有调查出原因。科学界众说纷纭，有人还提到是因为养马河上游的植被大量死亡造成的。

但问题是，如果真的因为植被缺乏形成水土流失现象，那么受灾面积应该会更大。可那次古怪的洪水只出现在养马河三百公里的流域，在水流汇入长江后便如同泥牛入海，了无声息了。按道理，那么大的洪水汇入长江，将会给沿岸带来更大的灾难才对。更古怪的是，养马河最上游的水坝，居然完全侦察不出当时水量猛然增大过的痕迹。

那次的灾害，如同最难理解的神秘故事一般，到现今还在吸引着世界上许多知名科学机构的注意以及研究。

踩在河岸干燥的鹅卵石上，我呼出一口凉气。都二月底了，天气还这么冷，都感觉不像温带气候了。我顺着昨晚的梦，希望能找出17年前李筱幽砸坏八音石的地方。但是由于当时的记忆太淡，而那时又泛滥着洪水，我实在没办法回忆起来。

无聊地坐在岸边一块较大的鹅卵石上，我捡起一块石子扔到了河里。石头掉入平缓流动的水中，激起了高高的水花。我看得有趣，一边企图回忆起从前更多的记忆，一边无意识地朝河里扔石头，就这样不知过了多久。

偶然抬头望着天空，才发现原本明媚的阳光已经不见了。太阳躲入了厚厚的云层里。天色顿时变得如同傍晚般暗淡起来。四周的气氛很压抑，冷风吹到脸上，让我不禁哆嗦了一下。好冷！就算裹紧外衣都会觉得冷。这个鬼地方的天气，真的好莫名其妙！

站起身准备回家，就在我刚要转身时，突然听到了空旷的空间中，传来一阵若有若无的声音。是什么人的呼唤声。听声音，那应该是个女孩子。很甜美，甜美到令人无法抗拒。

我回身向四周扫视着，视线可以触及的地方，什么人都没有。

用力揉了揉耳朵，我疑惑地深深吸了口气。但那声音并没有消失，反而更加清晰了。

“小夜，过来。”

“小夜，快过来……”

我跟着声音来源猛地转了几次身，最后才确定，声音居然来自养马河中。这算不上清晰的声音，好像妈妈的呼唤，又像自己最好朋友溺水后的求助。更像，在叫唤我的名字！

脑子在这个声音中逐渐恍惚起来，我呆呆地，一步一步地向着河里走去。鞋子踩进了河水中，迷茫的眼睛里，似乎能看到水底一个不大的影子。它一身金光闪闪，炫目得几乎将视网膜都烧穿。

我傻傻地继续向前走，完全忘记了自己不会游泳的事实。河水淹过了大腿，前方河底是个很大很陡很深的斜坡，只需要再一步，就会陷入万劫不复的境地。

就在这时，有个纤细白皙的小手一把将我死死拽住了。那一霎，我立刻清醒了过来。下意识地向前看着，眼前的水底哪里还有什么金色的事物？只有河水，奔流不息的河水。

回头一看，救命恩人竟然是前几天将我拉出人群的那个小巧秀气的女孩子。她满脸紧张地望着我，一直等我完全离开了养马河水，这才长长地呼出一口气，惊骇的神色稍微舒展了下来。

我的惊吓并不比她小多少，想到刚才的凶险，至今心脏还在一阵狂跳。大脑一片混乱，不知道自己为什么会神经质地朝河中央走。更不明白，刚才是不是听到过若有若无的声音，看到过养马河底的金色影子。或许，一切都是幻觉吧。最近我的情绪很有些问题，出现这种情况或许也算正常。

但假如不是自己的问题。那么，养马河中，会不会真的存在着某些科学无法解释的东西?

我用力甩头，想将一团又一团纠缠到一起的疑惑甩开，然后望向自己的救命恩人。见我看着她，这女孩恬静地流露出甜甜的笑容。凌乱的黑色秀发被风吹拂开，可爱得想让人捏上一把。

"那个……"我刚想道谢，女孩已经拉住了我的手，用力把我拉到离河岸很远的地方，这才再次专注地望着我。她漂亮的大眼睛一眨不眨的，清澈的眸子中甚至能倒映出我的影子。

或许是由于她的眼神过于纯净了，从小到大被人这么热情盯着的次数也不算少的我，却第一次感觉有些害羞。厚脸皮微微发红，我躲开她的视线，问道："你叫什么名字？"

她没有回答，只是呆呆望我，灿烂地笑着。

我为难地用力挠挠头："那，你家住哪里？"

依然不语。郁闷，怎么和上次见面的情况一模一样。我叹口气，在附近捡了一些干柴燃起一堆火，将鞋子脱下来烤着。女孩好奇地看着，伸出手指小心地在我的鞋子上戳了戳，然后十分开心地嘻嘻笑起来。

我又叹了口气，看来是没法沟通了。于是没有再问下去，只是出神地望着眼前的火焰。最近一段时间的遭遇实在有够凄惨的，似乎自从来到这个鬼地方后就没有顺利过一次。冥冥中像是有什么东西在暗中戏弄自己，甚至想要了我的小命。

但是从科学上解释，又或者出于逻辑思考，一切又像是自己独自在疑神疑鬼。那段遗失的记忆里，应该还残存着某些关键的东西。只是一时间没有回忆起来。昨晚的梦，究竟是一个好的开端，还是隐藏很深的悲剧的开始呢?

不由自主地，我又想起了梦中那个叫做李筱幽的女孩。在现在看来，她一定很喜欢当时的我吧。而我当时的想法呢？时过境迁，已经完全无法揣测了。但是一想到她，心底依然存在一份深切的伤感。

她说自己从小就是被村里人养来送去伺候大神的。或许养马村几千年的历史中，一直都有着这样的习俗。每一代都会养育一位所谓的圣女，历代的圣女如果直到老死都没有遇到水患的话还好，可以无忧无虑地活一辈子。但倒霉的刚好出现水灾泛滥，就只好被村人扔进养马河里去当作祭品了。

这样的例子在古时候的中国乃至世界各地都并不少见。只是最近几百年已经渐渐绝迹了，没想到，愚昧的恶俗在17年前，还曾在自己的眼前发生过。

当时的我亲眼看到了没有？这件事是不是造成我选择性失忆的关键呢？但最近遇到的怪异现象又怎么解释？

似乎一切事件的起因都发生在17年前那场洪水以后，假活现象也是。实在太令人费解了！

身旁的女孩见我想事情想到发神，很懂事地没有打扰。她坐到我身旁，将头倚在我的肩膀上，一脸满足的样子。

河风吹过，她两鬓的发丝拂到我的脸上，痒痒的，那种感觉，我并不讨厌，甚至有一丝丝熟悉。女孩身上有一种特殊的甜甜味道，像是衣服里藏着某种可口水果。这种味道触动了我心底的某根心弦，我猛地全身一震，突然望着她，大声问：“你，你的名字该不会是叫李筱幽吧？”

女孩没有任何反应，只是抬头，疑惑地望了自己一眼，然后又舒服地靠在了我的肩膀上。我苦笑，失望地摇摇头。也对，哪有那么巧的事情。如果李筱幽真的去伺候了金娃娃，怎么可能还活着？

而这个女孩，恐怕只是把我错当成了某个熟悉的人吧。

闭上眼睛胡乱想着最近的事，等到鞋子差不多烤干的时候，我再睁开眼睛，女孩已经如同突然出现时一样，不见了。

地上，用水，写了两个歪歪扭扭的字。

快逃！

水迹未干，看得我愣了神。

怎么这个女孩也在叫我逃？难道这个封闭的养马村，真的有什么可怕的阴谋，在不停地朝着我逼近？

晚上，游雨灵也优哉游哉地回来了。

她一进门就嚷道：“夜不语，大发现！”

“啥大发现？”我一时没反应过来。

“你看！今天我还在一户人家的桃屋中发现了一张照片，是两个小孩子举行冥婚时照的。很有趣，新郎新娘都只有五岁多的样子，其中有个小孩很像你喔！”

“冥婚？”我将这两个字细细念了几遍，顿时来了兴趣，“照片呢？”

“我用手机拍下来了。给你。”她掏出手机递了过来。

我接过去，饶有兴趣地看着。等我看清楚上面的景物后，大脑猛地疼痛了起来。

这张照片整个构景十分压抑，两个小孩在举行婚礼，照片记录下的瞬间便是拜祖宗的景象。拜堂的地方很眼熟，居然是尸阁。男孩子面朝一大堆的牌位，有个身穿黑衣的胖女人用力地压住他的头，想要将他按得跪下去。

虽然照片已经破损得许多地方看不到了，但是我却很清楚那个新郎是谁。那就是我，是五岁时的我……

大脑深处的记忆蠢蠢欲动，终于如同决堤一般淹没了我。我痛得用力捂住了脑袋，我看到游雨灵在大叫，她拼命地抱住我，嘴里不断嘟囔什么。

但是我听不到了。我的视线模糊起来，犹如突然断电的电视，失去了所有的信号。

第十一章

冥婚

梦！

又是梦。

这次的梦实在太难以形容，令我难以揣测自己是不是真的在做梦。

视网膜上似乎还凝结着那张照片的影子。那个影子带领我穿越了时空，来到了大脑深处一直隐藏起来的记忆中。

对了，我在五岁时确实结过婚。是冥婚。但我的妻子又是谁呢？我要好好想想，应该，会回忆起来的！

有人说，生命中，不断地有人离开或进入。于是，看见的，看不见了；记住的，遗忘了。生命中，不断地得到和失落。于是，看不见的，看见了；遗忘的，记住了。然而，看不见的，是不是就等于不存在？记住的，是不是永远不会消失？

对我而言，忘记的东西，似乎能够开始慢慢回忆起来了。

“我确实活得艰难，既要承受种种外部的压力，更要面对自己内心的困惑。在苦苦挣扎中，如果有人向你投以理解的目光，你会感到一种生命的暖意，或许仅有短暂的一瞥，就足以使我感动不已。小夜，这就是为什么我会喜欢你，比爱我的生命更爱你。”

女孩坐在雪白的牛车上，她穿着雪白的衣裙，飘逸的长发柔软地垂下，不时被风拂动。村人形成的祭祀队伍很长，但是这一刻都停了下来。整个队伍都停住了。因为在队伍必经之路上，有一个小小的身影，伸出双手拦在了前方。

那是五岁时的我。我面无表情，牙根咬得紧紧的。不管眼前的村人怎么劝都不愿挪动一步，如同磐石一般。长老急了起来，想要嘱咐几个壮年男子将我抱走。

于是女孩默不作声地从车上走了下来。她不管任何惊诧的目光，径自走到我面前。

“我想和小夜说几句话。”她冷冷地对长老说。

作为祭品的圣女，在献祭的时候，最后一刻的愿望是很神圣的。于是长老和周围的村人都退了下去，远远地注视着我俩。

“你骗人。”我瞪着她。

李筱幽恬静地笑起来：“哪有，我早就说过要去伺候大神了。”

“你没跟我说是今天。”

“分手的时候见不到面不是更好吗？至少还有丝毫的希望，觉得对方在某一天终究能看到。”

筱幽的声音低了下去：“小夜，以前的我不知道自己现在做的哪些是对的，哪些是错的。而当我终于明白的时候，才发现，其实对错根本就不重要。我现在所能做的就是尽力做好每一件事，然后等死。”

“我听不懂你在说什么。”我依然瞪着她，“不过我知道你骗了我。你说要嫁给我的，结果居然悄悄地逃婚！”

“人家才没有。你看，我们的结婚戒指，我到现在还戴着。”她从内衣里拉出了一条红线，线的另一头牢牢地栓着一块八音石碎块。

“小夜，你知道吗，因为八音石能发出美妙的声音，所以古人也会把它称作三生石。他们觉得石头中发出的声音，是上一世的恋人遗留下的记忆。我真的好希望，我和小夜的记忆也能残存在这块石头里，那样，你就不会忘记我了。”筱幽的明眸中流出了晶莹的泪水。

小小的我不知道还能说什么，只是看着她。有时候真的觉得，她远比五岁的孩子成熟太多了。环境让这个从小遭受不幸的女孩学会了很多，也失去了很多。

“我没有恨过任何人，因为村里人对我都很好。我不愿他们再痛苦下去。”她转过身，望着远处滔滔的洪水，养马河奔流不息的河水淹没了无数的田地和房屋，轰鸣的水中不断有死尸随波逐流。只是不知道那些人是为了抗洪而牺牲，还是因为措手不及而猝死。

“虽然没有父亲的记忆，但是我在他留给我的信中读到过一句话。后悔是一种耗费精神的情绪。后悔是比损失更大的损失，比错误更大的错误，所以绝对不要后悔。但现在，我觉得自己开始后悔了。”

她拉住我的手，她的手很柔软，却十分冰冷。她全身似乎都在微微颤抖：“自从和小夜相遇后，我就开始后悔了。我听过一句话，于千万人之中，遇见你所遇见的人；于千万年之中，时间的无涯荒野里，没有早一步，也没有晚一步，刚巧赶上了。或许我的命真的很不好吧，刚开始感到自己快要抓住幸福的时候，一切就已经结束了。”

我用力拽住她的手：“你真的要走？我怎么办？我以后到哪里去找你？”

她默然，许久才用沙哑的声调，缓慢道：“我也不知道大神的宫殿在哪里。但是八音石会告诉你，我在哪，我在做什么，我活得好不好，大神有没有虐待我。”筱幽露出笑容，酸楚的笑，“所以不要担心，总有一天，我们还会再见面的。”

“哪天？”

“等你再次回到养马村的那一天，我发誓，会出现在你面前！如果我因为意外死掉了，小夜，我会留在奈何桥上，等待你九十五年！”

那天的夕阳很暗淡，景色如同从前听过的一首无名诗人的小诗。所有的幸福在悲伤，所有的快乐在痛苦，所有的愉悦被纷扬。那位沉默的舞者，用最缤纷的辞藻在忧郁中涅槃，尘土飞扬，然后，尘埃落定……

女孩重新上了牛车，祭祀的队伍再次移动。但是从那天起，我就再也没有见过她。

日出东海落西山，愁也一天，喜也一天。曾经以为快乐要有悲伤作陪，雨过应该就有天晴。但是我的雨天过后，依然是雨，忧伤之后还是忧伤。没有筱幽做伴的日子，每一天都很难熬。

养马河的水在筱幽去伺候大神后丝毫没有退却的迹象，反而更大了。洪水冲塌的地方越来越多，人类如同杂草一般死去，没有任何人关心谁的生命消逝了，只是担心，下一个会不会轮到自己。

来自各地的抗洪组织络绎不绝，但是在这种庞大的天灾面前却完全没有任何作用。

白白牺牲的人反而更多了。在那个非常时期的日子里，我常常坐到养马河畔，望着河水流逝，张牙舞爪地吞噬生命。这些我都不关心，我只是想看看，金娃娃大神的宫殿究竟在哪个地方，自己究竟能不能进去，能不能再看筱幽一眼。

那样执著的感情，至今想起来，或许，幼小的心灵里，悲伤的不是别的，而是处在萌芽阶段，却已经断裂的初恋。

洪水久久不退，养马村的人又开始准备起什么。直到有一天，老爸将我叫到了家里，让我和村人玩一场游戏。结婚的游戏。

那个游戏，便是凝固在照片中的冥婚。

冥婚是中国民间的一种陋习。通常是订婚后的男女双亡，或者订婚前就已夭折的儿女，父母出于疼爱和思念的心情，要为他们完婚，这就是冥婚。另外，过去认为祖坟中有一座孤坟会影响后代的昌盛，不吉利，所以要替死者举办冥婚。

这种陋习早在汉朝前就已出现，一直延续至民国初期，甚至现今也时常听说。宋代时冥婚风气最盛，几乎所有未婚先死者，家人都要为其进行冥婚。

冥婚的仪式混杂了红、白两事的礼仪，依当事人的主张不同，形式出入很大。一般来说，冥婚要通过媒人介绍，双方过门户帖，命关和婚后取得龙凤帖。男方放定也是要进行的，一半是真的绫罗金银，一半是纸糊的各种衣饰，最后在女方家门口或坟上焚化。

这是人类与人类之间冥婚的习俗。

但娶的如果是神呢?

养马村人费尽心思为我布置的结婚游戏中，新娘便是金娃娃大神。

梦境中结婚的那天夜晚下着倾盆大雨，黑色的天幕如同哭泣肮脏的丑脸。老爸默不作声地抽着烟，看着几个壮硕的女人替我换好新郎的衣裳。最后，他用力拍了我的肩膀："没事的，来看看我家的小夜多帅气！不过是场游戏，又不会少一块肉。很快就结束了！"

我不知道自己为什么会被选作金娃娃大神的老公，有村人说是神的旨意，但那个神的旨意究竟是以怎样的方式传达给养马村人的，我至今也不明白。

总之当时只有五岁的我，对结婚也没有明确的认知，虽然说过要娶李筱幽，不过究竟一个人法定可以有几个老婆，这种深层次的概念是完全不清楚的。

搞了半天，原来自己早在17年前就违反了现行婚姻法，娶了大房二房，一共两个老婆了。更郁闷的是，其中一个老婆还是不知是鬼是神的怪异东西。

迎亲的队伍早就来了。他们穿着一身黑衣，腰上绑着一条白色布袋，吹着凄厉的唢呐，一直在我家门前吵吵闹闹。老妈把我的小手握得紧紧的，好像一放开我就会永远离开她似的。

老爸又安慰了她一番，这才将我塞进了轿子。郁闷，就一般而言，婚礼应该是女方坐上花轿抬到男方家里。难道我是入赘?

小小的我穿着黑色的新郎服饰，戴着黑色的帽子，坐上白色的轿子，一路颠簸着任人抬着向打谷场走去。在梦里，这台轿子也很奇怪。婚礼用的原本是八抬的红色绸缎大轿。但这顶却是通体白色，白得刺眼。估计根本就是祭祀时用来抬圣女的！

虽然已是深夜，但是尸阁周围搭起了很大的棚子，下边燃着熊熊火焰。养马村的大人几乎都来了。见到白色的大轿靠近，新娘也迎了出来。

我透过窗户向新娘的位置看了一眼。发现那居然是一个穿着雪白衣裳的五岁女孩。她蒙着头，看不清楚模样。

女孩呆滞地被长老牵引着向前走。她的手中捧着一个不大的牌匾，我好不容易才看清楚。上边赫然写着：

新娘 金娃娃

养马河的洪水一直淹到了距离尸阁只有十多米远的地方，也意味着大半个养马村已经沉入了水底。

我缓缓下了轿子，婚礼开始按部就班地进行起来。长老将我和拿着新娘牌位的女孩领进尸阁中。那时的我从来没有进过这个摆放死人的地方，透过五岁的幼小眼睛望着尸阁的里边，我在梦中都不禁感觉心惊胆寒。

原本便已经很阴森的尸阁，每一个床位上都密密麻麻地摆满了祖宗的牌位。而门旁的正对面有几个比较大的牌位，恐怕不知道是几千年前的老祖宗了。

我和那个金娃娃大神，拜天地，拜祖宗，然后夫妻对拜，最后进了洞房。

所谓的洞房，是一个粉刷布置得全白的房间，白得比疯人院更胜一筹。全身都笼罩在白衣中的女孩呆呆地坐到床沿，双手紧紧地抱着我的二房小老婆，金娃娃的牌位。我俩就这样极为白痴的，傻傻地愣着，坐了一整夜。

第二天，天色刚亮，就听到屋外传来兴奋至极的欢呼声以及喧闹刺耳的鞭炮声——洪水，终于退却了！

“这么说，你早在17年前就是有妇之夫了，而且还娶了两个老婆？”

将遗失的那段记忆徐徐讲出来时，游雨灵正在喝水。但一听到本人娶了金娃娃大神，立刻将喝进嘴里的水统统喷了出来。还好我运动神经不差，躲开了！

“不过，你没事就好，刚才差点没把我给吓死。”她实在不雅观地爆笑了很久，好不容易才收敛，捂住纤细的腰辛苦地说道。

我狠狠地瞪着她，没好气地说：“继续笑啊，我就知道告诉你会没有好下场！”

“绝对不笑了。对不起嘛，因为这种事谁会想得到！”她拍了拍手，以为能掩饰令人极为不爽的面部表情，“那后来呢？为什么你会失忆？”

“这个中间的缘由我还没有记起来。”我失落道，“应该是洪水退了之后发生过什么事情才对。回去后绝对要仔细拷问老爸一番，那老家伙，居然随便把我嫁出去！”

“嫁出去？呵呵，这个词用得非常绝妙。没想到河神金娃娃在原住民的眼里居然是雌性的。这一点在所有的相关书籍里都没有记载过！”游雨灵掏出一本泛黄的老旧笔记本在上边写写画画了一番，从神棍华丽变身为记者，“那你对自己的小老婆有什么看法？”

“看法？见鬼的看法！”我大声道，“我现在倒是很想知道，原住民到底是用什么方法来选择圣女和金娃娃的老公的。纵观世界上的许多祭祀，他们要用人类当作祭品的时候，都有一套十分复杂的选择过程。但养马河畔对金娃娃的传说中却从来没有提及。甚至很少有人知道几千年来这里一直都存在祭祀用的圣女。”

游雨灵思忖了片刻：“确实很令人费解。但，我总觉得那场水患是因为你嫁了出去，才会结束的。”

“神经病！怎么可能？你有什么证据？”我听得一口气噎住，险些挂掉。

“就凭女人的直觉，以及那场洪水的莫名其妙！”她掰着修长的指头，“作为修道世家，我爷爷和我父亲就曾经来过这里。17年前，养马河突发洪水。那场惊天的水患只是祸及养马河三百公里流域，动用多方的人力物力都无法减轻损失。那场灾难历经了31天，一共死亡53039人，失踪16700人。受伤残废以及倒塌的房屋和淹没的农田不计其数，损失实在难以估计。

“爷爷本想借助天书残片的能力将洪水压下去，可惜，他失败了。”

游雨灵说到这，突然停住了，这女人似乎又要隐瞒什么，可我根本来不及在意。

不错，据说17年前的那场水灾非常蹊跷。没有人预见，而且期间也无法找到水灾原因。就算上游的水坝将所有水源都截断了，可是养马河流域的洪峰依然不见降低。究竟形成灾难的水源到底是从哪里来的？这一怪异现象至今也得不到解释。

而许多专家估计洪峰至少还要肆虐半个月的时候，洪水却突然消失了。

难道，真的和我的那场冥婚有关？我的脸色惨白，心底隐隐有了些猜测。

“爷爷说，洪水的后边恐怕有某种神秘力量在操控着。养马河几千年来的历史中，像17年前的情况并不是一次两次了。全都是河神金娃娃搞的鬼。你说金娃娃是冰河时代甚至恐龙时代遗留下来的生物，但一个生物真的有这种毁天灭地的能力吗？”游雨灵用沉重的语气说。

我依然不置可否，用沉默来反驳她的论点。虽然在这段时间发生的神秘现象面前，自己也有些动摇了。

她轻轻叹了口气：“说起来，你的大老婆不是信誓旦旦地说，等你再次回来后就会出现在你眼前吗？你究竟看到过人没有？”

“我不确定！”我想起了李筱幽那楚楚可怜的纤弱身影，虽然和她只是在梦里见过，自己也没有恋童癖，但是一想起她，心底深处就隐隐作痛，“以前我曾经怀疑过一个和我有两面之缘的女孩子，最后推翻了。虽然她俩给我的感觉很像。”

游雨灵笑了：“那么，我们最好能将你大老婆李筱幽的去向查一查。”

“还能有什么去向，恐怕已经沉入河底，长年被鱼虾撕咬，现在只剩下一堆白骨了。”

她瞪了我一眼：“你这话怎么听起来像是在诅咒不共戴天的仇人？”

就在这时，我的手机突然响了！

第十二章
河神金娃娃

张辉死了。

电话是殡仪馆的老王打来的。据说张辉死得很惨，死前瘦得皮包骨头。死后，额头上那只死活都扯不下来的诡异绿色蜗牛，也不见了踪影。

我们急忙当天就从养马村赶回了殡仪馆。张辉这个家伙平时不怎么爱照相，哪怕是那张遗照，都是死前同事用手机给他照的。

那也是能够找到的唯一一张照片。

照片中的他皮包骨头，精神萎靡。额头上那只蜗牛似乎变大变绿了，也变得和刚开始时不太一样了。

近段时间那段遗落的记忆稍微被撬动了一些，当我的视线碰到遗像时，我猛地浑身一震，拉着游雨灵连忙跑出了吊唁厅。

“那只蜗牛！那只蜗牛！”我喘着粗气，前言不搭后语，“快，马上帮我去殡仪馆找何阳州家的地址，我们立刻去他家。”

“你究竟怎么了？”女道士一脸奇怪。

“我终于想起来了。五岁时冥婚那晚，你妹的，老子跟那个白衣女孩子根本不是相安无事地坐了一晚上。”我满头冷汗，“那个女孩，也根本不是什么女孩。它的白色衣裙下，是一堆蜗牛，一堆绿色的，和吸光了张辉的血液骨髓后长大的那个蜗牛一模一样。”

“什么？！”游雨灵被吓到了。

“那晚，那堆蜗牛爬到了我的身上。估计这些蜗牛会分泌毒素，令人变得奇怪，甚至会让脑髓融化。亏得我命大，在生命的最后一刻，从那些毒素的侵害中醒了过来。”我后怕地说。

记忆里，似乎在醒来之前，五岁的我曾经做了一个堆积石头高塔的梦。你妹的，现实中的那个我，也在干着同样的事情。

只不过我在金娃娃大神的洞房中，堆积着那些绿色的恶心蜗牛。

我和游雨灵的速度很快，在弄到了何阳州的确切住址后，立刻马不停蹄地赶了过去。

何阳州的家并不好找。

地址位于柳城郊外一个流淌着肮脏污水的贫民区中，在一处小巷子的深处。那个巷子，离养马河也不远。甚至就位于养马村的交界处。

不敢随便询问人，只能借用GPS定位，足足花了两个小时，才找到地方。

这是一栋两层的小楼，在贫民窟算是极大的了。从外边望去，占地足足有两亩。这更加重了我的怀疑。以中国人的逻辑，都会为了下一代的教育卖了贫民窟的大房子，去好一点的社区买小房子。但是何阳州夫妻偏偏没有这么做。这很不正常。

除非，房子原本就不属于他们!

“好深的阴气，就算呼吸周围的空气，都会感到喉咙发凉。”游雨灵看了一眼附近，漂亮的眉毛就皱了起来，满脸不舒服。

我看不到什么阴气，但是也觉得呼吸不顺畅。二月的柳城本来就冷，但这里似乎比不远处还要冷上好几度。

如果那些幽绿色的蜗牛真的和河神金娃娃有联系，那么何阳州贴在张辉额头上的诡异蜗牛，又是从什么地方搞到的？

这就是我的疑惑。

用万能钥匙将门上老旧的青铜门锁撬开。刚推开门，更冷的空气迎面扑来。我跟游雨灵同时打了个冷战。

门后边很昏暗，只有一条窄窄的过道。我小心地将门掩上，顺着青石板铺就的过道往前走。过道只有一米来宽，高达三米的两侧墙壁有些历史了，爬满了青苔和雨痕，阳光照射不进来，显得格外阴森。

走了大约十多米，小楼才出现在眼前。这栋砖瓦结构的楼房大概建造于清朝末年，保养得不算好，也没什么居住的痕迹。

“小心一点，这地方没那么简单。”我的心脏猛地跳了几下。怪了，何阳州的身份地址虽然都在这里，可他们应该不住在这地方。这栋楼，或许已经许多年没人住了。难道，这是一个陷阱，有人故意留下信息，将我引过来？

进去，还是离开？

我一咬牙，往前踏了一步，跨上了门槛。离开，能去哪里？我早已经没有退路了，就算明知道是陷阱，也只能跳进去。

刚一进房门，游雨灵就倒吸了一口凉气：“这，怎么会这样？”

走廊尽头是木质的堂屋，这间堂屋很大，约有三十多平方米。可令人头皮发麻的是，借着窗外刺入的微弱光线，隐约感觉地上、墙上、柱子上，有什么东西密密麻麻地爬在上边，缓缓地如潮水般移动着。

我打开手机的电筒，只觉鸡皮疙瘩都出来了。

密密麻麻的蜗牛趴在屋子里，将堂屋的每个角落都铺满，爬得到处都是，密不透风。蜗牛移动留下的黏稠的痕迹，隐隐散发着尸臭的味道。

“好恶心。”游雨灵不由得将我紧紧拽住，一脸挣扎，“我们真的要进去？”

我微微点点头。

爬满屋子的都是普通蜗牛，并没有张辉额头上的那种。虽然说这个屋子潮湿阴暗，适合蜗牛繁殖，但是也不可能繁殖这么多出来。除非，是有人基于某种目的，故意养殖的蜗牛。

“进去吧，别浪费时间了。”我忍住恶心，在这片蜗牛地毯上，轻轻地踩了下去。说实话，踩到蜗牛是件很难受的事，一脚下去，脚底会传来蜗牛壳碎掉的声音，还会有内脏爆出来。

我和游雨灵缓慢地朝里走，每走一步就有大量的蜗牛被踩死，蜗牛的内脏伴随着更加浓烈的尸臭味逃逸出来，将本来就不算清新的空间染得浑浊不堪。

“呕，脚底滑滑的。呕，想吐。”女孩紧紧挽住我的胳膊，脸色惨白。每走一步，都是对心灵的摧残和煎熬。

我走得也很难受，同时也更加疑惑。这些蜗牛身上，哪来那么浓的尸臭味?

终于将堂屋走穿了，进了里屋中，我俩才同时松了口气。跨过堂屋后，那些该死的蜗牛竟然一只都没有了，仿佛门槛就是楚河汉界，蜗牛们无法越界。

“我能吐一会儿吗？”游雨灵低头看了看自己已经被染成了绿色的靴子，扶着墙，干呕了几下。

“没时间等你吐了，你自己咽回去吧。”我“咦”了一声蹲下去，用手在鞋子上抹了一下，弄了一些蜗牛的汁液，凑到眼前仔细打量起来，“怪了，怎么会是绿色的？”

游雨灵看得冷汗都流了下来：“离我远点。这些尸体是绿色的，也有问题吗？”

“当然有问题。”我掏出纸巾擦了擦手指，“蜗牛有一个特征，吃下去什么拉出的排泄物就是什么颜色。我没发现这里有绿色的东西可供这些蜗牛食用。”

“往里边走就知道了。”女孩不愿在那个恶心的地方多待，率先向前走去。

走了没多久，尸臭味更浓了。拐过一个转角，我俩被突如其来的景象吓得再也没法往前走一步。

尸体，密密麻麻的尸体。不知道有多少尸体被摆放在房间中，每个房间里都塞满了。放置尸体的地方被特殊处理过，臭味不会外泄。

“怎么会有这么多尸体？”游雨灵见到尸体，反而没有见到蜗牛害怕。

“这些尸体，摆放的方式和模样好像西西里岛木乃伊啊。”我皱眉道。最近几天皱眉的次数已经多得难以计算了，再这样下去，非得长皱纹不可。

“西西里岛木乃伊？”游雨灵不解地看着我。

“西西里岛木乃伊都没听说过？”我解释道，“意大利的西西里岛，巴勒莫的嘉布遣会修道院地下室，许多19世纪制成的男性木乃伊僵硬地列队而立。将近2000名死者就安歇在这里，或挂在墙上，或摆在椅子上，或躺在陈旧的棺木里。有些神父对这种保存尸体寄托哀思的方式心怀不安，把其中一些从地下墓穴里运出掩埋到墓地里。但是这些木乃伊被制作了一层又一层，没人知道那个神父具体埋了多少，也没人知道这种干尸究竟有多少具。总之埋到最后，神父无奈地放弃了。”

我一边说，一边检查其中的几具尸体，悚然道：“这些尸体，居然全是女性！”

整个房间的尸体不但位置的放置很有讲究，符合风水学上关于“煞气”的方位。而且，尸体内部还经过处理，每一具尸体上，都沾满了厚厚的绿毛。

“我总算知道为什么那些蜗牛的内脏和排泄物会是绿色的了。”想到这，我感觉浑身发冷。

“为什么？”游雨灵好奇地问。

“蜗牛确实是人为繁殖的，它们通过吃尸体上的绿毛不断繁殖。虽然目的，我仍旧猜不到。”我轻声说。

女孩听到这里，脸色立刻大变：“或许，我知道原因！”

我看了她一眼，还没等自己开口问，游雨灵已经解释起来：“驱动天书残片需要大量的能量。由于天书残片的特殊性，一般的能量是不行的。祖先有记载，通过养殖小动物，让它们吃尸体，感染尸体的煞气，确实能够为天书残片充能。”

“这样都行？”我挠了挠脑袋，周岩带走的天书残片，怎么越听越像是一种超越人类的高科技产品？

“都是祖先的记载，究竟是不是这样，我也不清楚。但是利用尸体，养殖蜗牛的势力，肯定得到了周岩的手札……”游雨灵顿了顿，“或许幕后的主事人，就是周岩。”

我不置可否，叹了口气：“他们弄来尸体，驱动天书残片，究竟想干吗？”

虽然在发问，心中却已经稍微有了一个答案。但是我总觉得，有些地方被疏漏了。

到底是什么呢？

“夜不语你看，这地上有一些古怪的痕迹。”突然，游雨灵指着地上喊道。

那是一些不同于屋子中的蜗牛的黏液。黏液里带有怪异的腐臭味，一直拖拉着，隐入了对面的墙壁中。

“有暗格！”我眼睛一亮，连忙用力推对面的墙壁。

这道暗壁似乎经常被开合，非常容易就被推开了。一席凉气，猛地从墙后空间冲出来。那里边，居然是个不断向下延伸的巨大冷藏室。

冷藏室一直深入地底，在它的最底端，正中央，耸立着一口棺材。

棺材十分老旧，表面用金色的笔墨描绘了一些复杂的古代小篆。

我一接触到小篆，整个人都惊呆了。

“河神，金娃娃！”显然，接受古法教育的女道士游雨灵，也看懂了这些古文。她全身都在颤抖：“难道棺材里，供奉的是河神，金娃娃？”

“打开，就知道了。”我的声音也在颤抖。

棺材盖并不沉重。

游雨灵犹豫了一下，用力将盖子掀开。可只是掀了一个小口子，一股比冷气还刺骨的寒意冲入了骨髓，我俩同时往后退了两步。

“好可怕的戾气！”女孩脸色大变，居然吓得不敢动弹。

我深吸一口气，回到了棺材旁，继续用力推开盖子。

随着棺材的打开，我的心脏不停地“怦怦”直跳。

明明是白天，在这阴暗的密闭空间中，充满了无比的诡异和压抑。空气里的压力，压得我几乎快要窒息了。我不停地大口呼吸，终于彻底将棺材盖给推了开来。

棺材中，密密麻麻，全是蜗牛。

绿色的，壳上有着玄妙符号的蜗牛。

“难道这些蜗牛就是金娃娃大神？”游雨灵吃惊道，“夜不语，看来你那个所谓金娃娃大神是冰河时期以前就遗留下来的古生物论调果然是真的。蜗牛的历史据说有好几亿年！”

我皱了皱眉头：“等等，下面似乎还有些什么。”

我伸出手，手忙脚乱地将棺材内表面的怪异蜗牛给拨开。一个人形物体就展露在了眼皮下。

这是一个女孩的躯体。赤裸着，弥漫着渗透灵魂的冰寒。但是皮肤白皙没有一丝杂质，在灯光下闪烁着如玉石般的光泽。透着凉气的完美皮肤似乎吹弹可破，白得妖异。

女人皮肤下的肌肉与脂肪恰到好处，盈盈一握的腰身，瓜子脸，长长的睫毛紧闭着。美得惊心动魄。她似乎没有死，只是睡着了，随时都会醒过来。

该死，这个女孩我认识。正是不久前在养马村见过两次面的沉默不语的漂亮女孩。她怎么会在这口祭祀河神金娃娃的棺材中？

“李筱幽！你就是李筱幽对吧？”我用力将女孩拉起来，大声喊道。

沉睡中的女孩，展开了明眸。她醒了。

“小夜。”李筱幽看见了我，“你回来了？你终于回来了！”

“是我！”我激动地说。

这个长大了的女孩，突然恐惧起来：“快逃。我体内寄生着河神，那些人将我从沉睡中唤醒，给我吃了许多奇怪的东西。小夜，快逃。再不逃，我就无法控制自己了！”

“啥意思？”我没明白。

“快逃！”李筱幽猛地将我推了出去。她的力气极大，我的整个身体从冷藏室中飞了出去，一路撞破了玻璃、木头，远远地摔到了屋外头。

猛然间，整个屋子都颤抖起来。

房子里所有怪异或不怪异的蜗牛都在汇合，在这股蜗牛的洪流中，一切都变得支离破碎。位于贫民窟的四合院终于显露出了身形。

里边隐藏着一间小石屋。

小石屋不知道经历了多少年的风吹雨打，写满了沧桑。屋子上方，赫然刻着三个大字：河神庙！

有什么在河神庙中酝酿，终于，小石屋如同破碎的虫子茧，地下的东西终于冲出了地面。

那是一堆绿色蜗牛组成的巨大蜗牛。在蜗牛触角位置，李筱幽的脑袋露了出来。可她的瞳孔，似乎早已失去了意识。

只剩下“桀桀”的恐怖笑声。

“死定了！”女道士游雨灵完全没有掏出桃木剑降妖除魔的打算，看着那只极为科幻的庞大蜗牛怪物发呆。

我一把拽住了她：“快逃！”

李筱幽。不，化身为金娃娃大神的她，不知为何并没有追赶我，只是用空洞的眼神，射向了西边天际的某一处。

似乎，正在等待什么。

远处，一个白衣如雪的绝丽女孩，正满脸焦急地飞奔过来！

再远处，养马村的人正在敲锣打鼓，慌乱得犹如末日。

洪水来了！

洪水真的来了。

随着金娃娃大神的苏醒，为养马河数百公里的河岸，带来了又一次恐怖的大洪水。

我和游雨灵一路拼命逃。等下意识地转过头望向河的方向，远处的地平线，已经出现了白茫茫的一片物体，正缓缓地向这边靠近。

它反射着太阳的光泽，翻滚出白色的浪花，无声地冲击了过来……

洪水挡住了我们大部分的去路，只剩下了一个方向可以躲避。

突然，我整个人都僵住了，就连喉咙都有些干涩。不远处，安安静静地站着一个人，一个女人，一个我只见过几面，却一直在满世界找的，恨到刻骨铭心的女人！

本以为再次见到她我会很愤怒，非常愤怒。但真的找到她了，我却反而冷静了下来。这个女人主动来找我，肯定没有好事。该死，何阳州屋子中那些爬来爬去被养殖来啃食尸体的神秘蜗牛，哪怕它真的是河神，不也是怪异的小动物吗？我早该想到，是她那伙人干的。

那漂亮女人恬静安宁，穿着白色的连衣裙，站在初冬的寒风中，用含情脉脉的双眼，远远瞅着我。

我轻轻推了游雨灵一把："逃！你快逃！"

"逃，为什么？"女孩愣住了。

"别问为什么，拿着这封信，去信封上的地址，找一个叫做李梦月或者黎诺依的人。"那个叫做M的人给我的匿名信，早就指出了有个大阴谋在对我设下陷阱。我怎么可能不做两手准备。逃不脱的话，将提前写好的信件送出去也行："她俩能救我！"

游雨灵接过信，一咬牙，没有再多问。她从金黄的道袍里掏出了两个物件，迅速贴在双腿上，以飞人的速度窜逃而去。

那个静静站着的女人，没有阻拦她的离开。

"你是故意放她离开的？"我的脸抽了抽。

那个女人，就是雅心。为一个神秘的能够驱动各种小生物的势力卖命的女人，就是她，杀了我的妻子，周芷婷。

"不错，人家是故意放那个可爱的小女生走的。"雅心饶有兴致地看着我，"好久不见了，夜大帅哥。"

"柳城的局，果然全是你们布下的？周岩，是不是已经死了？"我问。

雅兴开心地点头："嗯，嗯。是我杀的。"

"哼，杀了周岩，夺取天书残片，用尸体喂养怪异的所谓金娃娃大神的蜗牛，给天书残片提供能量，最终还唤醒了真正的金娃娃大神。"我死死地盯着她，"我就搞不明白了，弄了那么大的阵仗，为的是什么？难道是要我的命吗？"

还没等她回答，我轻轻地摇了摇头："不对，你不止是为了要我的命。如果要杀我，你们有许多机会。我一直在这里待着，只有一个人。要杀我，简单得很。"

"夜大帅哥，果然还是一如既往的聪明。"雅心笑盈盈道，"人家和组织，怎么可能会舍得要您的命。"

"不要我的命？"我的脸色更加难看了，心里一个更加不好的预感浮现上来，"那究竟是为了什么？不对，那个变成蜗牛河神的李筱幽并没有攻击我，她究竟在等谁？"

我终于得到了结论，声音顿时提高了几个分贝："难道我的守护女就在柳城附近，你弄出那个鬼东西，就是为了阻止她！"

"猜对了，可惜没有奖励喔！"雅心没有隐瞒，"你家的守护女，就在……"

还没等她的话说完，我将早已经偷偷窝在手中的枪隔着外衣，扣动了扳机。子弹准确地击中了雅心的额头，一个黑洞顿时出现在了她漂亮的头颅上。

但令人恐怖的是，就算她的额头开了个孔，甚至能清晰地看到孔的深处镶嵌着一颗金色的子弹。那个洞中，却连一滴血也没有流出来。

雅心，没有死，甚至没有因此受到任何影响。

她依旧笑吟吟的："夜大帅哥，胡乱打断淑女说话，可不是绅士的行为哦。"

这女人说完，在额头上点了一下，将子弹抠了出来。子弹一离开她的肉体，额头上的伤口就自动合拢了。

我面如死灰："你到底是什么人？不，你究竟是什么东西？"

"人家是不是东西，可由不得夜大帅哥来判断。总之，你家的守护女现在估计正在和人家谋划了数十年，用尽全组织的力量才唤醒的金娃娃大神打得不亦乐乎。不知道你的大小两个老婆，谁能赢咧！嘻嘻。"雅心完全没有因为我的突然攻击而生气，仿佛什么事也没发生过。

我的心彻底冷了："你们究竟有什么目的？"

"很简单，我们想从夜大帅哥家的守护女身上弄到一样东西。可惜，您家的守护女太可怕了，就算集合全组织的力量，也无法奈何她。只能出此下策！"雅心从背后小心翼翼地掏出两样东西。

是两条项链。

两条五克拉的蓝色骨灰钻石项链。熔化成链子的天书残片，一见阳光，顿时阴冷起来。刮过来的风，也变得阴恻恻的。

"天书残片！"我的瞳孔一缩。她拿出天书残片干什么？

“夜大帅哥或许还不知道您家守护女到底有多珍贵，我们不敢杀掉您，因为杀了您，那样东西也就毁掉了。”

“夜家历代的守护女，我们组织研究了三百年。她们通常和历代的守护者之间有一种看不见摸不着的羁绊，主人死了，她们也会断气。就如同没有大脑，就连生命都共享的宠物。”雅心笑嘻嘻地玩弄着天书残片。

“要从守护女身体里拿到那样东西，就必须在不伤及主人的情况下，隔断他俩的羁绊。人家的组织到处寻找着能够隔断这样羁绊的东西，不过这天书残片的其中一个功能，倒是比任何奇物都要好得多。”雅心快乐地说着。

我没有试着再攻击她，这个女人，到底还是不是人，她为什么会杀不死?

“天书残片，能够切断一个人的因果喔。”雅心抬头，盯着我的眼睛，“只要切断了因果，所有认识你的人，以及和你有羁绊的人，都会失去关于你的记忆。就算是你，也会忘记自己到底是谁。失去了主人的守护女，就不再是守护女了。到时候，她不过是个普通的漂亮女孩而已。”

原来如此，大费周章的目的，原来如此。我终于弄明白自己到底陷入了怎样的绝境中!

我冷哼一声：“别妄想了，就算是死，我也不会让你达到目的！”

说完，我将枪口对准了自己的太阳穴：“我杀不了你，但是我能自杀。哼，你们，有多远给老子滚多远。”

我扣动了扳机。

“夜帅哥，已经晚了。你逃不掉的，就算是想死，也无法逃脱！”雅心仍旧笑盈盈地看着我扣下扳机，没有阻止。

我感觉一个冰冷坚硬的物体猛地冲入了脑门，耳洞在轰鸣，大脑发出破碎的响声。眼前染上了一层温暖的红，红色在润开，变浓。

然后就彻底地迷失在黑暗中……

尾声

街道，这是哪里的街道?

我走在一条熙熙攘攘的街道上，头有些发晕。我是谁?我怎么会在这里?我疑惑着，看着来来往往的行人发呆，头顶的太阳很刺眼。

步行街，这里似乎是一个城市的步行街。我的脑海里跳出了步行街这个词汇后，身体感觉有些累了，于是找了个冰冷的墙壁，靠着它缓缓坐了下去。

什么都记不起来了?脑袋里什么画面都没有。我甚至不清楚，自己到底是谁。从我身旁走过的人，通通都嫌弃地捂住了鼻子。

“那个乞丐好臭啊，城管究竟在干吗，怎么让一个臭乞丐跑了进来?”一个女孩经过时，抱怨道。

突然，跟着她逛街的另一个女孩，发出“咦”的一声，猛地停住了脚步。

“怎么了悦颖?你在看什么?”那个使劲捏着鼻子的女孩奇怪地问。

“没什么，总感觉看他有些眼熟。”这女孩轻轻摇了摇脑袋，疑惑道，“可能是错觉吧。我认识的那个他，明明已经死了。”

说着，她准备和闺蜜离开，但是走了两步后，她终究还是想不通，又走了回来：“喂，这位先生，你叫什么名字?”

“我?”我抬起头，露出一丝苦笑，“抱歉，我忘了。”

“你忘了?”女孩眨巴着眼，美丽无瑕的脸上，突然露出了夺目的笑：“既然忘了，那就忘了吧。喂，忘记自己是谁的先生，要不要跟我回家?”

她旁边的女孩吓了一跳：“啊，你要捡这个乞丐回家?不会吧，悦颖，你脑袋秀逗了?平常捡一些小猫小狗什么的，我也就不说你了。但是你居然捡了一个人!一个人耶!而且还是个臭烘烘的乞丐……喂，我说你呢，你还真捡啊?”

女孩没有在乎自己闺蜜的话，用力挽住我的手，使劲挽住，用力到似乎一放手，我就会再次逃掉似的。

怪了，为什么是再次逃掉?

我不解地看着这个女孩，她近在咫尺的脸上满是红润和兴奋，丝毫不在意我身上的恶臭。

难道她认识我?

我迷惑着，被她拉走，越走越远。

“忘记自己是谁的先生，我给你取个名字吧。就叫，嗯，就叫……”女孩笑盈盈的，将头靠在了我的肩膀上，“就叫小奇奇怎么样？”

小奇奇？多古怪难听的名字。

我刚想抗议，女孩就不停地喊了起来：“小奇奇，小奇奇，小奇奇，小奇奇，小奇奇！”

女孩叫着叫着，不知何时，竟然泪流满面。一边笑一边哭。

她，怎么哭了？

我们三人的背影在阳光下被拉长，逐渐远去。

女孩不断流下的莫名泪水落在了地上，摔得粉碎……

少年夜不语系列605河神完

Magical Morion

梦幻黑晶

作者
夜不语

总策划
Tom.Li

选题策划
熊 嵩

执行策划
颜 燕

插图绘制
Alison

封面设计
刘江南

运营发行
常蓦尘

出版社
长江出版社

总出品
漫娱文化

平台支持
好漫画

图书在版编目（CIP）数据

梦幻黑晶 / 夜不语 著.

—武汉：长江出版社，2015.7

ISBN 978-7-5492-3508-7

Ⅰ. ①梦… Ⅱ. ①夜… Ⅲ. ①侦探小说 - 小说集 - 中国 - 当代 Ⅳ. ① I247.7

中国版本图书馆 CIP 数据核字（2015）第 163644 号

梦幻黑晶 / 夜不语 著

出　　版	长江出版社 （武汉市解放大道 1863 号　邮政编码：430010）
出　　品	漫娱文化 （湖北省武汉市积玉桥万达写字楼 11 号楼 19 层　邮政编码：430060）
出 版 人	别道玉
选题策划	长江出版社青春动漫编辑室
市场发行	长江出版社发行部
E-mail	cjpub@vip.sina.com
责任编辑	钟一丹
装帧设计	刘江南
印　　刷	湖北新华印务有限公司
版　　次	2015 年 7 月第 1 版
印　　次	2015 年 7 月第 1 次印刷
开　　本	710mm × 1120mm　1 / 16
印　　张	19.75
字　　数	250 千字
书　　号	ISBN 978-7-5492-3508-7
定　　价	29.80 元

电话：027-82927763(总编室）027-82926806（市场营销部）